Der Friedenswächter

Maor Kohn

Dies ist das erste Buch der Yael Lavie-Reihe. Von Maor Kohn, Schöpfer der mit einem Emmy ausgezeichneten Thriller-Serie „Teheran"

Translated to German from the English version of
The Peacekeeper

Ukiyoto Publishing

Alle Veröffentlichungsrechte innerhalb Indiens liegen bei

Ukiyoto Publishing

Veröffentlicht im Jahr 2024

Inhalt Copyright © Maor Kohn

ISBN 9789360490386

Alle Rechte vorbehalten.

Kein Teil dieser Veröffentlichung darf ohne vorherige Genehmigung des Herausgebers in irgendeiner Form auf elektronischem, mechanischem, Fotokopier-, Aufnahme- oder anderem Wege reproduziert, übertragen oder in einem Abrufsystem gespeichert werden.

Die Urheberpersönlichkeitsrechte des Urhebers wurden geltend gemacht.

Dies ist ein Werk der Fiktion. Namen, Charaktere, Unternehmen, Orte, Ereignisse, Schauplätze und Vorfälle sind entweder das Produkt der Phantasie des Autors oder werden auf fiktive Weise verwendet. Jede Ähnlichkeit mit tatsächlichen Personen, lebenden oder toten, oder tatsächlichen Ereignissen ist rein zufällig.

Dieses Buch wird unter der Bedingung verkauft, dass es ohne vorherige Zustimmung des Verlegers in keiner anderen Form als der, in der es veröffentlicht wird, verliehen, weiterverkauft, vermietet oder anderweitig in Umlauf gebracht wird.

www.ukiyoto.com

Teil A

1.
1983

Ameer Baghdadi wurde in eine sehr gewalttätige Realität hineingeboren. 1983 lag der Irak aufgrund des anhaltenden Krieges mit dem Iran in Trümmern. Als die Zahl der Opfer weiter stieg, hatten die erschöpften Totengräber keine andere Wahl, als die Leichen in Massengräber, die offene Gruben waren, am Eingang des Friedhofs zu werfen. Die Krankenhäuser wurden ständig bombardiert und mit Verletzten überschwemmt. Die Ärzte und Krankenschwestern waren überfordert und mussten viele ihrer Patienten im Stich lassen. Viele bettelten um ihr Leben oder versuchten zu bestechen, wen sie konnten, um Hilfe zu bekommen. Einige bedrohten das Krankenhauspersonal, während andere zu Gewalt griffen, aber nichts half. Die Krankenhäuser waren mit blutenden Patienten überfüllt, die hilflos auf dem Boden lagen, da es keine freien Betten gab. Das Morphium lief aus, so dass Operationen durchgeführt werden mussten, während die Patienten voll wach waren, egal ob sie Kugeln herausziehen oder zerdrückte Gliedmaßen amputieren mussten. Der Iran-Irak-Krieg war im dritten Jahr in vollem Gange.

Die Stadt Basra war die Grenze. Viele waren bereits aus der Stadt nach Bagdad oder weiter nördlich nach Tikrit, Kirkuk oder Erbil geflohen. In den Flüchtlingslagern tobte sogar Krieg, als verschiedene ethnische und religiöse Gruppen miteinander kollidierten. Basrah war eine Geisterstadt, die unter dem ständigen Senfgasbeschuss und den schweren Rauchwolken, die zwischen den Panzern und schleifenden Jeep-Reifen entstanden waren, schwer zu atmen hatte. Der Hunger breitete sich auf jedes Haus aus, und sogar das Wasser aus dem Fluss Shatt al-Arab, der durch den Zusammenfluss von Euphrat und Tigris gebildet wird, wurde vergiftet. Im neunten Monat ihrer Schwangerschaft beschloss Lamis, Ameers Mutter, trotz des Einspruchs ihres Mannes, zu Hause zu gebären. Ameer war ihr fünftes Kind, also fühlte sie sich sicher, wenn sie alleine zur Welt kam. Lamis war vor Kriegsbeginn Statistiklehrerin an der Universität Basra, so dass sie ihre Chancen auf ein Bett in einem der Krankenhäuser der Stadt berechnen konnte. Sie war gut auf den Liefertag vorbereitet und hatte keine Angst vor dem, was kommen sollte.

Lamis 'Entscheidung wurde bestätigt, als ihre Wehen am selben Tag begannen, an dem die Stadt verdunkelt und der Verkehr verboten wurde. Jeder Lichtblitz verwandelte sich schnell in ein Bombenziel der

Iraner und ihrer lokalen irakischen Kollaborateure. Im schimmeligen Badezimmer, das nur bei schwachem Kerzenlicht beleuchtet wird und von gekochtem, gefiltertem Mistwasser unterstützt wird, brachte Lamis Ameer in 40 Minuten zur Welt. Als sie fertig war, wickelte ihr Mann das Baby in das einzige saubere Tuch, das noch im Haus war, und löschte die Kerzen aus, weil er befürchtete, dass ihr Licht zwischen den Rissen der Pappe, die das Fenster bedeckte, funkeln und ihren Standort preisgeben könnte. Lamis brach erschöpft von der Geburt zusammen, sie lag auf dem Boden und konnte ihren Sohn nicht umarmen oder stillen. Zwei Tage später wachte sie mit einem brennenden Fieber auf. Der Kampf um ihre Krankheit und postpartale Depression inspirierte sie, ihn Ameer zu nennen. Ein Prinz. Ihr Prinz.

Basra, die belagerte Stadt, war in den folgenden Jahren weiterhin ein Kriegsepizentrum. Die Stadt wurde ständig bombardiert und von innen heraus zerrissen, als die Straßenkämpfe zwischen schiitischen und sunnitischen Gruppen eskalierten. Ameer's Familie überlegte viele Male zu fliehen, entweder in den Norden des Irak oder aus dem Land. Aber der Norden war in Kämpfe mit den Kurden verwickelt, und die umliegenden Länder hatten begonnen, die Einreise von Flüchtlingen zu sperren. Es gab keinen Ort, an den man flüchten konnte, und das Geld, ihre Rettungsleine, lief aus.

Ameer's Familie war traditionell sunnitisch. Sie lebten in der Nachbarschaft von al-Farsi, angrenzend an ein schiitisches Viertel aus dem Osten. Als Ameer auf die Straße gehen durfte, um zu spielen, traf er seinen einzigen Freund Munir, der Schiit war. Die Familien waren am Anfang gegen die Beziehung, aber der Krieg erweichte ihre Herzen gegenüber der Freundschaft der unschuldigen Kinder. Die beiden zu sehen, wie sie mit der zerstörten Stadt im Hintergrund spielten, war fast surreal – als ob Gefahren drohen und sie doch nie berühren würden.

Als Ameer sechs Jahre alt wurde, ging der Krieg in sein letztes Jahr. Im selben Sommer, nur wenige Wochen vor der Unterzeichnung des Friedensabkommens, gingen Ameer und Munir zum Fluss, um die Holzflöße zu segeln, die sie aus zerbrochenen Türstücken gebaut hatten. Sie gingen am Ufer des Flusses entlang, den Bach hinunter, zum alten Hafen. Die Luft war stickig und rauchig, und sie bemerkten hier und da schwarze Rauchwolken. Doch es war still. Der Bach war sanft, so dass die Kinder ihre Füße in das trübe Wasser tauchten. Bald konkurrierten sie mit ihren Flößen und sahen, wer zuerst die Brücke überqueren würde. Als sie zur Ziellinie schauten, bemerkte Munir eine Hand, die aus dem Busch ragte.

Erst als sie näher kamen, konnten sie erkennen, was sie sahen. Im Busch, am Ufer des Flusses, befand sich die Leiche eines kleinen Jungen. Die Leiche lag in einer seltsamen Position; es war alles geschwollen, der Gestank war schrecklich, und große, schwarze Fliegen schwebten darüber. Sie rannten erschrocken darauf zu. Zuerst versuchten sie, ihn aufzuwecken. Sie waren erst sechs Jahre alt und erlebten zum ersten Mal den Tod in seiner ganzen Ungeheuerlichkeit. Ihre Unschuld endete an diesem Tag.

Die Kleidung des toten Jungen war seltsam. Sein Kopf, der in einem unmöglichen Winkel auf seinem Hals ruhte, war in ein rotes Tuch gehüllt, während sein Körper in eine eng anliegende iranische Uniform gekleidet war. Seine Beine wurden unterhalb des Knies amputiert, doch es gab ein großes, gefrorenes Grinsen auf seinem Gesicht. Munir saß auf dem weichen Gras und fing an zu weinen. Ameer hatte zuvor Leichen gesehen. Nur wenige Monate zuvor hatte er auf dem Weg in den Kindergarten in Begleitung seines älteren Bruders Ali einen toten irakischen Soldaten gesehen. Er saß und stützte sich auf eines der Gebäude. Sein Kopf war gesenkt, so dass sie das trockene Blut oben sehen konnten. Ali versuchte, Ameer die Augen zu bedecken, aber es war zu spät. Ameer hat es bereits gesehen. Als er in den Kindergarten kam, hatte er viele Fragen an seine Lehrerin. Er wollte viel mehr über den Krieg und über das Lebensende wissen. Der Lehrer dämpfte seine Fragen und schickte ihn zum Spielen hinaus.

Der Kindergarten war eine improvisierte Struktur in einem Bunker. Es war schmutzig und vernachlässigt. Während der Sommertage war die Hitze unerträglich, so dass die Lehrer Eimer mit Wasser füllten, damit die Kinder in Unterwäsche spielen konnten. Am selben Tag weigerte sich Ameer, mit seinen Freunden im Wasser zu spielen. Er blieb für sich, saß in der dunklen Ecke des Raumes und spielte mit Spielzeugsoldaten.

Der tote Soldat sah nicht aus wie der deformierte tote Junge. Der Soldat sah aus, als würde er schlafen, während der Junge kaum menschlich erschien. Ameer hatte Angst, dass die Leiche ohne eine ordnungsgemäße Bestattung den Fluss hinuntergespült würde. Ameer's Vater war ein frommer Muslim; er sagte, dass sogar die Soldaten des Feindes eine angemessene Beerdigung verdienen. Ameer versuchte, den Körper vom Fluss wegzuziehen, aber er war mit Schlamm bedeckt, und die Kleidung war im Busch verstrickt.

Ameer bat Munir, die Leiche zu beobachten, da er versuchen würde, Hilfe zu finden. Eine halbe Stunde später fand er schließlich einen Soldaten, der vorbeikam. Der Soldat in irakischer Uniform half nicht, die Leiche aus dem Busch zu holen. Stattdessen schob er es in den Fluss. Später an diesem Tag, als Ameer bereits im Bett lag, hörte er, wie Lamis Ali erzählte, dass der Junge wahrscheinlich einer der Jungen war, die vom Ayatollah im Iran rekrutiert und auf die Minenfelder im Irak geschickt wurden, um sie zu räumen, bevor die Armee einmarschiert.

**

Drei Tage nach der Unterzeichnung des Waffenstillstands zwischen dem Irak und dem Iran besuchte Munir Ameers Haus. Es war Freitagmorgen. Beide Kinder liebten es, zwischen dem Strom von Anhängern zu rennen, der die Straßen überflutete. Der Freitag galt auch in Kriegszeiten als „sichere Zeit". Sowohl Schiiten als auch Sunniten gingen zum Gebet, so dass sich die gespaltene Religion zwischen ihren verschiedenen Sekten vereinigen konnte.

Die Kinder liefen zuerst zur „Sinan Basha" -Moschee, wo Munirs Vater und Bruder beteten. Die Hitze war unerträglich, doch die Kinder waren voller Energie. Nach vielen Jahren der Bombardierung war die Stadt endlich wieder ruhig, und die Stimme des Muezzins wurde in allen Ohren zu einer angenehmen Melodie. Die Moschee war bis zur Vollendung gefüllt, so dass die Kinder beschlossen, zur „Märtyrer Hassan" -Moschee zu rennen, nur wenige Blocks entfernt, wo Ameers Vater betete. Die Gebete begannen gleich. Ameer's Vater, Mahdi, schlenderte in seiner weißen Jellabiya die El-Jamahiriya-Straße hinunter und hielt heilige Bücher in der Hand. Das Summen der Autos, die Basrahs Straßen auf und ab fuhren, dämpfte Ameers Schreie: "Baba, Baba!"

Der Vater, der in seine Gedanken vertieft war, wie aus einem Traum erwacht, wandte seinen Blick den beiden zu, ein Lächeln breitete sich über sein Gesicht aus. Ameer rannte und sprang in seine Arme. Munir schaffte es zwei Augenblicke später, verschwitzt und keuchend. Mahdi, ein bescheidener und warmer Mann, umarmte seinen Sohn, während er Munirs Kopf streichelte. Er betrieb ein kleines lokales Lebensmittelgeschäft und ging fast bankrott, als die Stadt belagert wurde. Nach der Belagerung hatten die Bewohner von Basra jedoch begonnen, aus den Flüchtlingslagern zurückzukehren, so dass sich die Geschäfte erholten. Mahdi, der während des verdammten Krieges fast seinen Glauben verloren hatte, dankte Allah und seinem Propheten für die Wiederbelebung seines Geschäfts.

"Warum bist du in dieser Hitze den ganzen Weg hierher gerannt?", fragte er Ameer. Es war ein außergewöhnlich heißer Tag, Anfang September, die Straßen kochten und die Sonnenstrahlung reflektierte sich an den weißen Wänden. Ameer hatte keine Antwort. Er sah seinen Vater an diesem Morgen und wusste, dass er ihn wiedersehen würde, sobald die Gebete beendet waren. Aber etwas an dem langsamen Spaziergang seines Vaters zur Moschee mit einem friedlichen Gesichtsausdruck hypnotisierte ihn jedes Mal. Er liebte es, seinen Vater in die Moschee gehen zu sehen, seine Schuhe auszuziehen, den Koran zu küssen und auf dem prächtigen Teppich zu knien.

Ameer küsste das bärtige Gesicht seines Vaters. "Ich wollte dich sehen, wie du hereinkommst, um zu beten." Er ging noch ein paar Schritte mit seinem Vater, bis sie die schwere Holztür erreichten. Der Vater zog seine Schuhe aus und drängte sich mit den vielen Gottgeweihten hinein, winkte seinem Sohn zum Abschied zu, als er sein Gesicht zuckte. Beide Kinder lachten und gingen von der Moschee weg und die Straße hinunter, zu Ameers Haus. Damals ereignete sich die Explosion.

Ameer wurde von der Stoßwelle in die Luft gestoßen und auf die Straße geschlagen. Sein Kopf klopfte, und ein schreiender Piepton hallte in seinen Ohren nach. Doch abgesehen von ein paar Kratzern an seinen Beinen und Schultern war er sicher und gesund. Seine Umgebung war rauchig und staubig, und er konnte nichts sehen oder hören. Zuerst suchte er nach Munir. Er versuchte, so laut wie möglich zu schreien, bekam aber keine Antwort. Er sah weder die Moschee noch irgendein anderes Gebäude, das kurz zuvor dort gestanden hatte. Ein paar Autos wurden auf ihre Seite geworfen, eines von ihnen brannte, was eine starke Rauchwolke verursachte. Die Menschen lagen verstreut auf der ganzen Straße. Einige waren am Leben und schrien um Hilfe; einige waren bewusstlos oder tot. Der Anblick von Leichen war für Ameer nichts Neues, doch diesmal fühlte er sich anders. Ameer fing an, Munirs Namen zu rufen und suchte in der zerstörten Umgebung nach ihm. Er näherte sich einem Mann, der auf dem Bauch lag. Der Körper des Mannes war zerschlagen, aber sein Gesicht blieb ganz und friedlich. Plötzlich kam ihm ein Gedanke – Munir könnte zur Moschee gelaufen sein. Vater. Der Gedanke drang langsam in seinen Kopf ein, erfüllte ihn mit Trauer und Schrecken, zwang ihn dann, seine Beine zu bewegen, und erfüllte ihn schließlich mit Kraft – der Kraft, um zu überleben.

Er schaute hektisch überall hin und versuchte zu verstehen, woher er gekommen war und wo er gewesen war, und dann setzte sich in einem Moment, wie ein Nebel, der sich auflöste, der Staub ab und enthüllte den Ort der Zerstörung. Der Schutt, der einst die Moschee war, war in Sichtweite. Alles wurde zerstört: Mauern, die Kupfertürme des Minaretts, Stromkabel und Wasserleitungen. Die gesamte Struktur lag in einem verstümmelten Durcheinander der völligen Zerstörung auf dem Boden, während Ameer im Hintergrund die Sirenen der Polizeiautos und Rettungskräfte hörte. Ameer lief Amok zwischen den Leichen, drehte Steine, heilige Bücherregale, Teppiche und suchte nach seinem Vater.

Ein Körper und ein anderer Körper, sie sahen alle gleich aus. Einige wurden bis zur Unkenntlichkeit zerrissen; einige wurden unter den Ruinen begraben. Ameer schrie aus der Tiefe seiner Lungen: „Baba!!" Aber seine Stimme war im Meer des Tumults um ihn herum ertrunken. Verzweifelt stand er mitten in der zerstörten Moschee und schaute sich um. Wo ist sein Vater hin? Wo saß er immer, um zu beten? Er bedeckte seine Ohren mit den Händen, um die umgebenden Geräusche zu blockieren, und versuchte sich zu konzentrieren. Er war entschlossen, seinen Vater lebend zu finden.

2.
2019

Omer Leibowitz wusste, dass sein derzeitiger Job befristet war und dass er, sobald er bereit war, nach einem ernsthaften Job mit einem hochbezahlten Gehalt suchen würde. Sein Arbeitsplan war in Schichten, was es ihm ermöglichte, die Nächte mit leichtem Nickerchen zu verbringen oder sein Schulmaterial zu überarbeiten, um sich auf die nächste Prüfungszeit am Academic College of Tel-Aviv-Jaffa vorzubereiten. Als Jurastudent im zweiten Jahr hatte Omer immer noch Zweifel daran, Anwalt zu werden. Sein Vater, ein Rechtsanwalt, bot ihm eine Lehre in seinem Büro in Givatayim an. Omer war sich bewusst, dass Komfort einen großen Vorteil hat, besonders in einer so banalen Beschäftigung. Doch so lange er konnte, zog es Omer vor, in Studentenjobs zu arbeiten, so weit wie möglich vom geschäftigen Büro seines Vaters entfernt. In seinem letzten Studienjahr bewachte er eine als geheim eingestufte Einrichtung im Norden der Stadt. Er gab auch Privatunterricht für Schüler aus Jaffa, die Schwierigkeiten hatten, und arbeitete sogar als Kassierer in einem Supermarkt. Schnell wurde ihm klar, dass es fast unmöglich war, Arbeit tagsüber mit dem College zu kombinieren, also suchte er nach einem Job mit Nachtschichten. Es war sein Freund vom College, Yair, der ihm drei Nachtschichten pro Woche als Supervisor in der Meerwasserentsalzungsanlage Sorek in Palmachim anbot. Der Job hatte ideale Bedingungen und ein gutes Gehalt. Aber nichts bereitete ihn auf das vor, was in der Nacht des 3. Februar dieses Jahres geschehen würde.

Um 2.30 Uhr stürzte die Hauptstromversorgung der Anlage ab. Drei Minuten und vierzig Sekunden später gingen die Notlichter an und der Generator begann zu arbeiten. Viele lange Minuten lang startete sich das Computersystem immer wieder neu und die Anlage hörte auf zu arbeiten. Die Panik und der Stress lähmten Omer, als der Alarm in seinem Kopf klopfte. Er kämpfte darum, konzentriert zu bleiben, und saß allein im Kontrollraum, wobei nur sein Handybildschirm sein Gesicht beleuchtete. Das Telefon hatte kein Signal, also eilte Omer zum Festnetztelefon und drückte die Notfalltaste. Die Stimme am anderen Ende klang gleichzeitig zurückhaltend und gestresst.

„Wir sind uns bewusst, was passiert ist. Man kümmert sich darum."„Was ist passiert?", wimmerte Omer in das Mundstück.

"Es ist unklar. Du musst dort bleiben und mich auf dem Laufenden halten, wenn das System mit dem Neustart fertig ist ", sagte der Schichtleiter. "Ruf Yehuda an und lass ihn wissen, was los ist." Yehuda war der Manager der Anlage, doch sein Wissen über Entsalzung oder seine Verbindung zu ihr war nur zufällig.

"Es könnte eine Weile dauern. Fragen Sie Yehuda, ob er der Meinung ist, dass wir morgen früh Alarm schlagen sollten, indem wir öffentlich verkünden, dass es in einigen Städten in der Metropolregion Tel Aviv kein Wasser geben wird."

"Okay", antwortete Omer.

„Und vergessen Sie nicht, mich zu informieren, wenn das System zu arbeiten beginnt. Ich werde versuchen, einen computergestützten Bericht über das Geschehen zu erhalten."

Omer legte auf. Obwohl er genaue Anweisungen hatte, zitterten seine Hände, die laute Sirene klopfte immer noch in seinem Kopf, und seine Füße waren fest am Boden, unfähig sich zu bewegen. Nach ein paar Minuten hatte der Alarm gestoppt, aber das System wurde immer noch nicht neu gestartet und hochgeladen, und infolgedessen begann der Druck in den Wasserleitungen zu sinken. Dies bedeutete, dass Salzwasser in die Niederdruck-Entsalzungsfilter eingedrungen war, was zu einer Verstopfung und einem langfristigen Abschalten der Anlage führen konnte. Omer wusste, dass die Wassersysteme in Israel einen eintägigen Angriff auf eine der Entsalzungsanlagen ausgleichen konnten, aber die Palmachim-Anlage, die 90 Millionen Kubikmeter Meerwasser pro Jahr entsalzte, war für die Frischwasserversorgung dieses hektischen und überfüllten Teils Israels von entscheidender Bedeutung.

Erst nachdem sich der Hauptcomputer zum dritten Mal neu gestartet hatte, wählte Omer Yehudas Nummer. Yehuda ging nach fünf Klingeln ans Telefon.

"Wer ist es?"

"Hier spricht Omer. Ich bin der Betreuer der Nachtschicht. Im elektrischen System der Anlage ist ein Fehler aufgetreten, und alles wurde heruntergefahren. Wir versuchen, das System neu zu starten, damit der Druck nicht nachlässt, aber die Computer weigern sich, es hochzuladen."

"Laufen die Generatoren?" Schrie Yehuda in das Telefon. "Ja. Der Strom läuft teilweise wieder, aber wir haben nur noch genug Treibstoff für die nächsten drei Stunden. Wir können erst dann eine Verbindung zum

Hauptstromnetz herstellen, wenn das Überwachungssystem mit dem Hochladen beginnt."

"Glaubst du, ich weiß es nicht?", bellte Yehuda. Omer konnte Dinge hören, die um sein Haus flogen, als er darum kämpfte, sich anzuziehen, halb schlafend. „Rufen Sie das Elektrizitätsunternehmen an. Bitten Sie sie, ein Notfallteam zu entsenden, um das gesamte System zu umgehen, wenn der Computer in den nächsten Minuten nicht läuft. Wir werden die Aufwendungen im Nachhinein abrechnen. Im Moment ist es unerlässlich, dass das Wasser wieder zu fließen beginnt."

"Okay."

„Wählen. Ich halte an der Leine ", hustete Yehuda.

Omer wählte die Notrufnummer des Elektrizitätsunternehmens vom zweiten Telefon aus. Die Stimme am anderen Ende klang erschöpft und gestresst. "Ist Ihr Netzwerk auch zusammengebrochen?" Omer war sich nicht sicher, wovon er sprach: "Was meinst du?"

"Du rufst mich nicht nur um drei Uhr morgens an, oder? Ihre Computer haben die Überwachungssysteme getrennt, und der Strom in der gesamten Einrichtung wurde abgeschaltet, richtig?"

"Ich denke schon...", erstickte Omer. "Ist es auch an anderen Orten passiert?"

"Es geschah in einunddreißig Wasseranlagen gleichzeitig. Es handelt sich wahrscheinlich um einen gezielten Cyberangriff. Jemand weiß, wie man die Arbeit richtig macht."

"Können Sie das Überwachungssystem trennen und den Wasserfluss erneuern?"

"Wir können, aber jemand muss den Kraftraum betreten und das System manuell umgehen, was bedeutet, dass wir neue Kabel von der Schalttafel installieren müssen."

„Hast du das gehört, Yehuda?", fragte Omer.

"Das habe ich. Frag ihn, ob jemand sofort vorbeikommen kann."

Omer überbrachte die Botschaft mit zitternder Stimme und verriet die Angst, die er verspürte, weil er all diese Verantwortung auf seinen Schultern hatte, und bereute es bereits, nicht als Lehrer oder Wachmann gearbeitet zu haben.

"Niemand kann jetzt kommen. Sie haben alle bereits verlassen, um andere Einrichtungen zu reparieren. Du wirst alleine damit fertig werden müssen. Ich werde dich durch das Telefon führen."

"Ich bin auf dem Weg", sagte Yehuda. „Rufen Sie die Kraftstofflieferanten an und sagen Sie ihnen, dass wir dringend neun Dieseltanker in der Einrichtung für Standby benötigen. Und sagen Sie dem Schichtleiter, dass er den Computer trennen und nur manuell arbeiten soll, bis wir den Schaden erkennen. Einunddreißig Anlagen weniger bedeuten, dass Israel kein Wasser mehr haben wird!"

"Okay", murmelte Omer in das Mundstück. "Soll ich jemand anderen anrufen, um hierher zu kommen?"

"Ja. Ruf alle an", bellte Yehuda und legte auf.

3.

Superintendent Yael Lavie saß bei „Emilia's Coffee" in ihrer Nachbarschaft, im Zentrum von Ra'anana. Es war fast neun Uhr morgens, und die Straße war voller Menschen. Die Straßen waren sehr voll, und hin und wieder war das Geräusch eines Krankenwagens zu hören, der zum nahe gelegenen Krankenhaus eilte. Das Wetter war warm, und Yael durchsuchte die Speisekarte nachdenklich und überlegte, was sie zum Frühstück bestellen sollte. Bald schlossen sich ihre Mutter Dina und ihr Bruder Shay zu ihrem wöchentlichen Familientreffen an, das jeden Mittwoch zum achten Mal in Folge stattfand, seit Yael ihren Mann verloren hatte. Yaels Kommandanten wissen, dass sie sie nicht vor Mittag erwartet. Das sind die Pausenstunden, die sie für sich fordert, damit sie nach allem, was sie verloren hat, weiterhin Risiken eingehen kann.

Der Mittwochmorgen hat sein eigenes Tempo. Die Staus auf dem Weg zum Büro verwandeln sich von lästig in einen angenehmen Blick auf die Stadt. Viel mehr Aufmerksamkeit wird den blühenden Landschaften geschenkt, die die Stadt schmücken, und dem Geruch, der aus den Bäckereien kommt, die gerade ihre Ofentüren geöffnet haben, so dass die frisch gebackenen Aromen ihrer Brote und Gebäckstücke auf die Straßen sickern können. Dies sind Morgen, an denen sich Yael zu Hause Zeit nimmt und ein reichhaltiges, gefühlvolles Frühstück für ihre Kinder zubereitet. Während sie essen, bereitet sie ihre Sandwiches zu, hackt Gemüse und Obst und gießt gesüßten Saft in ihre Trinkflaschen. Sie hat Zeit, mit ihnen in ihrer kleinen Küche zu sitzen und sich ihre Geschichten anzuhören. Yael hat vor langer Zeit gelernt, diese magischen Momente zu schätzen und das Beste aus ihnen zu machen; sie würde sie für nichts aufgeben.

Ihre Mutter, die bis vor kurzem zwei Jahre bei ihnen lebte, fand sich zwei Blocks entfernt in einer Wohnung wieder. Obwohl sie die meiste Zeit frei war, kommt sie fast jedes Mal zu spät zu Familientreffen. Ihr Bruder, der immer früh kommt, obwohl er in Tel Aviv lebt, kam aus irgendeinem unbekannten Grund zu spät, und Yael begann sich zu fragen, ob in dieser Nacht etwas passiert war, was ihn vielleicht ins Stocken geraten war. Sie wies diesen belästigenden Gedanken zurück und sagte sich, dass er wahrscheinlich in seinem Job gebraucht würde, sonst hätte er sie bereits angerufen, da Shay Nahmanis akribische Persönlichkeit an seinem Arbeitsplatz bekannt war – der Israel National Cyber Defense Authority, wo er der Leiter des gesamten Betriebssystems war.

„Möchtest du etwas trinken, bis sie hier ankommen?", fragte die schöne Kellnerin Yael. Yael sah beunruhigt aus. Ihre Zeit war begrenzt, und sie fürchtete jeden Moment, dass sie allein und nicht bei ihrer Familie saß; eine Familie, die alles daran setzte, Yaels Kopf über Wasser zu halten.

Gidi Lavie, ihr Ehemann, wurde vor acht Jahren bei einem Terroranschlag am Eingang eines der Einkaufszentren in der Region Sharon getötet. Ein Terrorist kam an und begann in alle Richtungen zu schießen, verwundete vierzehn Zuschauer und tötete fünf Menschen, bevor er von einem der Sicherheitskräfte des Einkaufszentrums in den Kopf geschossen wurde. Gidi, die gerade mit ihrer Tochter Keren aus dem Einkaufszentrum gegangen war, wurde von der ersten Salve von Kugeln getroffen. Er drehte sich zurück, um ins Einkaufszentrum zurückzukehren, und schützte Keren mit seinem eigenen Körper, aber dann wurde er erneut erschossen, diesmal durchbohrte die Kugel seinen Rücken und sein Herz. Die Versuche, ihn wiederzubeleben, blieben erfolglos, und Gidi starb auf dem Weg ins Krankenhaus vor den Augen seiner ebenfalls schwer verwundeten Tochter. Die Kugel, die in den Körper ihres Vaters eindrang, kam von der anderen Seite und traf sie, zerquetschte ihr Brustbein und durchbohrte ihre Lungen. Die Ärzte kämpften viele lange Stunden um ihr Leben. Sie wurde drei Wochen lang in ein induziertes Koma versetzt, und als sie wieder aufwachte, fragte sie sofort nach ihrem Vater. Es genügte, Yaels Blick zu betrachten, um die traurige Wahrheit zu verstehen. Keren versank in eine tiefe Verzweiflung, ihre Motivation zu leben schwand und Yael fühlte, dass sie sie verlor. Sie beschloss, ihren Job als Polizeiermittlerin im Bezirk Judäa und Samaria aufzugeben und begann als leitende Ermittlerin in der arabischen Abteilung in einer Büroposition für die ISA (Israel Security Agency) zu arbeiten. Ihr älterer Bruder Shay war derjenige, der ihr half, den Job zu bekommen, da er selbst einer der Gründer der ISA-Niederlassung für Cyberkriegsführung war. Sie dankte ihm jeden Tag, an dem sie ihr Büro betrat.

"Ja, einen großen Latte und ein Glas Wasser, bitte." Yael lächelte die Kellnerin warm an, aber gestresste Konturen begannen um die Ränder ihrer Lippen zu erscheinen. Als es 9:10 Uhr morgens war, erkannte Yael, dass etwas passiert war und dass Shay wahrscheinlich nicht kommen würde. Obwohl ihre Finger anfingen zu jucken, beschloss sie, noch ein paar Augenblicke zu warten, bevor sie ihn anrief.

"Wie geht es dir, Schatz?" Dina küsste ihre Tochter auf die Stirn und setzte sich auf den Stuhl vor ihr. "Wo ist Shay?"

"Er ist noch nicht angekommen."

"Er hat wahrscheinlich immer noch mit dem Durcheinander von gestern Abend zu tun."

Yael sah überrascht aus. Sie hörte letzte Nacht nichts von einem "Durcheinander", aber sie erinnerte sich daran, dass sie versprochen hatte, dass sie in den Tagen, in denen sie mit den Kindern zu Hause sein würde, alle digitalen Maschinen ausschalten und die Nachrichten vermeiden würde.

"Was ist letzte Nacht passiert?", fragte sie ihre Mutter.

"Hast du es nicht gehört? Es gab eine Art Cyberangriff auf alle Wassereinrichtungen in Israel. Ganze Städte sind seit Mitternacht ohne Wasser. Niemand weiß, wie lange es dauern wird, bis sie es reparieren, aber sie sagen, es sei der größte Cyberangriff auf Israel, der jemals stattgefunden hat."

"Ich habe nichts gehört", zog Yael ihr Handy heraus, aber dann erinnerte sie sich, dass es ihr freier Tag war. Alles ist gut, sagte sie sich. Ich sitze mit meiner Mutter im Café, die Kinder sind in der Schule, und es gibt jemanden, der für uns zuständig ist.

„Soll ich ihn anrufen?", fragte Dina.

"Das ist nicht nötig." Yael wollte gerade einen Schluck von der Kaffeetasse nehmen, die die Kellnerin gerade mitgebracht hatte, als ihr Telefon vibrierte. Sie warf einen kurzen Blick darauf und sah eine Nachricht vom Chef: „Ich weiß, dass es dein freier Tag ist, aber ich brauche dich so schnell wie möglich hier. Es gibt ein Durcheinander."

"Ein Durcheinander" – das ist das zweite Mal, dass dieser Satz in den letzten fünf Minuten auftaucht.

"Ist es von ihm?", Fragte Dina. "Nein."

"Was ist dann los?"

"Ein Chaos." Yael rief nach der Kellnerin.

"Du musst gehen? Du willst, dass ich die Kinder mitnehme?"

"Ich glaube, mir geht es gut." Die Kellnerin kam lächelnd an ihren Tisch. "Nun, Mädels, habt ihr euch entschieden, was ihr bestellen möchtet?"

Yael schaute auf ihre Mutter, dann auf ihr Handy und sagte schließlich: "Ich werde ein französisches Frühstück essen."

"Und was ist mit dir?" Nun lächelte die Kellnerin Dina an. "Ich hätte gerne einen israelischen Salat und Toast."

"Kein Problem", sagte die Kellnerin und ging weg, aber nach drei Schritten drehte sie sich um und sagte: "Ich habe vergessen, Ihnen zu sagen, dass das Essen heute in Einweggerichten serviert wird. Es tut mir leid, aber wir haben immer noch kein Wasser mehr."

4.
1989

Ameer suchte drei Tage lang in den Trümmern der Moschee nach seinem Vater, unterstützt von seiner Mutter und seinen Brüdern. Die Explosion hatte fünf Gebäude rund um die Moschee zerstört, und der Umfang des Zerstörungsgebiets war riesig. In einer Seitenstraße stapelten sich Leichen, die darauf warteten, identifiziert und begraben zu werden. Alle paar Stunden überprüften die Jungen, ob sich ihr Vater der wachsenden Zahl von Opfern angeschlossen hatte. Erst in den Abendstunden des dritten Tages, als sie in völliger Verzweiflung waren, fand Ali (Ameers Bruder) Mahdi Baghdadi tot unter einer Zementmauer liegen. Mahdi wurde neben Munir und den einundfünfzig anderen Opfern auf dem Friedhof von Basrah begraben. Einer von ihnen war der Selbstmordattentäter, der sein tödliches Auto zur Moschee fuhr. Kurz nach der Beerdigung beschloss Lamis, Basra zu verlassen und nach Kirkuk im Norden des Irak zurückzukehren, wo sie geboren wurde.

Ameer Baghdadi war sechs Jahre alt, als seine Familie Anfang 1989 nach Kirkuk zog. Der Iran-Irak-Krieg war beendet, aber die massive Zerstörung und die schweren Verluste haben überall und bei allen Spuren hinterlassen. Kirkuk war wie Basra eine zerrissene Stadt, die zwischen Arabern, Turkmenen, Sunniten, Schiiten und Kurden aufgeteilt war, die nach Unabhängigkeit strebten und versuchten, ihre unabhängige politische Einheit zu etablieren. Als Ameer seine Mutter fragte, warum sie sich dafür entschied, wieder in eine so gefährliche, gewalttätige Stadt umzuziehen, antwortete Lamis, dass ihre Familie immer noch dort lebte, und jetzt, nach Kriegsende, glaubte sie, Saddam würde Kirkuk aufgeben und die Kurden ihre Unabhängigkeit haben lassen. Das Zeitalter der Kriege im Irak – so dachte Lamis – war zu Ende. Sie hatte keine Ahnung, wie weit von der Wahrheit das wirklich war.

Aber Lamis 'Familie, die während des Bombardements viele Söhne verloren hatte, verstreute sich an verschiedene Orte im Irak, und nur ihre alten Eltern blieben in der zerrissenen Stadt zurück. Als die Familie Baghdadi dorthin zurückkehrte, hatte sie wieder Schwierigkeiten, ihren Lebensunterhalt zu verdienen. Lamis begann als Mathematiklehrer an der örtlichen High School zu arbeiten. Ihre drei ältesten Kinder haben sich schnell in den Arbeitsmarkt integriert. Ali, der neun Jahre älter war als

Ameer, bewarb sich um eine Hochschulausbildung in Bagdad, wurde aber aufgrund seiner schlechten Noten immer wieder abgelehnt. Schließlich gab er auf und begann im örtlichen Supermarkt zu arbeiten. Rashad war der Erstgeborene; er war 11 Jahre älter als Ameer. Er trat in die irakische Armee ein, während seine Schwester Yasmine, die sich als Lehrerin qualifiziert hatte, in einem Kindergarten in der Stadt zu arbeiten begann. Zum ersten Mal seit langer Zeit lebte die Familie relativ komfortabel, und Lamis hatte endlich das Gefühl, das Licht am Ende des Tunnels sehen zu können. Also erlaubte sie sich, von einer besseren Zukunft für ihren kleinen Sohn zu träumen, und beschloss, alles in ihrer Macht Stehende zu tun, um Ameer dabei zu helfen, das Land zu verlassen und an einer der besten Universitäten der Welt zu studieren, in England oder in den Vereinigten Staaten.

Jeden Abend, wenn Ameer von der Schule nach Hause kam, setzte sie sich mit ihm ins Wohnzimmer, um ihre Gedanken von der Hektik des Tages zu befreien und die Geschwister zu beruhigen. Langsam aber sicher brachte sie dem Kind die Geheimnisse von Mathematik, Englisch, Philosophie und Geographie bei. Was sie selbst nicht wusste, überließ sie den Privatlehrern, die täglich vorbeikamen. Die ganze Familie arbeitete an Ameer's Ausbildung. Je älter er wurde, desto mehr wuchs sein Wissensdurst, und er zeichnete sich in der Schule aus.

Im Alter von acht Jahren hatte Ameer Baghdadi das Bildungsniveau eines Gymnasiasten. Er liebte es, Bücher zu lesen und den belebten Straßen zu entfliehen und in den einzigen Park in Kirkuk zu gehen, neben der Zitadelle von Kirkuk, der antiken Stätte im Zentrum der Stadt, die auf einem Hügel mit Blick auf die Stadt aus einer Höhe von 40 Metern positioniert war. In der Mitte der Zitadelle befand sich ein riesiger Olivenbaum, umgeben von Steinmauern, die einen kleinen Garten versteckten. Der Garten würde während der Wintertage grün werden, und die Blätter würden golden werden, wenn der Herbst einsetzte. Bei Sonnenuntergang würde die Zitadelle sehr dunkel werden, und nur die Lichter der Stadt würden an ihren alten Mauern flackern. Hier saß Ameer und las dort alle Bücher, die er in seiner Tasche mitgebracht hatte.

Der Olivenbaum warf Schatten auf den trockenen Boden, und die Höhe der Zitadelle ermöglichte es der Brise, die vom Khasa-Fluss kam, leicht zwischen seine Mauern zu wehen und die Botschaft des Sommers zu bringen. In jenen Tagen, Ende der 80er Jahre, war die Strömung des Flusses, besonders im Frühling, sehr stark, und Ameer liebte es, am Ufer des Flusses zu sitzen und zuzusehen, wie die rostfarbenen Enten und die Äste im Bach mitgerissen wurden.

Eine Gruppe von Zelten, die aussah, als wären sie schon immer dort gewesen, waren entlang des Flusses verstreut. Ameer wusste in seinem Herzen, dass dies Flüchtlinge waren, die ihre Häuser und Habseligkeiten verloren hatten und verzweifelt in die einzigen Gebiete zogen, in die sie noch gehen konnten. Als es dunkel wurde, schlenderte Ameer die Gassen hinunter, bis zum "Musallah Meidani" -Platz und den östlichen Vierteln der Stadt, in denen er lebte. Sein Haus war klein und überfüllt. Insgesamt drei Zimmer. Lamis wohnte mit ihren Eltern in einem Zimmer, das zweite Zimmer war das Zimmer der Schwester und das dritte gehörte den drei Jungen. Als Rashad beim Militär war, schlief Ameer in seinem Bett, aber als er nach Hause kam, breitete Lamis ein paar Decken auf dem Boden aus, und das Kind schob sich zwischen die Betten seiner älteren Brüder. Eines Tages ging Ameer mit Ali zum Dukan-See, dem größten See der Gegend. Der See wurde in den 50er Jahren nach dem Bau des Dukan-Staudamms gebaut, um das Wasser aus dem Great Zab River zu sammeln und Wasserkraft für die Bewohner der Region bereitzustellen. Die beiden Brüder verbrachten drei Tage ihrer Sommerferien in einem Zelt, das Ali aufgestellt hatte. Sie jagten Rebhühner, machten ein Feuer und kochten köstliche Mahlzeiten. Es war Mitte Juli 1990, als die Kriegswolken begannen, den irakischen Himmel zu verdunkeln, und das irakische Militär begann, sich entlang der Grenze zwischen Irak und Kuwait zu zerstreuen. Kirkuk, das sich kilometerweit von der Südfront entfernt anfühlte, war ziemlich friedlich, und das Leben verlief gemäß seiner regelmäßigen, rhythmischen Routine weiter.

Doch die Kurden, die die Schwäche der irakischen Führung spürten und sahen, wie die Regierung bankrott ging, hatten bereits begonnen, einen Versuch vorzubereiten, ihre Unabhängigkeit zurückzugewinnen. An diesem Tag, als Ameer und Ali nach Hause zurückkehrten, marschierte Saddam Husseins Militär in Kuwait ein, und das Gesicht des Irak veränderte sich für immer.

Kirkuk mag weit von den Schlachten entfernt gewesen sein, aber der Krieg hallte in der ganzen Stadt wider. Lamis ging um das Haus herum wie eine gefangene Löwin in einem Käfig. Sie hatte Angst, ihren Sohn zu verlieren, der an der Front diente. Der Wahnsinn und die Arroganz ihres Landesführers, als er sich der mächtigen Macht der mächtigen Länder stellte, die weiterhin Truppen in die Gegend schickten, trieben Lamis in den Wahnsinn, und sie befürchtete das Schlimmste. Als die Amerikaner begannen, Militärbasen, Nachschubkonvois und irakische Waffen zu bombardieren, entkam Rashad mit seinem Freund Ameen aus seiner Militärkompanie. Die beiden zogen ihre Uniformen aus, stahlen ein ziviles Fahrzeug und fuhren mitten in der Nacht zur Grenze zu Saudi-Arabien. Sie reisten drei Tage lang nach Nadschaf und durch Karbala nach Haditha und Kirkuk. Eine ganze Woche lang wusste niemand von ihrem Verbleib, und ihr Kommandant und ihre Freunde von der Militärkompanie waren sich sicher, dass sie bei dem Bombenangriff getötet wurden. Als Lamis die traurige Nachricht vom Tod ihres Sohnes erhielt, verfiel sie in tiefe Trauer. Die Familie war ganz düster. Aber in einer späten Nachtstunde, als die Lichter der Stadt verdunkelt wurden, um die Wahrscheinlichkeit einer Bombardierung zu verringern, öffnete sich die Haustür und Rashad kam herein: müde, schmutzig, aber immer noch am Leben. Die Familie versammelte sich um ihn im Wohnzimmer und hörte seine Fluchtgeschichte unter dem schwachen Licht einer Öllampe. Rashad schwor, er werde nie wieder für das Militär des Tyrannen kämpfen und begann, seine Flucht in die Türkei und von dort in die freie Welt zu planen.

Aber der Plan scheiterte. Unweit der türkischen Grenze, im Bor-

in der Stadt Zakho, nur wenige Meilen vom Grenzübergang entfernt, wurde Rashad mit seinem Freund gefangen genommen und zur Militärbasis zurückgebracht. Die beiden Deserteure wurden schnell von einem Erschießungskommando als Verräter zum Tode verurteilt. Das Datum wurde festgelegt und eine Nachricht an die Familie geschickt, die eingeladen wurde, sich endgültig von ihrem Sohn zu verabschieden. Lamis, die bereits alle Hoffnung verloren hatte, beschloss, nicht zu gehen und überlegte, sich das Leben zu nehmen. Schließlich, nach vielen Bitten, erlaubte die Mutter Ali und Yasmine, ihren beiden ältesten Kindern, sich von Rashad zu verabschieden. Ameer wollte ebenfalls beitreten, aber er wurde entschieden abgelehnt. Das Unbehagen war von allen zu spüren, als der Bus nach Zakho weiter weg fuhr und im Wüstenstaub verschwand. Ameer jagte es, so weit er konnte. Er wollte seinen Bruder so sehr ein letztes Mal sehen. Schließlich hielt er an, aber anstatt nach Hause zurückzukehren, rannte er zu seinem Versteck in der Zitadelle von Kirkuk. Er kehrte zwei Tage lang nicht nach Hause zurück. Die ganze Zeit bemerkte niemand, dass er fehlte.

Nach Rashads Tod war Lamis nie mehr derselbe. Sie war erschöpft und deprimiert. Sie versuchte, ihre Töchter zu verheiraten, aber ohne Erfolg. Dies war eine schreckliche Zeit für den Aufbau neuer sozialer Beziehungen und für die Ehe, und so kümmerte sich niemand darum. Die Ruinen der modernen arabischen Welt und die Enttäuschung über ihre Religion veranlassten Lamis, aufzugeben, und sie hörte auf, Ameer zu unterrichten, kündigte ihren Job und versank in einen ständigen Zustand der Verzweiflung. Ali, auf den die Einkommenslast jetzt (wie auch auf seine Schwester) fiel, begann im Supermarkt Doppelschichten zu arbeiten, um für die Familie zu sorgen, aber sein Gehalt war nicht genug, und der Hunger besuchte die Familie Baghdadi erneut. Es war das erste Mal in Ameers Leben, dass er erkannte, dass er aufstehen und etwas tun musste.

Am ersten Tag des Ramadan, 1993, als Ameer erst zehn Jahre alt war, stand er am Eingang zum Zimmer seiner Mutter. Der Gestank, der aus dem Zimmer kam, das seit Monaten nicht mehr gereinigt worden war, erreichte seine Nase. Lamis lag mit offenen Augen in ihrem Bett und Tränen füllten sie, als sie ihn bemerkte. Sie kämpfte, um sich zu bewegen oder zu sprechen. Essensreste waren überall in ihrem Zimmer verstreut, und ihre Haut war mit infizierten Warzen bedeckt; er konnte sehen, dass sie schon lange nicht mehr geduscht hatte. Ameer näherte sich ihrem Bett und nahm die Decken von ihr. Er nahm die Bettlaken und warf sie in den Hof. Er würde sie später im Wäschetopf kochen. Der Junge, der vor langer Zeit seine Unschuld verloren hatte, zog seine verschwitzte Mutter aus dem Bett. Lamis versuchte, ihn abzulehnen, aber sie war zu schwach, also gab sie nach und ließ sich von den Armen ihres Sohnes ins Badezimmer tragen.

Ameer entfernte die abgenutzten Kleider seiner Mutter, und ihr knöcherner Körper wurde enthüllt: seine Mutter, die bis zu diesem Moment in seinem Kopf eine Göttin war, die auf der Erde lebte. Der Junge füllte die Wanne mit kochendem Wasser und goss Seifenpulver ein, das er aus dem Supermarkt gestohlen hatte, in dem Ali arbeitete. Er rieb ihre gequetschte Haut, und sie ließ es ihn tun, obwohl der immense Schmerz ihr Fleisch erstach. Schließlich, als er spürte, dass sie gründlich gereinigt war, wischte er sie trocken und desinfizierte ihre Warzen. Er kleidete sie in frische, saubere Kleidung und legte ihr Schuhe an die Füße. Lamis wurde in die Küche geschleppt, wo er ihr Essen zubereitete, eine Tasse Ziegenmilch füllte und ihr Haar kämmte, bis sie mit dem Essen fertig war. Danach reinigte er den Raum, lüftete ihn und legte neue Bettwäsche auf das Bett. "Du bist nicht damit fertig, deine Pflicht in dieser Welt zu erfüllen", sagte er wütend zu ihr. "Du hast noch viel zu tun."

Die Worte ihres Sohnes schlugen sie wie ein Blitz ein und belebten sie wieder. Ein paar Tage später kehrte sie zur Arbeit zurück und begann auch von neuem, Ameer die Geheimnisse der Mathematik beizubringen. Sie schwor vor ihm, dass sie ihn nicht in diesem schrecklichen Land aufwachsen lassen würde, das ihr so viel abnahm, und sammelte ihre ganze Kraft, ihre Familie und ihre Eltern, um genug Geld zu sammeln, um ihn zur Hochschulbildung in Europa zu schicken.

5.
2019

Omer Leibowitz konnte sich nicht vorstellen, als er zu seiner Nachtschicht in der Entsalzungsanlage „Sorek" ankam, dass er in den späten Morgenstunden des nächsten Tages unter riesigen Mengen von Membranen zu einem unbekannten Ziel krabbeln würde, während dem das unerträgliche Geräusch des Alarms und die Aufregung der Ingenieure und Techniker ständig in seinen Ohren läuteten. Er tat all das, anstatt seine Pflicht als Student zu erfüllen und einen Kurs zu besuchen, der gegen neun Uhr morgens begann. Aber Yehuda, sein Chef, brauchte einen jungen Mann mit einem starken, athletischen Körperbau, der schnell zum Oberwassersplitter gelangen und ihn zerlegen konnte, bevor der Druck des komprimierten Wassers zwischen den Membranen eine Explosion des gesamten Rohrleitungsnetzes verursachen und damit die gesamte Anlage zum Einsturz bringen konnte. Es war eine Zeit des Notfalls, und Omer wurde gerufen, um zu dienen.

Die Müdigkeit war nach so vielen schlaflosen Stunden in jedem seiner Muskeln spürbar. Er ging langsam auf dem Rücken auf die Verbindungsfuge zu und hielt in der einen Hand einen schweren Rohrschlüssel, während er in der anderen Hand einen Elektroschrauber mit einem Diamantbohrer hatte, der in das Eisenrohr eindringen konnte. Yehuda sagte ihm, dass er, falls er die Rohre nicht demontieren könne, ein paar Löcher in sie bohren sollte, um einen Teil des Drucks abzubauen. Der Boden war nass und es bildeten sich Pfützen, die seine Kleidung benetzten.

Zwischen all dem Aufruhr spürte Omer eine sanfte Vibration, die aus seiner Hosentasche kam. Sein Handy. Zuerst dachte er daran, den Versuch aufzugeben, ihn aus der Tasche zu ziehen, aber dann dachte er, es könnte Yehuda sein, der versuchte, über Textnachrichten zu kommunizieren, anstatt laut in dem ohrenbetäubenden Lärm zu schreien. Omer blieb stehen, legte den Rohrzange an seine Seite, zog das Telefon aus seiner Tasche und sah, dass es seine Mutter war und dass er bereits einige ihrer Anrufe verpasst hatte. Sie verlor wahrscheinlich den Verstand. Er beschloss, ihr zu antworten und sie zu beruhigen. Er drückte den "Antwort"-Knopf, legte das Telefon an sein Ohr und hörte ihre verängstigte Stimme inmitten all der Aufregung im Hintergrund. Er versuchte zurückzuschreien, dass alles in Ordnung sei, aber sie konnte ihn nicht hören. Schließlich legte er auf und schickte ihr eine SMS, in der stand, dass es ihm gut geht, dass innerhalb weniger Stunden alles vorbei sein wird und er nach Hause kommen wird, um zu schlafen.

Ein paar Sekunden später erhielt er eine Nachricht zurück, dass sie ihn nicht stören wollte, aber sie sah in den Nachrichten, was in der Anlage passiert war und wollte nur sehen, ob er es in einem Stück durch die Nacht geschafft hatte. Omer schickte ihr einen Text mit einem küssenden Emoji zurück und kroch weiter in Richtung des Verbindungsgelenks, das angefangen hatte zu klopfen und zu quietschen.

Yehuda ging unberechenbar zwischen den Membranen. Er hasste es, nicht die Kontrolle zu haben, und seine Hilflosigkeit wuchs nur noch. Seine Arbeiter rannten herum und versuchten, alles auf der wachsenden Liste der Fehlfunktionen zu beheben. Das Computersystem war abgestürzt, und mit ihm waren das Verteidigungssystem und die verschiedenen Sicherheitsmechanismen nacheinander abgestürzt. Dieses schreckliche Szenario, das niemand erwartet hatte, entfaltete sich vor seinen Augen, und das Schlimmste war, dass das Schicksal der gesamten Pflanze jetzt auf den Schultern eines elenden Studenten lag, der sich auf den Weg ins Unbekannte machte. Yehuda bohrte früher Löcher entlang der Rohre, und der Wasserdruck in ihnen war gesunken. Aber das Problem war noch lange nicht gelöst. Selbst nachdem sie den Anschlusshahn geöffnet haben, ist das System ausgefallen und es wird lange dauern, bis es wieder voll funktionsfähig ist. Zumindest gelang es ihm, eine Explosion und den Einsturz der gesamten Anlage zu verhindern.

Sein Team schaffte es bereits, drei Pumpen manuell abzuschalten und einen großen Teil des Abfalls, der sich in den Filtern angesammelt hatte, zu reinigen. Ein Teil des Computersystems lief wieder, aber Hunderttausende von Menschen waren auf die Wasserversorgung der Anlage angewiesen, und als Teil des gesamten Systemausfalls könnte das Abschalten der Anlage eine Katastrophe auf nationaler Ebene verursachen. Er kontaktierte seine Vorgesetzten und Kollegen. Die Situation war nicht so schlimm, wie er vermutete, aber die Schäden wurden auf zig Millionen Schekel geschätzt. Jemand muss zur Rechenschaft gezogen werden, und das "Mekorot" - Unternehmen müsste eine Neubewertung einer Krise in diesem Ausmaß vornehmen. Yehuda begann bereits darüber nachzudenken, wie er seine Entscheidungen während der Nacht rechtfertigen könnte. Aber jetzt ist es vielleicht wichtiger zu beten, dass sein junger Werkstudent lebend, gesund

und in einem Stück aus der Membranzelle kommt, nachdem er sich um das Hauptverbindungsgelenk gekümmert hat.

Omer zog sich unter eine andere Anordnung langer weißer Membranen, die intensiv an seinem Körper vibrierten. Er schaffte es, unter die Verbindungsfuge zu gelangen und zog den Rohrschlüssel mit sich. Nach ein paar Wackeln und Drehungen, um zu versuchen, sich zwischen die Rohre zu schieben, gelang es ihm, sich in eine sitzende Position zu ziehen und den Rohrschlüssel auf die Verbindungsverbindung zu stecken. Er erinnerte sich, dass Yehuda ihm sagte, er solle vermeiden, seinen Körper und seine Beine unter das Verbindungsgelenk zu lehnen. Der Druck des Wassers, das dort herauskommt, könnte seine Knochen zerquetschen. Er kippte seinen Körper zur Seite und versuchte, die Schraube ohne Erfolg zu drehen. Alle anderen Versuche waren vergeblich, und er erkannte, dass er, um den Druck abzubauen, auf dem Schraubenschlüssel stehen und ihn mit seinem gesamten Körpergewicht nach unten drücken musste. Nur ein paar zusätzliche Wackeln, und er stand auf der Griffstange des Schraubenschlüssels und sprang leicht, um einen besseren Schwung zu erhalten. Er spürte, wie die Schraube schließlich unter seinem Gewicht nachgab und sich löste, wodurch er eine große Erleichterung verspürte. Seine Kleidung war durchnässt und er schwitzte stark. Nur noch ein bisschen, und die Schraube löst sich vollständig, und das Wasser platzt heraus und löst den Druck im System. Um das Momentum zu erhöhen, sprang er noch aggressiver. Aber als er das laute, scharfe Quietschen unter seinen Füßen hörte, war es zu spät. Das Ventil explodierte unter ihm mit enormer Kraft und zerquetschte die gesamte Membranstruktur, wo der erschöpfte Student gefangen war. Er wurde innerhalb weniger Augenblicke unter dem Pöbel massiver Metallrohre und starker Wasserstöße begraben, die seinen Körper mit immenser Kraft zuschlugen und ihn das Bewusstsein verlieren ließen.

6.

Yehuda Shaharbani wusste, dass er einen Preis dafür zahlen würde, dass er zu selbstgefällig war, und hielt es immer noch für eine gute Idee, den Schüler unter die Berge vibrierender Membranen zu kriechen. Omer Leibowitz lag bewusstlos unter den Trümmern, aber die Sanitäter konnten seinen Puls wiederherstellen, und das war eine sehr gute Nachricht für Jehuda. Der Arzt, der an dem Ort ankam, schaffte es, seinen Zustand zu stabilisieren und begann, ihn für die Ambulanzfahrt zum Wolfson Hospital in Holon zu verbinden. Das linke Bein des Schülers war gebrochen und verdreht, und einer seiner Hüftknochen war in sein Fleisch eingedrungen und spähte durch die Haut. Sein Zustand war schlecht, und Yehuda, der ein Mann des Glaubens war, wusste, dass es ein Wunder war, dass Omer noch am Leben war. Er wird sich für die Entscheidung, einen unerfahrenen Burschen zu schicken, verantworten müssen, und er wird sich auch dafür verantworten müssen, ob es besser gewesen wäre, die Anlage explodieren zu lassen, aber der Schaden würde keinen Menschen das Leben kosten. Er ging hilflos zwischen den Ruinen umher, als einer seiner Arbeiter auf ihn zukam und ihm ein Handy in die Hand legte. "Das gehört dem Studenten", sagte er und ging weg.

Yehuda drehte das Handy ein paar Mal in seinen Händen und spürte eine riesige Last auf seinen Schultern. Er wusste, wenn es einer seiner Arbeiter oder engen Freunde gewesen wäre, hätte er es nie gewagt, sie auf diese Selbstmordmission zu schicken, und das war eine Last auf seinem Herzen wie eine schwarze Wolke, die an der Sonne vorbeizog. Er fühlte, dass er sich übergeben wollte, also ging er nach draußen, um frische Luft zu schnappen. Die Morgensonne wärmte ihn auf und trocknete seine Kleider ein wenig. Er lehnte sich an die Wand, wo er eine Frau bemerkte, die ein paar Meilen von ihm entfernt stand und rauchte. Er ging zu ihr hinüber und bat um eine Zigarette. Er erinnerte sich, dass er seiner Frau versprochen hatte, mit dem Rauchen aufzuhören, und das tat er in den letzten anderthalb Jahren. Aber er wusste auch, dass er zusammenbrechen könnte, wenn er zu diesem Zeitpunkt nicht rauchte.

Er stand draußen und füllte seine Lungen mit Zigarettenrauch. Als er fertig war, fühlte er sich etwas besser. Er warf den Zigarettenstummel weg, ordnete seine Gedanken neu und ging zurück in den zerstörten Raum. Arbeiter, Ingenieure, Sanitäter und Techniker überschwemmten den Ort. Hinter ihm bombardierte eine Armee von Journalisten und Fotografen die Sprecherin und den örtlichen

Polizeichef des Werks mit ihren Fragen und zeichnete jedes Detail über den Fall, der live auf allen Fernsehkanälen übertragen wurde.

Er ging an dem kaputten Ventil vorbei direkt auf den Schaltkasten zu und versuchte herauszufinden, wie alle Sicherheitsmechanismen, computergesteuert und mechanisch, versagt hatten und einen solchen Absturz mit mehreren Systemen verursachen. Er musste eine Antwort finden. Wahrscheinlich hatte jemand das System sabotiert. Er suchte nach dem Bedienfeld, verfolgte die Infrastruktur der Elektro- und Rechenkabel, untersuchte die Verbindungsstellen zwischen den Rechen- und mechanischen Systemen und betrachtete schließlich sogar das Überwachungssystem der Anlage. Alles schien in Ordnung zu sein.

Er suchte nach Rissen im System. Er prüfte auf verbrannte Kabel, überprüfte dann die Eingabedaten und den Fehlerbericht des Systems. Danach scannte er die Rohre und schaute, ob jemand eines der Ventile mechanisch geschlossen hatte. Aber er fand nichts. Schließlich gab er auf und ging in sein Büro. Er brauchte dringend eine Tasse Kaffee und wusste sehr wohl, dass er sie nicht bekommen konnte, wo er war. Er ging an der Tür vorbei, trat über ein dünnes schwarzes Kabel, das mit den Überwachungskameras verbunden war, und ging hinaus ins Sonnenlicht und die schreienden Journalisten, die ihn interviewen wollten. Plötzlich spürte er, dass etwas nicht stimmte. Er blieb stehen, schloss die Augen und drehte sich um. Die Kameras. Irgendetwas war seltsam an den Überwachungskameras. Er näherte sich den beiden Kameras, die auf dem Boden lagen, und betrachtete sie. Eine war eine PTZ-Modell-Überwachungskamera mit Nachtsicht – das Modell, das von der Sicherheitsfirma der Anlage gekauft wurde und über die gesamte Anlage verstreut war. Die andere Kamera war eine kabellose Hauskamera, die an der Box der ersten Kamera befestigt war. Yehuda hob die Kamera auf und betrachtete sie. Diese Kamera gehörte definitiv nicht der Sicherheitsfirma der Anlage. Er rief einen der anwesenden Polizisten an und informierte ihn darüber, wie er mit dem, was er gefunden hatte, umgehen sollte. Der Polizist bat ihn, die Kamera in sein Büro zu bringen und sie in einen Safe zu legen. Er gab Yehuda eine Tasche, um die Beweise zu sammeln, und ging weg.

Yehuda legte die Kamera in die Tasche und ging zum Büro. Er beschloss, sich voll und ganz der Aufgabe zu widmen, einen Bericht über die Ereignisse zu verfassen, die sich in den letzten Stunden in der Anlage ereignet hatten, und seine Überlegungen und seinen Entscheidungsprozess ausführlich zu erläutern. Er wusste, dass ein

Untersuchungsausschuss eingesetzt wird. Als er eintrat und im Büro saß, bat er seine Sekretärin, ihm die Details des Kamerasystems der Anlage, das Filmmaterial der letzten Tage weiterzuleiten und zu überprüfen, ob jemand von der Kamerafirma die Anlage aus irgendeinem Grund betreten wollte. Dann legte er die Kamera, die er gefunden hatte, in den Safe. Als er fertig war, spürte er eine sanfte Vibration in seiner Tasche. Er steckte seine Hand in die Tasche und fand Omer Leibowitz 'Handy. Es war seine Mutter, die versuchte, ihn zu erreichen. Yehuda holte tief Luft und beantwortete den Anruf.

7.

Um 11:00 Uhr betrat Superintendent Yael Lavie Itay Eshels Büro, das ihr Kommandant war. Obwohl es bereits Mittag war, lag der Geruch des Perkolators vom Morgen noch in der Luft. Normalerweise war das Büro schwer beladen mit Akten, Beweisen, Berichten und Gegenständen, die Eshel an Ort und Stelle aufbewahren würde, aber heute war alles organisiert, und das ohrenbetäubende Schweigen, das eine ernste Krise kennzeichnete, war sehr präsent. Eshel selbst sah sehr angespannt aus. Er war jünger als Yael, sah aber ein paar Jahre älter aus als sie. Seit er in diese Position berufen und vom Feld ins Büro versetzt wurde, waren seine Haare dünn und weiß geworden, und bald genug hatte ein kleiner Bauch begonnen, unter seinem Gürtel zu stecken. Er fühlte sich definitiv wie ein Fisch aus dem Wasser in seiner neuen Position, als ob er hoffte, wieder ins Feld zurückzukehren und sich von der schweren Verantwortung zu lösen, die mit der neuen Rolle einherging.

Als Yael vor einem Jahr in die arabische Abteilung der ISA berufen wurde, war sie nach einer langen erfolgreichen Karriere bei der Polizei bereits dreiundvierzig Jahre alt. Er war erst sechsunddreißig. Am Anfang war ihre Beziehung etwas ungewöhnlich. Itay fehlte es an maßgeblicher Erfahrung, als sie bereits Oberbefehlshaberin war. Aber sie lernten schnell, zusammenzuarbeiten, und sie begann, seinen Witz und seine Fähigkeit, auf ihre Bedürfnisse zu achten, zu schätzen. Er hingegen sah sie als Begleiterin, Freundin und geheime Hüterin. Er vertraute ihr, lernte, ihre Fähigkeiten und Erfahrungen zu nutzen, und hörte sich jeden Rat an, den sie ihm gab. Er sah sie in gewisser Weise als mehr als eine enge Freundin, und der Gedanke daran, was passieren würde, wenn sie ihre Beziehung in eine romantische verwandeln würden, kam ihm ziemlich oft in den Sinn. Aber Itay Eshel war verheiratet und hatte Kinder, und er kannte seinen Platz. Wie auch immer, ihre professionelle Partnerschaft lief gut, und es hatte keinen Sinn, sie mit der Härte herauszufordern, die höchstwahrscheinlich durch die Zerschlagung seiner Familie entstehen würde.

Itay Eshel wusste auch, dass Yael das schwächste Glied in seinem Team war. Obwohl sie eine erfahrene Polizistin war, war Yael noch unerfahren in der Arbeit der ISA. Sie kannte das System nicht gut, und schlimmer noch, Yael war ein einsamer Wolf, der sich bemühte, sich vom Rest der Partner fernzuhalten und alleine zu arbeiten. Die Anzeichen der Depression, in die sie nach dem Mord an ihrem Mann versunken war, waren immer noch sichtbar, und die Art und Weise, wie sie sich verhielt, fehlte ihr an Vitalität. Eshel stellte sicher, dass sie nur für Missionen ernannt wurde, bei denen sie einen wesentlichen Beitrag leisten würde. Sie sprach fließend Arabisch, kannte den östlichen Bereich Jerusalems und den palästinensischen Bereich des Westjordanlandes wie ihre Handfläche und hatte viele Verbindungen in die Palästinensische Autonomiebehörde, was sie zu einem wertvollen Gut für ihn machte, und er wusste, wie man es gut einsetzt.

Yael war überrascht, wie sauber und organisiert das Büro war. Eshel war mit einem Anruf beschäftigt und hob den Daumen. Er machte eine Geste, um die Tür hinter ihr zu schließen, und sie tat, was er verlangte, ging dann zum Fenster mit Blick auf den Ayalon Highway, die Hauptroute, die Tel Aviv überquert, und schaute heraus. Vom Universitätsbahnhof aus hatte ein Zug seine Reise angetreten und das Gebäude ein wenig erschüttert. Yael goss sich Wasser aus einer Flasche und setzte sich mit gekreuzten Beinen vor ihn. Sie wagte es nicht, Fragen zu stellen oder den Aktenstapel zu berühren, der auf seinem Schreibtisch lag. Sie kannte die Spielregeln sehr gut und versuchte nicht, sie herauszufordern.

Eshel stand plötzlich auf und legte das Telefon ab. Er sah müde und beunruhigt aus, wie jemand, der den Morgen damit verbrachte, endlose Telefonate, Briefings und Bedienungsbefehle zu führen.

"Zumindest lebt er noch. Wenn er getötet worden wäre, wären wir jetzt an einer anderen Stelle gewesen ", bewegte er sich in ihre Richtung. "Wer lebt?" Yael war nicht über alles informiert, was passiert war, und sie hasste es, mitten in eine Krise zu geraten, ohne alle Details zu kennen.

"Hast du gehört, was letzte Nacht passiert ist?"

„Ich habe gehört, dass es einen Cyberangriff auf alle Wasseranlagen in Israel gab. Aber ich nahm an, dass wir fast aus dem Schlamassel heraus waren. Ich hatte keine Ahnung, dass jemand verletzt wurde."

„Einer der Arbeiter in der Entsalzungsanlage „Palmachim" wurde fast getötet. Große Teile der Anlage wurden zerstört und der Wasserausstoß sank auf 32 %. Das bedeutet, dass wir die Wasserreserven "verbrennen" müssen, bevor sie repariert werden, das Abpumpen aus dem See Genezareth erhöhen und die Quoten der Landwirte reduzieren müssen."

"Wie schlimm ist es?"

"Es ist schrecklich. Aber nicht etwas, das das Land zu Fall bringen würde. Es lehrt vor allem diejenigen, die uns schaden wollen, dass wir diesen Arten von Angriffen sehr ausgesetzt sind und noch nicht in der

Lage sind, mit dieser Art von Terrorismus umzugehen."

"Wissen wir, woher es kommt?" Yael bewegte sich unruhig in ihrem Stuhl und nahm einen Schluck Wasser.

"Noch nicht. Sprich mit deinem Bruder, er weiß wahrscheinlich mehr als ich."

Shay Nachmani sammelte umfangreiches Wissen und Erfahrung in den Recheneinheiten der IDF und galt als Speerspitze der Cyberkriegsführung in Israel. Er war derjenige, der allen Entscheidungsträgern zeigte, wie erbärmlich die Cyber-Abwehrsysteme im Land waren: das Land, das von seinen Führern "The Start-Up Nation" genannt wurde. Wie der Junge mit dem Finger im Damm stand Shay vor seinen Vorgesetzten und beschimpfte ihre Apathie. Es war für ihn offensichtlich, dass ein Cyberangriff auf die Systeme der IDF fast unmöglich war. Auch die privaten Systeme wurden geschützt. Die Achillesferse war die bürgerliche Infrastruktur. Die Mautstraßen, die Elektrizitätsgesellschaft, die Häfen, die Züge und natürlich – die Wasseranlagen. Israels Wasserinfrastruktur bestand aus Abwasserbehandlungsanlagen, Pumpen, die Wasser aus den Grundwasserleitern entlang der Küste, in der Region Galiläa, den Bergen im Zentrum, den Brunnen im Süden und den fünf Entsalzungsanlagen Israels abpumpen. Als er in seiner Position und seinen Rängen aufstieg, gelang es ihm, die Leiter des Systems davon zu überzeugen, dass ein bedeutendes Cyber-Abwehrsystem erforderlich ist, um das Land in diesem globalen Technologiezeitalter zu schützen. Die Mission wurde ihm übertragen, aber die Budgets waren minimal, die Humanressourcen waren begrenzt und die Verteidigungsversorgung mit Infrastruktur steckte noch in den Kinderschuhen.

Yael nahm an, dass ihr Bruder, der ein Jahr jünger ist als sie, sich für alles, was passiert ist, verprügeln muss. Obwohl sie wusste, dass er sein Bestes gab, war ihr auch klar, dass er die volle Verantwortung dafür übernehmen und nicht loslassen würde, bis er den Fehler des Systems herausgefunden hatte. Sie kannte ihn wie ihre Handfläche. Sie wusste auch, dass er nicht aufhören wird, bis er seine Hände auf die Person legt, die es getan hat.

"Wenn wir das Briefing beendet haben, werde ich ihn fragen", antwortete sie. "Danke."

"Werden Vorbereitungen für einen zweiten Angriff getroffen? Ich meine, könnte es sein, dass dies erst der Anfang ist?"

"Wir haben eine Nachricht gesendet, in der wir alle aufforderten, die Augen offen zu halten – und ich hoffe wirklich, dass sie das tun werden."

Eshel beendete seinen Satz nicht einmal, als sein Handy piepste. Er nahm es vom Schreibtisch und las schnell den Inhalt der Nachricht, die ihm geschickt wurde. Danach sagte er: „Du musst zum Werk in Palmachim fahren. Sie haben dort etwas gefunden, das uns helfen könnte, herauszufinden, wie sie in das System eingebrochen sind."

"Okay." Yael stand auf und ging zur Tür. "Wenn du mit Shay sprichst, informiere mich darüber, was los ist."

"Kein Problem." Sie ging aus dem Büro, zog das Handy aus der Tasche und schickte eine SMS an ihren Bruder: "Sprich mit mir, wenn du Zeit hast, ich liebe dich."

8.

Yael Lavie hatte eine unglaubliche Fähigkeit, selbst die kleinsten Details zu bemerken. Sie entdeckte diese Fähigkeit, als sie noch jung war, und schaute sich gerne Bücher mit dem Titel „Wo ist Waldo?" an. Das Ziel war es, Waldo – einen Jungen mit Brille, einem rot-weiß gestreiften T-Shirt und einem Wollhut, der sich in der großen Menge versteckte, so schnell wie möglich zu finden – eine Aufgabe, die Yael leicht erledigen konnte. Als Soldatin in der IDF konnte sie auf das eine Detail hinweisen, das marginal erschien, aber sehr kritisch war. Ihre Rolle in der IDF bestand darin, ein Ausguck zu sein, also lernte sie, Verhaltensmuster potenziell gefährlicher Menschen in der Menge zu erkennen oder in der Wüste den einen Ort zu finden, an dem die Aussicht etwas anders war, an dem sich Eindringlinge und Terroristen versteckten.

Yael verstand es auch, Veränderungsmuster in der Umgebung zu erkennen. Sie lernte die Konturen und konnte Bewegung oder Unordnung in wenigen Stunden lokalisieren. Ihr Gehirn macht ein Bild von der Umgebung, dann schließt sie die Augen und vergleicht, wie die Umgebung jetzt aussieht, mit dem, wie es ein paar Stunden zuvor war. Diese Fähigkeit war sehr nützlich, als sie an Szenen von Terroranschlägen jenseits der Grenze zum Westjordanland arbeitete. Sie konnte Fluchtwege von Terroristen, Waffen, die von ihnen benutzt wurden, leicht lokalisieren und wiederkehrende Muster skizzieren.

Um 14:20 Uhr fuhr Yael zur Entsalzungsanlage „Sorek" in Palmachim. Der Ort war hektisch, mit Ingenieuren und Technikern, Wartungsarbeitern, die versuchten, die Schäden zu minimieren, ein paar Polizisten, die versuchten, im wachsenden Chaos alles in Ordnung zu halten, und Banden von Journalisten, die aus verschiedenen Mediennetzwerken aus der ganzen Welt kamen. Sie alle versammelten sich in der Einrichtung, die angegriffen und zerstört wurde. Yael parkte das Fahrzeug, stellte den Motor ab und stieg aus. Sie blieb für einen Moment stehen, scannte alle Richtungen um sich herum mit ihren Augen, suchte nach Hinweisen, nach etwas oder jemandem, das nicht ins große Ganze passte, schloss dann ihr Auto ab und schlenderte langsam durch die Gegend. Sie versuchte, Teil des Aufruhrs zu sein, um in der Umgebung absorbiert zu werden. Das tat sie immer in komplizierten Angriffsszenen, ähnlich wie in dieser, und es gelang ihr fast immer, den ersten Krümel zu finden, der sie aus dem Wald führen würde.

Sie kam an ein paar Technikern vorbei, die neue Rohre trugen, und schlenderte entlang des Zauns der Anlage, um nach Brüchen zu suchen, aber der Zaun war elektrisch, und es war unmöglich, durch ihn hindurchzukommen, ohne Alarm zu schlagen. Sie schaute auf die Banden von Fotografen und Journalisten und scannte jedes einzelne ihrer Gesichter. Es gab ein paar bekannte Gesichter, ein paar Medientrucks mit den Logos bekannter und weniger bekannter Mediennetzwerke und ein paar Teammitglieder, Fotografen, Rekorder und Fahrer, die herumhingen. Sie suchte nach jemandem, der seine Arbeit nicht tat oder damit beschäftigt war, ohne Verbindung zu einem der Medienteams zu schauen oder zu filmen. Sie fand innerhalb weniger Minuten ein paar verdächtige Personen. Ein Fotograf, der eine Kamera mit einem langen, breiten Objektiv am Hals trug, stand dahinter und rauchte. Hin und wieder schaute er sich um und scannte den Umkreis. Ein anderer Fotograf war damit beschäftigt, das Objektiv seiner Kamera zu wechseln und lehnte sich zu einer schwarz gepolsterten Tasche. Eine andere Person stand, ohne sich neben einem der Lastwagen der Medien zu bewegen, und richtete seinen Blick auf den zerstörten Hangar. Eine andere Person war mit seinem Handy beschäftigt und sah sich ab und zu um, als ob er nach etwas oder jemandem suchte, den Yael die verschiedenen Bedrohungen in ihrem Kopf kartierte und beschloss, keine dieser Figuren zu untersuchen. Sie trat zurück und betrat die Büroräume der Einrichtung. Sie ging die Treppe hinauf in den zweiten Stock zu einem Angestellten, der wie in den Fünfzigern aussah und schwer geschminkt war. Sie stellte sich vor und fragte, mit wem sie über alle gefundenen Beweise sprechen sollte.

"Du solltest mit Yehuda sprechen. Ich rufe ihn an. Er ging in den Hangar 1", sagte die Frau mit einem schweren russischen Akzent und nahm das Telefon auf ihrem Schreibtisch in die Hand. Yael machte sich einen Americano in der Küchenzeile, die sich in der Ecke des Zimmers befand. Während sie an ihrem Kaffee nippte, scannte sie die Bilder an den Wänden des Büros, Luftaufnahmen der Entsalzungsanlage, Zeugnisse und einen Bauplan der Anlage. Ein paar Minuten später betrat Yehuda Shaharabani das Büro. Er sah aus wie jemand, der einen harten Tag hatte, sein Hemd war von Schweiß durchnässt und sein Gesicht war staubig. Er ging zu ihr hinüber, schüttelte ihr aber nicht die Hand. Stattdessen machte er eine Geste in Richtung seines Büros und schloss die Tür hinter ihr. Er saß vor seinem Schreibtisch und zeigte auf einen der Stühle, aber Yael ignorierte ihn und blieb stehen.

"Jemand hat es geschafft, mit einem Arbeiterausweis in die Fabrik zu kommen, den er höchstwahrscheinlich von einem der Sicherheitskräfte gestohlen hat", sagte er, ohne Zeit mit Höflichkeit zu verschwenden. "Er installierte ein zweites Kamerasystem neben dem Hauptsystem und verband es mit dem Sicherheitssystem und den Computern der Anlage."

"Weißt du, wer es ist? Hast du dir die Sicherheitsaufnahmen angesehen?"

„Genau das habe ich in den letzten Stunden getan.

Beobachten Sie das gesamte Filmmaterial in Geschwindigkeitsbewegung. Aber da ich keine Schätzung habe, für welchen Tag oder zu welcher Stunde es aufgetreten ist, muss ich mir das gesamte Filmmaterial von heute Morgen ansehen und in der Zeit zurückgehen. Es sind Hunderte von Stunden."

"Ich werde das Filmmaterial mit ins Labor nehmen; sie könnten in der Lage sein, es effizienter zu machen."

"Aber was ist, wenn sein Gesicht versteckt ist, wie würdest du in der Lage sein, die Person in den Aufnahmen zu erkennen?"

"Wenn wir den Tag und die Stunde kennen, zu der er das System installiert hat, werden wir in der Lage sein, in anderen Kameras im Werk nach seinem Gesicht zu suchen, vielleicht in der Haupt-Gate-Kamera. Wie lange bewahren Sie das Sicherheitsmaterial auf?"

"Etwa drei Wochen."

"Warum hat Ihr Mitarbeiter keinen gestohlenen Ausweis gemeldet?"

"Er war nicht einer unserer Arbeiter – er war ein Leiharbeiter. Vielleicht hat er es seinen Vorgesetzten gemeldet, oder er hat es einfach verloren." Shaharabani bewegte sich unbehaglich in seinem Stuhl.

Yael setzte sich auf einen der Stühle und legte ihre Hände auf ihre Knie. "Ein Mann geht frei in eine der wichtigsten Einrichtungen in Israel, geht um die Baustelle herum, findet die schwächste Stelle der Einrichtung und verbindet sich leicht mit dem Computersystem, installiert dann ein Breakin-System mit einer falschen Überwachungskamera und geht hinein und hinaus, ohne irgendeinen Verdacht zu erregen. Er macht dasselbe in anderen Einrichtungen und bringt alle Wassersysteme Israels gleichzeitig zum Einsturz. Er hätte das Wasser leicht vergiften können, und niemand hätte etwas gewusst, bis Tausende zu sterben begannen. Ich weiß nicht, ob ich dem Kerl gebührende Anerkennung zollen oder darüber weinen soll, wie erbärmlich unsere Sicherheitssysteme sind."

"Du ziehst voreilige Schlüsse. Vielleicht war es ein Team von Leuten? Wir können nicht jederzeit gegen alles immun sein. Irgendwann wird jemand die schwächste Stelle finden und ausnutzen."

"Ein Team von Leuten? Ich bezweifle es. Ein Team wie dieses würde viel Lärm machen, und irgendwann wird jemand sie bemerken. Nein, das ist eine chirurgische Operation von jemandem, der wirklich wusste, was er tat." Yehudas Handy klingelte, er schaute auf den Bildschirm und sagte:

"Ich denke, du liegst falsch. Eine Person kann einen solchen Angriff auf so viele Einrichtungen nicht zeitlich planen." Er drückte einen Knopf und ging ans Telefon. Er hörte aufmerksam zu und legte dann auf. Danach sagte er: „Es ist von der EDV-Abteilung. Sie fanden die Person, die die Kamera höchstwahrscheinlich installiert hat, in den Sicherheitsaufnahmen. Lass uns jetzt dorthin gehen."

Sie stiegen in die untere Etage des Bürogebäudes hinunter und gelangten zu einer Tür mit einem Magnetschloss. Yehuda wischte seinen Arbeiterausweis und sie gingen hinein. Zwei Personen saßen vor vier Computerbildschirmen, die jede Aktivität in der Anlage überwachten. Es gab ein offenes Buch von Rechtsstudien, von einem der Monitore, und ein paar Notizbücher waren auf dem Tisch verstreut. "Das gehört dem Kerl, der verletzt wurde", sagte Yehuda. "Wir müssen sicherstellen, dass wir es ihm geben, wenn er aus dem Krankenhaus entlassen wird."

Auf einem der Monitore erschien eine verschwommene Figur eines Mannes, der einen blauen Overall trug und in der einen Hand einen Werkzeugkasten und in der anderen einen Karton trug, während auf seiner Schulter ein schwarz gerolltes Kabel lag. "Das ist der Typ", sagte Yehuda.

„Wie kommst du darauf?", fragte Yael.

"Das schwarze Kabel. Das war das Kabel, das ich im Hangar von der Überwachungskamera zum Bedienfeld gefunden habe."

"Das war keine Überwachungskamera", sagte einer der Techniker. „Was war es dann?", fragte Yehuda.

"Ich denke, es ist eine Art Übertragungsgerät."

"Ich werde alles nehmen, um in unseren Labors angeschaut zu werden. Wir haben die richtige Ausrüstung und ein professionelles Team, das sich genau darauf spezialisiert hat ", sagte Yael und begann, all die Dinge zu sammeln.

Yael drehte den Monitor zu ihr und machte die verschwommene Figur für sie sichtbar. Die Konturen seines Gesichts waren unkenntlich, und doch hatte Yael das Gefühl, diese Person schon einmal gesehen zu haben.

Sie schloss die Augen und begann, die Route zu kartieren, die sie gemacht hatte. Sie dachte an all die Treffen, die sie im Laufe des Tages hatte, probte noch einmal in ihrem Kopf all die Gesichter, die sie gesehen hatte, und sagte schließlich:

"Ich glaube, ich weiß, wer diese Person ist. Ich habe ihn gesehen."

„Wo?", fragte Yehuda.

"Als ich vor einer Stunde hier ankam", warf sie einen Blick auf ihre Uhr. "Wer war es?" Fragte Shaharabani erneut.

„Er ist einer der Medienfotografen, die vor dem Zaun standen und Fotos von der Anlage machten. Ich bin mir ziemlich sicher, dass ich ihn bei einem der Medienwagen stehen und rauchen sah. Sammle das gesamte Material für mich – ich komme gleich zurück, um es mitzunehmen."

Yael ging schnell nach draußen, beschleunigte sich, indem sie auf ihrem Weg die Treppe hinauf zwei Schritte nacheinander machte, und ging dann zum Parkplatz hinaus. Es hatte sich nichts geändert. Sie begann, ihren Weg zurückzuverfolgen, den sie gegangen war, als sie zum ersten Mal zur Anlage kam, bis sie zu den Medien kam. Sie stand an der Seite, versuchte ihr Bestes, um nicht aufzufallen, und zog ihr Handy heraus. Sie begann, die Menschen dort zu scannen und suchte nach dem rauchenden Fotografen. Aber er war nicht mehr da. Sie versuchte, nach einer Kamera zu suchen, die auf die Menge von Journalisten gerichtet war und vielleicht eine Aufnahme von diesem Mann gemacht hatte, aber alle Kameras waren auf die Einrichtung gerichtet. Schließlich gab sie auf und kehrte in die Computerabteilung zurück.

"Hier ist eine Kiste mit allem Material, einschließlich der Überwachungskamera und des Übertragungsgeräts", sagte Yehuda mit trockener Stimme. "Jetzt musst du mir verzeihen, ich muss zurück zur Wiederherstellung des Wassers in über einer Million Häuser." Yael schaute auf den Bildschirm und merkte sich das Gesicht des Mannes. Sie ging zu ihrem Fahrzeug, ohne Yehudas Hand zu schütteln. Als sie die Box ins Auto stellte, klingelte ihr Handy. Itay Eshel war in der Leitung.

"Ich habe sein Bild an die Polizei übertragen, damit sie anfangen können, sein Gesicht in den Sicherheitsaufnahmen der anderen Einrichtungen zu zeigen."

"Wir sind uns noch nicht sicher, ob er es ist", sagte Yael.

„Die Untersuchung schadet nicht, das ist die einzige Spur, die wir im Moment haben. Wohin gehst du als nächstes?"

"Ich gehe ins Labor, um ihnen das gesamte Material zu geben." Yael hatte den Satz kaum beendet, als ein Anruf von ihrem Bruder kam. Sie fügte ihn zu ihrem Gespräch mit Itay hinzu.

"Shay, du bist mit mir und Itay Eshel in Verbindung. Gibt es Neuigkeiten?"

"Zuerst erlaube mir, mich dafür zu entschuldigen, dass ich es nicht zu unserem traditionellen Frühstück geschafft habe – ich verspreche, ich werde es wiedergutmachen."

"Okay. Wir werden darüber reden." Yael hatte ein halbes Lächeln im Gesicht. "Und was noch? Hast du etwas gefunden?"

"Ja", sagte Shay, "der Einbruch in alle Einrichtungen wurde von einer kleinen Wohnung in der Ahmed Shawki Street in Jerusalem aus orchestriert. Alle Leads führen uns dorthin."

"Ahmed Shawki Street? Wo ist es?«, fragte Itay.

"Shu'afat-Viertel, Ost-Jerusalem", sagte Shay. "Die Polizei ist bereits auf dem Weg dorthin."

9.

Yael war im Labor und ging die Sicherheitsaufnahmen von verschiedenen Wassereinrichtungen durch, die bei dem Cyberangriff verletzt wurden, als ihr Handy klingelte. Die Arbeitsmethode war im gesamten Filmmaterial gleich. Ein Mann betrat jede der Einrichtungen allein, trug die Kleidung eines Technikers oder eines Wachmanns und installierte eine neue Überwachungskamera, die direkt mit dem Sicherheitssystem der Einrichtung und dadurch mit dem gesamten Computersystem verbunden war. Ein Mann schaffte es, ein ganzes System zu zerstören, alle Teile in perfekter Koordination anzugreifen und es komplett zum Absturz zu bringen. Yael fragte sich, ob es möglich war, dass ein Mann einen so groß angelegten Angriff selbst synchronisieren konnte, aber sie konnte das nicht ganz beantworten. Die Puzzleteile waren immer noch in Unordnung, viele fehlten noch. Sie schaute auf ihren Handy-Bildschirm. Itays Name erschien in großen Buchstaben.

"Hast du etwas gefunden?" Itays Stimme war scharf und sie konnte fühlen, dass er ein bisschen verärgert war.

„Ich denke, dieselbe Person ist in den letzten Wochen von einem Ort zum anderen gegangen und hat die Kamerasysteme installiert. Denken Sie an den Mut und die Menge an Informationen, die er sammeln musste, um so viele Einrichtungen zu infiltrieren, ohne Verdacht zu erregen. Die Jungs in der Kläranlage in Herzliya behaupteten, sie hätten ihn verdächtigt, weil er kaum sprach, wenn er es tat, war es hauptsächlich auf Arabisch, und er schien nervös zu sein."

"Warum haben sie ihn dann reingelassen?"

"Weil er professionell aussah, er hatte einen Arbeiterausweis, er kannte die Arbeiter in der Fabrik mit Namen, als hätte er schon viele Male dort gearbeitet. Weil er genau wusste, wohin er gehen und was er tun sollte, also haben sie ihn am Ende einfach verlassen, um seine Arbeit zu erledigen."

"Das ist unglaublich. Ich sehne mich schon danach, mit diesem Kerl zu sprechen."

"Es wird bald passieren. Du hast gehört, was Shay gesagt hat. Die Polizei ist auf dem Weg nach Shu 'afat, um ihn zu verhaften."

"Sie haben ihn bereits verhaftet. Er ist auf dem Weg hierher."

"Jetzt weiß ich, warum du gerufen wurdest." Yael lächelte vor sich hin. Ihre persönliche Verbindung zu Shay war eine sichere Möglichkeit, sich an den Tisch der ISA-Entscheider zu setzen, und sie hörte alle Neuigkeiten direkt aus dem Feld, wie es geschah, und nicht "nach der Veranstaltung" wie die anderen Mitglieder des Teams. Ihre Kommandanten, und hauptsächlich Itay Eshel, waren ihr gegenüber sehr respektvoll und achteten darauf, sie in ihre Diskussionen einzubeziehen.

"Glaub mir – du hast keine Ahnung. Komm ins Büro und ich werde dich auf den neuesten Stand bringen."

Itay Eshel legte auf, bevor sie sich verabschieden konnte. Sie holte ein paar weitere Screenshots aus den verschiedenen Einrichtungen heraus, wo der Mann, der Israels Hauptwasserinfrastruktur zerstört hatte, sichtbar war, und legte sie in einem Ordner ab. Sie untersuchte das Gesicht des Mannes und versuchte, seine Motive zu verstehen. Warum sollte er an den Tatort zurückkehren? Und warum nur der Standort Palmachim und keiner der anderen Standorte, die angegriffen wurden? Warum ist er Shu'afat nach dem Angriff nicht entkommen? Etwas an seinem Verhalten erschien ihr seltsam.

***

Der Besprechungsraum im dritten Stock des ISA-Gebäudes in Tel Aviv wurde ohne besondere technologische Elemente bescheiden eingerichtet. Drei seiner Wände waren aus Zement und eine aus Glas, in der sich eine Tür befand, die einem Schaufenster ähnelte. Die Glaswand war mit einem Vorhang bedeckt. An einer der Wände befand sich ein großer Fernsehbildschirm und ein mehrschichtiges Fenster, das mit Blick auf den Hayarkon-Park weit geöffnet war. Die heiße Außenluft und das Piepen der Autos drangen aus dem Fenster in den Raum ein. Zwei Männer und eine Frau saßen um den Besprechungstisch herum, und Itay Eshel saß an der Spitze des Tisches.

Yael ging in den Raum, während die vier sich inmitten eines hitzigen Gesprächs befanden. Eshel zeigte auf einen der Stühle und Yael setzte sich. "...Aber er ist nicht bereit, mit anderen Leuten zu sprechen", setzte die Frau ihren Satz fort, der von Yael unterbrochen worden war, als sie den Raum betrat. Ihr Gesicht war Yael vertraut, aber sie war sich nicht sicher, woher sie kam. Sie wusste, dass sie von der Polizei war. Sie kannte den Tonfall, die Redewendung, die Terminologie, die sie benutzte – alles war ihr vertraut, nachdem sie selbst jahrelang Ermittlerin in der Region Judäa und Samaria war. Der zweite Mann trug eine blaue Uniform und hatte einen Offiziersrang. Der dritte Mann war von der ISA, vielleicht aus der Cyber-Abteilung oder der internationalen Abteilung – sie wusste es nicht. Er war in seinen Zwanzigern, schlank und groß, mit einem Navy-Haarschnitt. Er lehnte sich auf den Stuhl zurück und lächelte spielerisch. Sie war still und hörte ein paar zusätzliche Augenblicke zu, bevor Eshel sich ihr näherte, als wäre sie von Beginn des Treffens an im Raum gewesen.

„Vor anderthalb Stunden brach die Polizei in eine Wohnung in Shu 'afat ein und fand einen jungen Burschen, etwa fünfunddreißig Jahre alt. Laut den Dokumenten in der Wohnung scheint sein Name Nabil Barhum zu sein, ein irakischer Staatsbürger, der das Westjordanland durch Jordanien infiltrierte und dort die Grenze zur israelischen Seite überquerte. Er hätte es mit den palästinensischen Arbeitern tun können, die die Grenze durch einen der Brüche im Zaun überschritten haben, oder er hätte den Hizma-Kontrollpunkt mit gefälschten Papieren überqueren können. Wir wissen es nicht. Wir wissen immer noch nicht, wem die Wohnung in Shu 'afatgehört, wie er dorthin gekommen ist und wie sich seine Bewegungen von dort aus fortgesetzt haben."

"Hast du etwas in der Wohnung gefunden?" Fragte Yael und der Ermittler antwortete: „Wir haben einen Laptop mit Internetanschluss, einen Rucksack mit ein paar Kleidern, Toilettenartikeln und ein Handy gefunden."

"Es scheint, dass er allein lebt", fügte der Polizist hinzu. „Und wie hast du ihn gefangen?", fragte Eshel.

"Er schlief in seinem Bett, als wir ins Haus einbrachen. Essensreste zum Mitnehmen lagen verstreut auf dem Tisch. Er schlief einfach in seinen Kleidern ", antwortete der Ermittler.

„Hast du Fotos von der Wohnung?", fragte Yael.

"Ja." Der Beamte reichte ihr ein Tablet mit einem Bild, das die Größe des gesamten Bildschirms hatte. "Drehen Sie nach rechts, alle Bilder von der Szene finden Sie hier", sagte er. Es gab nicht viele Bilder, aber sie gaben einen guten Hinweis auf die Form der Wohnung und wie die Dinge darin platziert waren. Yael zoomte ein paar Fotos heran, um zu versuchen, all die kleinen Details zu lernen.

"Hast du zufällig eine Kamera dort gefunden?"

"Eine Kamera? Nein. Warum?«, antwortete der Offizier.

"Denn als er am Zaun der Entsalzungsanlage vorbeiging, war er als Medienfotograf verkleidet und hatte eine große Kamera."

„Wir haben keine Kamera gesehen, aber ich muss zugeben, dass wir das ganze Haus immer noch nicht vollständig inspiziert haben. Die forensischen Ermittler müssen dorthin gelangen ", antwortete der Beamte.

"Es ist auch möglich, dass dies nicht sein einziges Versteck ist oder dass er die Kamera unterwegs losgeworden ist", fügte Eshel hinzu.

„Was ich besonders finde, ist, dass ein Mann mit solchen Fähigkeiten, der so viele Einrichtungen infiltrieren und einen Angriff dieser Größenordnung perfekt planen kann, wissen muss, dass die Cyber-Abteilung Israels ihn in wenigen Stunden aufspüren und die Wohnung in Shu 'afat finden wird. Was könnte seine Begründung dafür sein, in die Wohnung zurückzukehren? Warum ist er nicht ins Westjordanland geflohen oder nach Jordanien zurückgekehrt?", fragte Yael.

"Das ist nicht die einzige Besonderheit in seiner Geschichte", sagte Eshel. "Nichts wird mich heute überraschen." Yael kratzte sich am Kopf. "Nun, sag es mir."

"Er hat ausdrücklich darum gebeten, mit dir und nur mit dir zu sprechen. Er kooperiert nicht mit einem anderen Ermittler."

"Mit mir? Woher kennt er mich?"

"Es ist unklar, aber wenn du ihn verhörst, werden wir es vielleicht herausfinden."

"Ich muss verstehen, was er mit mir zu tun hat, bevor ich ihn verhöre", antwortete Yael.

"Vielleicht hat er von seinen Freunden in Judäa und Samaria von dir gehört? Vielleicht dachte er, er könnte leicht auf Arabisch mit Ihnen kommunizieren? Vielleicht hat er dich heute am Tatort gesehen und war in dich verknallt? Wir wissen es einfach nicht ", sagte der ISA-Mann, der Yotam Shneour aus der Abteilung "Strategische Bedrohungen" genannt wurde, wie Yael dank seines Hemdanhängers bemerkt hatte.

"Ich muss mit ein paar Informationen reingehen, sonst wird er mich manipulieren und mich dazu bringen, nach seinen Regeln zu spielen. Es scheint, als wollte er wirklich dort gefangen genommen werden, sonst hätte er sich schon gestellt, als er mich in der Fabrik sah." Yael schloss die Augen und schwieg ein paar lange Sekunden. Sie versuchte sich seine Schritte in den letzten Wochen vorzustellen. Was er tat, was sein endgültiges Ziel war und was er gewinnen würde, wenn er erwischt würde. Es ist ziemlich klar, dass der Angriff noch nicht vorbei ist, es muss eine zweite Phase geben. Yael wollte nicht überrascht werden. Sie versuchte zu überlegen, welchen Teil er ihr in seinem Plan gab, aber je mehr sie darüber nachdachte, desto hilfloser fühlte sie sich und ihre Frustration nahm zu. Nach ein paar Sekunden öffnete sie die Augen und sagte: „Ich fürchte, wir haben keine andere Wahl, als nach seinen Regeln zu spielen. Ich schlage vor, wir geben ihm, was er will. Wir sollten unsere Ohren offen halten für alles, was er sagen könnte, er könnte ausrutschen und einige Informationen verschütten."

"Ich stimme zu", sagte Yotam Shneour.

"Du bist hier der Analytiker", murmelte Eshel. "Was glaubst du, was er von uns will? Was sollen wir erwarten?"

"Ich glaube, er hat ein paar zusätzliche Asse im Ärmel", sagte Shneour. „Warum ist er dann nicht direkt zu uns gekommen?", fragte die Polizistin.

"Vielleicht wartete er ab, um zu sehen, was Yael tat, und machte dementsprechend Pläne. Aber nur er selbst hat die Antworten ", fügte Shneour hinzu. "Yael, geh und rede mit ihm. Er ist im Verhörraum Nr. 11 «, befahl Eshel.

"Haben Sie es geschafft, Informationen aus seinem Computer oder Handy zu extrahieren?"

Shneour antwortete, bevor Eshel den Mund öffnen konnte: „Er hat alle digitalen Fußabdrücke gelöscht. Das einzige, was wir fanden, war eine Website zum Vergleichen von Flügen. Es scheint, als wollte er nach Hause zurückkehren."

"Hier macht nichts Sinn", sagte Yael und stand auf. "Ich gehe rein, um mit ihm zu sprechen."

"Viel Glück", sagte Eshel und schlug mit der Hand auf den Tisch.

Yael verließ den Besprechungsraum, betrat die Küchenzeile und bereitete zwei Tassen türkischen Kaffee mit jeweils einem Löffel Zucker vor. Die Polizistin, die in der Besprechung war, betrat den Raum direkt nach ihr. "Du erinnerst dich nicht an mich, oder?", fragte sie Yael.

"Ich muss sagen, du siehst schrecklich vertraut aus, aber es tut mir leid..."

"Es ist in Ordnung. Ich bin Sub-Inspektorin Yael Zilber. Ich bin derjenige, der dir erzählt hat, was mit deinem Mann passiert ist."

Yael schwieg ein paar Sekunden und sagte dann: „Es ist eine kleine Welt." "Ich möchte Ihnen sagen, dass wir Sie alle bei der Polizei bewundern. Du hast keine Ahnung, wie viel Inspiration ich von dir bekomme..."

Yael spürte, wie sich ihre Kehle verdickte. Wenn Yael sich nur bewusst war, was für ein Wunder es ist, dass sie heute hier steht; sie war so oft fast zusammengebrochen. Aber sie sagte nichts. Yael umarmte sie, und Yael umarmte sie mit dem Rücken. Die beiden Frauen hielten sich dort eine lange Minute lang fest und schüttelten sich dann die Hand.

"Danke", sagte Yael. "Zeit zu arbeiten." "Ja", sagte Yael und ging ihr aus dem Weg.

Yael schnappte sich ein Bündel Papiere und einen Stift und ging in den Verhörraum Nr. 11. Barhum saß auf einem Metallstuhl, mit Handschellen an den Tisch gefesselt, der auf dem Boden befestigt war. Er trug dunkle, gewaschene Jeans ohne Gürtel und ein rot kariertes Hemd mit Knöpfen – ganz anders als bei der Entsalzungsanlage. Sein Haar war schwarz und lockig, er war dünn und doch gut getönt. Er lächelte, als er Yael und ihre Kaffeetassen sah.

"Ich wusste, dass ich dir vertrauen konnte. Danke ", sagte er auf Arabisch mit irakischem Akzent.

Yael lächelte. Der Mann war sanftmütig, sprach sanft, nicht wie jemand, der Aufhebens machen wollte. Sie gab ihm eine Tasse und setzte sich direkt über den Tisch zu ihm.

"Ich bin Superintendent Yael Lavie. Aus irgendeinem Grund hast du darum gebeten, dass ich derjenige bin, der dich verhört."

"Das ist richtig." "Warum?"

„Denn nur du kannst mir helfen, und nur ich kann dir helfen", sagte Barhum und nahm einen kleinen Schluck aus dem kochenden Kaffee.

10.

Nabil Barhum ignorierte völlig alle Fragen, die Superintendent Yael Lavie ihm stellte. Er stimmte zu, nur ein paar Fragen zu beantworten, wie zum Beispiel, wie er die Grenze von Jordanien nach Israel überquerte und wann er den Irak verließ. Yael wusste, dass ihre Kommandanten das ganze Gespräch beobachteten, und sie erkannte, dass sie jede Taktik anwenden musste, die sie kannte, um zu versuchen, die Dinge aus Barhum herauszuholen. Aber Barhum war eine harte Nuss zu knacken. Er wurde durch den Druck, den sie auf ihn ausübte, nicht aufgeregt und war nicht an Angeboten interessiert, seine Strafe zu lindern, wenn er sprechen würde. Schließlich gab sie auf und ließ ihn die Ermittlungen leiten.

„Die Vorwürfe gegen Sie sind sehr ernst. Beschädigung des israelischen Wassersystems; Mordversuch. Das bedeutet, dass Sie viele Jahre im Gefängnis verbringen werden – aber ich nehme an, dass Sie das bereits wussten. Warum hast du dich von ihnen gefangen nehmen lassen?"

"Du stellst weiterhin Fragen in die falsche Richtung. Ich verspreche dir, ich werde keine Jahre im Gefängnis verbringen, ich bezweifle, dass ich sogar ein paar Stunden dort verbringen werde."

"Du meinst, du hast etwas, das du handeln möchtest. Ich bin bereit zuzuhören, erspar mir einfach all diese Spiele."

"Schau, der Cyberangriff ist nur der erste Schritt in einem Plan, von dem ich nur ein kleiner Teil bin. Dies ist der Beginn einer Reihe von Cyberangriffen, die von Hackern aus der ganzen Welt durchgeführt werden. Alles in Richtung des Höhepunkts, der in einer Woche eintreten wird."

"Okay. Ich nehme an, dass nach allem, was hier passiert ist, jetzt Vorbereitungen für Cyberangriffe getroffen werden. Und Cyber-Attacken sind sowieso nichts Neues. Wir haben gelernt, uns zu verteidigen, Systeme zu sichern und sie ziemlich schnell zu rehabilitieren. Ich bin kein Cyber-Experte, aber ich schlafe nachts ziemlich gut."

"Du hast gesehen, wie viel Schaden ich verursacht habe."

"Das stimmt. Wir werden prüfen, wie es dazu gekommen ist. Aber du bist ziemlich einzigartig. Die meisten Hacker verstecken sich in einem Keller in Osteuropa, weil sie Angst haben, ins Sonnenlicht zu gelangen. Ihr Vorteil war Ihr Mut, Sender in unsere Systeme einzubauen. Glaub mir, es wird nicht wieder vorkommen."

"Das ist erst der Anfang..."

"Verstanden. Vielen Dank. Hast du noch etwas zu sagen, bevor ich zu meinen Kindern nach Hause gehe?"

"In einer Woche..."

"Auf Wiedersehen, Mr. Barhum. Ich habe gehört,dass das Ktzi 'ot-Gefängnis im Winter eine schöne Aussicht bietet." Yael stand auf und ging auf die Tür zu.

"Setz dich für einen Moment", befahl er ihr. Sie drehte sich nicht einmal um.

"Warum hast du dich gestellt und warum hast du nach mir gefragt? Was genau willst du?", fing sie an, den Türknauf zu drehen. "Er hat darum gebeten."

Sie blieb stehen und drehte sich um. Barhum saß in Handschellen und sah sie mit einem Ausdruck an, der halb fragend und halb lächelnd war.

"Wer ist er?", fragte sie. "Sprich, ich habe keine Geduld für dich." "Der Assyrer." "

"Assyrisch? Was ist der Assyrer? Hören Sie, wenn das in Rätseln ist, gebe ich auf. Letzter Versuch."

"Setz dich für einen Moment hin – ich werde es dir sagen."

Yael sah ihn eine Weile an und schaute dann zur Überwachungskamera. Barhum lenkte auch seinen Blick auf die Kamera und blinzelte. Sie wusste, dass sie ihn in die Ecke drängte, und sie freute sich darüber, also setzte sie sich. "Du hast drei Minuten."

"Ich bin Soldat in einer internationalen Organisation namens" The Sand Army "." "Yael stand auf und wollte gerade den Raum verlassen, aber Barhum blieb nicht stehen.

"Die Organisation hat sich in weiten Teilen des Nahen Ostens niedergelassen, und jetzt beginnt sie zu handeln und ihre Ziele zu erfüllen – die Zerstörung des Nahen Ostens und den Wiederaufbau einer neuen Realität." Yael sah ihn an, sprach aber kein Wort.

„Der Assyrer ist ein brillanter Mann, der das Haupt der Organisation ist. Die Organisation rekrutiert Aktivisten, Computer- und Wissenschaftspersonal, um strategische Einrichtungen im Nahen Osten zu beschädigen, um die "alten Wege" der arabischen Diktatur zu beseitigen und auf den Aufbau einer vereinten arabischen Nation hinzuarbeiten – liberal und modern. Obwohl er nie seine wahre Identität offenbart hat, fühlen sich Millionen in dieser Welt von seiner Lehre angezogen, vor allem junge Leute, die der religiösen, ethnischen Gruppen- und Ölkriege müde sind. Ich war einer der ersten Personalvermittler, die auf eine Mission geschickt wurden."

"Wir haben noch nie von der Organisation gehört, und ich muss sagen, es sieht viel mehr nach Ihrer persönlichen Initiative aus."

"Ich bin nur der Erste in einer langen Kette."

"Wer bist du? Ist Nabil Barhum dein richtiger Name?"

"Ja. Ich war Soldat im irakischen Militär, in der Computerlegion. Ich war fast entlassen, als ich eine E-Mail von dem Assyrer erhielt. Er sagte, er brauche Leute wie mich, Computergenies. Er sagte auch, er rekrutiere Menschen aus der gesamten arabischen Welt, um sie zu Boden zu reißen und wieder aufzubauen. Ich begann, ihm in den sozialen Netzwerken zu folgen, ich las alle seine Ideen. Sie können alles online finden – überprüfen Sie es selbst. Schließlich, nachdem ich gesehen hatte, wohin der Irak ging, nachdem ich die Korruption in der Regierung, die amerikanische Beteiligung, den iranischen Beitritt gesehen hatte, wurde mir klar, dass ich, wenn ich nicht die Initiative ergreife und etwas tue, ein Teil des Todes meines geliebten Landes sein würde. Ich schickte ihm eine E-Mail und sagte, dass ich bereit bin, es im vollen Umfang meiner Fähigkeiten zu versuchen."

"Also, hast du die Mission?"

"Ich habe eine einfache Mission. Hacking ist etwas, was ich mein ganzes Leben lang gemacht habe. Und vergessen Sie nicht, es ist eine Demokratie, von der wir sprechen, alles ist bloßgestellt, draußen im Freien. Es war sehr einfach, hier einzutreten und das System zu installieren, das..."

"Aber warum Israel?"

"Ich weiß es nicht, aber ich gehe davon aus, dass, wenn Systeme in der arabischen Welt angegriffen werden, es nicht die Aufmerksamkeit bekommen wird, die er will. Ein Land wie Israel, klein, aber mächtig militärisch und cybermäßig, das einen Angriff wie den von mir durchmacht, würde die Aufmerksamkeit aller auf der Welt auf sich ziehen. Es hat funktioniert, und die Angriffe, die bald kommen werden, werden "Die Sandarmee" in den Mittelpunkt der Weltdiskussionen stellen. Das ist der Grund, warum Israel."

„Was haben Sie davon? Du wirst für Jahre im Gefängnis sitzen." "Ich werde nicht im Gefängnis sitzen, du wirst sehen. Und nein, ich mache es auch nicht wegen des Geldes, ich habe genug Geld. Ich gehöre zu denen, die nach der Entlassung direkt zur Arbeit gebracht werden und ein gutes Gehalt erhalten, insbesondere nach irakischen Standards."

Yael saß auf dem Stuhl gegenüber von Barhum. "Warum tust DU es dann?"

"Ich will nur Frieden, für mich, für meine Familie, für mein Volk. Es ist Zeit, den Irak in drei Länder aufzuteilen und jedem von ihnen Fortschritt und Wohlstand zu bringen."

Yael sah ihm in die Augen. Sie versuchte, nach Spuren von Spott oder Arroganz zu suchen. Aber sie konnte es nicht finden. Barhum schien sehr glaubwürdig zu sein, und seine Augen spiegelten sehr viel Schmerz wider. Schließlich fragte sie ihn: "Warum hat er nach mir gefragt?"

„Wir verhandeln nicht mit den Assyrern. Du musst verstehen, dass es nicht nur ich oder du ist, es ist ein mehrdimensionaler Plan. Der Vorteil der Sandarmee ist, dass jeder ihrer Soldaten alleine arbeitet, es sei denn, es handelt sich um eine Mission, die die Zusammenarbeit einiger Krieger erfordert. Er hat dich in einen der Teile seines Arbeitsplans gesetzt. Ich nehme an, er weiß, was er tut."

"Und woher weißt du, dass er dich nicht für seine persönlichen Ziele und Gewinne benutzt?"

"Ich weiß es nicht. Aber die Menge an Informationen, die er mir zur Verfügung gestellt hat, wie zum Beispiel, wie man Ihre Organisationen infiltriert, Codes, Sicherheitsinfrastrukturen, zusammen mit einer Million Followern in sozialen Netzwerken und seiner aktiven Website – das sind alles Indikatoren dafür, dass The Sand Army eine Organisation mit strukturierten Zielen und einem riesigen Budget ist und nicht jemand, der mit mir spielt."

"Hast du versucht, ihn zu finden? Du bist ein Hacker; du kannst herausfinden, wer dieser Mann ist."

"Ich habe es versucht. Aber ich habe das Gefühl, dass der Assyrer auch ein Hacker ist, und wahrscheinlich einer der besten da draußen. Je mehr ich nach ihm suchte, desto mehr wurde mir klar, dass der Mann ein Geist ist. Er hinterlässt keine Spuren, sein Geist springt mit Lichtgeschwindigkeit von Ort zu Ort, und seine Anweisungen passieren Dutzende von Satelliten und werden gleichzeitig auf einigen verschiedenen Kanälen weltweit ausgestrahlt. Es gibt keine Möglichkeit, ihn zu finden."

"Ist er derjenige, der dich gebeten hat, dort zu bleiben, bis wir dich finden?"

"Ja."

"Und was hättest du tun sollen, wenn du nicht erwischt wurdest?" "Gehen Sie zurück in den Irak und fahren Sie mit der nächsten Mission fort." "

„Was ist der nächste Schritt? Ich nehme an, er hat dich informiert."

"Dieser Angriff ist der erste. Du solltest in der kommenden Zukunft mit viel mehr rechnen."

Yael lehnte sich auf ihren Stuhl zurück. Sie wollte aufstehen und so sehr gehen. Barhums Geschichten hatten sie niedergeschlagen. Die Einmischung in terroristische Organisationen im Nahen Osten war ein alltägliches Geschäft in der ISA, und sie war mit der Art und Weise vertraut, wie sie arbeiten und wie sie Soldaten rekrutieren. Barhum hätte diese ganze Geschichte erfinden können. Sie kannte "Die Sandarmee" nicht und hatte noch nie von den Assyrern gehört, und sie wusste, dass, wenn es sich um eine so große Organisation handelt, wie Barhum behauptet, die ISA davon bereits gewusst hätte. Sie nahm einen Schluck von ihrem Kaffee und hatte keine Ahnung, wie es weitergehen sollte. Der richtige strategische Schritt war, die Dinge sich entfalten zu lassen und sich auf ein Notfallprotokoll vorzubereiten, ohne tatsächlich darauf einzugehen. Wenn ihr Land am Rande eines Cyberkriegs stünde, müsste die Organisation ihre Schritte überdenken. Im Moment ist es am besten für die ISA, dass Barhum ins Gefängnis kommt und die ISA-Analysten einen strategischen Aktionsplan erstellen. Sie kreuzte ihre Hände und sagte schließlich trotzig: "Um dies abzuschließen, sprechen wir über eine weitere nächtliche Terrororganisation, die ein paar Cyberangriffe plant, Enthauptungen, die auf YouTube hochgeladen werden, und in zwei Jahren werden wir es vergessen."

"Wir sind gegen Gewalt."

"Erzähl es dem jungen Mann, der bei deinem Angriff fast sein Leben verloren hätte." "Es sollte nicht passieren." " Barhum bewegte sich unruhig in seinem Stuhl. Yael zog ihr Gesicht näher an seins und sagte: „Hast du Kinder, Nabil? Familie? Möchtest du, dass wir uns mit jemandem in Verbindung setzen?"

"Morgen früh, wenn du diese Zelle wieder betrittst, wird das Gespräch zwischen uns ganz anders sein."

"Warum sagst du das?"

Barhum schwieg. Sie sah ihn noch einmal an, öffnete die Tür und ließ

Barhum mit Handschellen im Raum in Ruhe.

***

Itay Eshel ging in seinem Büro herum wie ein Tier in einem Käfig. Er wusste, dass er heute Nacht nicht viel schlafen würde. Der Rest der Leute um ihn herum war beschäftigt. Als Yael um 21:16 Uhr den Raum betrat, achteten alle auf sie.

"Ich bin erschöpft, ich gehe nach Hause. Wir werden morgen mit ihm weitermachen."

"Alles, was er gesagt hat, ist wahr", sagte Eshel. "Was?"

"Alles, was er dir gesagt hat: die Assyrer, die Sandarmee, die sozialen Netzwerke, die Mission – es ist alles wahr. Wir haben seine Websites gefunden. Wir haben versucht, sie zu infiltrieren, aber sie schalten sich alle paar Minuten ein und aus, laden in verschiedenen Konstellationen nach und wechseln die Server. Er hat Millionen von Anhängern, echte, keine Bots, die ihm folgen, Geld spenden und seine Lehre kommentieren. Es ist wichtig. Aber wie Barhum sagte, es scheint nicht so, als wären sie hinter dem Töten her."

"Und gibt es eine Möglichkeit, sie aufzuhalten?"

„Wir arbeiten daran. Aber es wird eine Weile dauern. Sie sind weltweit sehr gut vernetzt, jeder ihrer Soldaten ist ein „Server"." "Mal sehen, was wir bereits wissen ", sagte Yotam Shneour. "Dieser 'Assyrer' ist mit dem Nahen Osten verbunden und will ändern, was in ihm passiert. Er wendet sich gegen Gewalt und nutzt Cyber, was bedeutet, dass er über sehr breite Computerkenntnisse verfügt, oder er hat ein Team von Genies, die die Arbeit für ihn erledigen. Er muss sehr reich sein oder kann leicht und schnell Geld bekommen."

„Ich suchte nach Informationen über seinen Namen, , Assyrer ', und ich lese Ihnen dies von einer bahrainischen Nachrichten-Website vor: **, Der Charakter des Assyrers erschien vor einem Jahr in den verschiedenen Medienkanälen, sein Gesicht und seine Stimme waren verzerrt, aber seine Lehre wurde in kurzen Filmclips, Beiträgen und den vielen Artikeln gezeigt, die er veröffentlicht hatte. Der Assyrer war in die Herzen von Tausenden eingedrungen, und seine Websites wimmelten von vielen Anhängern** ", sagte der Polizist.

„Sein Ziel ist es, die alten Wege des Nahen Ostens zu zerstören. Wenn ich es gewusst hätte, hätte ich eine Warnung an alle wichtigen Systeme in

Israel, Infrastrukturen, Regierung, Akademie, Krankenhäuser usw. ausgegeben ", sagte Shneour.

"Wir müssen auch die Tatsache berücksichtigen, dass der Assyrer in all seiner Pracht gerade in unserem Verhörraum sitzt", fügte Yael hinzu.

Eshel sagte: „Ich möchte, dass die jüngsten Bewegungen von Nabil Barhum untersucht werden. Suchen Sie nach dem Weg, den er vom Irak nach Israel genommen hat. Wenn er den Jordan durchquerte, konnten wir überprüfen, wie er dorthin kam und ob er unterwegs seinen Namen änderte. Wir haben keinen Zugriff auf die demografische Datenbank des Irak, aber unsere Verbindungen zu Jordanien und den Amerikanern können uns einige Antworten geben. Gleichzeitig müssen wir so viele Informationen wie möglich über den Assyrer und seine Armee erhalten. Ich schlage vor, wir suchen nach einer reichen Figur aus dem Nahen Osten mit internationalem Cyber-Zugang, die zu unserem Profil passt."

"Itay, du musst dir das ansehen", sagte der Polizist und drehte den Laptop-Bildschirm zu ihm. „Die Organisation , The Assyrian's Sand Army 'übernimmt die volle Verantwortung für den Angriff in Israel und warnt davor, dass weltweit mit Hunderten weiterer Angriffe zu rechnen ist. Er ist in jeder Schlagzeile auf den europäischen, amerikanischen und einigen asiatischen Nachrichten-Websites vertreten. Die Zahl seiner Anhänger wächst von Minute zu Minute. Es scheint, als hätten wir ihm gute PR gegeben."

Der Leiter des Betriebsoffiziers ragte aus der Besprechungsraumtür heraus.

"Commander?" "Ja?"

„Wir erleben gerade einen Cyberangriff auf eine der elektrischen Einrichtungen im Süden. Die Stadt Be'er Sheva ist komplett geschlossen, und in einigen anderen Städten gibt es keinen Strom. Das Elektrizitätsunternehmen sagte, sie könnten den Strom nur in wenigen Stunden wiederherstellen."

„Das heißt, dies ist keine nationale Katastrophe, sondern ein weiterer Versuch, in unser Bewusstsein zu gelangen. Öffentlichkeitsarbeit ", sagte Yael.

"Danke. Sonst noch etwas?«, fragte Eshel.

„Ja, ein weiterer Angriff findet gleichzeitig auf die jordanischen, ägyptischen, türkischen und syrischen Stromanlagen statt. Das ist überall im Nahen Osten." Eshel sah erschöpft und dennoch motiviert aus. Er sagte: „Yael, ich bin mir bewusst, dass du müde bist, aber ich brauche dich die ganze Nacht hier." "Gut. Lass mich einfach ein paar Minuten mit meiner Familie sprechen." Eshel nickte und verließ das Büro. Sie stand einen Moment im Flur und fragte sich, ob sie sich das nach allem, was passiert war, in ihrem Leben gewünscht hatte. Schließlich holte sie tief Luft, holte ihr Handy heraus und rief ihre Mutter an.

11.
1997

Ameer Baghdadi war vierzehn, als er die Chance erhielt, seine Stadt beim irakischen Mathematikwettbewerb für Jugendliche zu vertreten, der in Bagdad stattfand. Es war erfreulich für die Familie Baghdadi, besonders für Lamis, die das Gefühl hatte, dass Gott nach den vielen Katastrophen, die er in den letzten Jahren über sie gebracht hatte, wieder an ihrer Seite war. Rashads Verrat an der Heimat war vergessen, und die Familie kehrte zu einer normalen Routine zurück. Es war der kalte, trockene Winter, der die Busfenster von Kirkuk bis in die Hauptstadt mit Wind und Staubböen zuschlug.

Ali musste im Supermarkt arbeiten und konnte die dreitägige Reise nicht antreten, um zu sehen, wie sein jüngerer Bruder um den Titel "Mathe-Champion" des Irak kämpfte. Yasmine, Ameers ältere Schwester, stand kurz davor, einen Jungen zu heiraten, der sie in den letzten sechs Monaten waghalsig umworben hatte; dennoch hatte sie geschworen, sich um ihre beiden Schwestern zu kümmern, die allein zu Hause blieben. Lamis nahm sich eine Auszeit von der Arbeit, packte einen Koffer für sich und ihren Sohn und reiste erleichtert den ganzen Weg nach Bagdad. Sie wusste, dass sie Ameer ihr Leben schuldete und hatte sich bereits versprochen, alles Mögliche zu tun, damit sein Schicksal nicht wie ihres sein würde.

Als der Bus in die Stadt einfuhr, war die Sonne bereits aufgegangen und beleuchtete die Kuppeln der Moscheen. Die Luft war gefroren, und das Wasser des Tigris strömte langsam unter die Bab Al-Moatham-Brücke, die sie gerade überquert hatten. Sie fuhren lange Zeit entlang des kurvigen Flusses, bis sie den Umkreis des As-Salam-Palastes erreichten, der Residenz des Herrschers des Landes – Saddam Hussein. Der Morgennebel löste sich von oberhalb des Flusses, und der Verkehr floss und drängte sich auf den Straßen. Der Bus belastete den dichten Verkehr auf dem Weg zur Al-Nisour-Universität, ihrer Endstation. Lamis weckte ihren Sohn, der in seinem abgenutzten Mantel zusammengerollt war. Sie hatte etwas Geld, das sie von der Bildungsabteilung der Gemeinde Kirkuk erhielt, die Ameers Reise finanzierte, und sie entschied, dass sie ein reichhaltiges, nachsichtiges und großzügiges Frühstück verdienen.

Als sie am Busbahnhof anhielten, nahm sie ihren Sohn an der Hand in die Cafeteria des Universitätscampus. Ameer hatte im Bus gut geschlafen, also wachte er leicht auf und war voller Energie. Sie kaufte ihm ein Kakaogetränk und ein Sandwich und bestellte einen Minztee, Omelett und zwei Stück Brot für sich.

Die beiden saßen und aßen schweigend, und kurz vor neun Uhr morgens kamen sie bei der Sekretärin der Fakultät für exakte Wissenschaften an. Die Angestellte nahm ihre Brille ab und untersuchte den Jungen. Sie fragte nach seinen Körpermaßen und gab ihm gebügelte Kleidung mit dem Universitätssymbol und einem Plastikanhänger mit seinem Namen und dem Namen der Stadt, die er repräsentiert. Sie gab Lamis einen Gutschein für ein Zimmer im Hotel "Palestine", wo die beiden sich ausruhen, duschen und sich umziehen konnten; und sie lud sie dann zur Eröffnungsveranstaltung des Wettbewerbs ein, die um 12 Uhr begann. Amers Gesicht strahlte Glück aus. Das war das erste Mal, dass er in einem Hotel schlafen wollte.

Das Hotel Palestine war das berühmteste aller Hotels in Bagdad. Viele Journalisten aus der ganzen Welt blieben darin, während sie über den Golfkrieg und die Bombardierung der Stadt berichteten. Es grenzt an den Firdos-Platz, den Paradiesplatz, auf dem sich direkt in seinem Zentrum eine riesige, berühmte Statue von Saddam befindet. Lamis fragte den Angestellten, ob es eine Abkürzung zum Hotel gäbe. Die Angestellte gab ihr die Fahrpläne für die Gäste des Wettbewerbs, die angaben, dass Busse jede halbe Stunde von der Jinub-Straße, neben der Universität und bis zum Hoteltor abfahren. Wenn sie schnell wären, könnten sie es in fünf Minuten zum Shuttle schaffen, das abfährt.

Das Shuttle fuhr entlang des Boulevards zum Arabischen Platz, danach ging es weiter zur Ahrar-Brücke, die den Tigris zum Ostufer überquert, und weiter durch die Saadoun-Straße zum Firdos-Platz. Das hohe Hotel mit 18 Etagen wurde 1982 erbaut, mit Blick auf den Tigris, und obwohl es als 4-Sterne-Hotel galt, sah es alt aus. Das Gebäude war von alten Gebäuden, niedrigen Betonmauern und trocknenden Blumengärten umgeben. Lamis und Ameers Zimmer war klein, aber im zehnten Stock, mit einem herrlichen Blick auf Bagdad vom Fenster aus. Das Zimmer hatte einen farbigen Fernseher und zwei Betten, von denen Ameer mit seinen Schuhen aufsprang und wie ein sechsjähriges Kind darauf zu springen begann. Lamis umarmte ihn und schickte ihn dann zum Duschen und Anziehen.

"Wir wollen nicht zu spät zur Party kommen, oder?"

"Wir können die Konkurrenz überspringen, für alles, was mich interessiert. Dieses Hotel ist genug für mich."

„Es ist mehr als nur ein Wettbewerb. Das weißt du." Lamis begann, den Jungen auszuziehen. Er ließ sie das friedlich tun.

„Ja, ja! Es ist meine Zukunft. Das ist es, was mich aus dem Irak holen wird."

"Ich brauche dich nicht, um es zu gewinnen. Aber Sie übertreffen es besser, damit Ihr Talent bemerkt wird. Du musst dich daran erinnern, wie erstaunlich du bist." "Mama!" Sie hielt inne, umarmte ihn, küsste seine Stirn, gab ihm dann seine neuen Kleider und sagte: „Gut, ich weiß. Los, zieh dich an. Wir haben keine Zeit."

***

Nach einer Stunde machten sie sich auf den Weg zurück zum Campus für die Eröffnungsveranstaltung des Wettbewerbs. Junge Jungen und Mädchen aus dem ganzen Irak, gekleidet in die Uniform des Wettbewerbs, saßen in zwei geschlechtsgetrennten Gruppen auf gegenüberliegenden Seiten der Bühne. In der Mitte der Bühne stand das Podium, auf dem der Leiter der mathematischen Fakultät eine Einführungsrede hielt. Die meisten Eltern, die im Publikum saßen, hörten nicht auf zu fotografieren, aber Lamis hatte keine Kamera, und sie versuchte, sich so weit wie möglich in die Dunkelheit des Veranstaltungsortes zu mischen. Ameer versuchte, sie in der Menge zu finden, konnte es aber nicht.

Am Ende der Rede und der Begrüßung wurden die Gegner in konkurrierende Teams aufgeteilt und die Eröffnungsveranstaltung war damit beendet.

In der Empfangshalle wartete ein festliches Abendessen auf sie, und danach begann der Wettbewerb. Jedes Team versammelte sich in einer der Klassen und musste sich einer Reihe mathematischer Rätsel stellen. Die Eltern durften aus der Ferne zusehen, was vor sich ging. Lamis beobachtete ihren Sohn mit Bewunderung. Ameer war intellektuell überlegen, löste die meisten Rätsel und hob sich von allen anderen ab. Es war offensichtlich, dass dies ein sehr talentierter Junge war, und die Richter notierten es.

Am Ende des ersten Wettkampftages hatte das Team von Ameer viel mehr Punkte gesammelt als der Rest der Teams. Langsam aber sicher, Schritt für Schritt, gelangte Ameer an die Spitze der Pyramide, nicht nur als herausragender Mathematiker, sondern auch als jemand, der von allen Teammitgliedern gemocht wird und sie mit Respekt und guten Werten auf die richtige Weise führt. Ameer war charismatisch, höflich, klug und hatte einen guten Sinn für Humor.

"Genießt du die Konkurrenz?" Fragte ihn Lamis am Abend des zweiten

Tages.

"Dies ist das erste Mal, dass ich das Gefühl habe, am richtigen Ort im Leben zu sein." Ein 14-jähriger Junge mit Einblicken eines Erwachsenen. Zum ersten Mal fühlte sich Ameer wirklich frei.

In dieser Nacht im Hotel, als er im Bett lag und eine Karikatur im Fernsehen ansah, streichelte Lamis seine Stirn und sagte ihm: "Du bist mein 'Maihan'."

Seine Augen waren fast geschlossen, er war erschöpft von den Kämpfen des Tages, und sein Gehirn war damit beschäftigt, darüber nachzudenken, wie Nurs Körper, das hübscheste Mädchen unter den Konkurrenten, unter dem Kleid aussah. Plötzlich hatte er das andere Geschlecht bemerkt. Bisher hatte er nur vernachlässigte Frauen gesehen, die von Kopf bis Fuß bedeckt waren, was ihn mehr an sein eigenes Geschlecht erinnerte.

Nur war eine ganz andere Geschichte. Sie war schön und sauber, sanft und extrem klug, eine Schiitin aus einer konservativen Familie. Ihre Augen waren blau, ein seltener Anblick unter den arabischen Nationen im Irak, und sie roch nach Vanille-Seife. Sie flüsterte ihm ins Ohr, dass sie einen Traum hatte, in den USA zu studieren und zu leben, und dieser Wettbewerb war ein wichtiges Sprungbrett für sie. Dank dieses Wettbewerbs kann sie sich möglicherweise für ein Stipendium an einer der besten Universitäten der Welt bewerben. Aber es waren nicht Nurs Worte, die Ameers jungfräulichen Geist berührten, sondern die Tatsache, dass sie ihm ins Ohr geflüstert hatte. In einem Moment war seine Jugend explodiert und ein animalischer Instinkt schlug ihm unter die Haut. Das schöne Mädchen schaffte es, ihn dazu zu bringen, seinen Fokus zu verlieren, und er befürchtete, er würde sich nicht konzentrieren können, während sie in der Nähe war. Aber um die Aufmerksamkeit dieses wunderbaren Mädchens zu gewinnen, wusste er, dass er auch klar und nüchtern sein musste.

"Maihan. Weißt du, was dieses Wort bedeutet?«, fragte Lamis. "Nein."

"Glaubst du, ich habe dich und Nur nicht gesehen?" "Bist du verrückt?"

"Verrückt?! Nein. Ich freue mich für dich. Und auch ein bisschen eifersüchtig. Aber weißt du, wer sie ist?"

"Nein, was meinst du?"

„Sie ist die Enkelin des Imams in der großen Moschee von Basra. Sie ist eine Schiitin; du bist eine Sunnitin. Sie lebt im Süden; du lebst in Kirkuk."

"Warum erzählst du mir das?"

"Weil ich den Geschmack von Enttäuschung zu gut kenne. Ich weiß auch, dass es egal ist, was ich jetzt sage; du wirst tun, was dein Herz sagt. Aber ich möchte, dass du dir bewusst bist, dass es seinen Preis hat."

Ameer wusste, dass Nur nie seins sein würde. Deshalb unternahm er alle Anstrengungen, um sie zu schlagen, egal was es kostete. Er wollte, dass Nur ihn wollte, nicht als armen unglücklichen Jungen, sondern als König der Mathematik.

"Ich verstehe." Er schaltete den Fernseher aus und drehte sich auf die Seite. Sie setzte sich neben ihn und streichelte seinen Kopf. Ihr Junge hatte sich über Nacht in einen Mann verwandelt. Sie wollte ihn nicht verlieren. Sie wollte, dass er ihr noch ein wenig länger gehörte.

"Großartiger Anführer." "Was?"

"Die Bedeutung des Wortes 'Maihan' ist ein großer Führer. Du wirst ein großartiger Anführer sein." Aber Ameer hörte ihre letzten Worte nicht. Er schlief ein und hatte einen traumlosen Schlaf.

***

Der große Saal in der naturwissenschaftlichen Fakultät war extrem überfüllt. Nachdem sie sich von Ameer verabschiedet hatte, drängte sich Lamis zwischen die Gäste, während sie aus einem Plastikbecher trank und versuchte, einen Platz zu finden. Sie wusste, dass Ameer im Wettbewerb ein respektables Ranking erreichen würde, und es tat ihr sehr leid, dass sie keine Möglichkeit hatte, Fotos zu machen, um Erinnerungen an die Zeremonie zu haben. Die Abschlussveranstaltung war festlich; hin und wieder wurden Namen berühmter Wissenschaftler genannt, es gab ein paar Reden und die endgültigen Ergebnisse wurden bekannt gegeben. Ameer saß auf der Bühne und schaute nur Nur ohne zusammenzuzucken an. Sie war mit allem beschäftigt, was um sie herum vor sich ging, aber es schien, dass sie sich seines durchdringenden Blicks sehr bewusst war. Alle paar Augenblicke sah sie ihn an und lächelte. Ameer hatte das Gefühl, bereits gewonnen zu haben.

Zunächst wurden die ersten und zweiten Plätze jedes Teams bekannt gegeben. In Ameer's Team schaffte er es – wie alle erwartet hatten – ins Finale. Nur gewann im Gegensatz zu ihm den zweiten Platz in ihrem Team, was sie daran hinderte, einen der Spitzenplätze des Wettbewerbs zu erreichen. Sie wurde frühzeitig aus dem Wettbewerb ausgeschieden, was Ameer das Herz brach. Schließlich wurden die drei Finalisten mit den höchsten Punktzahlen gewählt. Ameer war einer von ihnen. Der Saal wurde dunkler, als sich die jubelnden Stimmen in Stille verwandelten. Lamis saß angespannt auf ihrem Stuhl. Das Schicksal ihres Sohnes und in gewisser Weise das Schicksal ihrer Familie war jetzt an einem kritischen Punkt angelangt. Sie hielt die Stuhlgriffe mit beiden Händen fest und schloss die Augen. Ameer wurde eingeladen, mit einem anderen Jungen und einem anderen Mädchen in der Mitte der Bühne zu stehen. Der Gewinner der drei würde ein Stipendium erhalten, das drei Jahre Arbeit für Lamis wert war. Ameer dachte überhaupt nicht darüber nach. Seine Gedanken waren überall, und er wünschte sich Nur mehr als alles andere. Es war ihm egal, ob er gewann oder nicht.

"Auf dem dritten Platz", sagte der Leiter der Fakultät, der auch Gastgeber der Abschlussveranstaltung war, "Abed El-Rahim Falchi, 15 Jahre alt aus 'El-Hillah'." Der Saal füllte sich mit Applaus, und der errötende Junge verbeugte sich leicht und lächelte. Ameer schüttelte seine Hand und sie umarmten sich.

"An erster Stelle..." Lamis schrumpfte in ihrem Sitz. Das Blut strömte aus ihrem Gesicht und sie wurde blass. Ihr Kopf fühlte sich von einer dunklen Wolke bedeckt an, und sie wurde ohnmächtig und fiel zwischen die Stühle. Ameer sah das nicht von der Bühne, aber ein wenig Aufregung begann, als ihre Bankkollegen sie auf den Boden legten und ihre Beine hoben. "... Ameer Baghdadi, 14 Jahre alt aus 'Kirkuk'." Die Menge stand auf und jubelte dem Jungen zu, Fotografen machten Fotos von ihm und seine Teamkollegen umarmten ihn mit Umarmungen und Applaus. Aus der Ferne schaffte es Ameer zu sehen, wie Nur der Bühne ausweicht und in der Dunkelheit der Halle verschwindet. Er suchte nach seiner Mutter, aber sie war auch nirgends zu sehen. Er ging allein dorthin, wo die Richter standen, als der Gastgeber seine Eltern aufforderte, auf die Bühne zu kommen und sich dem Jungen anzuschließen.

***

Zwei Stunden später schlenderten Ameer und Lamis durch die Straßen von Bagdad. Lamis war immer noch schwindelig, und sie beschloss, den Shuttle zu nehmen und zurück zum Hotel zu gehen, um einige der Sehenswürdigkeiten der Stadt zu besichtigen. Es war zehn Uhr nachts, als sie den Campus in Richtung Yafa-Straße verließen, die nördlich des Palastes des irakischen Herrschers verläuft. Der As-Salam-Palast, die Residenz von Saddam, wurde mit hellen Lichtern beleuchtet, und zwei gigantische Statuen des Führers standen prominent auf seinen Türmen. Als sie die Kindi-Straße überquerten, stoppte der Verkehr plötzlich. Die Polizei brach in die Gassen ein und blockierte sie. Ein Konvoi von gepanzerten Fahrzeugen mit Flaggen der irakischen Republik, die sich auf den Weg zum Palast machten, passierte sie. Eine kleine Menge von Zuschauern hatte sich am Bordstein versammelt, um zu beobachten, was vor sich ging. Lamis und Ameer schlossen sich ihnen an. Ameer sah ehrfürchtig aus, als der Anführer vorbeiging. Sein Hass auf Saddam, auf die schreckliche Diktatur, die seinen Vater und seinen Bruder getötet hatte, wütete in ihm. Er hob einen kleinen Stein auf und warf ihn auf eines der Fahrzeuge. Der kleine Stein traf eines der Fenster des Fahrzeugs, prallte aber mit großer Kraft auf die Straße zurück. Das Fahrzeug fuhr weiter, ohne anzuhalten, aber ein Polizist sprang auf ihn zu und schlug ihn heftig auf den Bordstein. Ameer's Kopf war verletzt und er begann zu bluten. Der Polizist legte seinen Arm um seinen Hals und fing an, ihn zu würgen, während Lamis sich auf ihn stürzte und ihn von ihrem Sohn wegzog. "Lass ihn in Ruhe. Du erstickst ihn. Er ist ein Junge!«, schrie sie. Aber der Polizist ließ nicht los und stieß sie mit der freien Hand von sich. Sie fiel auf den Bordstein und kämpfte gegen den Polizisten, was es Ameer erlaubte, sich aus seinem Griff zu befreien und in Richtung eines großen dunklen Parks zu entkommen, auf der Suche nach einem Versteck. Lamis wurde zurückgelassen, schreiend in Verzweiflung, zwischen den Händen des Polizisten eingeklemmt.

Ein paar Polizisten verfolgten Ameer. Einer von ihnen hielt eine Taschenlampe in der Hand, und ein anderer blieb stehen und versuchte, die Schritte des Jungen zu hören. Ameer dachte, er könne weiterlaufen, hatte aber Angst, sich zu verlaufen und noch schlimmer, seine Mutter zurückzulassen. Er begann zurückzukehren, als ein Polizist ihn bemerkte und ihm sagte, er solle aufhören. Er rannte wieder in die entgegengesetzte Richtung, aber als er zurückblickte, stieß er mit großer Kraft auf einen anderen Polizisten, der hinter einer der Statuen gekommen war. Der Polizist schlug Ameer hart ins Gesicht und schlug ihn zu Boden. Ameer wurde dann gewaltsam hochgezogen und vor eine Gruppe von Polizisten gedrängt, und dazwischen lag seine Mutter mit einem Fuß eines Polizisten auf dem Rücken.

Der Konvoi fuhr vorbei, und die Zuschauermenge zerstreute sich wie in dünne Luft. Nur Ameer und Lamis blieben dort, gedemütigt, verletzt und besiegt. Amers Gesicht war von den Schlägen geschwollen, seine Lippen waren abgeschnitten und Blut lief ihm über die Nase. Er wurde mit Handschellen gefesselt und in ein Polizeiauto geschoben. Lamis, die hinter ihm war, trat verzweifelt mit den Beinen und wedelte mit den Händen in der Luft, ihr Kleid war zerrissen und ein Polizist führte sie mit der Hand um den Hals in ein anderes Polizeiauto. Als er seine Mutter sah, versuchte Ameer, sich zu befreien und auf sie zuzugehen, aber er rutschte aus und zertrümmerte sich die Schulter, da er den Sturz nicht mit seinen

Handschellen aufhalten konnte. Ein dicker Polizist packte ihn an den Handschellen und zog ihn hoch. Der Schmerz in Ameers Händen war sengend und schickte Schüttelfrost durch seinen ganzen Körper. Er schrie wütend und versuchte, dem Polizisten wie ein wildes Tier in die Hand zu beißen, aber der Polizist zog seinen Schläger heraus und schlug ihm auf den Kopf. Alle Lichter schalteten sich aus, als Ameer bewusstlos wurde.

12.

Als Ameer Baghdadi das Bewusstsein wiedererlangte, lag er in einer Haftzelle ohne Fenster, und seine Größe war nicht größer als sieben Quadratmeter. Sein Schweiß war in die schönen sauberen Kleider, die er von der Universität erhielt, absorbiert worden und war nun verschmutzt und befleckt. Sein ganzer Körper brannte vor Schmerzen, und ein weißer Verband schmückte seine Stirn. Darunter spürte er, wie die Nähte seine Haut flickten. Drei Stiche waren über seiner Oberlippe freiliegend. Er lag auf einer niedrigen Betonliege mit einer in den Augen flackernden Leuchtstofflampe. Er war gelähmt, erschöpft und hungrig. Er konnte sich nicht erinnern, was passiert war, und hatte keine Ahnung, wie lange es her war, seit er in diese Zelle geworfen worden war. Er kannte das Schicksal seiner Mutter nicht. Er lag mit offenen Augen auf dem Rücken und fiel dann wieder in einen tiefen Schlaf voller Albträume.

Das zweite Mal, als er die Augen öffnete, sah er eine schwer gebaute Person in weißer Uniform, die sich leicht auf die Wange schlug. Es war der Arzt, der ihm ein Glas Wasser und ein paar Pillen gab. Ameer saß auf der Koje und sein Herz begann zu rasen. "Wo bin ich? Was ist passiert?"

"Trink das. Es wird dir viel besser gehen ", sagte der Arzt. "Weißt du, was mit meiner Mutter passiert ist? Lamis Baghdadi." „ Nimm zuerst deine Pillen und versuche dich zu beruhigen. Sie werden bald zum Verhör gebracht, wo sie Ihnen alles erzählen werden." Der Arzt sah unbeeindruckt von dem schlechten Sehvermögen des Jungen aus. Er hat Schlimmeres in diesen Haftmauern gesehen. Sein Gesicht war mit grauen und weißen Stoppeln bedeckt, er hatte einen dicken Körper und er hatte träge Augen. Er untersuchte das Gesicht des Jungen. „Die Kopfverletzungen heilen und werden mit Haaren bedeckt. Über die Lippe – nun, das ist meiner Meinung nach eine Narbe fürs Leben. Du wirst damit leben müssen, Junge." Ameer steckte sich die bitteren Pillen in den Mund und trank das ganze Glas Wasser, dann ein zweites, dann ein drittes. Der Arzt verließ das Zimmer und verließ ihn allein.

***

Eine Stunde später saß Ameer in dem kleinen Verhörraum, der nach Urin und Erbrochenem stank. Er wurde wieder mit Handschellen gefesselt, diesmal an die Metallstange, die durch die Mitte eines großen Holztisches ging. Die Zellentür war angelehnt, und auf dem Stuhl vor ihm saß eine lächerliche Figur eines prallen Polizisten, kühn und blass, mit Muttermalen auf der Haut. Sein Gesicht war von der Hitze rot und seine Stimme war schrill und quietschend. Ameer versuchte sein Bestes, um nicht zu lachen.

"Weißt du, warum du hier bist?", fragte er. "Nein. Wo ist meine Mutter? Wer bist du?"

"Ich bin Oberst Rahim. Du und deine Mutter habt die Sicherheit des Sohnes des Anführers gefährdet. Du hast Steine auf sein Fahrzeug geworfen und fast einen Unfall verursacht."

"Das stimmt nicht."

"Lüg nicht. Deine Mutter hat das bereits zugegeben. Sie sagte, sie wisse nicht, was in deinem Kopf vor sich geht. Warum würdest du wirklich etwas so Dummes tun? Du bist ein kluger Junge. Ich verstehe, dass du den nationalen Mathematikwettbewerb gewonnen hast."

"Ist sie hier?"

"Wer ist hier?"

"Meine Mutter." Tränen füllten Ameer die Augen. "Weißt du, was mein Job ist?"

"Nein. Woher sollte ich das wissen?"

"Menschen anzuerkennen, die die Sicherheit unseres Landes gefährden, bevor es zu spät ist."

"Bin ich ein Risiko für die Sicherheit dieses Landes?"

"Du bist ein Junge, der seinen Vater bei einem Terroranschlag verloren hat, dessen Bruder des Verrats angeklagt und ordnungsgemäß hingerichtet wurde, und du hast dein ganzes Leben in Armut und Angst gelebt. Darüber hinaus sind Sie außergewöhnlich schlau. Das klingt nach einem Rezept für eine Katastrophe. Ich wurde auch darüber informiert, dass deine Mutter dich "Maihan" nennt. Eine Führungspersönlichkeit. Das Letzte, was wir brauchen, ist jemand wie Sie, der sich in einen Anführer verwandelt."

"Also, was wird jetzt mit mir passieren?"

Oberst Rahim sah den Jungen eine Weile an. Nach einer langen Pause sagte er: „Ich denke, ich werde dich dieses Mal gehen lassen. Du wurdest für dein albernes Verhalten bestraft. Ich hoffe, du hast deine Lektion gelernt. Das nächste Mal könnte es zu Ihrem Tod oder dem Tod eines Ihrer Lieben führen. Ich bin sicher, du willst das nicht, definitiv nicht nach dem, was mit Rashad passiert ist, oder?"

"Richtig."

"Ich weiß, dass du sicher bist, dass du recht hast, aber du musst klug sein. Dies ist kein normales Land. Krieg ist für die Menschen hier selbstverständlich. Wenn du hier leben willst, musst du verstehen, wie man das Spiel spielt. Sei schlau, Junge. Diesmal war es nur eine Warnung, das nächste Mal werden sie dich ausschalten. Jetzt geh mir aus den Augen." Rahim nahm die Schlüssel und schloss Ameers Handschellen auf. Ameer saß noch eine lange Minute auf dem Stuhl, sein Körper war schwer. Nach einer Weile stand er auf, öffnete die Tür und ging hinaus. "Deine Mutter wartet auf der Straße vor dem Eingang des Gebäudes auf dich", hörte er Rahim hinter sich rufen. Ameer rannte so schnell er konnte, fand die Treppe und galoppierte mit den restlichen Überresten seiner Macht hinunter.

Das Sonnenlicht blendete ihn, als er auf die Straße trat. Obwohl für ihn die Zeit stehengeblieben war, war der Aufruhr auf der Straße ein Hinweis darauf, dass sich die Welt ohne ihn weiter drehte. Er fühlte sich hilflos, wie ein Blatt, das im Wasser des Flusses fortgetragen wurde, machtlos, irgendetwas zu tun, nur um dem Wasserfluss zu erliegen und es mit ihm machen zu lassen, wie es ihm gefällt. Er suchte nach seiner Mutter und sah sie auf der anderen Straßenseite. Er rannte direkt auf sie zu, ignorierte den Verkehr völlig und überquerte sie mit großer Geschwindigkeit. Er rannte zu Lamis, der ohne Bewegung saß und ihn schweigend anstarrte. Als er sich ihr näherte, klopfte sein Herz, als er ihr geschwollenes, zerschlagenes Gesicht sah. Lamis 'Kiefer war gebrochen und verdreht, und ihre grünen Augen waren in lila Schwellungen versunken. Dann verstand Ameer wirklich die Auswirkungen seines Handelns. Lamis konnte ihr Gesicht, das immer noch von den Schlägen schmerzte, nicht bewegen und versteckte sie in einem grünen Schal, der mit trockenen Blutflecken verschmiert war. Ameer fiel auf die Knie, legte seinen Kopf auf ihren Schoß und brach weinend aus.

13.
2019

Bis vor sieben Jahren hatte Superintendent Yael Lavie in der Stadt Ariel in Samaria gelebt. Yael und Gidi zogen nicht aus Ideologie nach Ariel. Gidi bekam eine Rolle als Direktor der Bildungsabteilung in der Kleinstadt. Sie fühlte sich als fließend arabische Sprecherin und Spezialistin des Bezirks Judäa und Samaria wie zu Hause. Das Leben in Ariel war komfortabel und billig im Vergleich zu anderen israelischen Städten im Zentrum des Landes, die Aussicht war faszinierend und das Wetter war das ganze Jahr über fantastisch. Die Kinder fanden schnell neue Freunde, und die Stadt, in der es religiöse und nicht-religiöse Juden und Araber gab, war wie ein Mikrokosmos des Lebens in Israel. Es hatte eine Universität, ein Einkaufszentrum, ein Industriegebiet und Cafés. Der Verkehr war nicht schlecht, und Yael vergaß, wie es war, im Verkehr aufgehalten zu werden und nach Parkplätzen zu suchen. In nur wenigen Jahren nach ihrem Umzug vergaß sie ihre Ängste, auf der anderen Seite der Grünen Linie zu leben. Selbst nachdem die Mauer zwischen Israel und den Palästinensern gebaut worden war, die Ariel außerhalb der Gerichtsbarkeit des Landes ließ, blieb die Stadt so, wie sie war, und Yael fühlte, dass sie diesen Ort "Zuhause" nennen konnte.

Aber das Schicksal hatte andere Pläne für sie, und als Gidi ermordet wurde, konnte Yael nicht mit dem Gedanken umgehen, dass sie das Leben ihrer Kinder riskierte, indem sie in dieser umstrittenen Stadt blieb. Sie packte ihre Habseligkeiten und zog nach Ra'anana, nahe bei ihrer Mutter, weit weg von allem, was sie an das schöne Leben erinnerte, das sie einst hatte, und wurde anschließend ruiniert. Schnell wurde ihr klar, dass diese Entscheidung das Beste war. Sie brauchte Hilfe, auch wenn sie es zunächst nicht zugeben wollte.

Nach Gidis Tod versank sie in Bitterkeit und Angst. Es fiel ihr schwer, das Haus zu verlassen, und sie hatte Angst, die Kinder allein zu lassen. Jedes winzige Rascheln erschreckte sie, sie konnte nicht schlafen und verlangte, dass Keren sie alle paar Stunden anrief, um ihren Aufenthaltsort und was sie tat, zu melden. Sie hatte das Gefühl, je mehr sie Keren erstickte, desto mehr erstickte sie sich selbst, und es war für sie offensichtlich, dass sie eine Veränderung brauchte. Aber der Mut, den sie einst hatte, war jetzt verschwunden. Jedes Mal, wenn sie vor einer dramatischen Entscheidung stand oder etwas tun musste, das nicht zu ihrer Routine gehörte, begannen ihre Hände unkontrolliert zu zittern, und sie hatte Mühe, ihre Schwäche zu verbergen. Aber erfahrene Verhörte konnten ihre Schwäche unter ihrem gebrechlichen kriegerischen Äußeren erkennen und nutzten sie zu ihrem Vorteil. Yael hatte das Gefühl, dass sie diese Rolle nicht mehr ausüben konnte, und so verließ sie die Polizei. Die Versetzung zur ISA half, ihre Ängste ein wenig zu lindern. Doch jetzt, da sie wusste, dass sie in den Verhörraum zurückkehren musste, um zu versuchen, Nabil Barhum zu brechen, und wusste, dass das Schicksal vieler auf ihren Schultern ruhte, begannen ihre Hände wieder zu zittern, und Tränen füllten ihre Augen.

Yael ging auf die Toilette. Sie senkte den Toilettendeckel und setzte sich, rieb sich die Handflächen und murmelte ein beruhigendes Mantra, um sich zu beruhigen. Sie biss sich auf die Lippen und dachte an Keren und Ilan, ihren jüngsten Sohn. Sie dachte an Gidis Lächeln. Acht Jahre waren vergangen, seit sie zuletzt die Hand eines Mannes hielt, der sie umarmte und sie total, tief und leidenschaftlich liebte. Sie wusste, dass viele Frauen in ihrem Alter Single waren: Ihre Unabhängigkeit war ihre Macht. Aber Yael vermisste Gidi, und das Gefühl der Sehnsucht nach ihm tobte in ihr und erschöpfte sie im Laufe der Jahre. Sie brauchte ihn jetzt, um sie zu beruhigen, um sie wieder an sich glauben zu lassen. Itay Eshel glaubte an sie. Er dachte auch, dass die Arbeitsroutine ihr gut tun würde. Aber in Wirklichkeit war das genaue Gegenteil die Wahrheit. Yael war unglücklich, als sie Risiken eingehen musste. Sie war jetzt alleinerziehende Mutter, was bedeutet, dass ihre Kinder Waisen bleiben würden, wenn ihr etwas zustößt.

Sie spülte die Toilette und wusch sich das Gesicht. Ihre Hände zitterten immer noch, aber Yael konzentrierte sich auf das Ziel und war entschlossen, Ergebnisse zu erzielen. Der Schaden, den der zweite Angriff der „Sandarmee" auf die Infrastruktureinrichtungen Israels hinterließ, war beträchtlich, aber nicht katastrophal. Es war klar, dass Israel in ein paar Stunden wieder zur Normalität zurückkehren würde und dass der Angriff nur PR für die Organisation gab und keinen tatsächlichen Schaden anrichtete. Auf der anderen Seite war es ganz klar, dass es so nicht weitergehen konnte.

Sie wischte sich das Gesicht ab, richtete ihre Haare und ging in den Besprechungsraum. Die ersten Details über die Route, die Barhum vom Irak nach Israel nahm, kamen von Interpol und den arabischen Ländern, die diplomatische Beziehungen zu Israel unterhielten. Aus den angesammelten Puzzleteilen konnten sie bereits den ersten Rahmen machen. Aber Yael fragte sich, ob der Assyrer ein echter Charakter war und ob Barhum Informationen hatte, die zukünftige Angriffe verhindern konnten.

Der Polizeibeamte, der Teil des vorherigen Beratungsforums war, war nicht im Raum anwesend. Nur Itay Eshel, Yael Zibler und Yotam Shneour saßen um den Tisch. Als Yael hereinkam, warf Shneour einen kurzen Blick auf sie und arbeitete wieder am Computer vor ihm. Itay Eshel sagte zu Shneour: "Yotam, wir können mit dem Briefing beginnen, mal sehen, was wir bisher über den Mann gelernt haben."

Yotam setzte sich auf seinen Stuhl, kreuzte die Beine und las laut aus dem Computer vor: „Nach den Informationen, die wir bisher gesammelt haben, verließ Barhum Bagdad vor sieben Wochen in einem privaten Auto, fuhr nach Syrien, blieb dort für ein paar Tage, überquerte die Grenze in die Türkei und flog von dort nach Dubai. Er war sechs Wochen in Dubai, mietete sich am Flughafen ein Auto und fuhr über Saudi-Arabien und Jordanien ins Westjordanland. Er überquerte die Grenze am Grenzübergang Sheikh Hussein und fuhr von dort auf dem Highway 90 nach Jericho, wo er eine Nacht im Hotel Magtas verbrachte. Am nächsten Tag fuhr er auf dem Highway 1 nach Ost-Jerusalem und wohnte in Shu 'afat."

„Und was wissen wir über die Wohnung in Shu 'afat? Wem gehört es? Wer führt es?", fragte Yael.

"Es scheint, dass die Wohnung in Shu'afat über zwei Jahre lang leer war. Die Wasser- und Stromrechnungen zeigen, dass niemand darin gelebt hat. Es wurde von einem Einwohner von Abu Dhabi namens Salah Fadi gekauft; er war derjenige, der die Grundsteuer dafür bezahlt hat ", sagte Yotam.

"Ein Einwohner von Abu Dhabi? Was ist die Verbindung zwischen ihm und Nabil Barhum? Wer ist dieser Typ und warum besitzt er Wohnungen in Shu 'afat? Vielleicht ist Salah Fadi der Assyrer?"

"Vielleicht", sagte Yael.

Yael fuhr fort: „Sein Weg scheint sehr lang zu sein. Es ist unklar, warum er so eine riesige Runde gemacht hat."

Yotam antwortete, ohne sie anzusehen: "Er muss jemanden auf dem Weg getroffen haben, möglicherweise um ein formelles Briefing zu erhalten. Vielleicht hat er sich mit dem Assyrer oder Fadi oder wem auch immer getroffen." Er streckte sich auf seinem Stuhl aus und fügte hinzu: "Es bedeutet, dass der Assyrer in einem dieser Länder sein könnte."

„Die Tatsache, dass Barhum aus dem Irak stammt, bedeutet nicht unbedingt, dass er Iraker ist. Es ist auch möglich, dass der Irak nicht sein Ausgangspunkt war."

"Er erscheint in den Bevölkerungsregistern als Iraker, aber wir können es nicht wirklich wissen. Er hätte aus jedem Land des Nahen Ostens kommen, im Irak leben und einen Pass bekommen können. Das Chaos und die Korruption im Land grassieren. Alles, was er tun müsste, wäre, einen der Angestellten zu bestechen, und innerhalb weniger, kurzer Momente wäre er Iraker ", sagte Eshel.

„Was will er von uns?", fragte Yael Zilber. "Ich meine, dieser Typ ist nicht psychisch krank und er ist kein Selbstmordattentäter. Er ist ein gut ausgebildeter Mann mit ausreichenden Mitteln, ich glaube nicht, dass die Prinzipien, die ihn leiten, nationalistisch sind. Warum sollte er durch die Hölle und zurück gehen, um so wenig zu bekommen?"

"Da der Cyberangriff nicht sein eigentliches Ziel ist", antwortete Shneour. "Es ist ein Werkzeug, um ihm zu helfen, sein wahres Ziel zu erreichen. Er sagte, er werde nicht länger als ein paar Stunden im Gefängnis sitzen. Was bringt ihn dazu, das zu denken? Er muss etwas haben, mit dem er umgehen kann, um seine Freiheit zu kaufen. Und ich nehme an, er weiß, wenn er freigelassen wird, dass er als Köder für uns benutzt wird, um zum "Assyrer" zu gelangen."

„Also, was schlägst du vor?", fragte Eshel.

"Ich schlage vor, wir nehmen den Köder. Sagen Sie ihm, dass wir verstehen, dass er hier ist, um mit uns zu spielen, und wir bereit sind, zusammenzuarbeiten. Ich gehe davon aus, dass er zu diesem Zeitpunkt mit der Ausführung seiner geplanten Züge beginnen wird. Wir müssen schnell sein, auch wenn es bedeutet, gegen die Regeln zu spielen, die wir für uns selbst haben." "Warum denken Sie, dass wir offen mit ihm sein müssen? Ist es nicht besser, ihm einfach das Gefühl zu geben, dass wir das Spiel nach seinen Regeln spielen, und dann genau das Gegenteil zu tun?", fragte Zilber.

"Weil Leute wie er es aus einer Meile Entfernung riechen würden. Wir werden nach seinen Regeln spielen und unsere Augen für alles offen halten."

„Was denkst du, Yael?", fragte Itay Eshel.

Yael war in Gedanken versunken. Es war offensichtlich, dass Yotam Recht hatte. Etwas an Barhums Verhalten war nicht in Ordnung. Sie wusste, dass hinter dem Cyberangriff eine ganze Welt stand, und sie wusste, dass sie es nicht enthüllen konnte, ohne das Spiel zu spielen. Aber was hat Barhum mit seiner Freiheit zu tun? Es gibt keine Möglichkeit, es zu wissen, ohne ihn direkt zu konfrontieren.

"Ich bin bereit, wieder mit ihm zu reden", sagte sie. "Ich werde uns von ihm führen lassen, wohin er will – mal sehen, wohin uns das führt."

"Gut. Bereiten wir Verhörfragen vor, pflastern wir seine Bewegungen und schauen wir uns seine offensiven Aktionen weiter an. In der Zwischenzeit wird Yael weiterhin versuchen, durch Gespräche so viel wie möglich aus ihm herauszuholen ", sagte Eshel, woraufhin jeder seine Sachen packte und das Büro verließ. Yael blieb noch eine Minute und stand dann auf, um zu gehen. Eshel flüsterte hinter ihrem Rücken: „Geht es dir gut?"

"Ja. Nur ein bisschen müde."

"Das sind wir alle. Glaubst du, du wirst im Verhörraum durchhalten können?"

"Ja."

"Du bist der Beste, den wir haben."

Eshel tätschelte ihre Schulter und ging weiter. Für einen Moment nahm ihre Nase den gemischten Duft von Deodorant und 24 Stunden gealtertem Schweiß wahr. Der Geruch eines Mannes. Sie blinzelte und sagte: „Wir müssen mit jemandem in Dubai sprechen. Sechs Wochen sind eine lange Zeit."

"Ich stimme zu." Er steckte den Kopf aus dem Büro und rief Yotam Shneour an, um zurückzukommen: "Finde jemanden hoch oben im Sicherheitsapparat von Dubai, damit wir mit ihm über Barhum sprechen können."

"Kein Problem", sagte Shneour. "Vorzugsweise aus ihrer Anti-Terror-Abteilung", fügte Yael hinzu. „Wir haben in der Vergangenheit mit ihnen zusammengearbeitet. Sie sind in Ordnung mit uns."

"Okay. Gibt es einen bestimmten Namen von jemandem, den du dort kennst?" "Nein. Wer sich bereit erklärt, mit dir zu sprechen und uns zu helfen, ist in Ordnung."

Shneour hob ab und Yael ging zuversichtlich auf den Verhörraum zu.

***

Barhum sah erschöpft aus. Als Yael die Tür öffnete und eintrat, setzte er sich auf seinen Stuhl und blinzelte mit den Augen. Sie versuchte, so ehrlich wie möglich zu sein und keine Informationen zu verbergen: „Hier ist, was wir über dich wissen. Dein Name ist Nabil Barhum. Sie sind Iraker, oder so steht es in Ihrem Reisepass. Du hast den Irak verlassen und bist nach Syrien, in die Türkei und nach Dubai gegangen. Du bist hier angekommen und hast in einer Wohnung in Shu 'afat übernachtet, die zuvor von einem Bürger der Vereinigten Arabischen Emirate, Salah Fadi, gekauft wurde. Von dort aus hast du das ganze Fiasko im Namen der Terrororganisation "Die Sandarmee" inszeniert. "Ich bin mir nicht sicher über dein endgültiges Ziel und wohin das führt. Vielleicht könntest du mir helfen?"

Barhum dachte eine Weile nach und sagte dann: „Es ist zu früh. Es wird noch eine Weile dauern, bis wir fortfahren können. In der Zwischenzeit würde ich gerne etwas schlafen, vielleicht solltest du zu deiner Familie zurückkehren und ein paar Stunden schlafen. Wir haben noch einen langen Weg vor uns."

"Also wirst du mir nicht helfen?"

"Im Moment nicht. Morgen früh." Barhum verstummte. Yael erkannte, dass ihre Untersuchung für heute vorbei war. Sie sammelte ihre Akten, ging in ihr Büro, nahm ihre Taschen und fuhr nach Ra'anana, um bei ihrer Mutter und ihren Kindern zu sein.

14.

Das Klingeln des Telefons weckte sie sofort. Ihr Schlafzimmer war hell vom Sonnenlicht und sie brauchte ein paar Sekunden, um sich selbst in den Griff zu bekommen. Sie erinnerte sich, dass sie den Wecker auf acht Uhr morgens gestellt hatte. Sie schaute auf ihr Handy und sah, dass es noch nicht einmal sieben waren. Die Nummer auf dem Bildschirm war keine, die sie erkannte, und sie beschloss, nicht aufzuheben. Sie hatte eine zusätzliche Stunde zum Schlafen, und sie plante, sie auszunutzen. Die Kinder hatten bei Dina geschlafen, und sie würde sie heute zur Schule bringen. Als Gidi noch am Leben war, an den Tagen, an denen sie um sechs Uhr morgens zur Arbeit aufbrach, war er derjenige, der sie am Morgen vorbereitete und sie auf dem Weg zur Arbeit im Kindergarten absetzte.

Sie brachte ihr Telefon zum Schweigen, sah aber aus dem Augenwinkel, dass der Bildschirm immer wieder aufleuchtete. Nachrichten? Sie wusste, dass Eshels Team rund um die Uhr arbeitete, aber sie brauchte diese Schlafstunden, damit sie den ganzen Tag über klar denken konnte. Also drehte sie ihr Handy auf den Bildschirm und schlief wieder ein.

Schließlich klingelte der Alarm. Sie stand auf, drehte ihr Telefon um und betrachtete die verschiedenen Nummern in all den unbeantworteten Anrufen und den 51 Textnachrichten, von denen die meisten sie baten, die Nummer des Büros zurückzurufen. Sie wählte Itay Eshel, der sofort abholte. "Wo bist du?"

"Ich bin zu Hause."

„Wir haben schon eine Weile versucht, dich zu erreichen. Wir haben es geschafft, den Leiter des Anti-Terror-Apparats von Dubai zu finden, und wir wollten, dass Sie bei dem Gespräch anwesend sind."

"Das Telefon war stumm. Ich habe es nicht gehört ", log Yael. "Ich brauche dich sofort hier."

„Hast du etwas geschlafen?", fragte Yael.

„Ich habe ein paar Stunden im Büro geschlafen und im Fitnessstudio geduscht. Wann kannst du hierher kommen?"

"Ich bin auf dem Weg."

Yael legte auf, setzte sich auf das Bett und sah sich um und nahm die Ruhe des leeren Hauses in sich auf. Ihr Schlafzimmer war sehr verwöhnend. Als sie nach Ra'anana zog, beschloss sie, die meisten ihrer Möbel in ihrer alten Wohnung zu lassen und sich neue Schlafzimmermöbel zu kaufen. Die Erinnerungen überwältigten sie, als sie jeden Morgen im selben Bett aufwachte, das so viele Jahre lang ihr und Gidis Bett war. Die Bettwäsche, die Vorhänge, die Kommode, jedes Möbelstück enthielten eine schmerzhafte Erinnerung an ihre gemeinsame Vergangenheit, und Yael wusste, dass es für sie schwieriger werden würde, die Vergangenheit hinter sich zu lassen, wenn sie sie mitnehmen würde. Aber je mehr sie ihr neues Zimmer mit verwöhnenden Dingen dekorierte, desto mehr fühlte es sich kalt und einsam an. Sie ging zu ihrem Kleiderschrank, suchte nach einer bunten Bluse, wählte aber schließlich ein neutrales Outfit mit dunklen Farbtönen, das gleiche, was sie jeden Tag zur Arbeit trug. Sie hielt in der Küche an, bereitete ein Omlette zu, verteilte Butter auf geröstetem Brot und trank Kaffee. Sie war froh, dass sie ihren Morgen nicht überstürzte, da sie ihre Morgenroutine wirklich brauchte. Dann nahm sie ihr Handy, ihre Tasche und ihre Schlüssel und fuhr ins Büro.

***

Eine Stunde und zehn Minuten später saß Yael im Besprechungsraum des ISA-Gebäudes in Tel Aviv und wartete auf einen Videochat aus Dubai neben Yotam Shneour und Itay Eshel. Eine Kaffeetasse wurde vor ihr auf den Schreibtisch gestellt, und auf dem großen Fernsehbildschirm erschien die gesicherte Wählbox, die die Emirate anrief. Ein Mann erschien auf dem Bildschirm und trug ein weißes Jellabiya und ein weißes Keffiyeh auf dem Kopf, das von einem schwarzen Agal gehalten wurde. Er schien in den Fünfzigern zu sein und hatte einen kleinen, getrimmten Schnurrbart unter der Nase. Seine Wangen waren unrasiert, und er schien nicht sehr fit zu sein. Als sich der Anruf schließlich verband, lächelte er und enthüllte seine perlweißen Zähne, die so weiß waren wie seine Kleidung. Er war akribisch und sprach Englisch mit einem tiefen, langsamen Ton.

„Hallo, General Eshel. Schön, dich von Angesicht zu Angesicht zu sehen."

„Generalmajor Ibn Rashad. Vielen Dank für dieses Gespräch. Hier bei mir sind Yael Lavie, eine meiner Vorgesetzten, und Yotam Shneour, einer unserer Analysten, die am Fall Barhum arbeiten. Ich verstehe, dass Sie alle Informationen erhalten haben, die wir Ihnen geschickt haben."

"Bitte nennen Sie mich Ibrahim", lächelte der Mann. "Ja, ich habe es verstanden. Nach den offiziellen Daten, die Sie mir geschickt haben, ist in den letzten zwei Jahren niemand namens Nabil Barhum in unserem

Land geblieben. Dieser Mann existiert einfach nicht. Es gibt keinen Hinweis auf eine Kreditkartennutzung, auf einen Antrag auf Befreiung von der Visumpflicht oder auf Aufzeichnungen über ihn an den Grenzübergängen. Nach den Daten, die Sie mir geschickt haben, existiert dieser Mann nicht auf dem Land."

"Ich verstehe", sagte Eshel.

"Aber...", fuhr Ibrahim fort. "Wenn wir nach Fotos, Fingerabdrücken und Cyber-Informationen des Mannes suchen, ist das eine andere Geschichte."

„Was meinst du damit?", fragte Shneour.

"Wir haben das Sicherheitsmaterial von allen Grenzübergängen der letzten zwei Jahre inspiziert und festgestellt, dass das Foto und der Fingerabdruck teilweise mit einem Mann namens... übereinstimmen."

"Lass mich raten", unterbrach ihn Yael. "Salah Fadi."

"Ich verstehe, dass du diesen Namen kennst", sagte Ibrahim. "Ja", sagte Yael. "Was weißt du über ihn?"

„Unseren Aufzeichnungen zufolge ist er in den letzten zwei Jahren mehrmals in die Emirate ein- und ausgegangen. Vor kurzem war er hier für ein paar Monate, in Al-Ain, im östlichen Teil des Landes. Soweit ich weiß, war er allein hier."

„Weißt du, wer der Mann ist?", fragte Eshel.

„Er ist Palästinenser, wohnhaft in Jenin, der vor sechs Jahren nach Dubai eingewandert ist. Er war Wanderarbeiter in der Ölindustrie. Nie verheiratet oder hatte Kinder. Ein einfacher Mann, ein Arbeiter, der ein bescheidenes Leben führt. Wenn wir hier fertig sind, werde ich zu seinem Haus in Al-Ain gehen, um weitere Details zu finden. Ich verstehe, dass auch Ägypten und Jordanien den Angriff erlebt haben und dass wir uns wahrscheinlich auch darauf vorbereiten sollten." "Das heißt, der Mann, der sich selbst als Nabil Barhum bezeichnet, ist kein Iraker, sondern Palästinenser? Das erklärt, wie er so leicht die Grenze nach Israel überquert hat ", sagte Shneour.

"Ja. Das ist der Mann. Wenn ich weitere Informationen erhalte, werde ich sie dir auf jeden Fall schicken ", stand Ibrahim vor der Kamera.

„Danke, Ibrahim", sagte Eshel. "Und ich stimme zu. Er sprach über Angriffe im ganzen Nahen Osten, ich nehme an, er meinte auch Sie. Seien Sie am besten vorbereitet."

"Sehr gut. Wir werden uns bald melden. Auf Wiedersehen." Der Anruf endete. "Itay, wir müssen gehen", sagte Yael.

„Wo?", fragte Shneour. "Auf Shu'afat", antwortete sie.

"In seine Wohnung? Es wurde bereits gründlich durchsucht ", sagte Shneour.

"Wahrscheinlich. Aber ich habe das Gefühl, dass derjenige, der es durchsucht hat, nicht nach dem gesucht hat, wonach wir suchen."

„Was meinst du damit?", fragte Eshel.

"Ich weiß es noch nicht. Aber wenn wir dort ankommen, kann ich es dir sagen.

Wer kommt mit mir?"

"Ich komme", antwortete Eshel. "Yotam, während wir weg sind, versuchen Sie, alle neuen Daten in unser Untersuchungslayout und unsere Kalender einzubauen."

Yotam Shneour nickte zustimmend mit dem Kopf, und Yael streckte ihre Hand in Richtung Eshel aus.

"Wir nehmen dein Auto", sagte sie. "Gut. Was brauchst du?"

"Die Schlüssel. Ich fahre."

15.

Als es Abend wurde, parkte Yael Eshels Auto in der Ahmed Shawqi Street im Stadtteil Shu'afat in Ost-Jerusalem. Die Straße, die sich vom Shu'afat Boulevard, der Hauptstraße, trennte, passierte niedrige Häuser, die sich auf verschiedenen Geschäften befanden – von lokalen Supermärkten über Brautsalons bis hin zu Polsterungen und Gemüsehändlern. Die Schaufenster waren mit Eisentüren gepanzert. Einige der Türen waren mit Fahnen bemalt und Verzierungen aus heiliger Schrift oder Graffiti, die Israel verurteilten. Das Tempo der Straße war langsam, und ihre Bewohner ignorierten die beiden Israelis, die sich auf den Weg zum Gebäude Nr. 26 machten.

Der Eingang zum Gebäude befand sich auf der Rückseite, und es war mit Eisenstangen blockiert, die schienen, als wäre jemand vor nicht allzu langer Zeit eingebrochen, höchstwahrscheinlich die Polizei. Aber die Polizei, die sich der Bedeutung des Verfahrens der Beweiserhebung bewusst war und die Szene nicht kontaminierte, hätte ein solches Durcheinander nicht hinterlassen. Auf den Fotos, die die Polizei nach der Gefangennahme von Barhum gemacht hatte, sah die Wohnung sauber und organisiert aus, erinnerte sich Yael. Es war klar, dass jemand eingebrochen war, nachdem die Polizei gegangen war, und die Wohnung durcheinander gebracht hatte, wahrscheinlich um alle Spuren zu verwischen und es so schwer wie möglich zu machen, den neuen Helden zu verleumden, der der erobernden verhassten Einheit so viel Schaden zugefügt hatte. Niemand spekulierte, dass Barhums Sache darin bestand, den gewaltsamen Kampf in einen friedlichen zu verwandeln.

Die Zerstörung in der Wohnung war schrecklich. Yael versuchte, die Augen zu schließen und sich vorzustellen, wie der Ort nach dem Einbruch der Polizei ausgesehen hatte, als die Fotos gemacht wurden. Aber die Details waren zu zahlreich, und sie fragte sich, wonach sie dort wirklich suchte? Die Kamera, mit der er ein Foto von ihr gemacht hat? Anweisungen des Assyrers? Karten? IDs? Anzapfvorrichtungen? Sie hatte keine Ahnung. Sie schritt langsam durch das zerstreute Glas, ging an der zerbrochenen Wanne vorbei und öffnete den Badezimmerschrank, aber die Bolzen, die ihn an seinem Platz hielten, waren der Schwerkraft erlegen, und der Schrank fiel mit einem Gebrüll auf den Boden. Sie sprang darüber und ging zurück ins Wohnzimmer.

Itay Eshel scannte das Schlafzimmer, in dem Barhum gefangen

genommen worden war. Die Matratze war zerrissen, und es schien, als hätte schon jemand darin nach etwas gesucht. Yael betrat die Küche. Die Arbeitsplatte war leer, der Herd war vom Gas- und Stromstecker getrennt und ein kleiner tragbarer Brenner befand sich an der Ecke des Raumes. Die Spüle war schmutzig und enthielt ein paar leere Pizzaschalen, Säcke von McDonald's, Hummus und Sabich. Der Boden war mit Wasser oder Öl verschmutzt, eine Spülmittelseife machte eine schmutzige Pfütze durch den Hauswirtschaftsschrank und ein brauner öliger Fleck wurde über die Fliesen zwischen dem Schrank und der Wand verteilt. Sie öffnete ein paar Schränke, schaute in den Toilettentank, unter alle Waschbecken und in die Türen und Türpfosten. Alles schien völlig normal, doch sie hatte das Gefühl, dass etwas fehl am Platz war. Sie schloss wieder die Augen und versuchte sich die Fotos noch einmal vorzustellen. Ihre Fähigkeit, ein gutes Foto aus ihrem Gedächtnis auf die Realität zu setzen und den Unterschied zu erkennen, funktionierte jetzt nicht mehr. Wer auch immer die Wohnung zerstört hat, hat einen sehr guten Job gemacht.

Eshel sah sich wieder um und gab schließlich auf. Er öffnete die Jalousien und schaute auf die sich verdunkelnde Straße, um nach verdächtigen Bewegungen oder Beweisen außerhalb der Wohnung zu suchen.

"Möchtest du die Straße entlang gehen? Vielleicht finden wir dort etwas?«, fragte er.

"Ja. Das sollten wir ", antwortete sie. "Morgen werden sie den Müll leeren, vielleicht hat er etwas dorthin geworfen, vielleicht die Kamera."

"Gut. Lass uns untergehen, bevor es dunkel wird."

Yael stand in der Mitte des Wohnzimmers, schaute sich um und ging zur Tür. Plötzlich verfolgte sie ihre Schritte zurück.

„Was ist passiert?", fragte Eshel.

"Hast du das Foto, das die Polizei vom Einbruch gemacht hat?"

"Ja." Er öffnete sein Handy und lud die Fotos, die ihm der Polizist geschickt hatte. Yael blätterte schnell durch sie und sagte schließlich: "Der Fleck."

„Welcher Fleck?", fragte Eshel.

"Der Fleck an der Wand. Es war vorher nicht da."

"Und du glaubst nicht, dass derjenige, der hier eingebrochen ist, es hätte tun können?" "Es ist möglich. Aber es war nicht hier, als die Polizei einbrach. In dem Raum zwischen dem Küchenschrank und der Wand war etwas undicht. Komm mit mir." Sie ging schnell dorthin, stand auf und betrachtete den öligen Fleck, der aussah, als käme er unter dem Schrank hervor. Sie öffnete den Schrank wieder, aber er war leer. "Hilf mir, das zu ziehen", befahl sie, und die beiden setzten ihre ganze Kraft ein, um den Schrank zu bewegen, der klein, aber sehr schwer war.

Hinter dem Schrank fanden sie ein großes Loch, eine Öffnung, die in die Betonziegel geätzt war und gut versteckt war. Sie wollten gerade hereinkriechen, als die Geräusche eines Aufruhrs von außen zu hören waren. Eshel drehte sich um und ging zum Fenster. Er schaute hinter den Jalousien hervor und murmelte: "Nicht gut." Unter dem Gebäude hatte sich eine Gruppe junger Palästinenser versammelt. Die Bande, die immer noch Angst davor hatte, die israelischen Sicherheitsvertreter zu konfrontieren, fing an, spöttische Anrufe zu schreien und Steine auf das Gebäude zu werfen. Itay Eshel rief die Notrufnummern an und schrie am Telefon: "Wir sind in Shu 'afat, und ein möglicher Aufstand entwickelt sich – wir brauchen Hilfe und Rettung, bevor es eskaliert."

Während er am Telefon war, schaltete Yael die Taschenlampe ihres Telefons ein und drängte sich allein in die Öffnung in der Wand.

***

"Itay!!"

"Einen Moment!!" Eshel spähte besorgt aus dem Fenster. Die Situation auf der Straße war ziemlich schnell eskaliert. Er wusste, dass jeden Moment eine Bande junger, eifriger Palästinenser in das Gebäude einbrechen, in die Wohnung kommen und mit ihnen machen konnte, was sie wollten. Er zog seine Waffe heraus, lud sie, ging dann zur Eingangstür und öffnete sie. Er baute eine kleine Barrikade um den Küchentisch, mit einer um 45 Grad abgewinkelten Schießposition zur Tür. Er schaute auf die Straße, auf der das Amoklauf jetzt in vollem Gange war, wobei Autos beschädigt und sein eigenes Auto angezündet wurde. Am anderen Ende der Leitung konnte er die Stimme des ISA-Durchsetzungsbefehlshabers hören, während er sich auf den Weg zu ihnen machte: "Wir werden in 12 Minuten da sein."

"Yael! Ich brauche deine Hilfe. Jetzt!"

Yael kam aus der Öffnung in der Wand und rannte auf ihn zu. "Hilf mir, die Matratze aus dem Schlafzimmer zu ziehen. Wenn sie hereinplatzen, werden sie Steine und Metallgegenstände auf uns werfen – wir brauchen Schutz.", sagte er.

Yael rannte ins Schlafzimmer und zog mit Eshel an der Matratze. "Hast du eine Waffe?", fragte er. "Nein", antwortete Yael. "Dies ist das letzte Mal, dass du ohne Waffe aufs Feld gehst. Kein Streit. Sie sind eine Frau der Sicherheitskräfte. Und selbst wenn Sie nicht denken, dass Sie sich schützen müssen, haben Sie eine Verpflichtung gegenüber anderen. Verstanden?"

Sie konnte den Stress in seiner Stimme hören. Es war für ihn offensichtlich, dass er, wenn die Bande jetzt in die Wohnung einbrechen würde, nicht genug Munition hätte, um sie abzuwehren, bis die Rettungseinheiten eintrafen. Sie konnten laute Geräusche von der Treppe hören. "Ich befürchte, dass sie das Gebäude mit Molotow-Cocktails in Brand setzen werden, und wir werden es nie schaffen, hier rauszukommen."

"Ich habe ein paar Beweise gefunden, wir müssen sie mitnehmen, bevor wir gehen", sagte Yael.

„Unser Leben steht an erster Stelle. Ich habe die Verantwortung, dich am Leben zu erhalten. Yael! Du hast Kinder!"

Dieser Satz traf sie geradewegs ins Herz mit voller Kraft. Sie hatte einen plötzlichen Kraftverlust und die Matratze, die sie schleppte, fiel von ihren Händen auf den Boden. Du hast Kinder! Was hat sie da gemacht? Sie könnte sterben. Sie stand unter Schock und konnte sich eine Weile nicht bewegen. Alles, was sie jetzt wollte, war, mit ihrer Tochter zu sprechen. Aber die Geräusche der Steine, die auf sie geworfen wurden, waren ein Schlag der Realität, der sie zur völligen Klarheit zurückbrachte. Ein Stein flog von außen herein und landete an ihren Füßen. "Geh unter die Matratze", schrie Eshel, versteckte sich unter dem Küchentisch und versteckte sich hinter der kleinen Barrikade, die er gebaut hatte. Er richtete seine Waffe auf die Tür. Der Tumult und die Schreie wurden stärker. Eshel entriegelte die Sicherheitsverriegelung der Waffe. Yael kam unter der Matratze hervor und rannte zum Schlafzimmer. Sie packte den Felsen und kam so nah wie möglich an das Fenster heran und schaute auf die Straße hinunter. Als sie einen Ort erkannte, an dem sich ein paar Jungs versammelt hatten, warf sie ihn auf sie. Der Stein schlug einem auf den Rücken und er brach auf der Straße zusammen. Seine Freunde zogen sich zurück und ließen ihn dort zurück. Das wird sie für ein paar Minuten erschrecken.

Die Stimmen im Treppenraum klang jetzt sehr nah. Eshel wusste, dass er den ersten schießen konnte, der einbrach, vielleicht auch den zweiten, aber nicht mehr als das. Sie werden auf ihn zulaufen und seine Waffe nehmen. Er hoffte, dass die anderen Angst vor der Schießerei bekommen und sich zurückziehen würden. Das wird ihm und Yael ein paar weitere Minuten der Gnade geben, Minuten, die sehr kritisch waren, und vielleicht, wenn die ISA pünktlich dort ankommt, könnten sie gerettet werden.

Yael stand im Schlafzimmer und schaute auf die Straße. Der Rauch, der aus dem brennenden Auto aufstieg, erfüllte den Raum und erstickte sie. Sie ging auf die Knie und kroch zum Loch in der Küche.

"Wo gehst du hin?" Itay schrie sie an.

"Ich muss ein paar Dinge da rausholen." Eine Explosion unterbrach sie, als ein weiterer Stein in das zerbrochene Fenster eindrang und auf dem Boden zersplitterte, gefolgt von einem Betonstein. "Was hast du da gefunden?", schrie er sie an.

"Ich weiß es noch nicht. Etwas, das in Plastikverpackungen und einen Jutebeutel eingewickelt ist. Ich fürchte, das ist das Schlimmste, was man sich vorstellen kann. Am Boden sammeln sich Flüssigkeiten an, die den öligen Fleck auf dem Boden verursacht haben. Ich denke, es ist ein Körper."

Eshel sah sie an, als plötzlich zwei Typen in die Wohnung einbrachen und auf sie zu sprangen. Die beiden liefen zum Wohnzimmerfenster. Yael fiel auf die Knie und lag auf dem Boden hinter dem Tisch. Eshel feuerte zwei Schüsse auf den ersten Kerl ab und traf ihn in der Leistengegend. Der zweite Kerl bemerkte es nicht; er hörte gerade die Quelle der Schießerei von links kommen und rannte auf Eshel zu. Eshel feuerte einen weiteren Schuss ab, der auf den Oberschenkel des Kerls zielte, und er stürzte zu Boden. Ein anderer Mann brach in die Wohnung ein, blieb stehen und schaute sich um und versuchte, seine Feinde zu finden. Eshel feuerte einen Schuss ab, der auf seine Lenden zielte, aber er blieb stehen. Eine weitere Kugel durchbohrte seinen Magen und machte Löcher in sein Zwerchfell. Der Typ fiel hin und fing an zu schreien, aber seine Stimme wurde fast sofort zum Schweigen gebracht. Eshel warf einen Blick auf sein Magazin; er hatte noch sechs Kugeln übrig. Er fand ein anderes Magazin in seinem Gürtel. Es war voll. Die Schreie aus dem Treppenraum wurden immer lauter, und es schien, als würde eine andere Gruppe von Jungs einbrechen. Der Typ, dem in den Bauch geschossen wurde, begann zu gurgeln und Blut zu spucken. Sein Freund, dem ins Bein geschossen wurde, kroch auf ihn zu und versuchte ihm zu helfen, aber Eshel schrie ihn auf Arabisch an: "Beweg dich nicht, oder ich schieße." Der Typ lag auf dem Rücken und wartete.

Der Treppenraum war ruhig, und dann brachen, wie aus einer Kanone geschossen, vier weitere Jungs in die Wohnung ein. Eshel zielte auf den ersten Kerl und feuerte zweimal. Der Typ, der die Kugeln mit seinem eigenen Körper blockierte, erlaubte seinen Freunden, hinter ihm wegzulaufen und auf Eshel zu stürzen, seine Hände zu ergreifen, ihn zu schlagen und seine Waffe zu nehmen. Yael, die sich neben ihm versteckte, stand plötzlich auf und stürzte auf den Block zu, der zuvor geworfen worden war, hob ihn an und zerschmetterte ihn so hart sie konnte auf den Nacken eines der Jungs. Er brach zusammen und zuckte, aber sein Freund, der hinter ihm war, nahm die Waffe und richtete sie auf sie. Man hörte einen Schuss, dann noch einen und noch einen, und dann passierte für ein paar lange Sekunden nichts, bis der Typ, der die Waffe hielt, zusammenbrach und auf den Boden stürzte. Ein Soldat in Khaki-Uniform und ein Sturmgewehr standen hinter ihm und richteten seinen Lauf auf die beiden bewegungslosen Toten.

Eshel stieß den bewusstlosen Kerl beiseite, nahm seine Waffe, packte Yael und zog sie zu sich. "Komm. Schnell!", schrie er.

Aber Yael löste sich von seinem Griff und kehrte zum Loch in der Wand zurück. Eshel rannte ihr nach und half ihr, die Tasche aus dem Loch zu ziehen. Ihre Nasen waren vom Gestank des Todes erfüllt. Sie zogen die Tasche, als die Kamera, nach der sie gesucht hatte, von der Wand fiel. "Wir müssen hier raus. Unten wartet ein gepanzerter Jeep auf uns ", schrie der Soldat. „Komm und hilf uns!", schrie Yael. Die drei zogen an dem undichten Beutel. Yael legte die Kamera auf ihren Hals und rannte die Treppe hinunter. Als sie am Ende der Treppe ankamen, bewegten sie sich in einem menschlichen Korridor, den die ISA unter einer Tränengaswolke für sie gebaut hatte, bis hin zum gepanzerten Jeep. Die Tasche wurde in den Rücken geworfen und füllte das Auto mit einem schrecklichen Gestank. Yael fühlte sich krank, als der Jeep durch die Straßen von Shu 'afat raste und nach Jerusalem fuhr, während er von Molotow-Cocktails gesteinigt und getroffen wurde. Fünfeinhalb Minuten später befanden sie sich im Polizeipräsidium der Stadt. Yael kletterte aus dem Jeep und erbrach sich auf dem Parkplatz die Eingeweide. Itay kletterte aus der zweiten Tür, umkreiste das Fahrzeug und näherte sich ihr. Er legte seine Hand auf ihren Rücken. "Du warst großartig", sagte er. Aber Yael konnte nur an ihre beiden Kinder denken.

16.

Es war kurz nach elf Uhr nachts, als Yael endlich zu ihrem Haus kam. Dina schlief auf der Couch in der Lounge. Aus Keren's Schlafzimmer kamen Tippgeräusche und aus Ilan's Schlafzimmer war leichtes Schnarchen zu hören. Yael zog ihre Schuhe aus und ging auf Zehenspitzen zu ihm hinüber. Die Tür quietschte leicht, als sie sie öffnete. Sie kam herein und starrte auf das Gesicht ihres 14-jährigen Sohnes. Er schlief tief und völlig untergetaucht in seiner Traumwelt, die ihn etwas beunruhigte, als er hin und wieder in einem aggressiven Ton etwas murmelte. Es war zwei Tage her, seit sie das letzte Mal mit ihm gesprochen hatte. Ihre Arbeit erschien ihr wieder sehr verzehrend. Sie versprach sich, nicht mehr aufs Feld zurückzukehren. Was zum Teufel ging ihr durch den Kopf, als sie beschloss, nach Shu 'afat zu gehen?

Kerens Schlafzimmertür war verschlossen. Sie klopfte sanft, aber es gab keine Antwort. Keren, vermutete sie, war wahrscheinlich mit ihren Kopfhörern auf und konnte nichts hören. Warum hat sie immer die Tür verschlossen? Yael ging zurück in die Lounge und benachrichtigte Keren, dass sie sie gerne sehen würde, bevor sie schlafen geht. Keine Antwort kam zurück. Yael wusste, dass Keren immer mehr Wut auf sie verspürte, und das zu Recht. Ein Teenager-Mädchen, das ihren Vater verlor und fast selbst starb, trennte sich langsam von ihrer Mutter. Dina konnte nicht die Lösung sein. Irgendwann musste Yael wieder die Mutterrolle spielen. Ist ihre Arbeit eine Art Flucht von zu Hause? Ein Ausdruck ihrer Unfähigkeit, mit dem Verlust umzugehen? Und wo ist ihre Verantwortung?

Yaels Telefon summte. Sie dachte für einen Moment, es sei Keren, aber es war Shay, der versuchte, sie zu erreichen. Sie beantwortete den Anruf. "Ich habe gehört, dass du heute fast an mir gestorben wärst." Starb an mir. Diese Worte sickerten ihr durch den Kopf und füllten sie langsam mit Schüttelfrost. Sie sagte nichts. "Geht es dir gut, Schwesterchen?" Sein Spitzname für sie, als er versuchte, die Stimmung aufzuhellen, besonders nach Gidis Tod.

"Ich arbeite daran", flüsterte sie.

"Halt dich für mich fest, versprochen?" Das bin ich wieder. Als ob sie für ihn lebt. "Okay."

"Möchtest du darüber reden?" Shays Stimme klang zur Abwechslung sanft und geduldig. Yael beschloss, die Lücke zu schließen.

"Es ist schwer zu erklären, aber heute, inmitten all dieses Chaos, fühlte ich mich wieder lebendig. Ich war konzentriert, ich war in Selbstbeherrschung, und ich habe sogar einen der Angreifer ausgeschaltet. Und dann dachte ich mir, was wäre passiert, wenn ich getötet worden wäre. Wie würde das Leben von Keren und Ilan ohne Eltern aussehen?"

"Sie würden nie allein gelassen werden – das weißt du." Schreckliche Antwort. Sie wussten es beide, und deshalb folgte eine lange Stille und ein Ausbruch von Lachen. Für einen Moment konnten ein Bruder und eine Schwester, die sich liebten und im selben Bereich arbeiteten, endlich den ganzen Stress abschütteln. Stehend und lachend – worüber? Dina öffnete die Augen und setzte sich auf.

"Mit wem sprichst du so spät in der Nacht?", fragte sie Yael. "Shay." "Ihr zwei Verrückten". In dieser Sekunde kam Keren aus ihrem Schlafzimmer, trug eine Jeans und hielt ihren Pyjama. "Ich werde duschen", erklärte sie und ohne Yael zu grüßen, ging sie ins Badezimmer.

"Was ist das, wenn nicht ein verzweifelter Schrei nach Aufmerksamkeit?", lachte ihre Mutter und erzählte Shay, was passiert war. Yael hob kapitulierend die Hände, ging in die Küche und schenkte sich ein Glas Wein ein. Dann lag sie auf der Couch in der Lounge und wartete darauf, dass ihre Tochter aus der Dusche kam.

***

Als sie auf der Couch aufwachte, war es schon sieben Uhr morgens. Die Lounge war leer, Keren und Ilan schliefen noch, und sie hatte immer noch den Geruch von Schweiß und Ruß aus der Nacht zuvor. Sie zog sich schnell aus und stieg in die Dusche. Das Wasser war kalt, aber erfrischend. Dann weckte sie die Kinder auf und machte ihnen Frühstück. Ilan sprang direkt aus dem Bett, aber Keren weigerte sich, aufzustehen. Yael lag neben ihr und erzählte ihr alles, was in Shu 'afatgeschah. Das Mädchen, das 17 Jahre alt war und in wenigen Monaten in die Armee rekrutiert werden sollte, sagte nichts. Yael beschloss, ihr alles zu erzählen. Dass sie weit weg von zu Hause ist, wie einsam sie sich ohne Ehemann fühlt, ihre Ängste als Mutter, wie sehr sie sie liebt. Schließlich brach Keren zusammen und fing an zu weinen.

„…Aber was ist mit uns? Wir brauchen eine Mutter. Jemand, der uns hilft, für unsere Prüfungen zu lernen, sagt uns, dass unsere Freunde schrecklich sind, sagt uns, dass wir viel zu viel Zeit vor Bildschirmen verbringen. Das ist nicht fair."

Yael umarmte ihre Tochter und sagte zu ihr: „Ich verspreche dir – dies ist das letzte Mal, dass ich ins Feld gehe. Wenn ich keine Bürorolle bekomme, verlasse ich die Sicherheitsdienste."

"Und was wirst du tun?"

"Ich weiß es nicht. Ich werde Lehrerin. Es ist mir egal."

"Schieß einfach nicht auf die Kinder, die nicht lernen wollen, okay?" Sie brachen beide unter Tränen aus und Yael umarmte ihre Tochter. "Ich liebe dich und ich bin sehr stolz auf dich. Du bist mein Anker. Ohne dich weiß ich nicht, wie ich es hätte überleben können." Das Geräusch eines Kindes, das sich die Kehle räusperte, kam von der Tür. "Und was ist mit mir?"

Ilan stand am Eingang. "Ohne dich hätte ich auch nicht überlebt." Der 14-jährige Junge sah von der ganzen Sache amüsiert aus. Er war angezogen und bereit zu gehen. "Also, wer macht heute Essen?"

„Heute essen wir zusammen in einem Café. Sag deinen Lehrern, dass du heute zu spät zur Schule kommst."

**

Um 10:42 Uhr betrat Yael das ISA-Büro in Tel Aviv. Itay Eshel war noch nicht angekommen. Sie sah sich schnell einige E-Mails und Nachrichtenwebsites an. Die gestrigen Ereignisse in Shu'afat wurden nirgendwo erwähnt, als wäre es nur ein weiterer Vorfall von Gewalt, der zu einem Tropfen im Meer des täglichen Lebens an der Grenze zwischen Israel und den Palästinensern werden würde. Shneour ging ins Büro, näherte sich ihr und berührte sie sanft an ihrer Schulter. "Wie geht es dir?"

"Mir geht es gut." Sie antwortete, ohne ihn anzusehen.

"Ich habe gehört, was passiert ist, die Explosionen und das Schreien, ich war während der ganzen Sache in Kontakt mit Itay... Ich weiß nicht, wie du es geschafft hast. Ich konnte die ganze Nacht nicht schlafen."

"Wenn du drin bist, fühlst du die Bedrohung nicht. Du handelst einfach. Ich glaube, ich habe nach all den Jahren eine Art Schutzschicht entwickelt."

"Hast du die Fotos gesehen?" Shneour stand wieder auf. "Welche Fotos?"

"Von Barhums Kamera."

"Nein. Hast du es geschafft, sie hochzuladen?"

"Komm. Sie sind auf meinem Computer." Shneour begann zu laufen, und Yael folgte ihm. "Gibt es etwas Interessantes?", fragte sie.

"Warte, bis du siehst."

"Jetzt hast du mich neugierig gemacht."

Shneour saß an seinem Computer, tippte das Passwort ein und öffnete einen Ordner mit dem Namen "Der Fall Barhum – Shu'afat". Er tippte ein anderes Passwort ein und doppelklickte auf das erste Bild. Das Bild wurde hochgeladen. Yael bedeckte erstaunt ihren Mund. Auf dem Bildschirm sah sie ein Nahaufnahmefoto von ihr in der Wasserentsalzungsanlage.

Shneour gab Yael die Maus. "Scrolle durch die Fotos." Sie scrollte durch, und mit jedem Foto, das hochgeladen wurde, nahm ihre Angst zu. Es gab Fotos von ihr im Café in Ra'anana von vor zwei Wochen, Fotos von ihr, wie sie ihre Kinder zur Schule fuhr, Fotos von ihr mit ihrem Bruder, mit ihrer Mutter, wie sie das ISA-Gebäude betrat.

"Sind noch mehr Fotos in der Kamera?", fragte sie. "Nein. Er kümmert sich nur um dich. Die Frage ist, warum."

"Kannst du sagen, ob diese Fotos von der Kamera hochgeladen und an jemanden geschickt wurden?"

„Wir können im Internet nach einem Digitaldruck oder einem Fotocode suchen. Es gibt einige Apps, die dies tun. Darüber hinaus gibt es keine Technologie, die die E-Mails von Personen scannen und herausfinden kann, wohin jedes Foto gesendet wurde. Seine Eigenschaften hätten auch geändert werden können." "Versuchen wir es. Lade das letzte Foto bei Google hoch, um zu sehen, ob es etwas findet." "Okay."

Der junge Analyst lud ein Foto hoch und scannte es in die App und dann in ein paar andere Apps. Er versuchte dasselbe mit zwei anderen Fotos, aber ohne Erfolg. Die Fotos existierten nicht im Web.

Die beiden lehnten sich auf ihren Stühlen zurück und sagten nichts. Es gab keine Logik hinter Barhums Bewegungen, nur eine lange Reihe von Krümel, die sie nirgendwohin führten. „Und was ist mit der Leiche, die Itay und ich gefunden haben?", fragte Yael.

„Daran arbeiten die Forensik und das Pathologie-Institut. Es wird ein paar zusätzliche Stunden dauern, weil der Körper in einem ziemlich schlechten Zustand ist. Der Typ erscheint weder in unseren Listen des Innenministeriums noch in denen der Palästinensischen Autonomiebehörde, daher kann es noch ein paar Wochen dauern, bis sie ihn finden."

"Hast du einen Kopfschuss vom Körper?" "Ja, warum? Hast du eine Spur?"

"Schicken Sie es an Ibrahim Ibn Rashad in Dubai, sie könnten ihn vielleicht erkennen."

"Gut." Shneour hat das Foto hochgeladen. Das Gesicht des in Nylontaschen gewickelten Mannes war verschwommen. Er öffnete seine E-Mail, tippte Ibn Rashads E-Mail-Adresse ein und drückte auf SENDEN, als Itay Eshel hereinkam.

"Irgendwelche Neuigkeiten?", fragte er, ohne sich um das Wohlergehen seines Mitarbeiters zu kümmern. "Ich schicke das Foto der Leiche an Ibrahim", sagte Yael, "vielleicht kann er uns helfen, herauszufinden, wer der Mann ist. Wenn Barhum aus Dubai kam, kam dieser Kerl vielleicht mit ihm."

"Gute Idee", sagte Eshel und klopfte ihr leicht auf die Schulter. "Was hältst du von seinen Fotos?" Yael sah Itay an.

„Ich sage, je mehr Zeit vergeht, desto mehr stellt sich heraus, dass Sie ein zentrales Glied in dieser Geschichte sind, und wir sollten dies so schnell wie möglich knacken, bevor es zu etwas eskaliert, das Sie oder Ihre Familie gefährden könnte. Willst du Sicherheitskräfte für sie?"

"Ich glaube nicht, dass es noch notwendig ist. Barhum folgte mir eine ganze Weile. Wenn er mich niedermachen wollte, hätte er es schon vor langer Zeit tun können. Zuerst wollen wir sehen, wo er es von hier aus hinbringt."

Yael hörte sich reden. Ihre Behauptungen klangen rational. Aber in ihr wuchs die Angst weiter und ihr Magen begann vor Schmerzen zu zucken.

**

Um 15:23 Uhr rief Ibrahim Ibn Rashad nach einem ganzen Tag voller ängstlicher Vorfreude das private Handy von Itay Eshel an und sagte ihm, dass Dubais Anti-Terror-Apparat das Gesicht des Toten erkannte. Der Mann war Salah Fadi, derselbe Palästinenser aus Jenin, der vor sechs Jahren nach Dubai ausgewandert war.

"Aber das ist auch das, was du über Nabil Barhums Foto gesagt hast", sagte Itay, als Yael ins Büro kam.

"Deshalb haben wir so lange gebraucht, um ihn zu finden. Wir haben nur eine Übereinstimmung in dem Arbeitsvisum gefunden, das er vor sechseinhalb Jahren beantragt hat. Dieses Dokument war das einzige, das Fadis Originalfoto enthielt. In allen anderen digitalen Dokumenten hatte jemand die Fotos geändert, aber die gleichen Details hinterlassen. Ich habe sie gebeten, die alten Visa-Dokumente nur wegen seines Namens zu durchsuchen, der in unserem vorherigen Gespräch aufgetaucht ist. Unsere Computer konnten wegen des Identitätsdiebstahls nicht mit dem

Foto der Leiche übereinstimmen."

„Bist du in seiner Wohnung in El-Ain?", fragte Yael.

"Ja. Wir sind erst vor ein paar Minuten angekommen und bereiten uns darauf vor, hineinzugehen. Ich werde dich auf dem Laufenden halten, während wir fortfahren."

"Viel Glück", sagte Eshel. Er legte auf, als Yotam Shneour mit seinem Laptop in der Hand hereinkam. „Hast du etwas gefunden?", fragte Eshel.

"Der Mann in der Wand...", sagte Shneour. "Was ist mit ihm?"

"Bei der Autopsie wurde festgestellt, dass er nicht ermordet wurde."
"Wirklich? Wie ist er dann gestorben?", fragte Yael.

„Krebs. Genauer gesagt – Lungenkrebs oder Plattenepithelkarzinom, das in der Regel und in diesem Fall auch seit vielen Jahren das Ergebnis von starkem Rauchen ist. Er war 55, als er vor drei Monaten starb."

17.

"Fassen wir alles zusammen, was wir bisher wissen", sagte Eshel und begann, ein Flussdiagramm zu zeichnen. "Der Mann, der hier verhaftet wurde, ist wahrscheinlich ein Mann namens Nabil Barhum. Er ist ein irakischer Staatsbürger, der in der irakischen Armee in der Computerabteilung diente. Er verließ Bagdad vor sieben Wochen, ging nach Syrien, blieb dort für ein paar Tage, überquerte die Grenze in die Türkei und flog dann nach Dubai. Er war sechs Wochen in Dubai und mietete dann ein Auto am Flughafen, fuhr ins Westjordanland und stationierte sich in einer Wohnung in Shu'afat, die Salah Fadi gehört. Aber es gibt keinen Hinweis darauf, dass ein Mann namens Barhum in die Emirate eingereist ist..."

"...Das heißt, er trat unter dem Namen Salah Fadi ein, weil sein Foto mit den Details von Fadi übereinstimmte", sagte Yotam.

"Nein", sagte Yael. "Ibrahim hat nicht gesagt, dass Fadi die Grenze der Emirate überschritten hat. Barhum muss unter einem anderen Namen gekreuzt sein." "Barhums Pass ist gefälscht, und es ist offensichtlich, dass er Fadis Identität gestohlen hat, um als palästinensischer Bürger über das Westjordanland nach Israel zu gelangen", fügte Eshel hinzu.

"Er fand ein Opfer, einen sterbenden Mann, ein paar Jahre älter als er, fuhr mit ihm nach Shu'afat und wartete auf seinen Tod. Er versteckte ihn in der Wand der Wohnung, um seinen Tod nicht aufzulisten. Dann stahl er seine Identität und bewegte sich frei zwischen den beiden Ländern", sagte Yael.

"Er übernahm beide seine Wohnungen in El-Ain und Shu'afatund plante vielleicht seine Aktionen von diesen beiden Standorten aus", sagte Shneour.

Und das alles nur, um ein paar Fotos von mir zu machen und ein wenig Schaden anzurichten, um PR zu bekommen? Wofür? Dafür wird er für ein paar Jahre ins Gefängnis gehen", wunderte sich Yael.

"Uns fehlt hier etwas", sagte Shneour nach langem Schweigen. Der Geruch von türkischem Kaffee breitete sich in der Luft aus, und die Klimaanlage klapperte im Hintergrund.

„In diesem Fall müssen mehr Leute aktiv sein", sagte Yael, „denn selbst als wir Barhum hatten, hat der Assyrer in den sozialen Medien gepostet und mehr Angriffe durchgeführt. Wie hoch ist die Wahrscheinlichkeit, dass eine Person einen so komplexen Plan ganz allein durchführen und ihn sogar hinter

Gittern fortsetzen könnte?"

„In dieser Gleichung fehlen noch zwei Komponenten. Ich denke, du musst noch einmal reingehen und ihn verhören«, antwortete Shneour.

"Wir müssen uns darauf vorbereiten, ein System von Fällen und Antworten aufbauen und ihn dann psychologisch manipulieren, um uns alles zu erzählen." Eshels Telefon klingelte. Er schaute auf den Bildschirm und sagte: "Das sind die Emirate." Er antwortete dem Ruf: „Ibrahim? Wir sind alle hier und hören dir zu."

„General Eshel, ich bin in Fadis Wohnung in El-Ain. Wir sind eingebrochen." "Hast du etwas Interessantes gefunden?"

"Ja. So etwas habe ich noch nie gesehen. Ich schlage vor, du schickst einige deiner Männer hierher. Die Menge an Material ist hier endlos. Wenn alle seine Pläne umgesetzt werden, steht der gesamte Nahe Osten vor einer Katastrophe."

18.
2000

Im Jahr 2000 sahen die Dinge im Irak optimistisch aus. Der Diktaturstaat schaffte es, den Frieden für ein paar aufeinanderfolgende Jahre zu bewahren, und mit ihm kam finanzieller Wohlstand und Hoffnungen auf eine bessere Zukunft. Der Irak, der von verschiedenen Religionen, ethnischen Gruppen, Öl- und Wasserkrisen von innen herausgerissen wurde, begann zum ersten Mal seit langer Zeit, als funktionaler Staat zu fungieren. Doch während dieser Zeit quälte die Familie Hussain die Bürger weiter, und der Wahnsinn des Führers begann sehr offensichtlich zu werden.

Alle Geschwister von Ameer hatten das Haus verlassen und ihre eigenen Familien gegründet. Ameer, der 17 Jahre alt war, stand kurz vor seinem Abschluss und teilte seine Zeit zwischen dem Erlernen von Mathematik und Religion auf. In seinen schulfreien Tagen arbeitete er im Supermarkt, in dem Ali arbeitete. Die Wochenenden waren der Schule und dem Gebet gewidmet. Ameer hatte nie das Gefühl, ein religiöser Mensch zu sein. Die Imame versuchten ihn viele Male davon zu überzeugen, dass sein Leben nur eine Vorbereitung auf all das Gute war, das ihn im Jenseits erwartete, und dass all die Herausforderungen, die Gott ihm auferlegte, nur eine Prüfung waren, um zu sehen, wie würdig er war, durch die Tore des Himmels zu gehen. Doch Ameer fühlte sich betrogen. Aber er bemühte sich immer noch, in die Moschee zu gehen und nicht ein einziges Gebet zu verpassen.

Es war, weil er sich dort auf den Teppichen dieses heiligen Ortes zu Hause fühlte. Die Moschee erfüllte seine Seele mit Frieden, und er fühlte sich sicher und beschützt, trotz der Erinnerung, die in seinen Alpträumen eingraviert war, dass sein Vater durch die Tore der Moschee ging und bei einer Explosion getötet wurde. Ameer trug ein weißes Jellabiya, zog seine Schuhe aus und saß in einer der Ecken des heiligen Raums auf den blau-rot-golden bestickten Teppichen. Er hielt den Koran in einer Hand, las ihn aber selten. Er würde die Augen schließen und seinen Gedanken freien Lauf lassen. Ein einsamer Junge, der so viel Wut und Trauer in seinem Herzen hatte. Seine Schulkameraden hielten Abstand zu ihm, seine Mutter war in ihrer eigenen Welt eingesperrt und jedes seiner Familienmitglieder war mit seinem eigenen Leben beschäftigt. Die Moschee war eine Flucht, und mehr als einmal schlief Ameer wie ein Bettler auf seinen riesigen Teppichen ein, bettelte aber um Gelassenheit.

***

Er bemerkte es zum ersten Mal, als er Ali half, neue Waren zu entladen. Ali war im Store befördert worden und wurde bereits zum Leiter der Gemüseabteilung ernannt. Er leitete zehn Arbeiter. Manchmal schloss sich Ameer Alis Team an. Als er die schweren Kartoffelsäcke aus dem Lastwagen trug, sah er in seinem Augenwinkel, wie seine Mutter mit Khaled Tabib, dem Besitzer des Supermarkts, sprach. Es war nicht das erste Mal, dass er sie mit Männern sprechen sah, aber dieses Mal war etwas Entspanntes, Leichtes und Flirtendes an ihr. Lamis sah nach vielen Jahren des Elends glücklich aus. Ali legte seine Hände auf Ameer's Schultern und flüsterte ihm ins Ohr: "Sie verdient es, glücklich zu sein; denkst du nicht?"

Aber Ameer hatte gemischte Gefühle über die ganze Sache. Er wusste, dass Ali Recht hatte. Er wusste, dass seine Mutter es verdient hatte, sich geliebt zu fühlen, die Probleme des Tages nur für ein paar Momente loszulassen. Doch gleichzeitig störte ihn das Gefühl, dass sie weggenommen werden konnte. Seine Einsamkeit stand im Mittelpunkt seines Lebens und verdunkelte sein Herz. "Nein. Ich glaube nicht. Ich habe Angst um sie."

"Du musst dir keine Sorgen machen. Khaled ist ein gutherziger Mann. Er würde Mama nie wehtun."

"Er ist verheiratet, Ali." "Er ist geschieden." "

"Er lebt mit seiner Frau und seinen Kindern."

"Lass Mama entscheiden, was das Beste für sie ist. Wir hatten sie bis jetzt ganz für uns. Es ist Zeit, sie ihr Leben leben zu lassen. Mach weiter. In einem Jahr wirst du erwachsen sein. Du wirst nicht mehr unter Mamas Flügeln leben können. Eines Tages wirst sogar du das Haus verlassen müssen."

Ameer wusste, dass er Recht hatte, aber es fiel ihm schwer, sich über das Gefühl der Niederlage zu erheben. Er fühlte sich kindisch und hasste sich dafür, konnte sich aber nicht beherrschen und beschloss, sich ihr zu stellen. Während sie in der Küche ihres kleinen Hauses arbeitete, kam er herüber und lehnte sich an den bröckelnden Tisch. "Ich möchte, dass du ihn verlässt", sagte er und fühlte sich ein wenig unwohl.

"Wen verlassen?"

"Khaled. Er ist nichts für dich."

"Und wer bist du, um diese Entscheidung für mich zu treffen?" "Ich mache mir Sorgen um dich. Ich vertraue ihm nicht."

"Es hat nichts mit dir zu tun." "Er wird dir wehtun." "

"Aber du wirst kommen und mich retten, richtig? Mein Held. Anführer. Maihan." Sie ging zu ihm hinüber, lächelte und küsste seine Stirn. Er hatte sich noch nie so lahm gefühlt. Während sie Khaled als Mann sah, war er immer noch ein Junge für sie. So sah sie ihn. Er suchte nach einem Ort, um seine Scham zu begraben oder vielleicht aufzustehen und sie zu konfrontieren, um sich seinen Platz in ihrem Leben zu sichern. Er war entschlossen, nicht aufzugeben, was er verdiente.

"Ich möchte nicht, dass du ihn wiedersiehst." Seine Stimme knackte. Jetzt wurde sie wütend. Sie machte einen Schritt zurück. Vor einer Minute war er der Retter, aber im Handumdrehen wurde er zur Bedrohung. Er schien sich selbst verloren zu haben. Großes Baby. Seine Einsamkeit, seine Vergangenheit, der große Verlust, der schwer auf seinem Herzen lastete. Seine Hände fielen auf die Seiten seines Körpers. Sie sah ihn in seiner Schande und erkannte, wie tief der Ozean seiner Einsamkeit war. Sie umarmte ihn, aber es war zu spät. Er stieß sie weg und zeigte mit einem schuldigen Finger auf sie: „Wenn er dich verletzt, ist das sein Ende", schrie er sie an und ging zur Moschee. Sie rief ihn nicht an, um zurückzukommen.

***

Ameer wurde immer introvertierter und konzentrierte sich mehr auf die Schule. Religion und Mathematik. Wissenschaft und Glaube. Er wusste, dass es keine Verbindung zwischen diesen beiden Welten gab. Er wusste auch, dass der Tag kommen würde, an dem er sich entscheiden musste, ob er ein Mann der Religion oder ein Mann der Wissenschaft war. Aber die Spannung zwischen diesen beiden Welten störte ihn überhaupt nicht. Einer war wie ein Zuhause für ihn, ein Bett, in dem er seinen unruhigen Geist beruhigen konnte. Die andere war Nüchternheit für ihn, seine Zukunft, sein Ticket aus der Armut, aus dem Elend. Er wusste, dass seine Mutter viel Geld für ihn sparte, damit er im Ausland studieren konnte. Er wusste, dass er, wenn er geht, nicht wieder in den Irak zurückkehren würde. Der Irak war vielleicht seine Gegenwart. Aber mit der Zeit fühlte es sich für ihn eher wie eine staubige, geschlagene Vergangenheit an. Er träumte von der Zukunft, wollte sie anfassen, in den eigenen Händen halten.

Also beschloss er, zur Arbeit zu gehen. Ali hat recht. Wenn das Schicksal für ihn eine Flucht nach Europa vorsieht, muss er dieses Schicksal bei den

Händen nehmen und tun, was er kann, um es schneller zu machen. Jeden Morgen, vor der Schule, ging er in den Supermarkt und entlud Waren von Lastwagen, die aus den südlichen Häfen kamen. Dann ging er zur Schule und widmete seine ganze Energie dem Studium. Er wurde von Physik, Informatik und Mathematik hypnotisiert und zeichnete sich in allen aus. Am Ende eines jeden Tages ging er zurück in den Supermarkt, um zu arbeiten, bis er schloss. Wenn die Arbeit erledigt war, verabschiedete er sich in den späten Abendstunden von Ali und ging in die Moschee. Dort wartete er zwei Stunden, bis seine Mutter eingeschlafen war, und kehrte dann nach Hause zurück. Manchmal schlief er auf einem der Teppiche ein und wachte erst mitten in der Nacht auf, als Kirkuks Straßen bereits leer und verlassen waren. Ein Junge ohne Zuhause. Ein Straßenjunge. Wenn er gegen Sonnenaufgang zurückkehrte, fand er normalerweise eine kalte Mahlzeit auf dem Küchentisch. Er wusste, dass sie an ihn dachte, aber es war ihm zu peinlich, sich ihr zu nähern. Als er sie einmal im Supermarkt sah, errötete er vor Scham. Lamis kam auf ihn zu, um ihn zu umarmen, aber aus Protest kehrte er ihm den Rücken zu und ging weg.

***

Es geschah zwei Wochen, bevor er das Schuljahr beendete. Ameer ging in den Supermarkt, legte seinen Rucksack in Alis Büro und ging zu den Gängen, um die Waren zu organisieren. Er bemerkte, wie sich ihre Silhouette an ihm vorbeischlich. Sie ging die Treppe des Arbeiters hinauf. Khaled wartete dort auf sie und lächelte von Ohr zu Ohr. Lamis war leichtfüßig wie eine Gazelle. Sie war glücklich. Sie trug Hosen, eine Seidenbluse, die Khaled ihr gekauft hatte, und bedeckte ihren Kopf mit einem blauen Blumen-Hijab. Ameer war überrascht, wie sehr sie sich verändert hatte, seit er das letzte Mal mit ihr in der Küche ihres Hauses gesprochen hatte. Wie lange ist es her? Einen Monat? Zwei Monate? Ein Jahr? Er wusste, wie sehr er sie brauchte und hasste es, die Last zu spüren. Und da war sie und ließ ihn leicht fallen, direkt in die Hände dieses verhassten Mannes. Khaled Tabib.

Lamis blickte schnell in seine Richtung und küsste dann, wie um ihm eine Lektion zu erteilen, Khaled auf die Lippen. Khaled, der von ihrer Anstiftung überrascht war, wich für einen Moment zurück, verschmolz aber schnell mit ihrer Berührung. Ameer konnte seine Augen nicht von ihnen lassen. Sein Kopf hämmerte wild und seine Fäuste ballten sich. Er war wütend, trat eine Kiste voller Blechdosen und stieß seinen Bruder weg, als er auf ihn sprang. Lamis rief ihren Sohn von oben an: „Ameer!!" Aber Ameer war nicht da. Er ging zum Parkplatz und trat jede Stange in seinen Weg, während er fluchte und mit den Fäusten schlug. Lamis stand hinter ihm und sagte zu Khaled: „Es ist Zeit, dass wir dem ein Ende setzen. Er benimmt sich wie ein Baby. Komm mit mir,"

Sie packte ihn an der Hand und nahm ihn die Treppe hinunter. Draußen stanzte Ameer Mülleimer. Sie rief ihn noch einmal an: „Ameer!" Er blieb stehen und sah sie an. "Genug damit", schrie sie, "werde erwachsen!" Sie hielt Khaled fest an der Hand, und er flüsterte ihr ins Ohr: "Geh und sprich mit ihm, ich werde auf dich warten." Unabsichtlich gab Khaled Lamis 'Hintern einen leichten Klaps, der ausreichte, um Wut in Ameers Herz auszulösen, die er nicht kontrollieren konnte. Er stürzte sich auf Khaled, packte sein Hemd und schob ihn zu den Geräuschen von Lamis und Alis Schreien auf den Asphalt. Er schlug Khaled drei aufeinanderfolgende Minuten lang in Gesicht, Hals und Brust. All der Hass, der so viele Jahre in ihm gespeichert war, kam als Vergeltung für Khaled heraus.

Drei junge Supermarktarbeiter sprangen auf ihn auf, aber selbst alle drei konnten seinen Zorn nicht zurückhalten. Als er fertig war, lag Khaled bewusstlos auf dem Asphalt. Sein Gesicht war zerschmettert, seine Zähne fehlten, sein Ohr war zerrissen und seine Kleidung war blutgetränkt. Amers Hände waren mit Blut bedeckt, sein Herz schlug schnell. Erst dann hörte er die Schreie seiner Mutter. Erst dann spürte er die Schläge, die er von seinem Bruder erhalten hatte, der versuchte, ihn zurückzuhalten. Einer der Jungs packte seinen Hals und würgte ihn mit großer Kraft. Ameer ernüchterte sich sofort, riss dem Kerl den Griff von der Spitze und rannte so schnell er konnte zur Moschee. Er kehrte ein ganzes Jahr lang nicht in sein Haus zurück. In diesem Jahr beschloss er auch, seinem Namen das Wort "khareb" hinzuzufügen, was auf Arabisch Schwert bedeutet. Maihan Khareb. Nicht nur ein weiterer Anführer, sondern ein Kriegsführer. Ein Schwertanführer. Das war seine Art, sich daran zu erinnern, wie schrecklich eine Schlacht ist. Nachts, als er auf der Treppe des Minaretts der Moschee lag, wo er seine Tage verbrachte, schwor er, nie wieder Gewalt anzuwenden. Niemals.

19.
2019

Das Team der ISAArab-Abteilung drängte sich in dem kleinen Besprechungsraum. Es gab sechzehn Männer und Frauen, junge Erwachsene, Analysten, Krieger und Ermittler. Itay Eshel saß an der Spitze des Tisches und an seiner Seite waren Yael und Yotam Shneour. Sub-Inspektorin Yael Zilber stand am Fenster. Die Projektorleinwand zeigte einige geteilte Fenster. Oben links war Shay Nachmani, der Leiter der operativen Abteilung in der nationalen Cyberdirektion Israels. Oben rechts war Aharon Shaked, der Kopf der ISA. Der Mann, der 61 Jahre alt war, war nur 5'4, und sein Kopf sah aus, als wäre er direkt an seinem Körper befestigt. Er sah besonders bedrohlich aus, als er in die Kamera schaute, wodurch er größer aussah, als er tatsächlich war. In der Mitte des Bildschirms befand sich Salah Fadis Wohnung in El-Ain. Im Hintergrund war die Stimme von Ibrahim Ibn Rashad zu hören, dem Leiter der Anti-Terror-Einheit der Polizei von Dubai.

"...Das sieht aus wie ein Kriegsraum. Es gibt Dutzende von Karten, Computern, Dokumenten, Telefonen, Unterbrechungen des Empfangs, Satellitentelefonen und Geräten im Wert von Hunderten und Tausenden von Dollar. Alles war verschlüsselt und verschlüsselt. An den Wänden gibt es Listen mit operativen Aktivitäten, neben denen jeweils ein Datum steht. Es scheint, als ob die Organisation plant, einen Krieg zu beginnen."

Ibrahims Kamera bewegte sich in der Wohnung und machte Videos von den Wänden, die mit Uhren, Karten, Bildern von Orten, Namen und Orten bedeckt waren. "...Wir haben über eine halbe Stunde gebraucht, um einzubrechen. Von außen sieht es aus wie eine normale Wohnung, aber von innen ist es eher wie ein Bunker für Atombomben."

"Diese Listen an der Wand...", sagte Aharon Shaked.

„Es sieht aus wie eine Reihe geplanter Maßnahmen." Israel Water Cyber: Barhum "ist der Angriff, der Ihnen vor drei Tagen passiert ist, und" Electricity 1: Mansur "ist der Angriff auf die Strominfrastruktur. Beide Ereignisse haben das Datum, an dem sie durchgeführt wurden ", antwortete Ibrahim.

"Das heißt, es gab ein paar mehr Terroristen, die mit Barhum nach Israel kamen, und es muss viel mehr geben, wenn man nach dieser Liste von Zielen in der Wohnung urteilt. Was ist das nächste Ziel in der

Reihe?", fragte Shaked.

„Morgen früh ist ein Angriff auf die Telefonnetze eines der Länder in der Region geplant. Er nannte es: "Telephonie: Fatchi Rachum". Und in 40 Stunden gibt es einen rot markierten Angriff – vielleicht ist es ein ernsterer Angriff. Er nannte es: "Amorella Emirates: Masudi". Das heißt, wir sind auch im Bild. Ich befahl allen meinen Teams, zu erforschen, was "Amorella" bedeutet. Es gibt auch einen Angriff, den sie "Tag des Gerichts" nennen. Es gibt keinen Namen für diesen Angriff, aber er steht am Ende der Liste, also nehme ich an, dass er etwas Verbreiteteres ist."

"Hast du es geschafft, in seine Computer einzubrechen und durchzugehen, was da drin ist?", fragte Itay Eshel.

„Davon sind wir sehr weit entfernt. Wir haben nur begrenzte Arbeitskräfte, um das zu bewältigen. Es gibt viele Computer, von denen wir sprechen. Nur um in sie einzubrechen, würde es einige Tage dauern, geschweige denn, das durchzugehen, was in ihnen steckt. Deshalb denke ich, dass es sich für Sie lohnt, Ihre Leute hierher zu schicken."

"Shay, ich denke, du solltest alle Hauptsysteme in Israel alarmieren, dass wir uns inmitten eines Cyberangriffs befinden und dass sie alle in voller Alarmbereitschaft sein sollten. Meistens die Telefongesellschaften – wenn der nächste Angriff Telephonie ist ", sagte Shaked.

"Ich stimme zu", antwortete Shay.

"Itay, du musst dich auf den Namen Fatchi Rachum konzentrieren. Versuche herauszufinden, wer dieser Kerl ist. Informieren Sie auch die Ägypter und Jordanier, damit sie überprüfen können, ob jemand mit diesem Namen in ihre Länder eingereist ist."

"Ich werde sowohl die Polizei als auch die Grenzpolizei alarmieren", sagte Yael. „Könnte jemand von der israelischen Cyber-Abteilung zum

Emirates?", fragte Yael.

"Wir sind gerade an der Grenze unserer Fähigkeiten", antwortete Shay, "und trotzdem ist es besser, dass all unsere Arbeitskräfte für analytische Anforderungen hier in Israel zur Verfügung stehen. Ich kann die Daten, die sie von den Computern in El-Ain erhalten, von hier aus analysieren."

„Und was machen wir in der Zwischenzeit mit Barhum?", fragte Yael. "Er könnte der Schlüssel sein, um in die Computer einzubrechen, wenn er in El-Ain wäre. Wir können ihm einen Deal anbieten, da er wirklich einer sehr langen Inhaftierung gegenübersteht."

"Wenn er etwas hat, kann er uns geben – wir können darüber reden", sagte Shaked. "Ibrahim, hast du überprüft, ob jemand jemanden gesehen hat, der in den letzten Monaten in die Wohnung gekommen ist? Es gibt keine Möglichkeit, dass sie ein so komplexes Computersystem gebaut haben, und niemand hat etwas gesehen oder gehört."

"Wir haben nachgesehen. Nicht zu viele Nachbarn hier. Es ist eine Back-End-Wohnung im Erdgeschoss. Wir zeigten ein paar Nachbarn Fotos von Barhum und Fadi. Fadi war hier ein bekannter Charakter. Aber nachdem er Krebs bekommen hatte, verließ er sein Haus nicht. Er war ein einsamer und nicht so freundlicher Typ."

"Und hast du nach dem 'Assyrer' gefragt?", sagte Shneour. „Jeder kennt den Assyrer inzwischen, nach allem, was in den letzten Tagen in den Medien veröffentlicht wurde. Nicht viele hatten vorher von ihm gehört ", antwortete Ibrahim.

"Jemand hat viel Zeit und Geld investiert, um diesen ganzen Plan zu erstellen. Ich bin mir sicher, dass dies eine große Organisation ist, die weiß, was sie tut. Es ist gut finanziert, stellt erstklassige Fachleute ein und hat ein ganzes Spektrum von Agenten, die im Nahen Osten arbeiten, vielleicht auf der ganzen Welt. Ich bin mir sicher, dass diese Wohnung nur ein Glied in der Kette ist. Aber dein Einbruch muss ernsthaften Schaden angerichtet haben, und sie müssen ihre Schritte überdenken. Wir müssen sicherstellen, dass jeder, der dort eintritt, Teil deines Teams ist. Ich schlage vor, wir sichern den Umkreis, damit niemand versucht, ihn in Brand zu setzen, um Spuren zu verwischen ", sagte Shaked.

„Ich schlage noch einmal vor, dass Sie hierher kommen, und wir analysieren dies gemeinsam. Glauben Sie mir, der Rhythmus hier ist ganz anders, und ich glaube nicht, dass wir diesen "Tag des Gerichts" sehen wollen, den der Assyrer für uns plant ", sagte Ibrahim.

"Okay. Geben Sie uns ein paar Stunden, und wir werden versuchen, ein Team von Fachleuten aufzubauen, das wir hinüberschicken können ", sagte Shaked.

"Gut. Vielen Dank ", sagte Ibrahim. Sie konnten den Kriegsraum der "Sandarmee" von hinten sehen. Hunderte von LED-Lampen flackern, Computerbildschirme und ein Team, das die Fotos und die Papiere durchgeht. "Ich schicke Ihnen Fotos von allem, was wir hier finden, damit Ihr Analyst damit beginnen kann, bevor Sie hierher kommen", fügte er hinzu.

"Großartig", sagte Eshel und legte auf.

***

Als der ISA-Verhörraum gebaut wurde, war er geräumig, die Wände waren weiß und in seiner Mitte stand ein Metalltisch, der mit zwei Plastikstühlen am Boden verankert war. Die Tür war gepanzert, es gab keine Fenster, und eine kleine Kamera war an der Decke aufgehängt, durch die das Verhör von außerhalb des Raumes betrachtet werden konnte. Die Kamera war so klein, dass sie wie ein Nagel in der Wand aussah. Aber heute, viele Jahre nach dem Bau, war die weiße Farbe der Wände verblasst, und stattdessen füllten Handspuren und Flecken die Wände.

Nabil Barhum war auf dem Stuhl gebeugt; er war mit Handschellen gefesselt, und sein Kopf lehnte auf dem Tisch. Seine Augen waren geschlossen, und es schien, als würde er leicht schlafen. Als Yael hereinkam, öffnete er die Augen und setzte sich aufrecht hin. Es schien, als wäre er bereit für eine Schlacht.

"Wie geht es dir? Du siehst müde aus ", begann Yael das Gespräch. "Lass uns den Smalltalk überspringen. Da Sie sich nicht in der Verhandlungsphase befinden, ziehe ich es vor, wieder einzuschlafen, wenn es Ihnen nichts ausmacht." Sein Gesicht sah ernst und müde aus.

"Ich nehme an, Sie sind sich bewusst, dass die Situation immer komplexer wird." Yael war sich nicht sicher, ob sie mit ihm auf Arabisch oder Englisch sprechen sollte. Arabisch zu sprechen würde deutlich machen, dass Israel ihn als Terroristen ansieht, der lebenslang im Gefängnis sitzen sollte; während Englisch sprechen eine Chance für eine mögliche Verhandlung sein könnte, so wie er es wollte. Yael beschloss, Arabisch zu sprechen.

"Bist du gekommen, um mir etwas anzubieten?"

"Salah Fadi war ein Bürger der Emirate. Das heißt, du bist hier und da überfordert. Die Frage ist, ob Sie etwas haben, was Sie mit uns über die bevorstehenden Angriffe tauschen können." Sie saß auf dem Stuhl vor ihm.

"Ich verstehe, dass du in der Wohnung des Assyrers in El-Ain warst." "Fadis Wohnung, die du ermordet hast und nach Shu'afat gezogen bist. Ja, wir waren da."

"Wie bist du zu dem Schluss gekommen, dass ich ihn getötet habe?"

"Seine Leiche wurde in der Wand der Wohnung gefunden, in der du übernachtet hast, versteckt von deiner Kamera, in der du aus irgendeinem unbekannten Grund Fotos von mir gemacht hast."

"Ist es dir in den Sinn gekommen, dass Fadi mich aus eigenem Willen hierher gebracht hat? Er starb ein paar Tage später an Krebs."

"Warum hast du ihn nicht begraben?"

"Ich war mitten in einer Operation; ich bin kein Bewohner oder Bürger. Es hätte die ISA dazu gebracht, mich anzusehen, was mich gezwungen hätte, den Angriff zu verschieben und den Zeitplan der "Sandarmee" zu verletzen. Die Alternative, ihn in der Wand zu begraben, war für mich die am wenigsten schlechte Option. Außerdem, wie glaubst du, habe ich es geschafft, eine Leiche durch alle Grenzübergänge zu transportieren, von den Emiraten nach Israel? Es macht keinen Sinn."

"Und Fatchi Rachum? Wo hast du ihn begraben?"

"Ich kenne Fatchi nicht, aber ich habe seinen Namen an der Versteckwand gesehen. Ich habe keine Ahnung, wohin er geschickt wurde und was seine Mission war."

„Was hast du in El-Ain gemacht? Hast du den Assyrer getroffen?"

"Niemand traf den Assyrer. Selbst das Treffen zwischen Salah Fadi und mir war nicht geplant. Fadi lag im Sterben, und er wollte zurück nach Shu 'afat, um sich von seiner palästinensischen Familie zu verabschieden, bevor er starb. Er bot an, mit mir zu fahren, und der Assyrer genehmigte es. Er starb kurz nachdem wir die Grenze nach Israel überschritten hatten."

"Warum hast du Fotos von mir gemacht?"

"Ich habe es dir bereits gesagt – ich wurde von den Assyrern angewiesen, dies zu tun."

"Und was hast du mit meinen Fotos gemacht?"

"Ich habe sie zu ihm geschickt." Barhum beantwortete alle ihre Fragen in einem zielgerichteten Ton. Ohne zu versuchen, Informationen zu betrügen oder zu verbergen.

"Was werden wir in El-Ain finden?"

"Ich nehme an, der Assyrer weiß inzwischen, dass du in der Wohnung warst. Der bereits begonnene Betrieb wird wie vorgesehen weitergeführt. Diejenigen, die noch nicht angefangen haben, müssen inzwischen einen neuen Aktionsplan erhalten haben, daher sind diese Informationen nicht mehr relevant."

"Weißt du etwas über diese Pläne? Was versucht Fatchi zu erreichen? Was bedeutet "Amorella"?"

"Ich habe keine Ahnung, aber wenn du mir Zugang zu seinen Computern gibst, könnte ich dir helfen."

"Seine Computer sind in El-Ain."

"Ich weiß."

"Du willst, dass wir dich nach El-Ain bringen?"

"Ja."

"Und warum sollten Sie uns helfen?"

"Freiheit. Du hast mich gefragt, was ich handle. Ich tausche meine Freiheit ein. Diese Informationen werden die Operationen der Sandarmee nicht aufhalten, aber sie werden dir einen Einblick in die Welt der Assyrer geben. Davon würden beide Seiten profitieren. Ich und du. Wie ich dir gesagt habe – ich komme hier viel schneller raus, als du denkst."

Sie konnte die Arroganz in seiner Stimme hören. Sie wusste, dass er alle Karten hielt. Die ISA wird ihm erlauben müssen, nach El-Ain zu gehen, und von dort aus – der Himmel ist die Grenze. Nabil Barhum hatte vom ersten Moment an Recht. Sein Plan war viel effektiver und kristallisierter als ihr Plan, und offensichtlich hatten sie keine andere Wahl.

"Ich verstehe nicht, wie die Assyrer davon profitieren werden." "Mach dir keine Sorgen um ihn." " Barhum sah gelangweilt aus.

"Nein, danke. Wir werden ohne dich auskommen ", stand sie vom Stuhl auf und ging zur Tür.

"Der Assyrer hat einen irakischen Akzent, und er ist wahrscheinlich ein Sunnit." Sie blieb stehen, wandte aber ihr Gesicht nicht zu ihm. "Er spricht sehr gut Englisch, aber er hat einen sehr dicken arabischen Akzent. Er spricht Farsi, Türkisch auf Konversationsniveau und sogar ein wenig Hebräisch. Er ist ein brillanter Computer-Typ, sein Wissen über meinen Hackerzug war phänomenal."

"Woher kommt das Geld?" Sie drehte sich zu ihm um und setzte sich wieder auf den Stuhl.

"Es gibt nicht viel Geld. Die meisten Aktivisten sind Freiwillige. Menschen, die genug von den alten Wegen haben und sie zerstören wollen. Computermenschen, Hacker, die ihre eigene Einkommensquelle haben. Es gibt keine bezahlten Arbeiter. Wir sind eine gemeinnützige Organisation. Und ich nehme an, dass die Ausrüstung in der Versteckwohnung mit all dem Geld gekauft wurde, das der Assyrer von verschiedenen Organisationen verdient oder "erpresst" hat. Nachdem Sie die Online-Welt gut kennen, können Sie auf fast alles zugreifen."

"Und wo glaubst du, ist er gerade?"

"Meine Vermutung? Die Emirate. Ich denke, er hat dort ein paar Immobilien und ein paar Geschäfte, die er unter falschen Namen eröffnet hat – dort baut er seine "Basen"."

"Danke", sie sah ihm direkt in die Augen. Der junge Mann erschien ihr plötzlich völlig normal. Die Bedrohung, die er an dem Tag zu sein schien, an dem er in den Verhörraum gebracht wurde, bestand nicht mehr, und jetzt sah er aus wie jemand, der für seine Freiheit kämpfte.

„Als der Assyrer mich anrief, war die Nummer auf dem Bildschirm aus Dubai. Heute ist diese Nummer inaktiviert, aber ich bin mir ziemlich sicher, dass er immer noch dort wohnt."

"Und könntest du ihn finden?"

„Das ist problematisch. Ich nehme an, er ist sich bewusst, dass die ganze Welt nach ihm sucht. Er sitzt nicht da und wartet. Aber ich kann Ihnen helfen, einige vorbeugende Schritte zu unternehmen, die vielleicht einige in den nächsten Tagen geplante Angriffe verhindern könnten."

"Und das hat natürlich seinen Preis."

"Ich habe es dir vom ersten Moment an gesagt. Ich habe nicht vor, hier zu bleiben." "Also, wie gehen wir von hier aus vor?"

"Wenn ich in seinem Kriegsraum in El-Ain sitze, könnte ich in einige der Computer einbrechen und dir Werkzeuge geben. Ich kenne das System ziemlich gut."

"Und was würdest du im Gegenzug wollen?" "Die einzigen zwei Dinge, die du mir geben kannst." "

"Welche sind das?"

"Freiheit und Information."

"Vergiss es." Sie stand auf und verließ den Raum.

"Es wird irgendwann passieren, Yael", rief er ihr nach. "Jede Minute zählt."

***

Aharon Shaked war einer der geschäftigsten Menschen in Israel. Er schlief nachts vier Stunden, und selbst das wurde in Notfällen oft gekürzt. Shaked mochte Barhum nicht, und er mochte die Bedingungen, die er fragte, nicht. Aber er wusste, dass "Mord" -Anklagen schnell aus seiner Anklage fallen würden, und die gegen ihn verbleibenden Anklagen würden nur der Cyber-Terror sein, der nicht mit einer langen Inhaftierung bestraft wird. Barhum war gut vorbereitet und sagte voraus, dass die ISA vorankommt. Es schien, als wäre es klug, sein Spiel zu spielen und zu versuchen, ihn gleichzeitig zu erledigen. Aber die ISA wusste nicht, wie sie mit Barhum umgehen sollte, außer ihn ins Gefängnis zu bringen, wenn auch nur für kurze Zeit. Auf der einen Seite hat Barhum das nicht erwartet, und es könnte dazu führen, dass er anders handelt. Auf der anderen Seite, da es mehrere Angriffe gibt, die die Sicherheit und den Frieden des Landes im Nahen Osten bedrohen, könnte es besser sein, ihn in die Emirate zu schicken, wie er es verlangte.

Das Treffen dauerte ein paar Stunden, und alle wurden müde. Itay Eshel dachte, Barhum sollte für ein paar Tage ins Sicherheitsgefängnis geworfen werden. Yael machte sich hauptsächlich Sorgen um ihre persönliche Beteiligung an der Geschichte. Shneour schlug vor, das Spiel bis zum Ende zu spielen. Shaked hatte Zweifel und fragte schließlich: „Was könnte der Mittelweg sein, in dem wir das maximal mögliche Ergebnis für die längste Zeit erzielen und gleichzeitig das minimal mögliche in der kürzesten Zeit bezahlen könnten?"

Der Raum war still, und es war allen klar, dass die Stunde spät war, und sie müssen immer noch ein Team zusammenstellen und sie informieren, damit sie heute nach El-Ain aufbrechen konnten.

Yael sagte: „Wir müssen uns aus seiner Sicht die gleiche Frage stellen. Was wäre er jetzt bereit aufzugeben, damit er langfristig etwas von uns gewinnen kann. Hier ist er geschützt, wir wissen nicht wirklich, wer er ist, können seine Familie nicht unter Druck setzen oder sein Haus beschädigen, besonders wenn er aus dem Irak stammt."

"Also, was sagst du eigentlich?"

"Ich denke, wir müssen ihm das Gefühl geben, dass wir mit ihm zusammenarbeiten und es tun, damit er uns den Rücken kehrt und sich unseren Feinden zuwendet, die er sowieso zerstören will."

"Das heißt, nachdem er uns geholfen hat, die Angriffe zu stoppen, werden wir ihn gehen lassen und ihm einen Umschlag mit den Informationen geben, die er sucht?", fragte Shneour.

"Ich würde es nicht ausschließen. Wir müssen es als "den Feind meines Feindes" betrachten", sagte Shaked. „Wir werden ihm eine Art Informationskooperation anbieten und in kleinen Schritten vorgehen. Jedes Mal, wenn er uns einige Informationen gibt, geben wir ihm etwas von dem, was wir ihm geben wollen. Wir können ihn immer einfach wieder ins Gefängnis werfen. Das wird ihn dazu bringen, weiterhin wertvollere Informationen preiszugeben." Sagte Shaked und sah Eshel an. "Ich schlage vor, du und Yael geht mit ihm nach El-Ain." "Ich gehe nicht nach El-Ain. Ich bin alleinerziehende Mutter. Die Arbeitszeiten in den letzten Tagen haben meine Familie aus dem Gleichgewicht gebracht." Alle schauten Yael an, ohne ein Wort zu sagen. Es war Shaked, der das Schweigen brach und antwortete: „Leider brauche ich dich dort. Aber ich verspreche dir, das ist deine letzte Feldaufgabe."

"Warum brauchst du mich dort?"

„Du bist der Einzige, der fließend Arabisch spricht. Sie kennen die arabische Umgebung besser als jeder andere in der Einheit, Sie haben Erfahrung und scharfe Sinne, wie wir in Shu'afat gesehen haben, und dies ist ein Sonderfall."

"Lass mich darüber nachdenken."

"Das muss jetzt passieren, Yael." Shaked warf ihr einen durchdringenden Blick zu.

"Ich muss mich bei meiner Mutter erkundigen." Sie stand auf und zog ihr Handy heraus, als Yael Zibler das Büro betrat. "Wir haben ihn", sagte sie.

„Der Assyrer?", fragte Yael.

"Fatchi Rachum. Wir haben ihn am Grenzübergang Erez abgeholt. Er war in Gaza, stellte sich heraus, dass er einen Passierschein hatte, um nach Israel einzureisen."

20.

Der Grenzübergang Erez war der Treffpunkt zweier feindlicher Einheiten, Israel und Gaza. Etwa 300-400 Menschen überqueren täglich die Grenze, hauptsächlich für medizinische Behandlung, Handel oder Bildung. Über 550 Gazaner kommen täglich mit einer Arbeitserlaubnis nach Israel. Einer von ihnen war Fatchi Rachum.

Rachum, der 38 Jahre alt war, war verheiratet und Vater von fünf Kindern. Er war ein Computer- und Netzwerk-Typ, der seine Ausbildung an der Birzeit University machte und ein kleines Startup in Ramallah hatte. Deshalb würde er zwei- bis dreimal im Monat zwischen Gaza und dem Westjordanland umziehen. Rachums Firma betreute einige palästinensische Banken, und er war persönlich für zwei der Netzwerke der Bank verantwortlich. Als er an diesem Morgen aufwachte, küsste er seine Kinder länger als sonst, zog sich schnell an und nahm einen Happen zu essen. Als er an der Tür war, spürte er, wie jemand seine Hand leicht zog. Er drehte sich um und sah seine Frau. Sie umarmte ihn lange und küsste ihn auf die Lippen. "Wir sehen uns in ein paar Tagen", sagte er und sie nickte zustimmend mit dem Kopf. Er trennte sich von ihrer Hand und ging auf die Straße.

Er stieg in sein Ford-Fahrzeug und fuhr vom Stadtteil Sheikh Radwan direkt zum Grenzübergang im Norden des Gazastreifens. Er hatte dies schon viele Male zuvor getan und kannte die Tortur, die er durchmachen musste, um nach Israel zu gelangen. Er stand in der langen Schlange, legte seine Habseligkeiten zur Einsicht ab, ließ alle seine Dokumente inspizieren und seinen Ausweis scannen. Die Genehmigung kam drei Minuten später, und er ging zurück zu seinem Auto, das ebenfalls inspiziert wurde, um sicherzustellen, dass er keine Bomben schmuggelte. Er stieg in sein Fahrzeug und fuhr auf die Schranke zu. Als er dort ankam, öffnete sich das Tor, und er fuhr langsam durch und überquerte Israel. Er fuhr 15 Fuß weiter, passierte eine Beule und dann eine andere, und als er gerade Gas geben wollte, bemerkte er einen Militärjeep neben einem Polizeiauto. Zwei bewaffnete Soldaten kamen aus dem Jeep, und ein Polizist kam aus dem Auto und signalisierte ihm, anzuhalten.

Rachum spürte, wie sein Puls beschleunigte. Er begann zu schwitzen, seine Hand rutschte auf das Lenkrad und er versuchte, das Auto anzuhalten, aber anstatt auf die Bremse zu treten, trat er auf das Gas und beschleunigte auf die Soldaten zu. Einer von ihnen richtete seine Waffe auf ihn. Rachum hat es verloren. Er senkte seinen Körper in seinem Sitz und fuhr immer noch auf die Polizei zu. Eine Kugel traf das Fenster und es zerbrach. Gleich darauf folgte eine weitere Kugel, und Rachum, der das Lenkrad fest hielt, drehte es nach rechts, und das Auto drehte sich auf einer kleinen Düne am Straßenrand um. Er lag darin, zitterte und weinte. Eine Minute später wurde er von den beiden Soldaten herausgezogen, mit Handschellen gefesselt und in das Polizeiauto geworfen. Er schrie auf Arabisch, aber niemand verstand, was er sagte. Seine Tasche, die seinen Computer, sein Handy und zwei Insulinspritzen enthielt, um seinen Diabetes zu behandeln, der sich im Laufe der Jahre immer weiter verschlimmert hatte, wurden alle als Beweismittel genommen. In weniger als einer Minute hatte sich Rachum von einem freien Bürger mit Einreisepässen in einen gefährlichen palästinensischen Gefangenen Israels verwandelt – und wurde in den Keller der ISA geführt.

***

Itay Eshel war besorgt, seine Sachen für seine Reise in die Emirate zu organisieren. Yael war bereits gegangen, um sich von den Kindern zu verabschieden, und er musste immer noch packen, duschen und zum Flughafen kommen, alles in weniger als drei Stunden. Eshel wusste auch, dass er der Einzige war, der Fatchi Rachum verhören und vielleicht ein paar Dinge aus ihm herausholen konnte, Dinge, die diese Reise lohnenswert machen würden. Aber die Angst und Schläfrigkeit holten ihn ein, und er begann, seine Geduld zu verlieren.

Rachum saß auf einem Plastikstuhl, mit Handschellen gefesselt, schwarzer Stoff, der seine Augen bedeckte. Er hörte nicht auf zu weinen, zu zittern und zu murren. Eshel näherte sich ihm und nahm ihm die Augenbinde ab.

"Sieh mich an!", bellte er. "Was ist dein Ziel?"

Aber Rachum weinte nur und konnte kein Wort sagen.

"Wir wissen, dass Sie auf dem Weg waren, die israelischen Telefonnetze zu sabotieren."

"Ich bin es nicht", murmelte Rachum, und Eshel verlor die Kontrolle. Er hob seine Hand und gab Rachum einen kräftigen Schlag ins Gesicht. Rachum stürzte auf den Boden, und Urin sickerte aus seiner Leistengegend und durchnässte seine Hose. Eshel war wütend und schrie:

"Warum hast du versucht, die Soldaten zu überfahren?" "Das habe ich nicht. Ich habe die Kontrolle über das Auto verloren."

"Lügner!" Eshel trat Rachum in den Magen. Rachum rollte sich zusammen und begann sich zu übergeben.

"Wer bist du? Wie hast du den Assyrer gefunden?"

"Ich verstehe nicht, wovon du sprichst. Rachum verdrehte sich auf dem Boden, bedeckt mit Urin und Erbrochenem, und er weinte unkontrolliert. Eshel wurde klar, dass er höchstwahrscheinlich nichts aus ihm herausbekommen würde, und dann klopfte Yotam Shneour an die Tür. Eshel ließ Rachum auf dem Boden liegen und ging hinaus.

"Wir haben seinen Laptop vollständig durchsucht. Ich schaute mir alle seine Ordner, Facebook und andere soziale Netzwerke an. Wir haben seine Cloud gehackt, sind in die Konten seiner Frau eingedrungen, in Geisterdateien..."

"Und... was hast du gefunden?" Eshel unterbrach ihn. "Nichts."

"Was meinst du mit" nichts "?"

"Es gibt nichts, was darauf hindeutet, dass dieser Mann etwas mit einem Cyberangriff zu tun hat, nicht jetzt und nie." Shneour schaffte es, hinter Eshels Schulter zu schauen und sah Rachum auf dem Boden liegen. Er fügte hinzu: „Das ist der falsche Kerl. Vielleicht ist das ein Lockvogel – wer weiß?"

Eshel stand eine lange Minute lang auf und sah Shneour an. Dann wandte er sich zu Rachum und sagte: "Du bist frei." Er begann wegzugehen, hielt aber nach drei Schritten inne. Er wandte sich wieder an Shneour und sagte: „Kümmere dich um ihn für mich. Gib ihm Kleidung und lass ihn duschen. Bringen Sie ihn dorthin, wo er in der Westbank hingehen muss, und geben Sie ihm Geld, um sein Auto zu reparieren. Was mich betrifft, lass ihn sich für einen Tag wie ein König fühlen. Ich muss ein Flugzeug erwischen. Das liegt an dir."

Aber der Blick auf Fatchi Rachum, der in einer Pfütze aus Urin und Erbrochenem lag, war eines der schwierigsten Dinge, die Shneour je gesehen hatte. Er näherte sich ihm, zog seine Handschellen aus, stützte ihn und brachte ihn in die Umkleidekabine. Rachum duschte, trug die Kleidung, die ihm gegeben wurde, und wurde in die Büros geführt, um seine Sachen mitzunehmen. Shneour saß an seinem Schreibtisch, als Rachum vorbeikam, um sein Entlassungsformular unterschreiben zu lassen. Shneour wollte ihm sagen, dass ihm alles leid tut, sagte aber nichts. Er zog Rachums Laptop und Handy aus dem Karton, die beide gründlich untersucht worden waren, und reichte es ihm. Rachum überprüfte beide Geräte. Shneour fragte, ob etwas fehlte, und Rachum antwortete voller Angst: „Das Ladekabel des Computers. Es ist nicht hier."

Shneour signalisierte einem der Wächter, über Rachum zu wachen, und rannte zum Computerlabor, um zu sehen, ob das Kabel dort zurückgelassen wurde. Er fand es auf den Schreibtisch eines Technikers geworfen und schalt ihn dafür. Dann rannte er zurück ins Büro und fand Rachum sitzen und türkischen Kaffee trinken und die Wache an seiner Seite. Er gab Rachum das Kabel.

"Komm, ich bringe dich zur" Freigabeabteilung ". Dort werden alle Ihre Formulare ausgefüllt und Sie erhalten eine Entschädigung für Ihre Qualen."

"Danke", sagte Rachum. Shneour bemerkte, dass seine Hand in seiner Tasche war, als wäre er damit beschäftigt, die Tasche zu sortieren. Er bemerkte nicht, dass seine Hand den AC-Kabeladapter hielt und die Abdeckung in der Mitte des Kabels löste. Der Adapter zerbrach leicht und Rachum zog eine kleine schwarze Kunststoffkomponente heraus. Rachum versteckte die Komponente in seiner Hand und verschloss die Tasche. Er stand auf und watschelte zur Ausgangstür. Er ging langsam und stützte sich mit den Fenstern und Wänden ab. Die Kleider, die sie ihm gaben, waren zu groß, und er sah aus wie ein Kind, das die Kleider seiner Eltern trug.

Niemand bemerkte, dass, als er an Shneours Schreibtisch vorbeikam, er seine Hand unter den Schreibtisch legte und das kleine Bauteil an einem versteckten Ort unter der Schreibfläche befestigt war. Sieben Minuten später verließ Rachum das ISA-Gebäude und stieg in ein Taxi zum Qalandia-Checkpoint in Ost-Jerusalem.

Das Taxi ließ Rachum am Kontrollpunkt fallen, er überquerte es schnell und stieg in ein BMW-Fahrzeug, ein Modell von 1992. Das Fahrzeug raste auf die Straße und rannte nach Ramallah. Keiner der Soldaten, die sich zu diesem Zeitpunkt am Kontrollpunkt befanden, bemerkte den Logo-Aufkleber, der sich direkt am Tankdeckel befand. 'Jayish Alrramll' (شيج لامرل), heißt es. "Die Sandarmee".

21.

In derselben Stunde, in der Rachum freigelassen wurde, kam Shay Nachmani in Yaels Haus in Ra'anana an. Ihr Rucksack war vollgestopft mit Toilettenartikeln, Nachtwäsche, zwei Hosen, drei Hemden und einem Kopftuch. Sie schnappte sich ihren Pass und leerte ihre Brieftasche, hinterließ nur ihren Polizeiausweis und einen Zeugenbrief, in dem stand, dass sie eine Agentin der israelischen Sicherheitskräfte ist, und als eine müssen sie sich um ihre persönliche Sicherheit kümmern. Sie schnappte sich ein Handy-Ladegerät, eine Kreditkarte und ein paar Dollar.

Dina und die Kinder saßen mit Shay im Wohnzimmer. Yael kam in Jeans und einer schwarzen Seidenbluse aus der Dusche. Sie stand zu Shay. "Bist du sicher, dass du das willst?", fragte er.

"Shaked hat mir versprochen, dass dies meine letzte Feldmission ist. Ich bin bereits über meinen Kopf in diese Sache verwickelt, und ich muss verstehen, warum Barhum sich auf mich konzentriert hat."

"Das ist das letzte Mal, dass ich auf die Kinder aufpasse", sagte Dina. "Und ich sage das nicht, weil ich sie nicht liebe."

"Ich weiß." Sie umarmte ihre Mutter. Shay sagte: „Ich habe sie für das Wochenende, keine Sorge. Am Sonntag bringe ich sie hierher zurück und bleibe über Nacht. Lass Mama ein wenig vom Haken."

"Danke. Ich hoffe, dass ich bis Sonntag zurück bin. Bringst du mich zum Flughafen?"

"Ja."

Yael näherte sich ihrer Tochter. Sie beugte sich über sie und sah ihr kopfüber in die Augen. "Ich habe es dir versprochen – letztes Mal. Ignorier mich nicht. Ich brauche dich jetzt genauso wie du mich brauchst." "Mir geht es gut, Mama. Du kannst gehen." Yael umarmte Keren und Ilan schloss sich an. Sie küsste die Stirn ihrer Mutter. "Danke für alles." Sie hielt Shays Hand, und sie verließen die Wohnung, als Yaels Telefon zu klingeln begann.

***

Itay Eshel war in der Leitung. "Sie haben beschlossen, den Deal mit ihm zu machen."

"Mit wem? Barhum?"

"Ja. Shaked sagte mir gerade, er habe mit den Emiraten vereinbart, dass Barhum mit uns dorthin fliegen würde, und sie würden ihn nicht einsperren. Er gehört uns, bis wir diese ganze Sache gelöst haben. Wenn wir fertig sind, wird er von ihnen verhört werden, und der politische Rang wird entscheiden, was mit ihm zu tun ist."

"Was bedeutet das für unsere Reise?"

"Wir treffen ihn am Flughafen; er wird in einem Polizeiauto ankommen und direkt zum Flugzeug gebracht werden, wo sie seinen Pass überprüfen werden. Seine Hände und Beine werden gefesselt sein, und er wird in der ersten Klasse zwischen uns sitzen, damit sich die anderen Passagiere nicht beunruhigt fühlen. Wir werden von einem bewaffneten Undercover-Polizisten begleitet, falls Barhum uns Probleme bereitet. Wenn wir in Dubai ankommen, werden wir warten, bis alle aus dem Flugzeug steigen, und dann wird die Polizei des Emirats kommen, um uns zu den Polizeiautos zu eskortieren. Wir werden in Ibrahims Auto direkt nach El-Ain fahren."

"Weißt du, welcher Deal ihm angeboten wurde?"

„Soweit ich weiß, handelt es sich um eine Art Transaktion, die schrittweise durchgeführt wird. Für jede Information, die er uns gibt, wird eine der gegen ihn erhobenen Anklagen verneint. Das ist so ziemlich alles."

"Gut. Ich habe gerade das Haus verlassen. Wir sehen uns dort ", sagte Yael und legte auf.

„Also, geht er mit dir?", fragte Shay beim Starten des Autos. "Ja", antwortete Yael. "Alles läuft nach seinem Plan."

22.
2001

An einem heißen Sommertag, in den Nachmittagsstunden, wagte es Ameer nach vielen Monaten der Enthaltung schließlich, an seinem Elternhaus vorbeizugehen. Er war 18, hatte aber die Lebenserfahrung eines 50-Jährigen. Seit er Khaled die Knochen gebrochen hatte, verbrachte er seine Zeit damit, durch den Irak zu wandern, um Geld zu betteln, in Moscheen oder auf der Straße zu schlafen, während er endlos vom Schuldgefühl gefoltert wurde. Er wusste nicht, was mit Khaled nach den Schlägen geschah. Er wagte es nicht, sich seiner Mutter, seinen Brüdern oder Schwestern zu nähern. Er lebte als Nomade, blieb in den Grenzsiedlungen im Herzen der irakischen Wüste und kehrte dann nach Kirkuk zurück, um Erlösung zu suchen. Kirkuk schien gleich geblieben zu sein. Nichts hatte sich geändert, außer dem Khasa-Fluss, der immer trockener wurde und dessen Wasser nach Abwasser stank. Sein Lieblingsolivenbaum aus der Zitadelle von Kirkuk war fast vollständig trocken, und die Zitadelle selbst war mit Müll und zerbrochenen Holzteilen bedeckt.

Es war zehn Uhr nachts, als er zum zweiten Mal am Haus vorbeikam. Die Fenster waren geschlossen und der Hinterhof sah vernachlässigt aus. Das Haus war dunkel und ruhig. Er konnte keine Gespräche, Fernseh- oder Radiosignale hören, die normalerweise in der Lounge gespielt wurden. Das Haus war menschenleer.

Ameer überlegte, einfach wegzugehen, aber etwas an dem leeren Haus zog ihn an, und er begann, es zu umkreisen, um nach einem Riss zu suchen, damit er hineinschauen konnte, aber ohne Erfolg. Er gab den Versuch, hineinzukommen, fast auf, aber seine Neugier gewann, und er beschloss, durch eines der Fenster einzubrechen, um den Ort mit eigenen Augen zu sehen. In Häuser einzubrechen war etwas, was Ameer Baghdadi in der Vergangenheit ein paar Mal getan hatte; als er hungrig gewesen war, brach er rücksichtslos in Wohnungen ein, um Essen und Geld zu stehlen. Er ging am Fenster des Schlafzimmers vorbei, das er in seiner Kindheit mit seinen Brüdern geteilt hatte, und sah, dass es offen war. Er erinnerte sich, dass sich der Jalousienhebel in der oberen Mitte des Fensters befand, also zog er ihn mit der Hand und innerhalb weniger Sekunden stand er in seinem Zimmer.

Das Haus war stickig und roch nach Tod. Vielleicht Leichen von Katzen oder Ratten. Ameer versuchte, das Licht einzuschalten, aber der Strom wurde abgeschaltet. Er ging in die Küche, öffnete eine der Schubladen und fand weiße Kerzen und eine Schachtel Streichhölzer, die Lamis während der Kriegszeiten in Basra aufbewahrte, um das Haus während der häufigen Stromausfälle zu beleuchten. Die Streichhölzer waren feucht, und Ameer fiel es schwer, sie anzuzünden, aber nach ein paar gescheiterten Versuchen gelang es ihm, den kleinen Raum mit ein paar Kerzen zu beleuchten. Er öffnete den Hauptwasserhahn und die Rohre füllten sich mit dem Geräusch von rieselndem Wasser, als es aus dem Wasserhahn tropfte. Ameer ging zum Waschbecken und wusch sich Hände und Gesicht. Das Wasser schmeckte bitter und rostig, aber es war viel besser als das Wasser, mit dem er sich auf seinen Reisen gewaschen hatte.

Ameer nahm eine der Kerzen und ging um das Haus herum. Die meisten Möbel waren weg. Ein paar Tage später entdeckte er, dass einige im Hof angezündet wurden, höchstwahrscheinlich von einem Obdachlosen wie ihm, der es höchstwahrscheinlich zum Kochen oder zum Wärmen benutzte. Die Toilette war verstopft, und es gab Tierkot, stinkende Kleidung und Toilettenartikel in der Wanne. Der einzige Schrank im Haus war in seinem Zimmer. Darin fand er seine alten Kleider. Keiner von ihnen passte mehr zu ihm. Ohne zu viel darüber nachzudenken, beschloss Ameer, das Haus zu reinigen, damit es wieder bewohnbar wäre. Um zehn Uhr am nächsten Morgen waren die Zimmer bereits gereinigt und gewaschen, das Abwassersystem funktionierte und die Dinge waren wieder so, wie sie waren. Ameer öffnete die Fenster und Türen zur Belüftung, und als er sich alles ansah, was er getan hatte, beschloss er, wieder im Haus zu wohnen, bis er evakuiert war. Er wird zur Arbeit gehen, für den Strom und das Wasser bezahlen und sich Möbel, Geräte und Essen kaufen. Er lag auf seinem Kinderbett, schloss die Augen und schlief neunzehn Stunden lang wie ein Baby.

***

Mitte August hatte Ameer einen Job als Lieferjunge. Er bekam ein Fahrrad von seinem Chef und ein gutes Gehalt. Er speicherte einige der Trinkgelder, die er von seinen Kunden erhielt, bezahlte seine Haushaltsrechnungen und verband sogar eine Telefonleitung und das Internet. Niemand wusste, dass er zurückgekehrt war. Als er genug Geld gespart hatte, wagte er es, sich ein neues Kleidungsstück und einen stationären Computer zu kaufen. Ende des Monats ging er zur örtlichen Post, um Bewerbungen für ein Stipendium für Mathematik- und Computerstudien an vier Universitäten an verschiedenen Orten der Welt zu senden: Leeds University in England, La Sorbonne University in Paris, Humboldt University in Berlin und das New York Institute of Technology in den USA. Nur eine Woche später erhielt er eine Antwort in seiner E-Mail aus New York. Ameer konnte mit einem Stipendium an ihrer Institution studieren, wenn er drei Prüfungen bestand. Das Studienmaterial wurde per Post verschickt, und der Test sollte Mitte September an der Universität Kirkuk stattfinden. Ameer's Herz klopfte. Er hatte das Gefühl, dass dies seine einzige Chance sein könnte, seinem elenden Leben zu entkommen und von vorne anzufangen. Er schwor, dass er alles in seiner Macht Stehende tun würde, um diese Tests zu bestehen.

Er arbeitete weiter hart und machte sogar Doppelschichten. Er meldete sich für Online-Englischkurse an und nahm auch Privatunterricht. Eines Abends, als er nach Hause kam, fand er einen Umschlag und eine kleine Holzkiste, die ihm aus seiner Kindheit bekannt vorkam – die Schmuckkiste seiner Mutter. Er nahm den Umschlag in die Hände, setzte sich auf den einzigen Stuhl in der Küche, schenkte sich türkischen Kaffee ein und öffnete ihn. Es war ein kurzer Brief seiner Mutter.

"Ich kann in meiner Seele fühlen, dass du irgendwann hierher zurückkehren wirst. Kein Mensch kann mit so viel Schuld leben, schon gar nicht ein Junge wie du. Du bist ein talentiertes, kluges Kind mit einem schlechten Schicksal. Ich habe auch unter einem ähnlichen Schicksal gelitten, aber trotz aller Verzweiflung wusste ich jedes Mal, wie ich mich erheben konnte, und als ich selbst nicht die Macht hatte, ließ ich andere mir helfen, einschließlich dir, Sohn. Und hier bin ich heute. Ich bin bei Khaled eingezogen und wir werden bald heiraten. Er ist ein guter Mann, ein Liberaler, gutherzig, und er gibt mir Liebe und Wärme. Er ist der Mann, mit dem ich den Rest meines Lebens verbringen möchte. Khaleds Verletzungen sind verheilt, und er ist wieder an die Arbeit gegangen, aber die geistige Wunde ist immer noch wund und offen. Aus diesem Grund kann ich dir noch nicht ins Gesicht, in deine Augen schauen. Ich habe das Gefühl, dass ich dir mein Leben schulde, und ich möchte meine Schulden bezahlen, wie ich es dir all die Jahre versprochen habe. Ich gebe dir alles, was du brauchst, um dein Leben woanders neu zu beginnen. Ich glaube an dich, ich liebe dich und ich habe das Gefühl, dass du noch eine glänzende Zukunft vor dir hast.

Viel Glück, Mama."

In der Holzkiste fand Ameer einen schweren Stapel Geldscheine. Irakischer Dinar. Genug Geld, um einen Flug in die USA zu kaufen, seine Schulbildung zu finanzieren und im ersten Jahr eine Unterkunft in New York zu mieten. Er wollte seine Mutter mehr als alles andere sehen, sie umarmen, vor Khaled knien, seine Füße küssen und um Vergebung bitten.

Aber er wusste, dass ihm nicht vergeben werden würde. Tränen füllten seine Augen, und zum ersten Mal fiel er zu Boden und betete ein echtes Gebet zu Allah. Nachdem er gebetet hatte, stand er auf, nahm seine Bücher und studierte intensiv.

Am Abend vor den Prüfungen konnte Ameer nicht schlafen. Er wusste, dass er sich entspannen, die Augen schließen und in eine dringend benötigte Pause schlüpfen musste. Aber der Stress hielt ihn vom Schlafen ab, bis er nicht mehr da liegen konnte. Er zog seine Schuhe an und ging spazieren. Der Abend war kühl und besonders angenehm. Er ging aus seinem Haus und ging in Richtung des trockenen Khasa-Flusses. Er kam an der Zitadelle vorbei und betrachtete einige Schaufenster. Es war bereits neun Uhr abends. Seine Beine trugen ihn den ganzen Weg zu Khaleds Supermarkt. Der Supermarkt stand kurz vor der Schließung, und die Arbeiter reinigten ihn und bereiteten ihn für den nächsten Tag vor. Ameer stand vor dem Supermarkt und schaute hinein. Seine Hände waren hinter seinem Rücken gekreuzt, seine Augen wanderten von Seite zu Seite und suchten nach... wem? Sein Bruder? Mutter? Vielleicht Khaled?

Ameer hatte keine Ahnung, was er sagen würde, wenn er einen von ihnen sähe. Schließlich, als die Lichter ausgeschaltet waren und alle Arbeiter gegangen waren, beschloss er, nach Hause zurückzukehren. Der Eingang zum Parkplatz des Supermarkts wandte sich der Hauptstraße zu. Als er daran vorbeikam, wurde die Schranke aufgehoben, und ein weißer Peugeot fuhr an ihm vorbei. Ameer sah den Fahrer nicht, aber er wartete darauf, dass das Auto an ihm vorbeifuhr und zur Hauptstraße fuhr. Das Auto fuhr aus dem Parkplatz und hielt am Bürgersteig. Das Fenster öffnete sich und Khaleds Kopf spähte heraus.

"Kann ich dir bei etwas helfen..." Khaled hörte sofort auf zu reden. Ameer konnte auch kein Wort sagen. Er stand einfach da, seine Arme hingen hilflos an seinen Seiten. Khaled sah ihn eine Weile an und sagte: "Geht es dir gut?" Ameer spürte eine Träne aus seinem Auge fallen. Er konnte immer noch kein Wort sagen. Wie konnte er dieser sanften Person so etwas Schreckliches antun? Khaled sah ihn an und sagte: "Komm, ich bringe dich nach Hause."

Ameer stieg ins Auto und setzte sich auf den Beifahrersitz. Khaled legte seine Hand auf Ameers Bein und sagte: „Keine Sorge, dir wird es gut gehen. Du bist stark. Du bist schlau. Ich zähle auf dich." Sie fuhren ein paar lange Minuten schweigend, und als sie sein Haus erreichten, hielt Khaled seine Hand und sagte: „Geht es morgen gut. Für uns alle." Khaled wusste es. Jeder wusste es. Obwohl sie nicht sprachen, folgte ihm seine Mutter und kümmerte sich um ihn. Ameer spürte, wie sein Körper zusammenbrach. Er fiel in Khaleds Schoß und schluchzte lange. Schließlich stieg er aus dem Auto und ging nach Hause. Er lag auf seinem Bett und schlief tief und fest.

Am nächsten Tag wachte er voller Energie auf, duschte, trug seine besten Kleider, frühstückte und stieg in den ersten Bus zum Campus. Er bezahlte die drei Prüfungsgebühren und setzte sich kampfbereit auf seinen Stuhl. Sechs Stunden später schlenderte er mit luftiger Brust und einem Lächeln im Gesicht durch den Flur. Er wusste, dass es ihm gut ging. Amerika war jetzt in seiner Reichweite. Er ging um den Campus herum und dachte darüber nach, was er mit dem Stipendium machen würde und wie er versuchen würde, in einer der größten Computerfirmen der Welt zu arbeiten. Er bemerkte nicht, dass die Flure des Campus plötzlich leer waren. Die Büros waren verlassen, ebenso wie die Klassenzimmer. Er brauchte ein paar Minuten, um zu erkennen, dass etwas nicht stimmte. Er ging zum Wachmann, der vom Fernsehbildschirm hypnotisiert wurde und seine Augen nicht für eine Sekunde davon lassen konnte.

"Ist etwas passiert?" Ameer berührte sanft die Hand des Mannes. "Du weißt nicht, was in New York passiert ist?" Fragte der Wachmann, ohne den Blick vom Bildschirm zu nehmen. "Nein. Ich habe keine Ahnung."

"Wirklich? Du hast heute nicht auf die Nachrichten gehört?", neckte der Wachmann.

"Nein."

„Zwei Passagierflugzeuge sind in das World Trade Center gestürzt. Die Welt ist untergegangen."

23.
2019

El-Ain ist eine Wüstenstadt an der Grenze zwischen den Emiraten und dem Oman. Sie gehört zum Emirat Abu-Dhabi im Osten des Landes. Am internationalen Flughafen angekommen, tauchen die antiken Gebäude, die Oase und die umliegenden Dünen wie eine Fata Morgana im Herzen der Wüste auf.

Yael, Itay und Nabil Barhum flogen von Israel direkt nach Dubai. Ein Privatjet, den Ibrahim von der privaten Flotte des Prinzen buchen konnte, wartete darauf, sie nach El-Ain zu bringen. Der Jet war am Flughafen Sharjah stationiert, 20 Minuten vom internationalen Flughafen entfernt. Sie wurden gezwungen, mit einem Polizeiauto dorthin zu gelangen. Yael, Eshel und ein anderer Polizist, der ihnen zugeteilt wurde, gingen mit Barhum aus dem Terminal, während sie Dutzende von Taxifahrern und Touristenagenten abschieben, die versuchten, ihnen exotische Wüstenausflüge und Hotelunterkünfte zu verkaufen. Yael hatte Angst, ging aber mit Zuversicht und hielt Barhums Hand, damit er nicht entkommen konnte. Vierzig Minuten später saßen sie im Privatjet und machten sich auf den Weg nach El-Ain. Als der Abend hereinbrach und der magische Wüstensonnenuntergang Farben über den Himmel malte, landeten die drei in der Stadt und wurden in einem gepanzerten Fahrzeug mitgenommen.

Salah Fadis Haus in El-Ain befand sich in der Nachbarschaft von 'Al-Hili' mit Blick auf die große Oase, die mit Palmen bedeckt war. Das zweistöckige Haus lag direkt an der Hauptstraße. Auf der anderen Straßenseite befanden sich eine Herberge, eine Polizeistation und ein langes schmales Einkaufszentrum, das die alten Märkte ersetzt hatte, die früher dort waren. Heute gibt es nur noch Märkte, auf denen Souvenirs für Touristen und Beduinenkleidung verkauft werden.

Das Haus sah aus wie alle anderen Häuser dort. Es gab absolut keine Hinweise darauf, dass dies das Hauptquartier einer internationalen Terrororganisation gewesen sein könnte. Das gepanzerte Fahrzeug parkte auf einem kleinen Parkplatz hinter den Gebäuden. Der Fahrer tat sein Bestes, um es unter dem kleinen Schattenfleck zu parken, der von den kleinen umliegenden Gebäuden geschaffen worden war. Als Yael die Tür des Fahrzeugs öffnete, wurde sie von der sengenden Hitze, die vom schwarzen Asphalt ausstrahlte, geschlagen. Obwohl es nach 7:30 Uhr abends war, war die Luft immer noch super heiß und die Trockenheit riss sofort ihre Haut, die an die telavivische Luftfeuchtigkeit gewöhnt war.

Yael folgte Ibrahim in das Gebäude, wobei Eshel und Barhum hinter ihr hergingen. Sie waren alle sehr müde, aber als sich die Tür öffnete, spürte Yael einen Energieschub. Die Wohnung sah aus wie das Hauptquartier der CIA, das sie vor ein paar Jahren besuchte. Die große Anzahl von Computern, Bildschirmen und Telekommunikationsgeräten hätte jedem anderen großen Geheimdienst gehören können. Barhum durchsuchte die Gegend und war sich sicher genug, Yael und Eshel zu sagen, dass ein paar Computer fehlten. Ibrahim erklärte es: Die Emirate nahmen Dinge, die wichtig schienen, vor allem, um das Ziel "Amorella" zu finden, das auf einigen Karten und Einträgen an der Wand erwähnt wurde. "Sehen Sie, warum ich Sie gebeten habe, hierher zu kommen und ihn mitzubringen", sagte er und zeigte auf Barhum. „Hier gibt es genug Arbeit für Monate. Vielleicht könnte Barhum uns helfen, es in ein paar Tagen oder Wochen zu schaffen."

Yael begann, die vielen Listen zu lesen. Sie hatte nicht erwartet, etwas Wertvolles aus Barhum herauszuholen. Seine Mission war es zuerst, "Amorella" zu finden und den Angriff zu stoppen. Dann muss er ihnen helfen, das innere Netz der Assyrer zu infiltrieren und die Codes für die verschiedenen Zielorte zu entschlüsseln.

Die Wände der Wohnung waren schwarz gefärbt und mit Korkplatten bedeckt, die mit Fotos von verschiedenen Gebäuden, strategischen Einrichtungen, Wasserinstallationen und anderen Infrastrukturen gefüllt waren. Es gab auch weiße löschbare Bretter mit unterschiedlichen Codenamen, Angriffe und die dafür verantwortlichen Personen. Die Listen waren endlos. Der Assyrer und seine Kollegen, die die Wohnung nutzten, wie Barhum, waren auf das Kommende gut vorbereitet. Die Sandarmee war keine temporäre, kleine Organisation von Vollstreckern, die in eigenem Namen handelten, sondern eine organisierte Armee mit Zielen und Geldern, Soldaten und einer Strategie mit komplexen taktischen Bewegungen.

Yael machte mit ihrem Handy Aufnahmen von allem, was sie an den Wänden sah. Sie fand die Namen Barhum und Fatchi Rachum. "Telephonie: Fatchi Rachum." Der Mann, der am Erez-Übergang gefangen genommen und später freigelassen wurde, schien eher ein Fehler des Assyrers zu sein, oder vielleicht eine Ablenkung von einem anderen Angriff, einem größeren? Yael hatte keine Ahnung. Sie wusste nicht, was die Bedeutung von „Telephonie" war. Sollte Rachum das

Kommunikationsnetz angreifen? Vielleicht eine der Telefongesellschaften? Welcher bedeutende Angriff könnte von einem Mann, einem palästinensischen Bürger, der nach Israel einreist, auf das israelische Kommunikationsnetz ausgeführt werden? Je mehr sie in ihrer Vorstellung darüber nachdachte, desto unlösbarer erschien ihr das Ganze. Außerdem war das Datum verstrichen und nichts passierte. Sie musste sich nun auf den nächsten Angriff konzentrieren: 'Amorella'. Aber wenn der "Amorella" -Angriff nicht viel Schaden anrichtet, würde sie diese Geschichte hinter sich lassen und nach Israel zurückkehren.

Sie sah sich alle Karten an, suchte bei Google und im Darknet nach Hinweisen auf die Bedeutung von 'Amorella'." Aber ohne Erfolg. Sie machte ihre eigenen Listen und suchte nach Hinweisen zwischen den Materialbergen in der Wohnung. Sie schickte Shneour alle Schnappschüsse, die sie gemacht hatte, damit er sie auch analysieren konnte. Die ganze Zeit versuchten Ibrahim, Barhum und Eshel, die Codes der Assyrer auf den Computern zu knacken.

„Wie können wir mit dem Assyrer in Kontakt treten?", fragte Ibrahim. "Ich meine, als du in dieser Wohnung übernachtet hast, hast du ihn getroffen? Wie bist du in Kontakt geblieben?"

„Unsere Kommunikation war eine Möglichkeit. Wenn er mich informieren wollte, kontaktierte er mich. Diese Wohnung verfügt über einen Festnetzanschluss an der Küchenzeile." Barhum zeigte auf einen kleinen Schrank im Eingang zur Küche, der ein militärisches Festnetz hatte. „Die meisten Briefings kamen über eine E-Mail, auf die ich nicht antworten konnte. Ich habe ein Buch mit Codes bekommen, die mir nur geholfen haben, sehr spezifische Elemente meiner Mission zu verstehen. Ich habe nicht einmal versucht, mir andere Missionen anzusehen, da ich wusste, dass es ihn ärgern würde, und ich hatte keine Chance, sie zu entschlüsseln. Ich habe mich nur auf Dinge konzentriert, die für mich relevant sind."

"Und was jetzt? Nachdem Ihre Mission abgeschlossen wurde?" Fragte Eshel.

„Ich sollte eigentlich zurück in den Irak. Wenn er mich für den "Judgment Day" -Angriff brauchte, hätte er mich inzwischen kontaktiert."

"Wie hast du ihn das erste Mal kontaktiert?", Sagte Yael, während sie noch die Codebücher durchsuchte.

"Ich habe es dir bereits gesagt. Ich begann, ihm in den sozialen Medien zu folgen und schickte ihm eine Nachricht. Er schickte mir ein paar Tage später eine E-Mail. Er schickte mich in diese Wohnung und rief mich über das Festnetz an. Ich habe es nie geschafft, ihn anzusprechen. Die Kommunikationsinitiative war immer seine. Ich glaube, er ist sich der Tatsache bewusst, dass wir jetzt hier sind. Ich wäre nicht überrascht, wenn er uns zusieht und zuhört."

Der Raum war still, abgesehen von dem Geräusch des Computertippens. Barhum tauchte vor ihm in den Computerbildschirm ein. "Ich werde versuchen, eine Nachricht an eines seiner Social-Media-Konten zu senden", sagte er, ohne vom Bildschirm wegzusehen. "Dann werde ich den Namen 'Masudi' nachschlagen, der neben dem Angriff auf 'Amorella Emirates' erscheint, aber ich wäre sehr überrascht, wenn ich etwas finde."

„Also, was sollen wir jetzt tun?", fragte Ibrahim.

„Ich denke, wir sollten uns in zwei Teams aufteilen. Ein Team arbeitet an den Zielzielen in der Reihenfolge, in der sie erscheinen. Ich denke, wir können "Telephonia" überspringen und direkt zu "Amorella" gehen. "Das ist der Angriff, der bald kommt. Das zweite Team wird den "Tag des Jüngsten Gerichts" und die gesamte Cyberkriegseinheit der Assyrer untersuchen. Barhum wird in der ersten Mannschaft sein." Yael saß an einem der Computer und öffnete Google.

Ibrahim öffnete einen Laptop und begann, die Daten an den Wänden in eine Excel-Tabelle hochzuladen. Eshel saß neben Barhum und untersuchte seine Hacking-Versuche, die Computer und Missionsbefehle zu knacken. Aber als die Stunden vergingen, konnte keiner von ihnen auch nur den kleinsten Einbruch in die gesicherten Systeme der Assyrer finden. Als die Nacht hereinbrach, wurden alle sehr müde. Es waren nur noch fünfeinhalb Stunden bis zum 'Amorella' -Angriff, also war der Druck groß. Yael trank eine Tasse Kaffee, gefolgt von einer anderen, und sie spürte, wie ihr ganzer Körper schmerzte. Sie musste schlafen, wusste aber, dass sie es nur tun konnte, wenn sie alles Mögliche getan hatten, um "Amorella" zu stoppen. „Amorella Emirates: Masudi". Was fehlte ihr?

Sie ging auf die Treppe und die kleine Terrasse zwischen den Wohnungen hinaus, die ein kleines Fenster mit Blick auf die Oase hatte, die von der Stille der Nacht verdunkelt wurde. Die Bewegung der Palmzweige im Wind sah aus wie ein böses Monster, das langsam kriecht. Yael schloss die Augen. 'Amorella'.

Sie holte ihr Handy heraus und begann zu suchen. "Amor" bedeutet Liebe. Französisch? Italienisch? Was bedeutet "Amorella"? Ihre Liebe? In diesen Sprachen gibt es keinen solchen Ausdruck. Vielleicht ist es jemandes Name? Sie ging im Internet zu Namen und tippte „Amorella" ein. Vielleicht könnte sie, wenn sie den Ursprung des Namens findet, ihn in der Welt finden und seine Verbindung zu den Emiraten herausfinden. Der Name ist nicht arabisch oder afrikanisch. Sie suchte den Namen in Kulturen, Nachnamen und Vornamen nach. Es ist nichts herausgekommen. Schließlich, kurz bevor sie aufgab, ging sie zu Wikipedia. Sie blickte unter 11 Sprachen, und in der 12. Sprache öffnete sich ein Fenster mit der Übersetzung des Wortes. "Amorella" ist ein gallischer Name für Frauen und bedeutet "Bewohner am Meer".

Das Meer. Das ist der Schlüssel, um das zu lösen. Es könnte sich um eine bewachte Anlage, einen Hafen oder einen Ölhafen am Meer handeln. Könnte es etwas sein, das mit Export oder Import zu tun hat? Vielleicht ein eingeschlossener Tanker oder ein Name eines Schiffes? Sie rannte zurück ins Haus und rief Ibrahim an.

"Suche nach etwas, irgendetwas, das mit dem Meer zu tun hat. Ein Name eines Hafens, eines Exporteurs oder Importeurs, eines Wasserfahrzeugs oder einer militärischen Einrichtung. Alles, was mit dem Meer zu tun hat. Konzentriere dich auf deine größten Häfen, vielleicht die Ölhäfen. Deine Schwäche ist Öl, und ich habe das Gefühl, dass er das angreifen will. Wir haben keine riesigen Bombenanschläge mit Dutzenden von Opfern gesehen. Nur finanzieller, infrastruktureller Schaden. Das sind seine Ziele und das ist es, wonach wir suchen müssen."

In einem Moment wachte das gesamte Suchteam auf. Die Farben kehrten in ihre Gesichter zurück, und Yael spürte, dass sie an etwas dran war. Sie war die einzige Frau unter vielen Männern, und sie war diejenige, die den Ton angab. Sie hatte das Gefühl, sich beweisen zu müssen, und das war ihre treibende Kraft. Sie begann schnell zu arbeiten, ging wieder die langen Listen durch, suchte nach weiteren Hinweisen, versuchte, sich zu konzentrieren und die Suche nach Amorella so weit wie möglich einzuschränken. Die Zeit lief ab, und es blieben nur noch anderthalb Stunden, bis der Angriff stattfinden sollte. Plötzlich schrie Barhum: "Ich habe es gefunden."

24.
2002

Seit den Aufnahmetests, die Ameer an der Kirkuk University absolvierte, waren Monate vergangen, aber vom Technological Institute of New York kam keine Antwort. Verzweiflung wohnte wieder in seinem Herzen, und es fiel ihm schwer, morgens aufzustehen und zur Arbeit zu gehen. Er schickte unzählige E-Mails, bekam aber keine Antwort. Schließlich entschied er sich, die Nummer auf der Website des Instituts zu wählen. Er blieb wegen des Zeitunterschieds die ganze Nacht wach und schrieb eine Liste mit Fragen, die er stellen sollte. Nach Gesprächen mit einigen Sekretären gelangte er schließlich an die Computerfakultät. Er wollte wissen, ob er die Tests bestanden und akzeptiert worden war. Die Sekretärin an der Leitung fragte nach seiner Ausweisnummer und legte ihn für lange Zeit in die Warteschleife. Die Hintergrundmusik trug zu seinem wachsenden Stress bei. Schließlich wurde er in das Büro des Dekans versetzt und wartete noch ein paar Minuten, bis jemand antwortete. Der sehr liebenswürdige Mann entschuldigte sich und erklärte einfach, dass das Institut Ameer nicht akzeptieren könne. Ameer war schockiert. Er sank in seinen Stuhl und fühlte sich verloren. Schließlich fragte er: „Was ist passiert? Ich habe die Tests nicht bestanden?"

"Das ist es nicht. Die Tests waren in Ordnung."

"Was ist es dann?"

„Das Institut kann Sie aus technischen Gründen nicht aufnehmen. In diesen Zeiten ist es für uns schwierig, Schüler wie Sie zu akzeptieren. Ich schlage vor, Sie versuchen, in andere Institute aufgenommen zu werden."

"Aber ich kann für die Schule bezahlen, meine Noten sind gut und ich habe mich im irakischen Mathematikwettbewerb ausgezeichnet."

"Ich fürchte, du verstehst es nicht", sagte die schläfrige Stimme auf der anderen Seite des Meeres. "Das Problem ist, dass du aus dem Irak kommst. Ich kann derzeit keinen irakischen Studenten aufnehmen. Es tut mir leid."

Nach einer langen Stille wiederholte der Dekan: „Nochmals, es tut mir wirklich leid", und dann legte er auf.

Ameer saß ein paar lange Minuten mit dem Telefon noch in der Hand, das Geräusch des getrennten Anrufs klingelte wie ein Crescendo-

Alarm in seinen Ohren. Er war schockiert. Alles, was er durchgemacht hatte, alle Vorbereitungen, das Geld, die Arbeit. Es war alles in einem Moment weg. Er versuchte, sich seine Zukunft im Irak vorzustellen, und alles, was er sah, war Zerstörung und Hunger, Armut und Verwirrung. Iraks Zukunft sah sehr düster aus, und die Akademie war kein richtiger Unterschlupf. Er wusste, dass er das Land verlassen und fliehen musste. Er legte das Telefon ab und lag auf dem Küchenboden. Draußen regnete es und der Wüstenboden wurde schlammig und klebrig. Ihm war kalt, seine Augen waren offen und brannten im Dunkeln. Seine Knochen schmerzten, aber er konnte sich nicht heben und ins Bett gehen. Er begann, seine Chancen in der Welt zu berechnen und was nötig wäre, um sein Schicksal zu ändern. Obwohl er seit über einem Tag nicht geschlafen hatte, fühlte er sich weder müde noch hungrig. Er lag einfach mit offenen Augen da.

Um zehn Uhr morgens schlug ein irritierender Telefonklingel in sein Gehirn und weckte ihn auf. Zuerst konnte Ameer nicht sagen, wo er war und was mit ihm passiert war. Aber beim fünften Ring öffnete er die Augen, setzte sich, räusperte sich und ging ans Telefon, kurz bevor er den Anruf verlieren wollte: „Hallo?" Eine hohe Stimme einer jungen Frau kam aus dem Telefon.

„Ameer Baghdadi?" - „Ja. Wer ist es?"

„Hallo, hier spricht Nasrin von der Universität Kirkuk.

Haben Sie ein paar Minuten Zeit?" "Ja. Was ist passiert?"

"Der Dekan der Fakultät für exakte Wissenschaften möchte mit Ihnen sprechen, ich übertrage den Anruf."

"Danke." Seine Knochen schmerzten und seine Muskeln waren angespannt. Er machte sich eine Tasse türkischen Kaffee, während er auf den Anruf wartete.

"Baghdadi?" Sagte eine männliche, tiefe, leise Stimme. "Ja."

„Hallo, ich bin Prof. Tarek Azizi. Ich erhielt einen Anruf von meinem Kollegen in New York, Prof. Jeremy Snyder. Er hat mir gesagt, dass du mit ihm gesprochen hast."

"Das ist richtig."

"Er hat mir die Ergebnisse der Tests geschickt, die du gemacht hast. Ihre Noten waren fast 100%. Sie haben sich darin hervorgetan, und Ihre Punktzahl ist ein nationaler Rekord für irakische Studenten."

"Danke." Das Wasser kochte im Wasserkocher, und Ameer fügte einen vollen Esslöffel dunkel gerösteten Kaffee mit Kardamom hinzu.

„Es ist wichtig, dass Sie wissen, dass Sie dies jederzeit tun können, wenn Sie hier zur Hochschulbildung zugelassen werden möchten. Ich kann Ihnen eine Teilfinanzierung als Forscherin anbieten, die mit einem Bachelor-Abschluss in einer unserer Abteilungen beginnt."

"Danke." Ameer wusste nicht, was er sagen sollte.

"Aber ich habe nicht nur deswegen angerufen", fügte der Dekan hinzu. „Prof. Snyder sagte mir, dass sein Bewusstsein ihn nach seinem Gespräch mit Ihnen nicht ruhen lassen würde, und er rief persönlich die Leeds University an, an der einige seiner Freunde unterrichten. Er hat ihnen Ihre Informationen und Testergebnisse geschickt. Er wollte dir sagen, dass er es in der guten Absicht getan hat, dir zu helfen. Ich hoffe, das ist in Ordnung für dich."

"Ja, natürlich!" Murmelte Ameer.

"Er sagte ihnen, dass du ein Student bist, den sie mit einem vollen Stipendium annehmen sollten und dass sie dich nicht übersehen sollten. Wie auch immer, ich lasse Sie nur wissen, dass die Universität von Leeds sich jetzt Ihre Informationen ansieht, und sie werden Sie bald auf dem Laufenden halten."

"Okay."

"...Dir wird es gut gehen. Keine Sorge. Wenn es dort drüben nicht klappt, suchen wir uns einen anderen Ort für dich. Und noch einmal, ich wiederhole, wir haben hier auch einen versprochenen Platz für dich. Wir brauchen Leute wie dich."

Stille.

"Wie auch immer, ich möchte dir viel Glück wünschen, wir werden uns bald bei dir melden." "Vielen Dank." "

Der Anruf endete, und Ameer setzte sich auf den Stuhl und nippte an seinem kochenden Kaffee. Als er fertig war, nahm er seine Bücher und ritt zur Zitadelle von Kirkuk, zu seinem Lieblingsolivenbaum, wo er den ganzen Morgen saß und las. Dann ritt er zur Arbeit. Er hatte das Gefühl, dass sein Selbstvertrauen zurückkehrte, und es tat ihm sehr leid, dass er niemanden auf der Welt hatte, mit dem er dieses Glück teilen konnte. Dies war das erste Mal, dass er sich so glücklich fühlte.

Fünf Tage später klingelte wieder das Telefon in Ameers Haus. Diese fünf Tage fühlten sich für Ameer wie eine Ewigkeit an. Sein Schlaf war unruhig, er trank zehn Tassen Kaffee am Tag und blieb lange auf, um

Englisch zu lernen. Und jetzt kam endlich der Moment der Wahrheit. Ameer stand eine lange Minute lang auf und ließ das Telefon klingeln. Schließlich nahm er den Hörer in die Hand und ging ans Telefon.

"Ameer?" Nasrins Stimme klang quietschend und verspielt, und Ameer stellte sich sie als kleine, gebrechliche Frau vor, die ihre Tage als Sekretärin verbrachte.

"Ja." Er antwortete und versuchte, seine Aufregung niederzuhalten.

"Ich habe seit ein paar Tagen versucht, dich zu erreichen. Ich konnte dich nicht erreichen."

"Wirklich? Ich hatte keine Ahnung!"

„Ich freue mich, Ihnen mitteilen zu können, dass Sie an der Leeds University aufgenommen wurden. Sie haben uns alle Dokumente für dich gegeben. Du musst herkommen und sie abholen, sie ausfüllen und verschicken...", aber Ameer hörte nichts mehr. Seine Ohren waren verstopft, seine Augen geschlossen und helles Licht erfüllte sie. Schließlich hörte er eine Stimme hinter der Trübung, die seinen Kopf vernebelte: „Ameer? Bist du da?"

"Ja. Ich bin hier."

"Hast du gehört, was ich gesagt habe? Ich dachte, der Anruf wäre aufgelegt worden." "Ja. Ich habe gehört. Ich komme gerade rüber."

"Okay. Ich warte auf dich. Kommen Sie bitte nicht zu spät hierher."

"Ich bin auf dem Weg", sagte er und legte auf. Er nahm sein Fahrrad und fuhr so schnell er konnte zum Campus.

***

Das waren die Wintertage im Januar. Mitte Februar wird er in den Studentenwohnheimen der Leeds University in England leben. Alles war bereit für seine Abreise. Er erhielt die Genehmigung für sein Stipendium und kaufte ein One-Way-Ticket von Bagdad nach London. Er faltete seine Kleider in seinem Koffer, nahm den Brief seiner Mutter und war bereit zu gehen. Sein ganzes Leben schien in einen Koffer zu passen. Er hatte das Gefühl, dass seine Vergangenheit hinter ihm lag und im Irak nichts mehr für ihn übrig war. Keine Eltern, keine Schwestern, keine Brüder. Bis auf Ali vielleicht.

Ali. Plötzlich überflutete ihn das Gefühl, seinen Bruder zu vermissen. Was war jemals mit ihm passiert? Ameer erkannte, dass das Loch in seinem Herzen wirklich groß war. Er hat sich so weit von seiner geliebten Familie entfernt, seinen Brüdern und Schwestern, die geheiratet und Kinder bekommen haben. Kinder, die ihren Onkel nie treffen würden. Anstatt Zeit mit ihnen zu verbringen, lebte er sein Leben in schrecklicher Einsamkeit. Seine Brüder und Schwestern, die ihm halfen, Geld zu sparen, damit er fliegen konnte, um eine Ausbildung zu bekommen – er vermisste sie jetzt so sehr.

Es war Mittag und Ameer wollte gerade die lange Busfahrt zum Flughafen Bagdad unternehmen. Er nahm seine Habseligkeiten und sein Geld und verließ das Haus, ohne es abzuschließen. Er nahm den Bus in die Innenstadt und stieg am Bahnhof neben Khaleds Supermarkt aus. Er ging in den klimatisierten Laden und ging zwischen den Gängen auf der Suche nach seinem Bruder. Schließlich stieg er die Treppe geradewegs zu seinem Büro im zweiten Stock hinauf. Ali saß auf dem Stuhl des Managers und telefonierte. Ameer kam ohne anzuklopfen herein und setzte sich ihm über den Tisch. Ali war fassungslos und legte sofort auf. Er sah sehr reif aus. Sein Haar war weiß und dünn geworden, und ihm war ein kleiner Bauch gewachsen. Seine Wangen waren unrasiert, und er ähnelte Ameers Vater; wenn sein Gedächtnis ihm richtig diente. Ali lächelte und lehnte sich in seinem Stuhl zurück.

"Ameer!"

"Ali!"

"Du siehst gut aus. Ich bin so froh, dich zu sehen."

"Ich bin gekommen, um mich zu verabschieden. Ich musste. Es tut mir leid."

"Es ist in Ordnung. Ich bin froh, dass du gekommen bist. Warum verabschieden Sie sich?

Wohin gehst du?"

"Ich verlasse das Land. Ich beschloss, die Gelegenheit zu nutzen, die du und Mama mir gegeben habt, und in England zu studieren. Es ist Zeit, dass ich mein Leben in den Griff bekomme."

"Beabsichtigen Sie zurückzukommen?"

"Ich habe niemanden hier. Ich habe nichts, wofür ich zurückkommen müsste. Ich hoffe, du verstehst das."

"Wo warst du all die Jahre?"

"Glaub mir, Ali, es gibt nichts, was ich mehr will, als zu sitzen und dir alles zu erzählen. Aber wenn es bis jetzt nicht passiert ist, sollte es nicht passieren. Ich muss die Vergangenheit hinter mir lassen und weitermachen."

"Also, was machst du hier? Warum bist du gekommen, um dich zu verabschieden?"

„Wir sind Brüder, und ihr seid alles, was ich habe. Ich wollte dich wiedersehen, dir sagen, dass ich dich liebe, dass ich dich immer lieben werde und dass es mir leid tut, was ich dir und Mama angetan habe. Ich hoffe, du verzeihst mir, Ali."

"Es tut mir leid für alles, was passiert ist, aber ich bin es nicht... ich kann nicht..."

"Es ist okay., ich verstehe." Stille. "Was ist mit Mama?"

"Mama ist jetzt wirklich glücklich. Nach all den Jahren denke ich, dass sie es verdient hat."

"Und du?"

"Ich? Wie Sie sehen. Ich habe drei Kinder. Eine Frau..." Ali schnappte sich ein Bild aus dem Regal hinter dem Schreibtisch. Auf dem Bild war das Lächeln zweier Jungen und eines Mädchens mit Brille zu sehen. Ameer erstickte. Er konnte nicht glauben, dass es so viele Dinge gab, die er verpasst hatte.

"Sie sind reizend, Ali. Ich wünschte, ich könnte sie umarmen." Er stand von seinem Stuhl auf, und Ali stand auch auf. So standen sie ein paar lange Minuten schweigend da. Schließlich fragte Ali: "Ist das das letzte Mal, dass wir uns sehen?"

"Es scheint so", sagte Ameer. "Auf Wiedersehen, großer Bruder", sagte er und ging hinaus, ließ seinen Bruder stehen und starrte ihn an. Er ging die Treppe hinunter, ging aus dem Supermarkt und ging zum Busbahnhof. Nur wenige Minuten später hielt ein Subaru-Auto an der Station und Alis Kopf spähte aus dem offenen Fenster: „Ameer?!"

Ameer ging zum Auto.

"Komm. Steig ein. Ich bringe dich zum Flughafen." Ameer sah ihn verwundert an.

"Es ist in Bagdad." Sagte er. "Ich weiß. Es ist in Ordnung. Steig ein."

***

Die beiden Brüder fuhren gemeinsam in die Hauptstadt. Es war eine Fahrt, die Ameer nie vergessen würde. Als sie ankamen, stieg Ali auf den Bürgersteig und umarmte seinen kleinen Bruder lange. Dann legte er seine Visitenkarte in Ameer's Hand, stieg ins Auto und fuhr davon. Im Gegensatz zu Ameer wusste Ali, dass ein Tag kommen würde, an dem sie sich wiedersehen würden.

Als er fast 19 Jahre alt war, flog Ameer Baghdadi, Maihan Khareb, allein von Bagdad nach London und von London nach Leeds, um sein neues Leben zu beginnen – ein Leben, das sein Schicksal und den gesamten Nahen Osten verändern würde.

25.
2019

"Eagle Shipping" war ein schwedisches Unternehmen, das hauptsächlich Fähren auf der Strecke zwischen Stockholm und Turku in Finnland einsetzte. In den letzten fünf Jahren hatte das Unternehmen zwei Öltanker für den Import und Export von Öl in ganz Skandinavien gekauft. Der erste Tanker hieß „Abriella" und hatte eine Kapazität von 500.000 Tonnen. Ein Jahr später wurde ein weiterer Tanker gekauft, ein Zwillingstanker, der in der gleichen Werft gebaut wurde, mit dem gleichen Plan wie der erste. "Eagle Shipping" nannte das neue Schiff "Amorella". Aber es stellte sich bald heraus, dass Norwegens Ölproduktion die Notwendigkeit eines weiteren Öltankers nicht rechtfertigte, und es wurde für Öltransfers vom Persischen Golf hauptsächlich nach Rotterdam in den Niederlanden geleast. "Amorella" galt als glaubwürdiges Wasserfahrzeug, das die gleiche Route effizient befahren konnte. Es war 5:30 Uhr morgens, als Nabil Barhum es im Cyberspace lokalisierte: Das Schiff befand sich in den Vereinigten Emiraten, beladen mit expansiver Fracht. Yael sprang auf Barhum zu und befahl: „Rede! Wir haben keine Zeit!"

"Du hattest recht. Amorella ist ein Öltanker, der in

"Jebel Ali Port" gerade jetzt."

„Wo ist Jebel Ali?", fragte Eshel.

"Dubai", antwortete Ibrahim, während er sein Handy aus der Tasche zog.

„Wie lange dauert es, dorthin zu fahren?", fragte Eshel.

"Mindestens drei Stunden. Wir werden es nicht rechtzeitig schaffen ", sagte Nabil Barhum. Im Hintergrund schoss Ibrahim Anweisungen am Telefon ab: „…Alarmieren Sie die gesamte Hafenpolizei. Ich will mindestens zehn Polizeiautos, Feuerwehrautos und ein Team von Sappern. Wir müssen überprüfen, ob jemand versucht, das Schiff zu entführen oder in die Luft zu jagen. Aktualisiere mich so schnell wie möglich."

„Gibt es etwas, was wir tun können, um zu helfen?", fragte Yael. "Du kannst beten."

***

Fauzi Hazan saß in seinem kleinen, klimatisierten Zimmer. Das waren die letzten zehn Minuten seiner Nachtschicht. Hazan war Polizeibeamter, der drei Monate zuvor zur Hafenpolizei überstellt worden war, nachdem er seinen Kommandanten gebeten hatte, ihn nur in Teilzeit arbeiten zu lassen. Seine Frau, die gerade Zwillinge in einem Kaiserschnitt hatte, hatte starke Schmerzen, und einer der Jungen hatte einen Herzfehler, der das Paar völlig überlastete. Hazan, ein saudischer Einwanderer, teilte seine Zeit zwischen Schichten im Hafen und Schichten zu Hause auf.

Trotz allem war Fauzi Hazan glücklich. Er hatte einen festen Job und ein Haus in einer guten Nachbarschaft, seine Frau arbeitete als Sekretärin in einem Frauen-Fitnessstudio, und die beiden neuen Babys erfüllten ihn mit Freude und Stolz. Er begann, seine Tasche zu packen, um sich auf die Heimreise vorzubereiten: sein Handy und sein Ladegerät, das Buch, das er mitgebracht hatte, Kreuzworträtsel und Sudoku. Er öffnete den Vorhang und schaute nach draußen zum belebten Entladepier. Er sah das Auto des Mannes, der die nächste Schicht hatte, nicht, also erlaubte er sich, seinen Tabak herauszunehmen und Papier zu rollen und seine dritte Zigarette seit Beginn der Schicht zu rollen. Er leckte den Rand des gerollten Papiers und dachte daran, wie er sich später ins Badezimmer schleichen und sich die Zähne putzen würde, damit seine Frau es nicht riechen würde. Er öffnete die Tür und wollte gerade zum obersten Betonregal der Treppe gehen, als das Bürotelefon klingelte. Er überlegte einen Moment lang, ob er antworten sollte, aber dann erinnerte er sich daran, dass, egal was das Problem war, der Typ, der die nächste Schicht hatte, damit umgehen würde. Er steckte die Zigarette in die Tasche seines Hemdes und nahm das Telefon in die Hand.

Drei Minuten später rannte Fauzi Hazan mit all seiner Kraft als Leiter eines Teams von fünf Hafenpolizisten zum Schiff "Amorella", das am Pier vor Anker lag. Als sie hundertfünfzig Meter vom Schiff entfernt waren, ertönte ein Alarm im Wasserfahrzeug, und gleich danach begann die Hafensirene zu heulen, zusammen mit Polizeisirenen aus der Ferne. Das Handy in seiner Tasche begann zu vibrieren, und Hazan hatte Schwierigkeiten zu verstehen, was in all diesem Aufruhr vor sich ging, außer ein paar Worten über den Verlust der Kontrolle über das Lenksystem des Schiffes. In dem Moment, als er und sein Team an den Docks ankamen, wurden die schiffsseitigen Motoren eingeschaltet und das Schiff begann, sich vom Dock zu entfernen, ohne den Anker oder die Dockseile zu lösen. Nachhallende Geräusche von gebogenem Metall erfüllten die Luft, und direkt danach spritzte eine schwere Menge Meerwasser auf das Dock und spülte alles weg.

Polizeiautos und Feuerwehrautos kamen aus der Kurve und hielten auf dem Dock an. Polizisten und Feuerwehrleute standen hilflos da und starrten das Schiff an, das mit seinen Ankern rang und überall Meerwasser versprühte. Ein paar Besatzungsmitglieder erschienen auf der Brücke der Amorella und schrien aus tiefster Lunge. Hazan kontaktierte das „Amorella" -Team über das Funkgerät und bat um eine Erklärung. „Wir haben die Kontrolle über das gesamte Computersystem verloren – das Schiff ist außer Kontrolle geraten!", schrie jemand von der anderen Seite der Leitung.

Ein paar Kommandanten versammelten sich um Hazan, einer von ihnen nahm das Funkgerät: "Haben Sie eine mechanische Möglichkeit, die Kontrolle über das Schiff zurückzuerlangen? Kannst du den Kraftstofffluss stoppen und das elektrische System zum Absturz bringen?"

"Wir arbeiten daran, aber in der Zwischenzeit ist das Schiff außer Kontrolle und kann in das Dock oder ein anderes Schiff rennen. Wir können auch nicht davon abkommen, während es so tobt!"

„Wie viel Kraftstoff ist in den Gastanks?", fragte Hazan. "Die Gastanks sind voll und das Schiff ist mit Öl beladen." "Gibt es etwas, was wir tun können?" fragte der Kommandant.

„Normale Brandschutzübung. Beginnen Sie im Brandfall, die Docks mit Schaum zu überfluten. Evakuiere alle in der Gegend. Wenn du einen Hubschrauber landen kannst, um die Besatzung des Schiffes zu evakuieren, wäre das ein Segen."

"Du hast ihn gehört", befahl der Offizier. "Brandschutzübung. Du...", sagte er und zeigte auf Hazan, "nimm deine Bullen mit und versuche, die Kräne des Docks zu bewegen, damit sie nicht vom Schiff beschädigt werden, wenn es darauf trifft."

Plötzlich hörten sie eine riesige Explosion und das Geräusch von kreischendem Metall. Alle schauten auf und sahen, wie der gigantische Tanker in das Betondock krachte. Die Seitenwände bogen sich und es sah so aus, als würde das Schiff auseinanderfallen.

"Noch ein Schlag wie dieser, und er explodiert."

"Vielleicht können wir es an einem Lotsenboot und Schlepper befestigen, um es vom Dock wegzuziehen, bis es uns gelingt, die Motoren abzuschalten", sagte einer der Hafenpolizisten.

"Es ist zu gefährlich. Es kann überfahren und kleine Boote ertränken ", sagte einer der Piloten, die gerade angekommen waren, um zu sehen, was los war.

"Amorella" entfernte sich wieder vom Betondock, nur um eine weitere Runde zu absolvieren, die in einem zweiten Absturz enden würde. Seine Motoren zerrissen fast die schweren Stahlketten, die ihn am Dock verankerten. "Ich denke, wir können mein Pilotboot zwischen den Tanker und das Dock stellen. Es minimiert die Bewegungen des Tankers und hält ihn an einem festen Ort außerhalb des Betons. Versuchen Sie während dieser Zeit, den gesamten Strom von den Motoren zu trennen ", sagte ein anderer Pilot.

"Das ist eine gute Idee. Wie lange wirst du dafür brauchen?«, fragte der Szenenkommandant.

"Zwei Minuten. Ich schlage vor, wir warten auf den nächsten Dreh, den es braucht, und dann, wenn es sich wieder in Richtung Meer bewegt, werde ich mit dem Schlepper hineinfahren."

„Und wie kommst du vom Schlepper runter?", fragte Hazan.

"Ich brauche jemanden, der mit einem anderen Schlepper kommt und hinter mir bleibt. Zwei Männer. Einer wird lenken und der andere wird mir ein Seil zuwerfen. Ich werde zum Schlepper dahinter springen, und wir werden schnell davonkommen."

"Ich habe nur noch ein verfügbares Teammitglied", sagte ein anderer Pilot.

" Ich werde kommen", sagte Hazan und rannte zum Yachthafen.

***

Der Hafen war hektisch. Polizisten, Hafenarbeiter, Feuerwehrleute und Medienpersonal, die eindrangen, um über das Ereignis zu berichten. Der gigantische Tanker bewegte sich wild im geschlossenen Hafen und stürzte immer wieder auf die Docks. Sehenswürdigkeiten wie diese wurden noch nie zuvor im Hafen von Dubai gesehen, und viele fühlten sich angesichts der sich entfaltenden Katastrophe hilflos. Die Polizisten versuchten, die neugierige Menge ohne großen Erfolg zu evakuieren. Schließlich gaben sie wie ihre Altersgenossen auf, standen auf und starrten Hazan und die beiden Piloten an, die auf die Schlepper sprangen und schnell auf den wilden Tanker zusteuerten.

Das erste Boot stand auf und wartete darauf, dass der Tanker eine volle Runde zurücklegte und in das Dock stürzte. Das zweite Boot wartete hinten. Hazan band sich an das Heck des Bootes, und der Pilot versuchte, es in den hohen Wellen zu kontrollieren, die die Motoren der 'Amorella' geschaffen hatten. Ein paar Sekunden später erkannte der erste Pilot eine Gelegenheit und schaltete die Motoren mit voller Kraft ein. Der Schlepper wurde entlang des Tankers in den Raum zwischen ihm und dem Dock geschoben. Dann drehte er seinen Bogen in Richtung des Tankers und widerstand mit aller Kraft den Seitenmotoren des Tankers, um ihn an einem festen Ort zu halten. Die schweren Ketten, die den Tanker am Dock verankerten, wurden enger, und für einen Moment blieb der Tanker ruhig und blieb stehen. Seine Motoren verursachten weiterhin Wellen im Meer, die den Schlepper erschütterten. Der Pilot im Schlepper rannte auf das Heck des Bootes zu. Der zweite Schlepper begann sich schnell auf den ersten Schlepper zuzubewegen. Hazan hielt sich kräftig am Stahlgeländer im Heck des Schleppers fest und zog das Seil in der Hand. Als sie nur wenige Meter entfernt waren, warf er das Seil in Richtung des anderen Schleppers. Der Pilot konnte das Seil, das ein paar Meter von ihm entfernt gelandet war, nicht fangen. Er lag auf dem Boden des Schaukelschleppers und kroch auf das Seil zu, bis er es ergreifen konnte. Er steckte ihn in seinen Rettungsring, umkreiste ihn zweimal um seinen Körper und band ihn fest.

Er gab Hazan ein Signal, fortzufahren, stand auf und versuchte, auf Hazans Schlepper zu springen. Aber dann zerriss die Stahlkette, die den Bug des Tankers am Dock verankerte. Sein Heck drehte sich sofort um, und er bewegte sich schnell auf den Schlepper zu, der zwischen ihm und dem Dock gefangen war, und stürzte in ihn. Der Pilot schaffte es, aus dem Schlepper zu springen, aber wegen der Entfernung landete er im stürmischen Wasser und verschwand in den Wellen. Hazan, der es sah, behielt seine Ruhe und begann so hart wie möglich am Seil zu ziehen. Die starken Wellen und Strömungen im Meer machten es sehr schwierig, und es dauerte viele Minuten, bis er den Kopf des Piloten wieder über dem Wasser sah. Hazan blieb nicht stehen. Er zog und zog, während er den anderen Piloten anschrie, schnell umzukehren, damit sie den Ertrinkenden retten konnten.

Der Schlepper begann umzukehren, und im Bruchteil einer Sekunde verlor Hazan den Halt am Geländer und fiel ins Wasser. Er hielt sich an dem Seil fest, das am Bug des Schleppers befestigt war, und wurde schnell im Wasser mitgerissen. Er hatte das Gefühl, dass sein Körper in Stücke gerissen wurde, aber er gab nicht auf. Er konnte das Aussehen seiner Frau und seiner Zwillinge sehen, und er wusste, dass er kämpfen musste. Er schloss die Augen und begann zu beten, aber dann hörte er ein mächtiges Kreischen. Er schaute über sich und sah, wie der gigantische Körper der Amorella in Fetzen gerissen wurde und Hunderte Tonnen Öl ausliefen und das Hafenwasser schwarz färbten. Das Öl umgab seinen Körper, blockierte seine Atemwege und stach ihm in die Augen. Er konnte nichts sehen, er versuchte, mit beiden Händen am Seil festzuhalten, spürte aber, wie sein Griff schwächer wurde und er seine Kraft verlor. Er schlang seine Hände um das Seil, falls er das Bewusstsein verlor, und sank dann in den schwarzen Fleck, der seinen Kopf umhüllt hatte.

26.

Die Fotos vom Hafen waren unglaublich. Millionen Gallonen Rohöl bedeckten das Hafenwasser und hatten sich mit Hilfe der Meeresströmungen auf den Weg zum Persischen Golf gemacht. Die Ausbreitung des Ölflecks war unaufhaltsam. Während Öl auslief, arbeiteten die Motoren des Tankers immer noch mit voller Kraft, und das Schiff selbst stürzte immer wieder in die kaputten Docks, was immer mehr Schaden verursachte. Ein Hubschrauber, der über dem Tanker flog, schaffte es, vier seiner Besatzung zu retten. Ein weiterer Hubschrauber war bei einer Rettungsmission noch in der Luft, während Schlepper und Polizeiboote auf der Suche nach Überlebenden im stinkenden Wasser patrouillierten. Aber das Öl war so dick und trüb, dass es unmöglich war, etwas im Wasser zu sehen.

Yael, Eshel, Barhum und Ibrahim saßen und starrten auf den Computerbildschirm in der Wohnung in Al-Ain und konnten nicht glauben, was sie sahen. Die Berichterstattung wurde bereits in den sozialen Medien der „Sand-Armee" gestreamt, die die Verantwortung für die Ereignisse in Jebel Ali übernahm. Es gab bereits viele Kommentare, aber keiner von ihnen verurteilte die Sandarmee. Der Krieg gegen die Ölmagnaten des Emirats, die Teil der alten und gewalttätigen Ordnung des Nahen Ostens waren, erschien den Kommentatoren gerechtfertigt. Sie alle unterstützten die Bewegungen der Assyrer, auch nachdem der Schaden ziemlich klar war. Die Bedrohung wurde im Laufe der Minuten realer. Die Trendlinie des Unternehmens eskalierte. Es ließ jeden, der in der Wohnung saß, erkennen, dass es zu einer globalen Katastrophe führen würde, wenn sie nicht bald gestoppt würden.

Der erste, der wieder klar dachte, war Ibrahim: „Wir müssen einen Weg finden, ihm zuvorzukommen. Wir haben eine Liste von Bedrohungen, die er wahrscheinlich nicht ändern wird, nur weil er weiß, dass wir in seiner Wohnung sind. Ich nehme an, er rechnet damit, dass wir seine Codes nicht knacken können. Wir müssen ihn mit den von ihm geplanten Schritten fortfahren lassen und ihn von nun an in zwei oder drei Angriffen erwischen, sobald wir seine Muster herausgefunden und die Codes geknackt haben."

"Meinst du, wir sollten nicht versuchen, die nächsten zwei oder drei Angriffe zu stoppen und uns stattdessen auf den vierten Angriff und die folgenden bis zum" Tag des Jüngsten Gerichts "konzentrieren?", fragte Yael.

"Von wie vielen Angriffen sprechen wir?" Barhum suchte wieder nach Dingen am Computer.

"Zwölf Angriffe, von dem, was an den Wänden steht." Sagte Yael.

Alle wurden still und sahen Ibrahim an. Er sah sich einen Moment um und sagte: „Der Assyrer will, dass wir ihn jagen. Er weiß, wenn wir uns auf den nächsten Angriff oder den darauffolgenden konzentrieren, werden wir ihn immer knacken, wenn es zu spät ist. Also ja. Wir müssen uns entscheiden, worauf wir uns konzentrieren wollen und dabei bleiben. Und sowieso ist das Wichtigste im Moment, so viele Informationen wie möglich über 'The Judgment Day' abzurufen."

"Ich stimme zu", sagte Eshel. "Ich schlage vor, dass Yael und ich uns auf" The Judgment Day "konzentrieren und du mit den anderen Angriffen fortfährst."

"Gut", sagte Ibrahim. Er saß bei Barhum und bat ihn, potenzielle Sand-Armee-Soldaten in den sozialen Medien zu identifizieren, Personen, die mit den Namen aus den Listen an den Wänden übereinstimmen. Barhum begann sofort daran zu arbeiten.

Yael und Itay begannen, durch die Stapel von Seiten und Karten zu schauen, die in den Räumen verstreut waren. Sie versuchte, Hinweise zu finden, aber die Datenmenge war endlos und in Arabisch, Persisch und Latein geschrieben. Obwohl sie alle diese Sprachen sprach, hatte sie nicht die richtige Fähigkeit, die in den Schriften verborgenen Nuancen zu verstehen. Sie hielt inne und versuchte, einen Weg zu finden, alle Informationen zu sortieren. Sie dachte darüber nach, die Seiten mit viel Text von denen mit Codezeilen und Karten zu trennen, aber sie ging wieder verloren. Dann begann sie, das Material nach Angriffszielbereichen zu sortieren. Länder, Landkreise, Städte. Sie verband sich zwischen Codenamen und Koordinaten und suchte nach Namenskürzeln von Flughäfen und Häfen. Diese Sortiermethode half ihr, zwei Standorte im Iran zu finden. Sie gab die Informationen an Ibrahim weiter, der sich nicht so sehr dafür zu interessieren schien. Die Beziehung zwischen diesen beiden Ländern, den Emiraten und dem Iran, beeinflusste die Priorität, die sie erhielt, selbst für einen gesetzestreuen Mann wie Ibrahim.

Barhum hingegen gelang es, die Namen zweier Soldaten zu identifizieren, die neben den Zielzielen in den Operationsbefehlen geschrieben wurden. Beide Namen gehörten der ethnischen Minderheit der Belutschen im Süden des Iran. Einer der Angriffe sollte in Syrien stattfinden, der andere an einem der beiden Orte, die Yael im Iran identifiziert hatte. Ibrahim schickte sie zu seinem

Kommandanten, damit er entscheiden konnte, was er mit den Informationen tun sollte.

Drei weitere Stunden vergingen, und Yaels Augen wurden schwer. Sie hatte über 28 Stunden nicht geschlafen, und der Stress forderte einen Tribut von ihr. Sie beschloss, bis Mitternacht zu arbeiten und dann ins für sie gebuchte Hotel zu gehen, zu duschen und zu schlafen. Und dann, als ob sie in einem Traum wäre, verschloss sich ihr Blick auf eines der vielen Dokumente, die drei Wörter auf Hebräisch hatten. Drei Wörter, die auf die gleiche Weise geschrieben wurden wie der Rest der Operationsbefehle, die sie bisher identifiziert haben. (Regev hol yafe`) 'Hübscher Sandschollen: Der Assyrer'. Yael sprang auf und rannte zu den Karten. Sie sah etwas, das sie an diese drei Worte auf dem Whiteboard erinnerte, direkt neben den Worten: "Der Tag des Gerichts". Sie konnte es zunächst nicht verstehen, da im Arabischen die Buchstaben V und G unterschiedlich ausgesprochen werden. Das Wort Sand wurde auch auf Arabisch anders geschrieben, und das Wort "hübsch" wurde "Fretty" geschrieben. Der Code, den sie auf den Whiteboards sah, sah aus wie ein Bündel von Buchstaben, die zufällig ohne Bedeutung zusammengestellt wurden, aber in hebräischen Buchstaben hatten sie schließlich eine klare Bedeutung. "Hübscher Sandklumpen" – war der Codename für den Angriff am Jüngsten Tag, und daneben stand der Name des Assyrers. Yael scrollte durch die langen Listen und suchte nach der zufälligen arabischen Buchstabenkombination, die aus drei hebräischen Wörtern bestand. Sie fand das Wort nach einem Datum, dem Fälligkeitsdatum.

"Ich habe den Codenamen für 'The Judgment Day' gefunden", schrie sie. Alle drehten ihre Köpfe zu ihr. "Es ist auf Hebräisch, er wird den Angriff selbst durchführen, und es ist in drei Tagen."

„Weißt du, wo der Angriff stattfinden wird?", fragte Ibrahim.

"Ich denke, da der Code auf Hebräisch ist, ist es ziemlich klar, was das Ziel ist", sagte Eshel.

"Ich stimme zu. Nabil, ich brauche deine Hilfe. Erzählen Sie mir alles, was Sie über den Assyrer wissen, über "Den Tag des Gerichts" und "hübsche Sandklumpen". Was meint er damit?" Sie sah ihm in die Augen. Sie fühlte sich nicht mehr müde und Blut begann durch ihre Adern zu pumpen.

"Ich weiß nicht, ich habe diese Worte noch nie gehört", sagte Barhum, aber bevor er es schaffte, sich wieder dem Computer zuzuwenden, stürzte Ibrahims Hand auf ihn zu und gab ihm so eine kräftige Ohrfeige, dass er fast von seinem Stuhl fiel.

"Ich habe dich satt, hörst du mich?! Du sitzt seit zehn Stunden hier, gerade vor einem Computer, und du hast nichts gefunden, noch hast du uns geholfen, mit unseren Ermittlungen voranzukommen. Ich denke, du bist hier, um uns auszuspionieren und ihm Bericht zu erstatten, wenn wir auf etwas stoßen. Du fängst besser an zu reden. Wenn du in der nächsten halben Stunde nicht anfängst, Antworten zu geben, werde ich dich für den Rest deines Lebens in einem Kerker mitten in der Wüste begraben. Und glauben Sie mir, Sie würden wollen, dass Ihr Leben sehr kurz ist, nachdem Sie dort drin waren."

"Ibrahim", sagte Yael. "Das ist nicht der Weg." Aber Ibrahim schenkte ihr keine Aufmerksamkeit; er stieß Barhum zu Boden und trat ihm ins Gesicht. Barhum lag auf dem Boden und hielt seine Nase, die zu bluten begann. Er sagte nichts, als Ibrahim ihn an seinem Hemd packte und ihn wieder auf den Stuhl warf. „Fang an zu arbeiten. Du hast 29 Minuten."

"Ich habe keine Möglichkeit, ihn zu finden. Alles ist codiert ", sagte Barhum in Notwehr.

"Warum bist du dann hierher gekommen? Hassan! Komm, nimm diesen Drecksack weg und fessle ihn mit Handschellen. Er wird in Dubai verhaftet werden." Eshels Handy klingelte. Es war Aharon Shaked.

"Gibt es etwas Neues?", fragte er. "Wir haben alle Häfen in Alarmbereitschaft versetzt."

„Yael hat den Codenamen für ‚ Tag des Jüngsten Gerichts 'gefunden. Es ist auf Hebräisch, also gehen wir davon aus, dass es in Israel sein wird ", antwortete Eshel.

„Wie lautet der Codename?", fragte Shaked.

„'Pretty Sand Clod' / Regev Hol Yafe`. Der Assyrer schrieb seinen Namen für diesen Angriff."

Yael nahm Eshels Telefon aus den Händen. „Ich schlage vor, Sie aktivieren alle Systeme in Israel und versuchen, etwas zu finden. Alles, was den Worten Assyrisch oder Sandschollen ähnelt, ist eine doppelte Überprüfung wert. Welchen Sandklumpen meint er? Haben wir Sicherheitseinrichtungen neben den Dünen?", fragte sie.

"Es gibt nukleare Einrichtungen im Negev. Es befindet sich am Rande des kleinen Kraters, wie Sie wissen. Die Klippen sind aus Sandstein und der kleine Krater ist voller bunter Sand. Vielleicht meinte er das mit "hübschem Sand"?" , sagte Eshel.

"Sehr gut", antwortete Shaked. "Ich werde die Alarmstufe im Negev-

Kernforschungszentrum erhöhen. Wenn radioaktive Stoffe austreten, kann dies ganze Gebiete gefährden und viele Todesfälle verursachen."

"Ich bin mir nicht sicher, ob er das gemeint hat", sagte Yael. "Dieser Typ verursacht vielleicht viel Schaden, aber er versucht zu vermeiden, Menschen zu verletzen. Ich bezweifle, dass nukleares Leck sein Ziel ist."

"Wir können im Moment kein Risiko eingehen", sagte Shaked. "Aber wir werden auch alle anderen Fronten überprüfen. Aktualisiere mich, wenn du weitere Dinge findest." Das Gespräch legte auf, als Ibrahim wieder sprach:

"Sechsundzwanzig Minuten sind alles, was du noch hast. Hast du etwas von einem Atomreaktorangriff gehört?"

"Nein."

Ein weiterer Schlag landete auf Barhums roter Wange. "Du lügst. Fünfundzwanzig Minuten."

"Ich bin ein einfacher Soldat in der irakischen Armee, in der Rechenabteilung, meiner Einheit, 5100..." Pow! Ein weiterer Schlag brach Barhum fast die Zähne.

„Warum hast du Informationen über Yael gesammelt?", fragte Eshel. Er ging zu Barhum und packte sein Kinn kräftig. Yael drehte den Kopf.

"Das ist der Befehl, den ich von ihm bekommen habe." Pow. Noch eine Ohrfeige. „Was ist 'hübscher Sandklumpen'?", fragte Ibrahim.

"Ich habe keinen Ausweis..." Barhum beendete seinen Satz nicht, als Ibrahim ihn schlug und dann immer wieder. "Du hast eine Minute, bevor ich dich den ganzen Weg ins Gefängnis trete", schrie er Barhum ins Ohr.

"Gut", flüsterte Barhum, der benommen und blutend auf dem Boden lag. Eshel unterstützte ihn und stellte ihn wieder auf die Beine. Barhum ging zu seinem Computerstand, setzte sich auf den Stuhl und begann zu tippen. "Ich denke, wir müssen uns seine Beiträge in Telegram ansehen. So schickte er mir seine Befehle, ohne dass es jemand bemerkte." Er ging auf die Telegrammseite der Sandarmee und begann zu scrollen.

"Fünfzehn Minuten", sagte Ibrahim zu ihm.

"Das ist nicht nötig", flüsterte Barhum. "Ich denke, ich habe es verstanden."

In diesem Moment wurde der gesamte Strom in der Wohnung abgeschaltet und alle Lichter gingen aus. Das Hauptquartier, das bis jetzt wie ein Vergnügungspark voller glitzernder Lichter und heller

Bildschirme aussah, war jetzt dunkel, bis auf eine Stoppuhr, die mit Batterien betrieben wurde. Drei Minuten zeigten sich auf der Uhr und begannen zu zählen. Jemand schrie: „Alle raus! Es wird explodieren." In einem Moment gingen alle in der Wohnung aus. Sie rannten die Treppe hinunter, um Luft zu holen, und evakuierten das Gebäude. Die Wüstenhitze traf sie wieder. Ibrahim holte sein Handy heraus und rief die Bombenentschärfung an. Barhum, der ganz zusammengeschlagen war, setzte sich an die Räder des Panzerwagens, lehnte den Kopf zurück und schloss die Augen. Alle standen herum, schauten zur Wohnung auf und warteten auf eine Explosion, die die einzige Verbindung, die sie mit dem Assyrer hatten, auslöschen würde.

27.
2005

Ameer Baghdadi wusste nichts darüber, was am 10. April 2003 in der Stadt Mossul geschehen war. Einen Monat zuvor, am 20. März 2003, hatte die amerikanische Invasion im Irak begonnen. Die Invasion wurde "Der zweite Golfkrieg" genannt. In den acht Kriegsjahren, die 2011 endeten, wurden über 100.000 Iraker getötet, darunter seine Schwester, sein Schwager und ihre beiden Kinder, die bei einem Terroranschlag in Kirkuk ermordet wurden. Lamis und Khaled verließen Kirkuk zwei Wochen nach Beginn der amerikanischen Invasion und flohen nach Norden nach Mosul, der nächstgelegenen Stadt an der türkischen Grenze, die sich außerhalb des Kriegsgebiets befand. Niemand hätte gedacht, dass die in der Türkei ansässigen Amerikaner einen Zangenangriff von beiden Seiten begehen und Mosul aus der Luft bombardieren würden, was schweren Schaden anrichten und viele seiner Bürger töten würde.

Gefangen zwischen Saddams Armee und den Armeen der Koalition. Lamis und Khaled mussten sich in seinem Familienhaus in der Nachbarschaft von Domiz, im südlichen Teil der Stadt, verstecken. Sie saßen im Wohnzimmer des abgedunkelten Hauses, so weit sie konnten, von den Außenwänden des Gebäudes entfernt. Das Geräusch der Sirenen war überall zu hören und verschwand, als der Strom abgeschaltet wurde. Das Echo von Bomben klang kilometerweit, und sie kamen ihnen immer näher. Kampfflugzeuge kreisten am Himmel. Lamis lag, Khaled umarmend, in einem Haufen Decken, die er unter einen massiven Holztisch gelegt hatte. Der Tisch und die Decken waren ihr Bunker, und obwohl sie ein wenig zitterte, fühlte sich Lamis sicher. Eine wandernde Bombe, die von einem amerikanischen Kampfflugzeug abgefeuert wurde, landete auf dem Dach von Khaleds Familienhaus, ging durch die Decke und explodierte in der Mitte des Hauses. Das Gebäude stürzte auf seine Bewohner ein und wurde sofort ausgelöscht. Viele lange Stunden blieben Lamis und Khaled unter dem Tisch umarmt, der die Betonruinen auf seinen Holzbeinen hielt. Der Tisch sank langsam unter das Gewicht des Betons und drückte auf die dünnen Körper des Paares. Khaled sank zu Tode, sein Atem schwand, bis er schließlich aufhörte zu keuchen. Lamis betete zu Gott. Sie schrie so laut sie konnte, damit vielleicht Retter kommen und sie retten konnten. Aber niemand kam. Zwei volle Tage lang kämpfte sie mit dem Atmen, als der Beton sie zurück auf Khaleds

Leiche drückte. Am Ende des zweiten Tages hörte sie die Stimmen der Retter. Sie versuchte, ihre Hände zu bewegen und etwas Lärm zu machen. Sie versuchte verzweifelt, etwas Luft zu bekommen, damit sie schreien konnte, aber sie hatte nicht genug Kraft in sich, und nur ein schwaches, hohles Stöhnen kam aus ihrem Mund. Die Retter gingen so schnell sie ankamen, und Lamis blieb gefangen.

Schließlich erkannte sie, dass dies das Ende war und versank in einen Schlaf, aus dem sie nie wieder erwachte. Erst im Mai, als der Gestank des Todes des Paares in die Luft stieg und sich mit dem Gestank vieler anderer Verstorbener vermischte, wurde Lamis Baghdadis Leiche gefunden und ihre Familie benachrichtigt. Ali, der rational und realistisch war, erzählte es nie seinem jüngeren Bruder, der zu dieser Zeit in Leeds lebte. Er wusste, wenn er ihm vom Tod seiner Mutter erzählte, würde Ameer in den Irak zurückkehren und sein Leben für nichts riskieren. Aus diesem Grund wusste Ameer bis zum Ende des Krieges nichts über den Tod seiner Mutter. Es war 2007, als Ali Ameer erzählte, was mit Lamis, Khaled und der Familie seiner Schwester passiert war. Ameer wollte ihm Flugtickets nach England schicken und alle in der Familie zurückgelassenen retten, aber Ali weigerte sich, es zu hören und legte auf. Ameer kehrte nicht in den Irak zurück, nicht in diesem Jahr, obwohl Saddam im Dezember gefangen genommen wurde, und er kehrte auch nicht in den nächsten fünf Jahren zurück.

Im Jahr 2005, als der Irak noch unter Blutvergießen litt, schloss Ameer Baghdadi seinen Bachelor-Abschluss in Informatik und Mathematik an der Universität Leeds ab und bewarb sich um einen Master-Abschluss, der zwei zusätzliche Hauptfächer in Philosophie und Politikwissenschaft hinzufügte. Er war der einzige in seiner Klasse, der den Abschluss in zwei Jahren mit der höchsten Auszeichnung abschloss, und der einzige, der ein Vollstipendium erhielt und seinen Wohnsitz, seine Schule und seine Beschäftigung subventionierte. Er begann als Tutor an der Universität zu arbeiten und gab Mathematikkurse für junge Studenten sowie Mathematik- und Physikunterricht für Gymnasiasten. Zu Beginn seines Masterstudiums war er bereits als Programmierer in einer großen Computerfirma in London beschäftigt, machte ein gutes Gehalt und lebte ein luxuriöses, fortschrittliches Leben. Seine ganze Zukunft lag vor ihm, ein Ozean von Möglichkeiten. Wohin er auch ging und wohin er sich auch wandte, er wurde mit offenen Armen aufgenommen. Er hatte sich über die Geschehnisse in seiner Heimat auf dem Laufenden gehalten, die er seit vielen Jahren nicht mehr gesehen hatte. Die Zeugenaussagen aus dem Irak waren wenig bis gar keine. Selbst als er Ali anrief, konnte er nicht viele Informationen erhalten. Ameer hatte viele Male angeboten, Alis Familie, die Kinder, zu retten, zumindest bis sich die

Dinge beruhigt hätten. Er bat darum, mit Lamis zu sprechen, aber Ali wich seiner Bitte aus und sagte ihm, er müsse sich nur um die Schule kümmern.

Aber Ameer Baghdadis Seele war unruhig. Schließlich, im Jahr 2006, als er Herausgeber der Studentenzeitung der Universität geworden war, fügte er einen Abschnitt hinzu, den er selbst geschrieben hatte, über die blutigen Kämpfe auf der ganzen Welt und den Irakkrieg im Besonderen. Obwohl seine Freunde ihn baten, nicht mehr darüber zu schreiben, da sie glaubten, dass niemand die Geduld hatte, über die schrecklichen Dinge im Nahen Osten zu lesen, fuhr Ameer fort, die Ereignisse auf der anderen Seite des Meeres zu veröffentlichen. Er hatte das Gefühl, er schuldete es sich selbst, als Abrechnung, als Lippenbekenntnis, weil er diese Welt verlassen und ein luxuriöses Leben in England geführt hatte. Er studierte Geopolitik und spezialisierte sich auf den Nahen Osten. Er versuchte erneut, seine Familie zu kontaktieren, aber Ali, der sein einziger Verbindungsfaden zu ihnen war, überzeugte ihn, dass Lamis und seine Schwester nicht mit ihm sprechen wollten, aber es ging ihnen gut.

Anfang Dezember 2006 fuhr Yasmin, Ameers ältere Schwester, mit ihrem Mann und zwei Kindern zu Ali und seiner Familie. Ali, der nach Khaleds Tod Manager des Supermarkts wurde, hatte eine große Villa in den Vororten von Kirkuk. Obwohl die Zeiten im Irak hart waren, ging es Ali ziemlich gut und er hatte einen ruhigen, sorgenfreien Lebensstil. An der Hauptstraße zwischen dem Arafa-Viertel, in dem Alis Familie lebt, und dem Musalla-Viertel, in dem Yasmine lebte, wurden sie von einer terroristischen Organisation überfallen. Yasmins Kinder wurden vor ihren Augen erschossen. Sie und ihr Mann wurden an den Straßenrand gebracht. Ihre Gesichter waren mit schwarzen Säcken bedeckt, und sie wurden von einem Krummsäbel enthauptet. Die Veranstaltung wurde gefilmt und auf YouTube hochgeladen, wo sie weniger als einen Monat vor Saddams Erhängen weltweit große Aufmerksamkeit erregte. Yasmins Tod bekam so viel PR wie Saddam Husseins Tod, der Führer, der ihre Nation und Familie so viele Jahre lang gefoltert hat.

Ali wusste, dass es eine große Chance gab, dass Ameer den Tod seiner Schwester im Internet sehen würde, also rief er ihn schließlich im Januar 2007 an. Unter Tränen, gebrochen und voller Verzweiflung erzählte er seinem jüngeren Bruder, dass von ihrer Familie nur noch die drei übrig blieben: Ali, Ameer und Amani, ihre jüngere Schwester. Amani floh mit ihrer Familie nach Dubai, als Ameer nach Leeds abreiste, und Ali wurde im Irak allein gelassen. Nach langem Schweigen bot Ameer seinem Bruder zum hundertsten Mal an, nach England zu kommen. Sie hatten nichts mehr im Irak, nur noch Gräber. Ali wusste, dass Ameer Recht hatte und versprach, einmal darüber nachzudenken. Am selben Abend ging er zu seiner Bank und leerte sein Konto.

Er eröffnete ein internationales Bankkonto, kaufte Devisen und übertrug sein gesamtes Geld auf das neue Konto. Dann kaufte er seiner Frau ein teures neues Kleid und goldenen Schmuck, und dann ging er zu seiner Familie, um zu verkünden, dass sie nach Europa ziehen würden, in jedes Land, das sie akzeptieren würde. Zwei Tage später landeten sie in London und zogen in ein muslimisches Viertel im Süden der Stadt.

Aber die Engländer waren nicht allzu begeistert von ihrer Ankunft. Ali und Ameer, die zwischen verschiedenen Regierungsstellen rannten, um ein Visum für Ali zu bekommen, scheiterten immer wieder. Sie schickten Anträge an die Europäische Union, in denen sie darum baten, als Flüchtlinge aufgenommen zu werden, aber es gelang ihnen auch nicht, dies zu erreichen. Drei Monate nach ihrer Landung in London machte sich die Familie auf den Weg zurück in den Nahen Osten, diesmal nach Katar. Ali fand einen Job in Katar als Verkäufer in einem Lebensmittelgeschäft. Er hat sich sehr schnell in eine neue Lebensroutine eingelebt und seine Vergangenheit hinter sich gelassen. Es vergingen viele Jahre, bis er seinen jüngeren Bruder wiedersah.

28.
2019

Sie warteten fast eine halbe Stunde auf dem Parkplatz, aber es gab keine Explosion. Als sie in die Wohnung zurückkehrten, stellten sie fest, dass ein Zerstörungsmechanismus aktiviert wurde und dass alle auf den Computern gespeicherten Informationen nun verschwunden waren. Sie waren erschöpft. Yael fühlte sich abgenutzt und erschöpft. Sie brauchte ein paar Stunden guten Schlaf und eine warme Mahlzeit, die nicht aus Kaffee und Süßigkeiten bestand.

"Ich werde schlafen. Ich kann so nicht mehr funktionieren ", sagte sie zu Eshel. "Kannst du mich zum Hotel bringen oder wohin du uns für die Nacht einladen wolltest?", fragte sie Ibrahim. "Natürlich", antwortete er. Er wandte sich an seinen Assistenten Ismail: "Sie haben zwei Zimmer in 'Al-Masa' gebucht. Bring sie in mein Polizeiauto. Ich komme in einer Stunde zum Abendessen und wir werden die Ermittlungen morgen früh fortsetzen." "Gut, danke." Sagte Eshel. Sie stiegen ins Auto und fuhren 15 Minuten zum Hoteleingang, der sich in der Geschäftsstraße von Al-Ain neben der omanischen Enklave Al-Buraimi befand. Der Grenzzaun war von Yaels Hotelfenster aus deutlich zu sehen. Auf der anderen Straßenseite konnte sie die Gebäude der Universität und die Al-Baladiyah-Straße sehen, die in einem Park im europäischen Stil endete. Hinter dem Park befand sich eine der beeindruckendsten Moscheen der Welt; die große Moschee von Scheich Khalifa bin Zayed, die eine weiße Kuppel mit gigantischen goldenen Buchstaben, vier Türmen und einen riesigen Hof in einer wunderschönen weißen Farbe zur Schau stellte. Die Thirteen Street, die an die heilige Stätte grenzte, war voll von Touristen und Einheimischen, die in den Restaurants aßen und tranken und mit den Straßenhändlern handelten, die die Bürgersteige füllten. Al-Ain war eine lebendige Stadt, und ihre Kraft wurde durch den Wüstensand gesehen, der sie seit Ewigkeiten zu ertränken drohte.

Das Hotelzimmer war klein, aber luxuriös. Yael schloss die Vorhänge, legte ihre Tasche auf das Bett und holte ihre Abendkleidung, Toilettenartikel und Unterwäsche heraus. Sie zog sich schnell aus, ging ins Badezimmer und füllte die Wanne mit heißem, entspannendem Wasser. Sie nahm etwas Seife und Shampoo und tauchte von Kopf bis Fuß luxuriös ein.

Das heiße Wasser ließ den Schmerz in ihren Muskeln langsam schmelzen, und sie gab sich dem Suchtgefühl hin. Sie nahm ihren Kopf aus dem Wasser und ließ die feuchte Luft ihre Lungen füllen. Sie lag in der Wanne, bis das Wasser kalt wurde. Sie ging hinaus, leerte die Wanne und rieb Körpercreme und Gesichtscreme, um ihre Haut vor den Wüstenschäden zu schützen, die sich bereits auf ihrem Gesicht zeigten. Sie zog sich leichte, bequeme Kleidung an, schloss die Tür ab und ging ins Esszimmer. Sie schnappte sich einen Platz an einem der Tische und ging zum Buffet, um ihre beiden Teller mit leckerem Essen zu füllen. Es gab eine Vielzahl von Salaten, Brot, Käse, Würstchen, Früchten und allerlei Süßigkeiten. Sie goss sich frisch gepressten Orangensaft ein und setzte sich an ihren Tisch. Als sie mit dem Essen fertig war, schlossen sich Itay und Ibrahim ihr an und sahen frisch und sauber aus. Sie machten das gleiche Buffet und setzten sich zu ihr. Das Gespräch ging schnell zu beruflichen Angelegenheiten über, und Yael begann wieder beunruhigende Gedanken zu haben.

»Wo ist Barhum?«, fragte sie.

"Er ist auf der Polizeistation 'Hili' verhaftet, nicht weit von der Wohnung des Assyrers entfernt", antwortete Ibrahim.

"Wie gehen wir von hier aus weiter? Alle Computer wurden zerstört. Ich nehme an, wir haben keine Backups gemacht ", sagte Eshel.

"Niemand dachte, es gäbe einen Auslöser, der alle Informationen auf einmal zerstören würde. Es stellt sich heraus, dass er klüger ist, als wir dachten ", antwortete Ibrahim.

„Er ist uns einen Schritt voraus, das ist klar. Aber etwas veranlasste ihn, den Strom zu einem bestimmten Zeitpunkt abzuschalten, als Barhum ankündigte, dass er den Hinweis für die Operation "Tag des Jüngsten Gerichts" gefunden hatte ", fügte Yael hinzu. "Das heißt, wir können eines von drei Dingen erraten. Entweder hat es Telegram ausgelöst, oder Barhum war derjenige, der den Auslöser aktiviert hat, oder der Assyrer war bei uns in der Wohnung, und sobald er das Gefühl hatte, dass wir seinen Plan riskierten, unterbrach er den Strom."

„Glaubst du, einer der Leute in der Wohnung heute war der Assyrer?", fragte Ibrahim.

"Ich denke, es besteht eine sehr gute Chance, dass dies der Fall ist.» Könnte es Barhum sein? «, fragte Eshel.

"Ich bezweifle es, aber ja – es ist definitiv eine Möglichkeit", sagte Yael, während sie eine Kugel Schafsmilchjoghurt nahm.

"Warum zweifelst du daran?" Fragte Eshel.

"Weil er sich wie ein Soldat verhält und nicht wie ein Kommandant. Er macht Fotos von mir in seiner Kamera und versteckt sie ungeschickt, und er wurde von den Überwachungskameras erfasst. Er ist bereit, eine Tracht Prügel zu nehmen. Diese Art von Verhalten definiert einen Soldaten, der seinem Kommandanten glaubt und tut, was ihm gesagt wird. Kein Kommandant. Außerdem setzt die Organisation ihre Angriffe fort, während Barhum inhaftiert ist. Ich glaube, es gibt noch jemanden, der die Fäden zieht. Barhum ist nur eine Marionette."

"Vielleicht sind wir alle die Marionetten in seinem Theater...", sagte Ibrahim. "Vielleicht, aber in diesem Stadium müssen wir das Spiel spielen. Jedes Mal, wenn wir versuchten, die Regeln zu brechen, ging es gegen uns."

"Vielleicht sollten wir sie nicht so drastisch biegen. Tu einfach etwas Kleines, um das System aus dem Gleichgewicht zu bringen ", sagte Eshel und nahm einen Schluck seines roten Grapefruitsafts.

"Wie zum Beispiel?" Fragte Yael. "Wenn Barhum der Assyrer ist, würde er wissen, ob wir etwas an seiner Operation geändert haben."

"Ich stimme zu. Wir müssen das System aus dem Gleichgewicht bringen. Lass ihn rennen und Fehler beheben, locke ihn aus dem Weg."

"Wir können Barhum nicht im Gefängnis lassen. Wir brauchen seine Hilfe..." , sagte Eshel. "...Aber wir können ihn davon überzeugen, dass es uns gelungen ist, den Computer zu retten, an dem er arbeitete, und dass unsere Computerabteilung jetzt daran arbeitet, alle Informationen herauszuholen ", sagte Ibrahim.

Yael sagte: „Er ist ein kluger Mann. Er würde verstehen, dass wir es ihm nicht sagen würden, wenn wir etwas Solides hätten."

"Vielleicht sollten wir einfach sagen, dass wir die Computer gerettet haben, und sie wurden in die Cyber-Abteilung in Dubai verlegt, aber wir brauchen ihn jetzt nicht. Wir werden uns ihm nähern, wenn wir ihn brauchen ", sagte Ibrahim. „Wir werden sein Gerichtsverfahren von den Informationen abhängig machen, die er uns über den Inhalt des Computers gibt. Wenn nicht, wird er im Gefängnis verrotten."

"Wir haben ihn hierher gebracht, weil er der einzige ist, der die Computer der Assyrer knacken kann. Er ist derjenige, der seine Handlungsmuster versteht ", sagte Eshel.

"Und wir haben gesehen, dass dies nicht der Deal war, und er hat uns für seine privaten Angelegenheiten benutzt. Ich schlage vor, wir beenden das. Barhum liefert nicht, und wir sollten uns auf unsere polizeilichen Fähigkeiten konzentrieren. Wenn er etwas hat, mit dem er uns helfen kann, kann er es von seiner Zelle aus tun." Ibrahim stand auf und goss sich türkischen Kaffee ein.

"Du hast recht", sagte Yael. "Und trotzdem bin ich so müde, dass ich im Moment nicht klar denken kann."

"Also, wir sehen uns morgen früh um sieben Uhr hier zum Frühstück. Wir werden dann entscheiden, wie es weitergeht ", sagte Ibrahim.

Alle drei standen auf und gaben sich die Hand. Yael bemerkte Eshels Blick, der sie neugierig anstarrte. Für einen Moment war sie geschmeichelt, aber dann erinnerte sie sich, dass Itay Eshel ein verheirateter Mann ist. Ja, sie sind weit weg von zu Hause, und dies ist ein entferntes Hotel in einer Wüstenstadt, und ja, sie musste jetzt wirklich umarmt werden, und vielleicht ein bisschen mehr. Sie wusste, dass es an ihr lag, und wenn sie wollte, würde er ihr gehören, ganz und gar. Aber dies war nicht der richtige Zeitpunkt oder Ort dafür.

Sie begann sich abzuwenden und blieb dann stehen und starrte Ibrahim an.

"Wenn wir ihn, den Assyrer, fangen, was willst du mit ihm machen?"

"Wir wissen beide, dass der Mann ein Terrorist ist", antwortete Ibrahim nach langem Schweigen.

"Wir beide wissen auch, dass dies nicht Ihre alltägliche terroristische Organisation ist..."

"Er versucht, das sehr empfindliche Gleichgewicht im Nahen Osten zu destabilisieren."

"Und du meinst..."

"Befehle müssen ausgeführt werden", sagte Ibrahim. „Wir sind eine große Nation, aber wir sind uns unserer Schwächen bewusst. Und der Assyrer offenbar auch. Und er benutzt es. Ich hoffe, wir legen unsere Hände auf ihn, bevor er noch mehr irreparablen Schaden anrichtet. Wenn er erwischt wird – werden wir entscheiden, was wir mit ihm machen."

Yael nickte leicht, ging in ihr Zimmer, fiel in ihren Kleidern auf das Bett und schlief zehn Stunden lang.

***

Als sie aufwachte, war es schon morgens heiß. Sie stieg in die Dusche, zog ihre Arbeitskleidung an und ging ins Esszimmer. Eine Stunde später waren sie auf der Polizeistation „Hili". Der Besprechungsraum bot eine komfortable Arbeitsplattform, und Yael bat darum, das Online-Kartenprogramm zu öffnen und erneut nach "hübschem Sandklumpen" zu suchen. Sie übersetzte die Wörter ins Englische und Arabische und versuchte, Orte mit ähnlichen Namen zu finden. Die Listen wurden im Laufe der Stunden länger. Aharon Shaked rief sie um 11:00 Uhr an und sagte ihnen, dass israelische strategische Einrichtungen, insbesondere die Atomanlagen und Armeestützpunkte im Süden, auf Cyberangriffe vorbereitet seien. Alles wurde von den Computersystemen getrennt und steht nun unter manueller Kontrolle. Die Luftwaffenleitstellen und Chemieanlagen wurden überprüft und in Alarmbereitschaft versetzt. Er fragte Yael, ob es andere mögliche Ziele gäbe, die sie sich ansehen sollten.

"Ich denke, wir bellen den falschen Baum an. Ich glaube nicht, dass sie die Nuklearanlagen oder Chemieanlagen angreifen werden, nicht weil sie es nicht können, sondern weil es gegen ihre Strategie ist. Sie sind eine gewaltfreie Organisation. Ihr Terror schafft Chaos, nicht Tod und Zerstörung. Es stimmt, es gibt Opfer durch ihre Handlungen, aber das ist nicht ihr Hauptziel, nur unerwünschter Schaden."

"Und was ist mit den Zielzonen?" Fragte Shaked.

„Da der Name auf Hebräisch ist, gehen wir sofort davon aus, dass er in Israel ist. Aber vielleicht kodierte er es auf Hebräisch, um die Leute, die in seine Wohnung eindringen würden, auf eine andere Spur zu schicken – einen Köder. Sie davon abzulenken, das Ziel in den Emiraten zu finden, vielleicht sogar hier, in Al-Ain ", antwortete Yael, und dann konzentrierte sie sich auf ein anderes Gebiet des Nahen Ostens im Kartenprogramm.

„Es gibt viele Sanddünen rund um Al-Ain. Ibrahim, hast du hochkarätige Einrichtungen in der Nähe?" Fragte Eshel.

"Da ist Jebel Hafeet", sagte Ibrahim. "Vielleicht ist es das, was er meinte."

"Jebel Hafeet?" Fragte Yael.

"'Der schöne Berg', eine 11-Meilen-Bergkette, 3.900 Fuß hoch. Es ist eine der schönsten Gegenden hier, mit Blick auf die Wüste und Al-Ain an ihren Ausläufern ", antwortete Ibrahim.

"Gibt es strategische Einrichtungen am Berg?" Fragte Yael. "Es hat Ruinen von Hunderten von alten Gräbern, die über 5000 Jahre alt sind. Es hat Nationalparks, ein Hotel und den großen Palast des Ameer ", sagte Ibrahim.

"Das könnte ein strategisches Ziel sein, das er angreifen würde", sagte

Eshel. „Ist das Ameer heute oder in den nächsten Tagen da?", fragte Yael. "Nein, er ist außer Landes", sagte Ibrahim. „Glauben Sie, dass sie seinen Palast angreifen würde, um eine Nachricht zu senden?"

"Ich bezweifle es. Warum sollten sie in einen Angriff auf einen Palast investieren? Sie wollen einen Vitrinenangriff. Was für einen Schaden könnten sie einem Palast und ein paar Gräbern zufügen – egal wie hübsch sie sind ", sagte Yael. "Ibrahim, könnte es andere Dinge auf dem Berg geben, von denen du vielleicht nichts weißt oder die du uns nur schwer sagen kannst?"

"Es gibt ein paar strategische Einrichtungen." Ibrahim setzte sich hin, fixierte seine Keffiyeh und debattierte. "Es gibt auch eine geheime Raketenbasis auf dem Berg", sagte er schließlich.

"Eine Raketenbasis ist definitiv ein strategisches Ziel", sagte Eshel.

"Ein Ziel, das du wahrscheinlich überprüfen solltest, obwohl ich nicht glaube, dass sie hinter den Zielen der Armee her sind. Sind die Raketen zur Verteidigung oder zum Angriff?" Fragte Yael.

„Was ist der Unterschied?", sagte Ibrahim.

„Eine Verteidigungsrakete ist in der Regel eine Boden-Luft-Rakete. Es wird gestartet und explodiert am Himmel. Nur Scherben fallen zurück auf den Boden, und die Schäden an Einrichtungen an Land sind normalerweise minimal ", sagte Eshel. "Eine Angriffsrakete ist eine Boden-Boden-Rakete. Es wird von der Anlage aus gestartet und auf Ziele am Boden gerichtet, bei denen es sich um eine Vielzahl möglicher Ziele in einem sehr weiten Radius handeln könnte. Einige Raketen könnten den ganzen Weg von Jebel Hafeet in den Iran gelangen.

Eine solche Rakete abzufeuern, könnte ein Flammpunkt für das gesamte Gebiet sein ", sah Eshel wieder müde aus.

„Der Assyrer denkt immer einen Schritt voraus. Wir müssen unsere Suche erweitern. Wenn ein Tanker in Dubai angegriffen würde und zwei Tage nachdem die Emirate eine Rakete auf den iranischen Hafen im Persischen Golf abgefeuert hatten, würde dies das gesamte Gebiet in einen bewaffneten Konflikt versetzen. Wenn wir andererseits alle Angriffs- und Verteidigungssysteme in Alarmbereitschaft versetzen und sie von den Computersystemen trennen, setzen wir uns einem Angriff aus. Wir wissen immer noch nicht, was die Interessen der Sandarmee sind. Vielleicht ist es genau das, was sie von uns wollen, dass wir alle Alarmsysteme trennen ", sagte Yael.

„Was schlägst du dann vor?", fragte Ibrahim.

"Ich weiß nicht, ob wir damit umgehen können. Wenn eine Raketenbasis ihr nächstes Ziel ist, bin ich mir nicht sicher, ob wir etwas dagegen tun können." Yael setzte sich auf einen der Stühle und goss sich ein Glas Wasser ein. "Ich schlage vor, Sie gehen mit Ihren Leuten zu Jebel Hafeet und versuchen, eine Übergangslösung zu finden, die keine vollständige Trennung vom Computersystem beinhaltet."

"Ich stimme zu", sagte Eshel. "Wir werden in der Zwischenzeit weiter nach anderen möglichen Zielen suchen."

"Sehr gut", sagte Ibrahim und verließ den Raum, so dass Yael und Itay sich anstarrten. Er kam drei Minuten später wieder in den Raum und sagte: „Wir haben ein Problem. In drei Stunden findet ein Emirate-Raketenangriffstraining statt. Wenn jemand die Kontrolle über das System übernimmt, bevor das Training beendet ist, könnte es eine echte Bedrohung erkennen und einen Raketenabwehrschlag starten. Ich habe mit dem Ameer gesprochen. Er gab Ihnen einen Passierschein, um in die Einrichtung zu gehen, lassen Sie einfach Ihre Handys hier." Yael und Itay standen auf und folgten ihm schweigend aus dem Raum.

***

Der Weg nach Jebel Hafeet führte sie durch einen blühenden Park im Herzen der Wüste. Von dort aus wurde es windiger und steiler bis zum Kopf der Klippe, wodurch das flache Wüstenland an seinen Ausläufern von beiden Seiten freigelegt wurde. Von Osten konnten sie die Stadt Al-Dhahir und von Westen die roten Dünen sehen, die die Ränder der Klippe erodieren. An der Spitze der Klippe wurde die Straße gerader, und heiße Winde streichelten die Jeep-Fenster der Polizei. Ibrahim fuhr langsamer und ging in Richtung des Nationalparks auf dem Gipfel des Berges, direkt an der Grenze zu Oman, der den Jebel Hafeet Mountain durch seine Mitte überquerte. Ibrahim betrat den Parkplatz und fuhr weiter zum südöstlichen Teil des Berges, zu einem Café mit Blick auf die Aussicht.

Er stoppte das Auto, stellte es auf 4X4 um, legte es in den ersten Gang und begann dann auf dem Bürgersteig zu fahren. Er fuhr am Essensbereich vorbei und lenkte das Auto langsam auf eine unbefestigte Straße zu, die nach wenigen Metern zu einer schlecht gepflegten asphaltierten Straße wurde. Die Straße bog in das Wadi ein und endete auf einer kleinen Fläche mit zwei quadratischen Betonanlagen, die von einem hohen Zaun umgeben waren. Das gesamte Gebiet war zwischen den hohen Felsen versteckt. Auf einem der Felsen wurde eine Parabolantenne platziert. Mit Blick nach Südwesten, etwa 300 Fuß hinter der Anlage, konnten sie einen roten und weißen Betonfelsen sehen, der auf die Grenze zwischen den Emiraten und dem Oman hinweist.

Als Yael aus dem Jeep stieg, bemerkte sie nicht die Wachposten, die zwischen den Felsspalten versteckt waren. Die Wachposten waren geschlossen und klimatisiert, und es schien, als ob die Armee des Emirats hauptsächlich auf ein digitales Schutzsystem setzte. Einer der Soldaten kam lächelnd auf sie zu. "Abu Omar Ibn Rashad", sagte der Mann und umarmte Ibrahim. "Wem verdanke ich das Vergnügen, unser innig geliebter Mann?"

"Zakariya Liebes..." Ibrahim glühte vor Glückseligkeit. "Schön, dich zu sehen."

Zakariya sah Yael und Itay an und sagte: „Ich verdanke diesem Mann mein Leben. Er holte mich aus der Armut und lehrte mich alles, was ich weiß. Ich bin wegen ihm hier. Sag mir, was kann ich für dich tun?"

"Yael, Itay...das ist Zakariya Al-Naihan, mein lieber Freund." Sie schüttelten sich die Hand.

"Wie geht es dir in diesen Tagen? Wie geht es Ihrer Familie? Deine Tochter?"

"Das sind harte Tage, Ibrahim, aber ich erspare dir die Dramen der Familie."

"Warum? Was ist passiert?"

„Die Tochter meines Bruders, Lubna, wurde ermordet. Höchstwahrscheinlich von jemandem aus dem benachbarten Stamm."

"Lubna?! Ermordet?! Warum habe ich nichts davon gehört?"

"Wir haben versucht, es so weit wie möglich zu behalten. Sie sollte einen jungen Beduinen mit Land heiraten, beschloss aber, sich zurückzuziehen. Sie sagte es dem Bräutigam und ihrem Vater, aber sie weigerten sich, es anzunehmen. Es destabilisierte die Beziehungen in der Familie und zwischen den Stämmen. Sie wurde infolgedessen ermordet, und das Bedürfnis nach Blutrache in ihrem Namen folgte. Ich sehe keine Versöhnung am Horizont. Harte Tage liegen vor uns. Meine Stammesmitglieder sind wütend, dass ich nicht gekommen bin, um ihnen zu helfen, und sie verlangen, dass ich es wieder gut mache. Ich weiß nicht, was ich tun werde, Ibrahim. Das tue ich wirklich nicht."

"Es ist schwer zu glauben, dass dieses kluge, schöne Mädchen ermordet wurde. Brauchst du meine Hilfe?" Fragte Ibrahim.

"Noch nicht."

"Ich bin hier, wenn du mich brauchst."

„Danke, Scheich Ibrahim. Jetzt sagst du mir, worum es bei diesem Besuch geht."

Ibrahim informierte Zakariya kurz, und sie gingen alle in einen unterirdischen Bereich. "Ich habe nicht die Absicht, in dein Geschäft einzudringen. Ich weiß nichts über die Raketenbasis oder wie sie funktioniert. Ich bin nur hier, um sicherzustellen, dass es keinen Bruch im Computersystem gibt und dass wir nicht die Kontrolle verlieren und versehentlich Raketen auf eines unserer Nachbarländer abschießen ", sagte Ibrahim, als sie sich auf den Weg in den Computerraum machten.

"Ich verstehe. Danke, dass du gekommen bist " , sagte Zakariya.

„Soweit ich weiß, gibt es nur zwei Arten von Raketen – Verteidigung und Angriff. Wenn Sie mir sagen, dass dies nur Abwehrraketen sind, könnte ich nachts ruhig schlafen ", sagte Ibrahim.

"Ich fürchte, ich kann nicht darüber sprechen, besonders nicht in diesem Forum", sagte Zakariya. "Aber es ist wichtig, dass Sie sich mit unseren Vertretern des Computersystems zusammensetzen und ihnen genau sagen, was passiert ist und was Ihrer Meinung nach passieren könnte."

"Okay", sagte Ibrahim. "Es ist besser, dass wir auf jedes mögliche Szenario vorbereitet sind, als in einen Krieg verwickelt zu werden." Er führte sie in den kleinen Raum am Rande der Computerhalle. Das Briefing dauerte nur wenige Augenblicke, und sie gingen wieder hinaus. Das glückliche Lächeln verwandelte sich in besorgte Blicke, und die angenehme Art, in der sie begrüßt wurden, verwandelte sich in Misstrauen. Yael sah Zakariya an und versuchte, seine Gedanken zu lesen. "Ist alles in Ordnung?", fragte sie ihn.

"Nein", er sah ihr direkt in die Augen.

"Du weißt etwas, und du sagst es uns nicht."

"Ich kann nicht." Ibrahim kam näher. "Warum?", fragte er Zakariya. "Kein Geheimnis wird diesen Ort verlassen. Ich gebe dir mein Wort."

„Ihr Wort wird sehr geschätzt, aber Sie haben zwei Israelis in eine hochkarätige strategische Einrichtung gebracht. Diese Entscheidungen übersteigen meinen Rang."

"Ich bin der Rang, der diese Entscheidungen trifft", sagte Ibrahim. "Ich werde dich daran erinnern, dass ich der Leiter des Anti-Terror-Apparats bin."

"Ich weiß, Ibrahim. Und doch..."

„Für viele Menschen geht es um Leben und Tod. Ich muss nur wissen, wohin ich mit dieser Untersuchung gehen soll ", sagte Yael auf Arabisch.

"Und ich muss wissen, dass niemand das System aus der Ferne übernimmt und Raketen über den Nahen Osten abfeuert", sagte Ibrahim.

"Ich glaube nicht, dass so etwas passieren wird", sagte Zakariya, "wir sind auf diese Szenarien vorbereitet, und wir werden wissen, dass wir das System jetzt, da alle in höchster Alarmbereitschaft sind, mechanisch herunterfahren können."

„Also, worum geht es?", fragte Yael. Es herrschte eine lange Stille im Raum, und nur das Neonrauschen war im Hintergrund zu hören. "Was mich alarmierte, war etwas anderes", sagte Zakariya. Er sah sie an und sagte: „Diese Worte hast du gesagt." Hübscher Sandklumpen "oder auf Arabisch" Rijif raml jamil "..."

"Was ist mit diesen Worten, Zakariya?" Sagte Eshel. "Was meinen sie?"

"Bis vor zwei Jahren war es unser Genehmigungspasswort vom Chef der Streitkräfte in Abu Dhabi."

"Genehmigungspasswort für was?"

Zakariya lehnte sich zurück, schloss die Augen, öffnete sie und sagte:

"Zum Schutz vor einem groß angelegten Raketenangriff auf Abu Dhabi, die Hauptstadt der Emirate."

29.

Die Rückfahrt von Jebel Hafeet nach Al-Ain war langsam und langwierig, begleitet von unangenehmer Stille. Yael starrte durch das Autofenster, und Eshel biss sich auf die Nägel und überlegte, ob er anrufen und sich bei Shaked melden sollte. Ibrahim fuhr langsam, und seine Gedanken wanderten zwischen Sorgen um seine Familie, die in Abu Dhabi lebte, und zwischen Ängsten vor einem breiten militärischen Schritt. Die Bedrohung beunruhigte ihn und er überlegte, seine Eltern und seine Schwester anzurufen und sie zu bitten, die Stadt schnell zu verlassen. Aber schließlich entschied er sich, dies nicht zu tun.

Es war Mittagszeit, und die starke Hitze ließ die Straßen köcheln. Der schöne Berg, der von der Heckscheibe des Autos aus zu sehen war, wurde kleiner, als sie sich weiter davon entfernten. Sie parkten auf der Tiefgarage der Polizeistation „Hili" und betraten den klimatisierten Raum. Alle in der Wohnung des Assyrers gesammelten Materialien wurden in Kisten gestapelt und in der Mitte des Besprechungsraums platziert. Alles war für sie vorbereitet, aber sie alle hatten das Gefühl, dass sie, egal was sie taten, in eine Sackgasse geraten würden. Keiner von ihnen wusste, wie es weitergehen sollte. Es gab keine Hinweise auf den nächsten Schritt des Assyrers.

Eshel schickte Shaked eine Nachricht, die ein Gespräch zwischen den beiden auslöste, in dem es darum ging, ob es für Itay und Yael an der Zeit sei, nach Israel zurückzukehren. Yael bat darum, noch ein paar Tage zu bleiben. Keiner von ihnen erwähnte Barhums Namen. Die Stunden vergingen, Analysten kamen und gingen und schauten sich die Codes, Karten und Websites an. Yael fühlte sich erstickt, die Wände näherten sich ihr. Sie hasste dieses Gefühl. Sie fühlte sich während der Stunden, die sie nach dem Terroranschlag außerhalb des Operationssaals verbrachte, genauso. Ihr Kopf fühlte sich an, als würde er explodieren. Sie wusste, dass sie Gidi verloren hatte und dass die Ärzte um Keren's Leben kämpften. Sie fühlte sich damals so, wie sie sich jetzt fühlte; die Wände näherten sich ihr. Dann wusste sie nicht, wohin sie laufen sollte, also wanderte sie durch die Flure des Krankenhauses und suchte nach allem, was sie von ihren eigenen Gedanken ablenken würde.

Aber jetzt konnte sie nirgendwohin laufen. Sie konnte bis zum Sonnenuntergang auf die sengende Straße hinausgehen, in die lodernde Wüstenluft, was Gnade und Ausfallzeiten von der Wut der Sonne mit sich bringen würde. Sie nahm ihre Tasche und ihr Handy und sagte: „Ich muss etwas frische Luft schnappen. Ich kann gerade nicht hier sein, tut mir leid. Ich nehme mein Handy; falls du mich brauchst." Eshel sah überrascht aus. „Soll ich mitkommen?", fragte er sie auf Hebräisch.

"Nein." Dieses Wort wurde von allen im Raum verstanden. "Ich komme alleine zurecht."

***

Sie verließ die Polizeistation und ging in der Al-Falah-Straße nach Süden bis zum Industriegebiet. Sie schlenderte zwischen den Gebäuden und Cafés und fuhr dann weiter nach Westen durch das Einkaufszentrum zum Al Qattarah Square, der touristischen Festung "Al Darmaki", und betrat die Oase. Die hohen Palmen schufen einen einladenden Schatten, und die Temperatur verringerte sich um einige Grad. Eine warme Brise wehte über die Palmblätter, und für einen Moment vergaß sie, dass sie mitten in der Wüste war. Sie ging weiter zu einer Gruppe von Touristen und den temporären Blech- und Holzständen, die von den Händlern gebaut wurden, und verkaufte ihre Waren an die Touristen. Es gab arabische Kleiderstände; Jellabiyas, Burkas und Säbelschwerter. Es gab Schmuckstände, Imbissstände und religiöse Artefaktstände. Am Horizont, auf der anderen Straßenseite, erkannte sie Barhums Wohnhaus. Sie holte ihr Handy heraus und fand Barhums Bild. Sie ging zu einem der Händler und fragte ihn, ob er den Mann auf dem Bild kenne. Der Kaufmann sah verlegen aus und trat einen Schritt zurück, als sie sich ihm näherte. „Miss, ich weiß, dass Sie nicht von hier sind, aber bitte versuchen Sie, den Ort zu respektieren, auch als Tourist. Ihre Kleidung ist nicht bescheiden. Es tut mir leid."

Yael schaute auf ihre Kleidung. Sie hätte nie gedacht, dass ihre Westernkleidung – enge Jeans und ein blaues T-Shirt - die Händler stören würde. Sie entschuldigte sich und ging stattdessen in eines der Bekleidungsgeschäfte. Es war ihr klar, dass sie, wenn sie die in Barhums Nachbarschaft lebenden Kaufleute und Einheimischen weiter verhören wollte, die kulturelle Bedrohung, die sie mitbrachte, minimieren musste.

Die Klimaanlage im Laden funktionierte nicht, und die Anzahl der Kleidung, die den Raum füllte, stank nach Naphthalin. Viele der Kleider dort sahen aus wie Duplikate voneinander. Sie probierte ein paar Kleider in verschiedenen Farben an, entschied sich aber schließlich für ein schwarzes Kleid, das ihren ganzen Körper umhüllte. Sie bezahlte das Kleid und ging dann in die Garderobe, um sich umzuziehen. Sie kam von dort und sah ganz anders aus. Sie hatte schwarze Haare und Mandelaugen. Sie hatte einen olivgrünen Teint, der in der Sonne bräunt und nie brennt. Jetzt, mit dem Kleid, sah sie aus wie eine Einheimische. Sie war zufrieden mit dem, was sie im Spiegel sah, ging zu den Händlerständen und stieß versehentlich auf einen großen, bärtigen Beduinen, der ein schwarzes Jellabiya trug. Yael nutzte die Gelegenheit, ihm Barhums Foto auf ihrem Handy zu zeigen. Sie fragte ihn, ob er ihn jemals getroffen habe. Er warf einen Blick auf das Foto und murmelte „Nein" unter seinem Schnurrbart. Dann ging er weg und ließ sie voller Energie auf dem Bürgersteig zurück.

Sie hüpfte von einem Händler zum nächsten und fragte jeden von ihnen, ob sie Barhum getroffen oder sein Gesicht auf dem Markt gesehen hätten, aber niemand erkannte ihn. Die Sonne begann am Horizont unterzugehen, und die Luft wurde staubig und stickig. Sie ging zu den Geschäften bei Barhums Gebäude. Es gab eine Metzgerei, einen Friseur, ein Schuhgeschäft, eine Autovermietung und einen Souvenirladen. Yael ging in jeden der Läden und fragte alle Kassierer und Kunden. Niemand erkannte sein Gesicht, bis sie zur Autovermietung kam.

Es war bereits 19:00 Uhr, und der Angestellte hatte seinen Computer ausgeschaltet und wollte den Laden schließen, als Yael hereinkam. Er setzte sich wieder hin und fragte, wie er ihr helfen könne. Sie näherte sich ihm und zeigte ihm das Foto. Sie spähte auf sein Namensschild und sah, dass darin Adnan stand.

„Ich arbeite mit der Anti-Terror-Polizei zusammen, mit Ibrahim Ibn Rashad. Ich möchte Ihnen eine Frage stellen." "Okay."

"Hast du diesen Mann jemals hier gesehen?"

Adnan schaute auf den Bildschirm. "Ich glaube schon. Er wohnt nicht weit von hier. Ich traf ihn ein paar Mal im örtlichen Lebensmittelgeschäft. Er hat dort regelmäßig eingekauft."

"Erinnerst du dich an seinen Namen? Wissen Sie, wo er gearbeitet hat?„Nein. Worum geht es?", fragte Adnan.

"Ich muss wissen, was er getan hat und wen er getroffen hat."

"Du solltest im Supermarkt fragen. Sie sind bis acht Uhr geöffnet.„Wo finde ich es?", fragte Yael.

"Komm, ich zeige es dir."

Er brauchte ein paar Minuten, um seine Sachen zusammenzubekommen und das Licht auszuschalten. Er schloss die Tür mit einem

Vorhängeschloss. Sie gingen zusammen die Straße entlang zu einem kleinen Lebensmittelgeschäft. Sein Eingang war zwischen Mülleimern und Kartonstapeln versteckt. Yael kam herein und Adnan folgte.

"Salam Alaikum", sagte er. "Guten Abend, Adnan", sagte die Kassiererin, die damit beschäftigt war, einige Artikel zu berechnen. Es war ein kleines lokales Lebensmittelgeschäft, das sich sehr von den verherrlichten Supermärkten in der Stadt unterschied. Aber es roch richtig, wie frisches Brot und Gurken. Es gab Regale voller Tabak für Shisha und eine Schachtel voller Baklava – alles im Laden füllte sie mit Erinnerungen. Yael wurde plötzlich klar, wie hungrig sie war.

"Diese Frau sucht nach einem Kerl, der hierher gekommen ist. Du erinnerst dich vielleicht an ihn «, sagte Adnan. "Sie arbeitet mit der Polizei." Er nahm ihr das Handy aus der Hand und zeigte ihm das Foto. Der Mann lächelte.

"Natürlich kenne ich ihn", sagte er. "Aladdin, der Bagdadische Prinz."

***

Die Tatsache, dass Nabil Barhum Iraker war, war für Yael nichts Neues. Barhum gab zu, dass er ein Hacker aus Basrah war. Jetzt erfuhr sie, dass seine Herkunft aus Bagdad stammt, und das gab Yael eine weitere Bestätigung, dass seine Geschichte wahr war, zumindest in ihrer Grundform. Aber Nabil Barhum stahl eine Identität und überschritt ein paar rote Linien, indem er Salah Fadis Körper in Shu 'afat in die Wand steckte. Es war offensichtlich, dass Barhum mehr zu bieten hatte, als man denkt.

"Was weißt du sonst noch über ihn?" Fragte Yael die Kassiererin.

"Ich will keinen Ärger bekommen", sagte er, als sein Lächeln verblasste. „Warum solltest du in Schwierigkeiten geraten?", fragte Adnan. "Du bist Kassiererin in einem Lebensmittelgeschäft. Er war dein Kunde."

„Kann er mir wehtun?", fragte die Kassiererin.

"Er ist im Gefängnis und wird dort in absehbarer Zeit nicht rauskommen", antwortete Yael.

"Ich weiß nicht mehr als das, was er mir gesagt hat. Er ist ein angenehmer, gut ausgebildeter Mann. Er ist ein irakischer Infrastrukturingenieur, der von seinem Job gefeuert wurde, als die Ölindustrie im Irak zusammenbrach. Er bekam einen Job hier in Al-Ain, als Teil des Teams, das Ölleitungen von den Brunnen zum Meer verlegt. Er wohnt hier alleine in einer Mietwohnung. Ich habe ihn noch nie fahren sehen. Sein irakischer Akzent brachte mich immer zum

Lachen, weshalb ich ihn Aladdin nannte."

Das war eine Titelgeschichte. Yael wusste das. Barhum wurde in Bagdad geboren, diente aber in der irakischen Armee in der Computerabteilung. Er ist ein Hacker, kein Ingenieur. Es scheint, dass er, während er in Al-Ain lebte, die Wohnung in das Hauptquartier der Assyrer verwandelte. Es ist möglich, dass Barhum nicht der einzige war, der dort lebte. Er könnte den Ort mit anderen Agenten der Sandarmee geteilt haben. Yael machte sich eine kleine Notiz, um sich daran zu erinnern, nach Fingerabdrücken in der Wohnung zu suchen, die möglicherweise anderen potenziellen Soldaten gehören, obwohl Ibrahim und sein Team dies möglicherweise bereits getan haben.

"Erinnerst du dich, als er hier ankam?", fragte sie.

"Vor ein paar Wochen", sagte die Kassiererin. Yael durchsuchte ihr Handy erneut und suchte nach Fadis Foto. Als sie es fand, zeigte sie es der Kassiererin. "Was ist mit diesem Kerl? Kennst du ihn?"

"Ja. Salah Fadi. Der Palästinenser. Früher hat er ununterbrochen geraucht. Sehr problematischer Charakter. Er belästigte ein paar Frauen hier und verschwand dann so schnell, wie er auftauchte. Ich bin mir sicher, dass er wahrscheinlich in einem der Krankenhäuser der Stadt hospitalisiert ist. Er hat nicht gut gearbeitet – er hat die ganze Zeit gehustet."

"Danke", sagte Yael.

"Das war's?", fragte die Kassiererin.

"Ja. Wenn Ihnen noch etwas einfällt, wenden Sie sich bitte an Ibrahim Ibn Rashad auf der Polizeistation "Hili"." Sie wollte gerade gehen, aber dann blieb sie stehen und drehte sich wieder zur Kasse und sagte:

"Eigentlich gibt es noch eine Sache, bei der du mir helfen kannst." "Was?" Fragte die Kassiererin.

"Ich verhungere. Was kannst du mir zum Essen anbieten?"

***

Als Yael wieder auf die Straße ging, war es bereits dunkel. Sie kaute auf einem Sandwich mit Hummus, Salami und Gurken, während sie ihre Schritte zurück zu der Einkaufsstraße, aus der sie gekommen war, zurückverfolgte. Alle Geschäfte hatten bereits ihre Türen geschlossen, mit Ausnahme des Souvenirladens, der immer geöffnet bleibt, bis der letzte Tourist in sein Hotel zurückkehren würde. Der Laden war voll von kleinen Statuen, bedruckten T-Shirts, Perlenketten und bestickten Stoffen in verschiedenen Farben. Ihre Gedanken wanderten, als sie das Sandwich beendete und ihre Finger leckte. Dann schaute sie auf ihr Handy. Keine Nachrichten. Sie steckte das Telefon wieder in die Tasche und ging in den Laden.

Sie ging langsam zwischen den gepackten Regalen und betrachtete die verschiedenen Waren auf dem Display. Sie überlegte sogar, etwas für ihre Kinder zu besorgen. Ilan würde wahrscheinlich die kleinen hölzernen Beduinenfiguren lieben. Er würde wahrscheinlich auch eine Jellabiya lieben. Und Keren? Nun, das ist eine ganz andere Geschichte. Der junge Spieler kümmerte sich nur um digitale Dinge. Was möchte sie sonst noch? Yael fragte sich, ob sie ihre Tochter wirklich kannte. Und was ist mit Dina, ihrer Mutter? Sie nahm ein paar Beduinenfiguren und ging zu den Kassen, vorbei an einem Regal voller kleiner Modelle des Burj in Dubai, dem höchsten Gebäude der Welt. Sie blieb stehen und starrte sie an und nahm ein kleines Metallmodell. All das Wissen und die Intelligenz, die nötig waren, um diesen gigantischen Turm zu bauen. Keren würde das wahrscheinlich zu schätzen wissen, auch wenn es kein Computerspiel ist.

Sie ging auf die Kassen zu und blieb plötzlich wieder stehen – etwas beunruhigte sie. Sie drehte sich mit den Burj-Modellen zurück zum Regal. Zwischen den Souvenirs fand sie einen weißen Plastikkalender mit Pappseiten. Jede Seite war einem Monat des Jahres gewidmet und mit einem Foto des Turms verziert. Sie blätterte durch die Seiten und betrachtete Fotos des Burj, auch Burj Khalifa genannt, wie er auf dem Kunststoff aufgedruckt war. Burj Khalifa. Dieser Name hatte einen vertrauten Ring. Sie schloss die Augen und ließ ihre Gedanken schweifen und sich neu formieren. Dann öffnete sie die Augen. Plötzlich war alles klar. Burj Khalifa. Auf Hebräisch. Diese Buchstaben auf Hebräisch, die auf eine andere Weise gemischt wurden, bilden die Worte: "Pretty sand clod" (Hübscher Sandklumpen) (Regav Hol Yafe). Hübscher Sandklumpen ist der Burj Khalifa. Dort sollte der Angriff stattfinden. Das ist das Ziel der Assyrer.

Sie holte ihr Handy heraus und versuchte, Ibrahim anzurufen, aber es gab keinen Empfang im Laden. Sie ließ das Burj Khalifa-Modell und die Beduinenfiguren im Regal und ging auf die Straße. Sie ging auf die Polizeistation zu und versuchte, ein Signal auf ihr Telefon zu bekommen. Beim ersten Anzeichen des Empfangs rief sie Ibrahim an, aber dann bemerkte sie den großen Beduinen in einer schwarzen Jellabiya. Sie hatte ihn heute schon gesehen. Sie drehte sich zu ihm um und erkannte, dass er ihr direkt in die Augen schaute. Das Telefon klingelte, aber Ibrahim ging nicht an. Sie ging auf den Palmengarten in der Oase zu. Der Mann begann ihr zu folgen, was ihr Sorgen bereitete, also erhöhte sie ihre

Geschwindigkeit. Aber vergeblich folgte der Mann ihr auch mit zunehmender Geschwindigkeit. Sie legte auf und rief Eshel. Eshel antwortete sofort. "Wo bist du?", fragte er.

Sie blieb stehen, schaute sich um und erkannte, dass sie keine Ahnung hatte, wo sie war. Sie war nicht mehr auf der Hauptstraße, und sie konnte nicht sagen, wo die Oase, das Hotel oder die Polizeistation waren. Sie versuchte, nach Straßennamen zu suchen, aber es gab keine Schilder. Sie öffnete die Karten-App und merkte dann, dass sie in die falsche Richtung gegangen war. Es war schon dunkel und sie war verloren.

"Ich weiß es nicht, und es gibt ein Problem. Jemand folgt mir. Ein großer Kerl, sieht um die 30 aus, er hat einen Bart, eine dunkle Kopfbedeckung und eine schwarze Jellabiya. Ich weiß nicht, was ich tun soll. Ich versuchte, ihm zu entkommen, verirrte mich aber. Wo ist Ibrahim?"

"Er hat recht mit mir. Wir versuchen, das Signal Ihres Telefons zu lokalisieren. Warte."

"Ich kann es kaum erwarten. Er kommt ganz nah heran. Ich werde versuchen, um Hilfe zu bitten." Sie ging auf die Straße und versuchte, einen Lift zu bekommen. Niemand hielt an. Sie hörte Itay sagen: "Lass dein Handy an."

Sie rannte die Straße hinauf und sah plötzlich ein Schild hinter einem der Gebäude. Sie hielt inne und versuchte, es zu lesen. Sie schrie zu ihrem Telefon: "Ich bin in der 50. 50. Straße." Jemand packte ihren Hals, würgte sie und legte ihr schwarzen Stoff über den Kopf, so dass sie nicht mehr sehen konnte. Sie versuchte zu sprechen, konnte aber kein Geräusch machen. Der Mangel an Luft machte ihr schwindelig, und sie verlor den Griff zu ihrem Handy, das auf den Bürgersteig fiel. Sie versuchte zu kämpfen, aber sie war zu schwach. In den letzten Sekunden, bevor sie das Bewusstsein verlor, hörte sie Itays Stimme aus ihrem Handy kommen und sagen: „Yael?! Yael? Antworte mir!"

30.
2010

Ameer Baghdadi traf Alexandra Dahl in der Philosophieklasse, die er während seines Studiums an der Universität Leeds besucht hatte. In gewisser Weise war Alexandra der wahre Grund, warum er immer wieder zum Unterricht kam. Er war nicht mehr viel in der Schule. Er war zum Teamleiter in der Cyberfirma ernannt worden, wo er rund um die Uhr arbeitete, und die Akademie schien mehr und mehr ein ferner Traum zu sein. Es gab nicht genug Stunden am Tag, um alles zu tun, was er wollte, und er fühlte sich einsam. Alle seine Freunde waren in Beziehungen, während er in einer tiefen Affäre mit seinem Computer war.

Ameer Baghdadi war ein hübscher Mann. Er war 1,80 m groß, hatte eine schlanke Figur und dunkle Haut. Seine grünen Augen glitzerten unter seinen schwarzen Haaren. Dennoch hätte er nie gedacht, dass Mädchen sich für ihn interessieren würden. Er bemerkte das Lächeln, das sie ihm regelmäßig auf dem Campus schickten. Ameer Baghdadi erkannte, dass er die Einsamkeit hinter sich lassen und einen Partner fürs Leben finden konnte. Am Anfang suchte er eine muslimische Frau, wie ihn, für eine Beziehung, die schnell zur Ehe führen würde. Aber er erkannte bald, dass Religion und Arabischsein nicht mehr Teil seiner Identität sind und dass es besser wäre, jemanden zu finden, der mit ihm abhängen möchte, bevor sie zustimmen, zu heiraten.

Aber die Jahre vergingen, und die Überlastung durch Arbeit und Studium hielt ihn allein. Es hätte so weitergehen können, wenn Alexandra Dahl nicht in Begleitung ihrer Freundin in den ersten Philosophieunterricht gegangen wäre. Für einen Moment trafen sich ihre Augen, und sie lächelte verlegen und nickte mit dem Kopf. Seitdem konnte er seine Augen nicht von ihr lassen. Alexandra war nicht das hübscheste Mädchen, das er je gesehen hatte. Obwohl sie helles Haar und blaue Augen hatte, war sie für seinen Geschmack zu dünn und hellhäutig. Aber etwas an der Art, wie sie ihn ansah, fesselte ihn, und er war begeistert. Er dachte, sie hätte ihn auch bemerkt, aber sie saß weit weg von ihm und war in ihrer eigenen Welt beschäftigt.

Ameer wusste nicht, wie er sich ihr nähern sollte. Er hatte so etwas noch nie zuvor getan, und er hatte keinen Freund, der ihm half, die Verlegenheit zu überwinden. Schließlich entwickelte Ameer als weiser, organisierter Mann eine Strategie, um die junge Dame zu bezaubern.

Er wartete alle vier Monate des Semesters und schickte am Ende des Semesters in der Klasse eine Studiengruppe, die er für die bevorstehende Prüfung leiten würde. Er hinterließ seine E-Mail-Adresse und bat darum, persönlich ein Treffen mit ihm zu vereinbaren. Alexandra schickte ihm keine E-Mail, aber ihre Freundin tat es. Im letzten Philosophieunterricht wartete Ameer geduldig darauf, dass Alexandra Platz nahm, kam dann herein und setzte sich zu ihr. Er schwieg während der gesamten Lektion, und als sie zu Ende war, fragte er Alexandras Freundin Suzanne, ob er sie in der Lerngruppe sehen wolle. Suzanne sagte, sie sei begierig darauf: "Ich habe keine Ahnung, wie ich diesen Test bestehen werde, und unsere Alexandra ist nicht bereit, ihrer armen Freundin zu helfen."

Alexandra wandte sich lächelnd an Ameer und sagte: „Ich habe am selben Tag eine Biologieprüfung. Ich habe keine andere Wahl, als auf die Wiederholung der Prüfung zu warten." Sie ging an ihm vorbei, hüpfte an den Rand der Stuhlreihe und hielt ihre Tasche. "Ich lasse diese süße Dame unter deiner Obhut", sagte sie, kniff schelmisch Suzannes Wangen zusammen und ging zum Ausgang. "Ich werde da sein", sagte Suzanne mit einem Lächeln, "wir sehen uns bei dir."

"Sicher." Ameer bemerkte, dass er lächelte, obwohl sein Magen sich drehte. Sein Plan war gescheitert, und er begann darüber nachzudenken, wie er aus der Situation der Studiengruppe herauskommen konnte, in die er sich gebracht hatte. Er überlegte, ob er den Test nicht bestehen sollte, damit er Alexandra anbieten konnte, zusammen zu studieren, befürchtete aber, dass sie vielleicht nicht mit jemandem lernen wollte, der den Test nicht bestanden hatte. Vielleicht könnte er kurz vor der Prüfung krank sein oder bei der Arbeit stecken bleiben? "Geh einfach und frag sie nach einem Date", hörte er, wie Suzanne es ihm sagte.

"Was?"

"Frag sie nach einem Date. Das würde ihr gefallen!"

"Ist es so offensichtlich?" Ameer wusste nicht, wo er sich vor Scham begraben sollte.

"Ich denke, es ist eine sehr romantische Geste, eine Studiengruppe zu gründen, nur um jemanden zu fragen. Du bist wirklich süß, und sie würde es zu schätzen wissen. Brauchst du meine Hilfe?"

"Ahhhh... Nein! Es wird mir gut gehen, danke."

"Frag sie nach einem Date. Vertrau mir. Ich hoffe nur, dass du unser Date nicht absagst. Ich brauche wirklich Hilfe bei dieser Prüfung." Suzanne klopfte ihm leicht auf die Schulter und ging weg.

"Sicher! Bis dann!"

Sie stand auf und traf Alexandra, die im Flur auf sie wartete und winkte zum Abschied. Ameer spürte, wie das Gewicht der ganzen Welt auf seinen Schultern ruhte.

Ein paar Tage später, als Suzanne mit zwei anderen Freunden in seine Wohnung kam, sagte Ameer ihr, dass er es nicht wagte, Alexandra anzurufen. Er gestand, dass er keine Erfahrung im Umgang mit Frauen hatte, und er fühlte sich in der ganzen Situation wie ein Fisch aus dem Wasser. Suzanne lachte, zeigte ihm aber Empathie. Sie sagte ihm, dass sie nach der Prüfung einen Gefallen erwidern und ihm beibringen würde, wie man sich wie ein Mann verhält. Und so war es. Sie brachte ihm bei, wie man sich Frauen nähert, was man sagen soll, wonach Frauen in diesem Alter suchen, und erzählte ihm sogar ein paar Geheimnisse über Alexandra. Dennoch konnte Ameer nicht genug Mut sammeln, um sich ihr zu nähern. Er fühlte sich schlaksig und nervös und erkannte bald, dass diese unerträgliche Situation sein Studium und seine Arbeit störte. Ameer Baghdadi war zum ersten Mal verliebt und wusste nicht, wie er damit umgehen sollte.

Eines Morgens, während er allein in der Cafeteria saß, wurde der Stuhl vor ihm bewegt, und Alexandra Dahl saß darin und legte die Bücher in ihre Hände auf den Tisch. "Hör zu", sagte sie, "ich habe an eine zynische Abholung gedacht, aber ich denke, du bist zu nervös dafür. Also, morgen Abend treffen wir uns in einer Kneipe. Wählen Sie, welche und holen Sie mich um sieben Uhr ab. Ich wohne bei Suzanne in der Clarendon Street 16. Bis dann." Sie berührte seine Hand leicht, stand auf und ging. In diesem Moment wusste Ameer in seinem Herzen, dass er sie für immer lieben würde.

Alexandra Dahl war 26 Jahre alt, als sie und Ameer sich zu verabreden begannen. Sie wurde in einer Stadt namens Suomussalmi im Norden Finnlands geboren. Als sie 14 Jahre alt war, ließen sich ihre Eltern scheiden, und sie blieb bei ihrer Mutter. Ihr Vater, der Chirurg war, bekam eine Führungsposition in Manchester. Er zog nach England, hielt aber engen Kontakt zu seiner einzigen Tochter. Er flog einmal im Monat religiös nach Finnland, um sie zu sehen. Ihre Mutter, die Psychologin war, heiratete wieder und hatte zwei weitere Kinder. Mit neunzehn beschloss Alexandra, in die Fußstapfen ihres Vaters zu treten und ging nach Leeds, um Medizin zu studieren. Sie dachte, dass die Nähe zu ihrem Vater ihr helfen würde, alles leichter zu lernen und ohne viel Aufwand praktische

Erfahrungen zu sammeln. Im Laufe der Zeit wurde Alexandra klar, wie leidenschaftlich sie sich für Medizin interessierte. Sie hatte das Gefühl, dass es ihr einen Grund zum Leben gab, und sie wollte so viel wie möglich lernen und sich darin auszeichnen. Ihr größter Traum war es, in Länder der Dritten Welt zu gehen und Menschen zu helfen, die keinen Zugang zu angemessener medizinischer Versorgung haben.

Alexandra liebte es, durch Großbritannien zu reisen. Sie nahm Ameer mit, um auf den Gipfel des Ben Nevis in Schottland zu klettern und die Berge von Snowdonia im Nordwesten Englands zu besteigen. Während dieser Reise, als sie den Gipfel erreichten und sich zum Kaffee hinsetzten, hielt sie seine Hand und sagte ihm ganz ehrlich: "Ich liebe dich einfach." Im Jahr 2011 beendete Alexandra ihr siebtes Jahr an der Universität und begann, nach Praktikumsplätzen zu suchen. Zuerst sah sie sich Krankenhäuser in Finnland an, erkannte aber schnell, dass sie lieber in der Nähe von Ameer sein würde, und änderte ihre Suche nach Leeds und Manchester. Sie begann am Leeds General Hospital neben der Universität zu arbeiten. Sie und Ameer zogen zusammen. Es war das glücklichste Jahr ihres Lebens. Sie war 27, und er war 29, als sie beschlossen, zu heiraten. Sie wussten, dass sie niemals getrennt sein wollten.

Ameer rief Ali an und sagte ihm, dass er im Begriff sei zu heiraten. Ali freute sich sehr für ihn, fügte aber als Witz hinzu: "Es ist eine gute Sache, dass Mama und Papa nicht wissen, dass du einen Christen heiratest." Ich glaube, Mama hätte sie geliebt ", sagte Ameer und versprach, ihm und seiner Familie Flugtickets für die Hochzeit zu schicken. Die Hochzeit war für Mai 2013 angesetzt. Sie waren mitten in den Vorbereitungen, als sie ihm eines Nachts, im November 2012, als sie sich beide im Bett umarmten, erzählte, dass sie sich freiwillig für eine NGO namens „Ärzte ohne Grenzen" gemeldet hatte und dass sie auf die griechischen Inseln Kos und Lesbos aufbrach, um sich um die riesigen Mengen an Flüchtlingen zu kümmern, die aus dem Bürgerkrieg in Syrien ankamen. Sie sah die Schrecken in den Nachrichten und fühlte, dass sie handeln musste. Sie sagte ihm, dass sie ihm gehöre und dass sie zurückkehren werde, aber bevor sie sich ihm für den Rest ihres Lebens verpflichtet, muss sie das tun. Er war natürlich willkommen, sich ihr anzuschließen.

Aber Ameer hatte genug Kämpfe in seinem Leben gesehen und wollte nicht in die alte Welt zurückkehren, die er zurückgelassen hatte; die Welt voller Tod und Zerstörung. Er beschäftigte sich mit der Arbeit und wurde in eine leitende Führungsrolle befördert. Er spürte ihren Drang zu gehen und wusste, woher das kam. Er wusste, dass er sie gehen lassen musste, wenn er wollte, dass sie ihm gehörte. Und so tat er es auch. Im Dezember 2012 flog

Alexandra Dahl nach Athen und kam nie wieder zurück.

31.
2019

Die 50. Straße in Al-Ain war leer und dunkel. Die Zeit war 35 Minuten nach Mitternacht. Das einzige Licht kam vom Polizeiauto und zündete die Staubwolken an, die von den Reifen erzeugt wurden. Itay Eshel stieg aus dem Auto und rannte die Straße hinunter. Zuerst schaute er auf die Straße und den Bürgersteig, dann scannte er die Straße, die Gebäudeeingänge und die Mülltonnen. Ibrahims Beamte betraten jedes Gebäude auf der Straße und weckten die Mieter auf der Suche nach Augenzeugen oder einem Hinweis, den sie finden konnten. Aber Yael war einfach verschwunden. Sie suchten zwei Stunden lang in der 50th Street und in der gesamten Stadt, aber schließlich beendete der Großteil des Teams die Suche und ging.

Eshel stand verzweifelt mitten auf der Straße und schaute in alle Richtungen. Er ging die Straße entlang, rief ihr Handy an und versuchte, einen schwachen Ring zu finden. Am anderen Ende der Straße warf Ibrahim einen Schatten auf die Staubwolken, die zu sinken begonnen hatten. Ibrahim sah besiegt aus. Er setzte sich auf die Motorhaube des Autos und wischte sich den Schweiß von der Stirn. Eshel ging auf ihn zu und rief die ganze Zeit Yael an. Das Wählgeräusch hörte nach anderthalb Minuten auf, indem es einen „aktiven" Ton gab. Er legte auf und rief wieder an, und dann erblickte er etwas, das er vorher nicht bemerkt hatte; am Haus zu seiner Rechten sah er ein Schild mit der Nummer 50 auf Arabisch. 50. 50. Straße. Eshel richtete seine Taschenlampe auf die anderen Gebäude, sah aber keine anderen Zeichen. Er rief Ibrahim. Er konnte ihn von weitem aufstehen sehen. „Hast du etwas gefunden?", fragte Ibrahim ungeduldig.

"Schau, wo du stehst. Siehst du ein Schild mit der Hausnummer oder dem Namen?" Fragte Eshel.

"Nein, hier ist nichts."

"Beginne, auf mich zuzugehen und sieh dir die Häuser an. Mal sehen, ob du so ein Schild an einem der Häuser bemerkst."

"Okay", sagte Ibrahim und legte auf. Eshel begann, seine Schritte zurückzuverfolgen, richtete seine Taschenlampe in alle Richtungen und suchte nach etwas, das er vielleicht übersehen hatte. Aber er konnte nichts sehen, was er vorher nicht gesehen hatte. Es gab nur ein kleines Schild auf einem kleinen Haus in der Mitte der Straße. Eshel stand vor dem

Haus und scannte es. Zwei Autos waren auf dem Parkplatz geparkt, und schwaches Licht von einem Computerbildschirm kam aus einem der Fenster im zweiten Stock. Ibrahim kam zwei Minuten später dort an.

"Ich habe an keinem der Häuser Schilder gesehen."

"Das bedeutet, dass er sie hier entführt hat", sagte Eshel. Ibrahim zog eine Waffe heraus, und beide gingen auf das Gebäude zu. Sie scannten die Vorderseite davon, die Treppenhalle, richteten ihre Taschenlampen in die Autos und suchten nach Anzeichen von Kampf. Aber sie fanden nichts. Eshel stand auf der Einfahrt und rief erneut Yaels Telefon an. Er wusste, dass ihr Akku wahrscheinlich leer war, aber er hatte nichts zu verlieren. Er drückte die Ruftaste und wartete auf das vertraute Klingeln. Diesmal schloss sich dem vertrauten Klang ein anderer an. Er hörte Yaels Telefon klingeln. "Ibrahim", rief er, "ich kann ihr Telefon hören."

Sie fingen beide hastig an, nach ihrem Handy zu suchen, drehten jeden Stein um und kamen schließlich zu den Mülleimern. Eshel öffnete einen der Mülleimer und sah zwischen den Müllsäcken einen kleinen Bildschirm und ein Rotlichtflackern. Yaels Telefon. Er zog das Telefon heraus und richtete seine Taschenlampe darauf, was ihn gleichzeitig mit Hoffnung und Groll erfüllte. Es war Yaels Telefon, aber es war mit einer unverwechselbaren Flüssigkeit bedeckt: Blut.

***

Die Sonne ging um 5:30 Uhr morgens in der arabischen Wüste Al-Ain auf. Die Hitze störte Yael, und sie bewegte sich unruhig auf dem weichen Sandbett. Ihr Kopf schmerzte, und sie zögerte, ihre Augen zu öffnen, als ob sie sie geschlossen lassen würde, um ihr noch ein paar Minuten süßen Schlaf zu geben. Aber plötzlich wurde sie von einer schwachen Erinnerung an die Ereignisse der letzten Nacht getroffen und wachte sofort auf.

Yael stand allein in der Wüste, umgeben von gelblich-rötlichen Dünen. Es gab nichts am Horizont außer immer mehr Dünen. Keine Straßen, Häuser oder Wege...nicht einmal Felder. Sie spürte die Hitze in ihrem Körper und ihr Kopf klopfte, vielleicht wegen Austrocknung oder etwas anderem...

Sie legte sanft ihre Hand auf ihre Schläfe und spürte sofort einen brennenden Schmerz. Sie erinnerte sich an den Schlag, den sie bekam, bevor sie das Bewusstsein verlor. Sie schaute auf ihre Finger. Sie waren mit getrocknetem Blut bedeckt. Der Schmerz war schrecklich, aber die Trockenheit ihrer Lippen und der Sand in ihrem Mund fühlten sich viel schlimmer an. Sie saß auf der Düne und versuchte sich zu erinnern, was passiert war, wohin sie gebracht wurde und von wem. Sie nutzte alle ihre Ressourcen, um zu versuchen, einen Plan zu entwickeln. Sie wusste, dass sie mit den Schmerzen und der Trockenheit fertig werden konnte und höchstwahrscheinlich ein oder zwei Tage in der Wüste überleben würde. Aber sie hatte schwierige Entscheidungen zu treffen. Wenn sie anfing zu laufen, gelangte sie vielleicht zur Hauptstraße oder zu einem Haus, vielleicht sogar zu einer Wasserquelle. Dort wird sie Hilfe bekommen können. Auf der anderen Seite bedeutet ein Spaziergang in der Wüste, dass viele lebenswichtige Flüssigkeiten verloren gehen. Sie würde nicht sehr lange überleben können, wenn sie lange Strecken laufen müsste. Sie war sich nicht sicher, in welche Richtung sie gehen sollte oder wo sie war. Andererseits, wenn sie dort bleibt, wo sie ist und auf Hilfe wartet, könnte sie wertvolle Stunden an verbleibender Energie verschwenden. Wenn ihr Entführer sie tot sehen wollte, hätte er sie bereits getötet und ihre Leiche in diesem Sand vergraben. Vielleicht ist es besser, auf seine Rückkehr zu warten und keine Energie mit der Suche nach Hilfe zu verschwenden. Sie saß lange Minuten da und spürte, wie sich die Sonnenstrahlung verstärkte. Sie wusste, dass sie nicht überleben würde, wenn sie dort länger als ein paar Stunden warten würde, also beschloss sie, eine der höchsten Dünen zu besteigen und sie als Aussichtspunkt zu nutzen.

Sie tat es langsam, Schritt für Schritt und versuchte, einen stetigen Puls zu halten. Sie bedeckte ihren Kopf mit dem Schleier, der mit dem Kleid kam, das sie in Al-Ain gekauft hatte, und begann, die Düne hinaufzuklettern. Der Sand machte das Klettern härter und ihre Beine versanken darin. Als sie auf halbem Weg nach oben war, setzte sie sich hin, um sich auszuruhen. Eine warme Wüstenbrise wehte über ihr Gesicht und trocknete die Schweißtropfen von ihrer Stirn. Sie wusste, dass sie an Flüssigkeit verlor, also ruhte sie sich ein paar Minuten aus, um wieder zu Kräften zu kommen, bevor sie wieder zu klettern begann.

Als sie die Spitze der Düne erreichte, zeigte sich der aufregende, aber bedrohliche Blick vor ihren Augen. Eine uralte Schönheit, wie sie sie noch nie zuvor gesehen hatte, die sie jedoch beim Anblick sehr verzweifelte. Sie sah keine einzige Straße, Stadt oder gar eine Oase. Sie erkannte, dass sie es, egal in welche Richtung sie sich entschied, nicht über ein paar Meilen hinweg schaffen würde. Sie saß wieder auf der Düne und schaute auf die Wildnis, die sie umgab. Das Sonnenlicht war blendend. Es war fast 95 Grad Fahrenheit, und die trockene Luft ließ ihr Gesicht und ihre Lippen knacken. Sie wusste nicht, was sie tun sollte und war ziemlich wütend auf sich selbst, weil sie überhaupt in diese Situation geraten war.

Eine alleinerziehende Mutter von zwei Kindern, die von ihrem Vater verwaist sind. Was hat sie sich dabei gedacht? Als sie an ihre Kinder dachte, wusste sie, dass sie kämpfen musste, um da rauszukommen. Sie stand auf und rutschte die Düne hinunter, in die entgegengesetzte Richtung zu der, die sie erklommen hatte. Und dann sah sie es, etwas, das sie vorher nicht bemerkt hatte.

Quad-Tracks. Wenn sie ihnen folgte, würde sie wahrscheinlich den Weg finden, den ihr Entführer nahm. Sie wusste, dass ein Quad nicht zu weit fahren konnte, da sein Gastank ziemlich klein ist und sein Kraftstoffverbrauch ziemlich hoch ist, wenn er auf sandigem Gelände fährt. Das bedeutet, dass ihr Entführer von Al-Ain dorthin fahren musste, wo sie war, und zurück mit einem vollen Gastank. Daher muss die nächstgelegene Stadt etwa 18 Meilen entfernt sein. Sie erkannte, dass es eine lange Strecke war, und sie schätzte, dass es ihr körperlich nicht allzu gut ging, aber dass es eine angemessene Gehstrecke ist, wenn sie langsam geht, sich in jeder Ecke, die sie findet, vor der Sonne versteckt und den Quad-Tracks folgt, damit sie sich nicht verirrt. Zwanzig bis dreißig Stunden zu Fuß würde sie brauchen, um Al-Ain zu erreichen, was für jemanden, der ihre Kinder wiedersehen möchte, vernünftig ist. Sie stand auf, schüttelte etwas Sand ab und begann langsam zu gehen, ignorierte den pochenden Schmerz in ihrem Körper, drohte, sie zu ermüden, ignorierte die sengende Hitze und drohte, ihren klaren Geist zu verwischen. Sie hatte jetzt nur noch ein Ziel – die Gesichter von Keren und Ilan zu sehen, die Gesichter ihrer Kinder.

***

Itay Eshel legte den Anruf mit dem Leiter der ISA, Aharon Shaked, auf. Er saß auf einem Stuhl im Besprechungsraum der Polizeistation Al-Hili in Al-Ain. Seine linke Hand stützte seine Stirn, als er mit der anderen Hand auf sein Telefon starrte. Sein Handy hatte noch 20 % Akku übrig, während er das Gefühl hatte, dass der „Akku" seines Körpers bereits leer war. Das Scannen der Stadt lieferte keine Anhaltspunkte. Yael war weg. Er wusste, dass die Chancen, sie sicher und gesund zu finden, gering waren. Aber es war Shakeds Schweigen, das den höchsten Tribut forderte. Er konnte die Enttäuschung in seiner Stimme hören. Er beendete das Gespräch mit den Worten: „Lassen Sie es mich wissen, wenn etwas passiert." Es gab keine Ordnung, kein Versagenszugeständnis, keine Wut. Aber für Eshel bedeuteten diese Worte alles.

Ibrahim ging ins Büro und stellte eine gesüßte türkische Kaffeetasse vor sein Gesicht. Sein Blick sagte alles. Es gab keine Neuigkeiten. Die meisten

Chancen bestanden darin, dass Yael ermordet und ihre Leiche in der Wüste entsorgt worden war. Warum wurde sie entführt? Warum wurde sie nach Al-Ain gebracht? Könnte dies ein Akt der persönlichen Rache sein? Ist das eine Rache für etwas? Eshel wusste, dass Yael viele Menschen hatte, die sich selbst als ihre Opfer betrachteten, da sie am israelisch-palästinensischen Konflikt arbeitete. Er wusste, dass Barhum mit Salah Fadi, dem Palästinenser, verbunden war. Vielleicht gibt es da einen Link? Eshel war wütend. Er stand sofort von seinem Stuhl auf. "Wo ist Barhum?" Er schrie zu Ibrahim, der sich im Personalraum eine Tasse Kaffee zubereiten wollte.

"Er ist unten, in Haft", antwortete Ibrahim.

"Lass uns mit ihm reden." Eshel wollte sagen: "Ich möchte mit ihm reden", aber dann erinnerte er sich, wo er war und wie sehr er Ibrahim brauchte, um jetzt mit ihm zu arbeiten. Er wählte eine sanftere Art zu fragen, was er tun wollte. Sie gingen die Treppe hinunter. Ibrahim betrat die Halle, die alle Haftzellen enthielt. Die Halle war mit einer Stahltür verschlossen, die durch eine weitere verriegelte Tür gesichert war. Alle Zellen waren dunkel, bis auf die zweite Zelle links. Nabil Barhum saß darin auf einer dicken Schaumstoffmatratze auf einer Betonbank.

„Ibrahim, warum bin ich inhaftiert? Gegen welche Gebühr?", fragte Barhum, als sie die Zelle betraten.

"Terrorismus unterstützen", sagte Ibrahim. "Wenn wir die Untersuchung abgeschlossen haben, werde ich entscheiden, ob Sie freigelassen werden oder vor Gericht gestellt werden."

"Du kannst das nicht tun."

„Wir können tun, was wir wollen. Es wird es viel einfacher machen, dich gehen zu lassen, wenn du uns hilfst, das assyrische Problem zu lösen."

"Ich habe keine Verbindung zu ihm, besonders nicht, wenn ich inhaftiert bin."

Eshel scannte Barhum. Seine Stimme klang vielleicht etwas verzweifelt, aber seine Körpersprache bedeutete nicht, dass er verzweifelt oder erschöpft war. Barhum sah scharf aus, als wäre er bereit für den Kampf. "Wo ist sie?", fragte er.

"Wo ist wer?" Barhum protestierte. "Du weißt sehr gut, wer", sagte Eshel.

"Denken Sie daran, alles, was Sie uns sagen, könnte Ihnen einen guten Ruf bei uns verschaffen", fügte Ibrahim hinzu.

"Ich werde es dir gerne sagen, wenn du mir sagst, worum es geht." "Hör auf herum zu ficken. Wo ist Yael? Wer hat sie entführt?" „Woher soll ich das wissen? Ich bin seit... ein paar Tagen hier...?"

"Ich habe genug davon. Ich gehe ", sagte Ibrahim und ging zur Tür.

"Ich bin von dieser Geste nicht beeindruckt. Es wird mir nicht helfen, dir zu helfen ", verspottete Barhum. "Du bist nicht hierher gekommen, um mir die Schuld zu geben. Du bist gekommen, um zu überprüfen, was ich tun kann, um sie zurückzubekommen."

"Nun, gibt es etwas, was du tun kannst? Vielleicht den Assyrer rufen und ihn schütteln?«, sagte Ibrahim."

"Wir wissen beide, dass er nicht kontaktiert werden kann. Es fällt mir schwer zu glauben, dass er Yael entführen würde. Warum sollte er das tun?"

"Vielleicht, weil wir zu viel wissen? Wir könnten in seine Pläne eingreifen. Ich meine, er hat dich gebeten, sie auszuspionieren und bei den Ermittlungen nach ihr zu fragen!" Sagte Eshel.

"Könnte dies eine Rache dafür sein, dass Sie und sein Hauptquartier entlarvt wurden?", fügte Ibrahim hinzu.

"Nehmen wir an, du hast recht. Was würde er davon haben, Yael zu entführen und sie zu ermorden? Es würde nur seinen Plan riskieren." "Warum hat er dich dann gebeten, sie auszuspionieren?" Fragte Eshel.

"Ich habe es dir bereits gesagt – ich weiß es nicht. Ich kenne das Gesamtbild nicht. Ich nehme an, er hat eine Rolle für sie, weshalb ich bezweifle, dass er sie getötet hat."

"Du sagst also im Grunde, dass du uns nicht helfen kannst", sagte Eshel.

"Das habe ich nicht gesagt", sagte Barhum. "Ich denke, ich werde dir helfen können." "Wie willst du das machen? Du weißt nichts über Ermittlungen vor Ort."

"Hast du vergessen, was ich beruflich mache? Ich bin ein Hacker. Ein ziemlich guter. Ich kann den digitalen Fußabdruck von jedem finden, und das ziemlich schnell."

„Wie kommt es, dass du den Assyrer nicht finden kannst?", fragte Ibrahim.

"Ich habe keine Grundlage, um weiterzumachen. Er könnte überall sein, und ich weiß nicht einmal, wie er aussieht. Bei Yael ist das anders. Ich weiß, wo sie in den letzten Stunden war, ihre Telefonnummer und wie sie aussieht. Das reicht aus, um uns zu helfen, sie schnell zu finden, auch wenn sie ermordet wurde."

Stille.

Ibrahim und Itay sahen sich an. Eshel fragte schließlich: "Und was brauchst du dafür?"

"Ich brauche einen Computer, der mit dem Internet verbunden ist, und eine andere Sache, die etwas problematisch sein könnte."

"Was?" Fragten sie beide unisono.

"Ich brauche Zugang zu allen fotografierenden Satelliten, die über diesem Gebiet kreisen."

"Du meinst Spionagesatelliten", sagte Eshel. "Es wird nicht passieren", sagte Ibrahim.

"Gut. Denken Sie daran, dass jede Minute, die vergeht, den digitalen Fußabdruck verschwommener und schwieriger zu lokalisieren macht."

"Wir haben keine Spionagesatelliten", sagte Ibrahim.

"Das tust du nicht, aber sie tun es", sagte Barhum und sah Eshel an, der auf dem Weg aus der Zelle war.

"Wenn du sie durchsuchen kannst, dann können es auch unsere Jungs in Tel Aviv. Danke für die Hilfe ", sagte er zu Barhum, als er aus der verschlossenen Tür zur langen Halle ging.

***

Wandern in der heißen Wüste, vor allem gegen Mittag, wenn es etwa 104 Grad Fahrenheit ist, ist gefährlich. Wenn Sie unter solchen Bedingungen nicht vorbereitet sind, kann dies leicht zum Tod durch Austrocknung oder Hitzschlag führen. Yael war sich dessen bewusst. Das unglückliche Ergebnis des ausreichenden Versteckens vor der heißen Sonne war, dass man viel wertvolle Zeit verlor und von den Quad-Spuren abwich, die durch den Wüstenwind leicht verblassen konnten. Auf der anderen Seite, je mehr sie ging, desto mehr fühlte sie sich dehydriert und ihre Körpertemperatur stieg. Sie wusste, wenn ihr Körper überhitzt, kann sie Orientierung, Bewusstsein verlieren und zusammenbrechen. Das konnte sie sich nicht leisten.

Aber die Wüste war gnadenlos. Der heftige Wind schlug auf sie ein, die Sonne strahlte ihre Wärme direkt aus, und die Reflexion der Wärme und des Lichts im Sand war überwältigend. Sie sah keinen einzigen Ort, an dem sie sich vor der Hitze am Horizont schützen konnte. Ihre Haut begann bald zu brennen und zu blasen. Sie ging langsam zwischen den Dünen und folgte den Spuren, die immer verschwommener und schwerer im Sand zu sehen waren. Sie hatte keine Ahnung, wie weit sie gegangen war oder ob sie überhaupt in die richtige Richtung ging.

Sie brauchte eine halbe Stunde, um weniger als eine Meile zu gehen, und ihre Sicht wurde verschwommen. Sie wusste, dass sie nicht mehr lange durchhalten konnte. Sie wusste, dass sie sich irreparablen Schaden zufügen könnte, aber sie machte weiter und versenkte ihre Schritte im Sand. Und dann, ohne Vorwarnung, schaltet sich einfach alles auf einmal ab. Ihr leichter Körper fiel in den Sand, ohne dass es jemand meilenweit wusste.

***

Itay Eshel rief sein Volk in Israel zum zweiten Mal an diesem Tag. Diesmal rief er Shay Nachmani an, Yaels Bruder und Leiter der israelischen Cyberabwehr. Stunden waren vergangen, und die Chancen, Yael sicher und gesund zu finden, nahmen ab. Er war wütend; sein Blut war voller Koffein und Nikotin. Ja, Itay Eshel hatte wieder angefangen zu rauchen. Der Stress und die Angst zermürbten ihn, also bat er einen von Ibrahims Arbeitern um eine Zigarette. Gerade als er mit dem Rauchen fertig war, kaufte er in der Cafeteria eine Packung Zigaretten und zündete eine Zigarette nach der anderen an.

Shay hatte keine Antworten auf Eshels Fragen. Das Cyberabwehrsystem war nicht mit Israels Spionagesatelliten verbunden. Auch die ISA nicht. Um einen Spionagesatelliten über den Emiraten zu bewegen, der diplomatische Beziehungen zu Israel unterhält, war eine staatliche Genehmigung erforderlich. Selbst wenn die ISA einen solchen Satelliten einsetzte, musste sie ein strenges Protokoll befolgen, das mit mehreren militärischen und zivilen Einheiten koordiniert wurde, nachdem sie die Genehmigung der politischen Ebene erhalten hatte. Aharon Shaked, der auch Teil des Gesprächs war, versprach, alles in seiner Macht Stehende zu tun, um die Satelliten zu bewegen, um das Gebiet zu durchsuchen, aber sie alle wussten, dass dies nicht sofort geschehen konnte. Es würden zu viele Stunden vergehen, bis es machbar war.

Shay Nachmanis Stimme klang besorgt, aber er hielt den Anruf professionell. Eshel und Shaked wussten beide, was Shay für Yael getan hatte und wie sehr er darauf drängte, sie aus der Feldarbeit herauszuholen. Nachmani hatte die Macht der israelischen Computer. Er konnte sich jederzeit in jeden Computer der Welt hacken und alle Informationen erhalten, die er brauchte. Aber der Zugang zum „Auge am Himmel" war nicht einfach. Es hatte viele geopolitische Implikationen und Risiken, die berücksichtigt und gegen Yaels Leben skaliert werden mussten. Shaked verließ das Gespräch. Er hatte ein paar Anrufe zu tätigen, und er sagte, er würde in den nächsten Minuten zurückrufen.

Eshel bemerkte nicht, dass Ibrahim ins Büro ging und auf einem der Stühle hinter ihm saß. "Der Hubschrauber, den ich geschickt habe, musste zur Basis zurückkehren, um aufzutanken. Es lag mehr als drei Stunden in der Luft und fand nichts."

"Ich verstehe", sagte Eshel und zündete eine weitere Zigarette an. Er gab die Packung Ibrahim, der auch eine Zigarette nahm und anzündete. Sie saßen hilflos im Büro, rauchten, schauten sich an und dann an den Wänden, die mit Fotos, Notizen und Schriften aus den Ermittlungen der assyrischen Sandarmee gefüllt waren. Die Ermittlungen kamen zum Erliegen; niemand wusste, wie er ohne Yael weitermachen sollte. Aber gerade als Eshel mit seiner Zigarette fertig war und aufstand, um den Hintern in den Müll zu werfen, rief Aharon Shaked sein Handy an.

***

"Ich habe gute Nachrichten", sagte Shaked, nachdem Shay Nachmani sich wieder mit dem Anruf verbunden hatte. „Ich habe die Genehmigung erhalten, einen der sechs israelischen Beobachtungssatelliten zu verwenden. Wir werden in 11 Minuten die Kontrolle darüber haben, und wir werden es nur für 30 Minuten haben."

„Von welchem Satelliten sprechen wir?", fragte Nachmani. "Wir bekommen 'Ofek 5'."

„Das ist Israels ältester Satellit; es ist ein Satellit mit sehr niedriger Auflösung. Ich hoffe wirklich, dass wir in der Lage sein werden, Dinge in Menschengröße zu finden." Shay Nachmani war ungeduldig, und sie konnten es in seiner Stimme hören. „Wir haben keine andere Wahl. Das haben sie uns zugesagt, und selbst das nur, weil ich es geschafft habe, den Verteidigungsminister davon zu überzeugen, dass, wenn Yael stirbt, es einen diplomatischen Zwischenfall gegen die Emirate verursachen und unsere Chancen, den Assyrer zu bekommen, minimieren könnte ", sagte Shaked.

„Ich rufe mein gesamtes Team an, damit es schnell vorbeikommt. Sie kennen die Gegend, und wir haben Karten und Kontakte vor Ort. Wir könnten jeden Punkt im Umkreis von zehn Meilen erreichen, an dem Yael entführt wurde ", sagte Ibrahim.

"Danke", sagte Nachmani. Ibrahim verließ das Büro, als Eshel wieder auf dem Stuhl saß. Sechs Minuten. Fünf Minuten. Vier... Die Zeit verging so langsam, dass er dachte, er würde seinen Verstand verlieren. Er wusste, dass es nicht professionell war, sondern eine tiefe, ungelöste persönliche Angelegenheit zwischen ihm und Yael. Er wusste, dass er sich nie verzeihen würde, wenn er sie nicht gesund und munter zurückbringen könnte. Erst an dem Tag, an dem er stirbt. Zwei Minuten... Der Raum füllte sich mit Ibrahims Männern. Eine Minute.

Ein kleines rotes Licht begann in der Komponente zu flackern, die Fatchi Rachum unter Yotam Shneours Schreibtisch in den ISA-Büros angebracht hatte.

Eine Minute...

Die Computerbildschirme im ISA-Gebäude schalteten sich plötzlich alle auf einmal in einem verwirrenden weißen Blitz ein und schalteten sich in perfekter Koordination aus. Die Kontrolle über das Computersystem und den Satelliten 'Ofek 5' ging verloren.

32.

"Es ist verloren. Wir werden die Verbindung nicht reparieren können, bevor unsere vorgesehene Zeit mit dem Satelliten vorbei ist ", sagte Shaked. "Ich bin mir noch nicht sicher, was den Absturz verursacht hat. Jeder hier sucht nach der Quelle. Es scheint, dass wir uns in einem elektromagnetischen Impuls befinden, aber es ist unklar, woher er stammt. Wir befinden uns in einem "Faradayschen Käfig", daher sollten wir von diesen Impulsen nicht betroffen sein, es sei denn, die angreifende Komponente befindet sich ebenfalls im Käfig. Das überprüfen wir gerade. Wenn ja, bedeutet dies, dass jemand in unsere Büros eingebrochen ist. Das ist sehr ernst. Der Faraday-Käfig ist ein Abschirmungssystem, das das Eindringen elektrischer Felder verhindert, und wir hatten ihn beim Bau der Büros in den Wänden der ISA installieren lassen."

"Ich verstehe, dass dies eine komplizierte Situation ist, aber wir haben nur noch 22 Minuten mit dem Satelliten", sagte Eshel.

„Was schlägst du vor?", fragte Shaked.

„Gibt es eine Möglichkeit, den Satelliten über das Cyber-Array zu steuern und uns die Fotos zu schicken?", fragte Eshel.

"Wir sind nicht darauf vorbereitet, einen Überwachungssatelliten zu benutzen", sagte Shay. „Dafür brauchen wir Infrastruktur."

„Wir haben die Infrastruktur", sagte Ibrahim. „Die Emirate haben ein nationales Programm, um Satelliten zu starten, um die Erde zu umkreisen. Wir können uns ziemlich einfach damit verbinden."

„Wir müssen innerhalb weniger Minuten einen israelischen Satelliten mit der Infrastruktur der Emirate verbinden und auch ein riesiges Gebiet durchsuchen. Wir haben keine Chance. Es dauert nur ein paar Stunden, sich mit Ihrer Infrastruktur zu verbinden ", sagte Nachmani.

"Aber wir können uns von hier aus mit deinem Satelliten verbinden. Wir brauchen nur die richtigen Codes ", sagte Ibrahim.

"Und wie wirst du den Satelliten kontrollieren?"

"Ich kann nichts kontrollieren. Aber ich kenne jemanden, der das kann."
"Barhum? Vergiss es!", sagte Shaked.

„Hast du eine andere Möglichkeit?", fragte Eshel.

Ibrahim wandte sich an seine Männer und schrie: „Bring Barhum jetzt hierher. Ich will ihn in weniger als zwei Minuten hier haben." Der Mann stürzte aus der Tür.

"Ich muss die Zustimmung meiner Vorgesetzten einholen", sagte Shaked nach einer langen Minute.

"Aharon", sagte Shay Nachmani, "wir kennen uns schon eine Weile."

"Es wird nicht funktionieren, Shay. Du weißt, was erlaubt ist und was nicht."

„Wir brauchen statische Bilder in hoher Auflösung. Er wird den Satelliten für weniger als vier Minuten steuern. Du kannst dich später um die Bürokratie kümmern."

"Was würdest du tun, wenn du an meiner Stelle wärst?"

"Ich bin nicht in deinen Schuhen und es ist meine Schwester, von der wir sprechen. Deshalb sollte es Ihre Entscheidung sein. Nichts, was ich sage, muss dein professionelles Urteilsvermögen beeinträchtigen."

"Du wirst mir das Leben nicht leicht machen, oder?" Wir beide werden dir das Leben nicht leicht machen ", sagte Eshel.

"Gut. Ich stimme zu ", sagte Shaked. "Schick ihm die Codes. Aktualisiere mich." Erschüttert legte er auf, als Barhum den Raum betrat.

"Du hast viereinhalb Minuten, um sie zu finden. Mache Fotos von der gesamten Gegend. Wir werden das Filmmaterial nach Ende unserer Sitzung mit dem Satelliten analysieren ", sagte Eshel.

"Sehr gut", antwortete Barhum und setzte sich vor einen Computer. "Aber zuerst brauche ich deine Codes." Eshel zog sein Handy heraus und zeigte ihm die drei Codezeilen mit Zahlen, Buchstaben und Symbolen. Barhum brauchte nur 30 Sekunden, um den Satelliten "Ofek 5" zu steuern. Er fing an, Fotos in der höchstmöglichen Auflösung von der Gegend zu machen, aus der Yael entführt wurde, bis hin zu den Grenzen des Landes. Vier Minuten später verließ der Satellit das Zielgebiet und wurde getrennt.

***

Die 11 Fotos, die das Bodenteam von "Ofek 5" erhielt, wurden nicht in perfekter Auflösung erstellt, aber sie lieferten viele Informationen. Die Bürowände wurden in chronologischer Reihenfolge von 16:04 Uhr bis 03:56 Uhr, dem Tag nach Yaels Verschwinden, zu einer Fotodarstellung verarbeitet. Es gab viele Lücken in den Zeitfenstern, aber Yael war auf einigen der Fotos deutlich sichtbar. Das erste Hindernis war, zu erkennen, dass sie es war. Es stellte sich heraus, dass sie den ganzen Abend über ihre Kleidung wechselte, sich auszog und etwas trug, das wie eine Burka oder ein schwarzes Kleid aussah. Es war nicht klar, warum sie das tat. Verfolgte sie jemand und versuchte sie, sich vor ihm zu verstecken? Wollte sie sich in die Menschenmenge in der Touristengegend von Al-Ain einfügen? Sie versuchten, ihren Spuren zu folgen, aber sie verschwand immer wieder – ging höchstwahrscheinlich in Geschäfte. Eshel inspizierte gründlich das Filmmaterial der Straße, auf der Yael verschwunden war, aber das Foto wurde 43 Minuten vor ihrem Anruf aufgenommen. Zwischen diesen beiden Zeitpunkten hätte alles passieren können. Das nächste Foto wurde aufgenommen, als es bereits dunkel war, was es schwieriger machte, sie zu finden. Eshel versuchte, Autos zu identifizieren, die das Dünengelände befahren konnten. Wenn Yael entführt und in ein Wüstengebiet gebracht wurde, muss jemand es mit einem Jeep oder einem Quad getan haben. Wer auch immer sie entführt hat, hätte sie leicht in ein Auto setzen, eine der vielen Straßen von AlAin in die Wüste fahren und unterwegs umsteigen können. Die Suche nach Yael war wie die Suche nach einer Nadel im Heuhaufen. Alle waren frustriert. Ibrahim bat seine Männer, nach verdächtigen Bewegungen in der Wüste zu suchen, nach jedem Fahrzeug, das allein in den Dünen fuhr, aber ohne Erfolg.

Die Stunden vergingen, und um 16 Uhr kam Ibrahim und stand bei Eshel. "Erinnerst du dich, dass wir auch andere Aufgaben haben? Das Fälligkeitsdatum des Assyrers steht kurz bevor."

"Es tut mir leid, Ibrahim, ich kann mich jetzt nicht damit abfinden." Eshel hielt seinen Kopf zwischen den Händen.

"Ich muss einige meiner Männer dazu bringen, wieder am `Sand-Armee` - Fall zu arbeiten."

"Was wirst du tun?" Eshel erhob seine Stimme. "Aber Yael..."

"Wir müssen entscheiden, wo wir die uns zur Verfügung stehenden Ressourcen und Anstrengungen investieren." Zum ersten Mal fühlte sich Eshel gezwungen, etwas zu tun, worüber er sich sehr zurückhaltend fühlte.

"Yael ist hier, um dir zu helfen", sagte er.

„Yael ist hier, um dir zuerst zu helfen, dann wir. Wir haben zwar ein gemeinsames Ziel, aber im Moment lenkt uns ihre Entführung von unseren Ermittlungen ab. Ich glaube, das ist es, was der Assyrer will, und das will ich ihm nicht geben. Verstehst du, was ich sage?" Ibrahim sah ungeduldig aus.

"Wir wären nicht da, wo wir sind, wenn Yael nicht wäre..."

"Es ist wahr, aber Yael ist nicht hier, und wir haben alles getan, was wir konnten. Wir haben wertvolle Zeit verloren. Ich brauche dich hier bei mir."

„Yael ist hier der Schlüssel zu allem. Sie wurde nicht umsonst entführt. Sie weiß etwas, weshalb sie entführt wurde. Wir müssen sie finden." Ibrahim gab auf und setzte sich. "Du kannst Barhum nehmen, vielleicht kann er dir helfen. Setzt euch zusammen, ihr zwei, und findet sie. Darüber hinaus... tut mir leid."

Eshel war wütend, erkannte aber, dass er verloren hatte. Er erinnerte sich, warum er in die Emirate kam und wusste, was es bedeutete, es hinter sich zu lassen und nach Yael zu suchen, aber er konnte ohne sie nicht nach Israel zurückkehren. Er ging durch das Büro, schaute auf seine Uhr, klopfte Barhum dann auf die Schulter und setzte sich neben ihn, während er Ibrahim ansah. "Wenn du sie findest, werde ich alles in meiner Macht Stehende tun, um sicherzustellen, dass du freigelassen wirst", flüsterte er Barhum ins Ohr. Barhum nickte zustimmend und sagte nichts.

***

Shay Nachmani saß in seinem dunklen Büro. Es war fast Mitternacht, und sein Herz klopfte. Er nippte an diesem Tag an seiner dreizehnten Tasse Kaffee und zog es positiv in Betracht, fünf Jahre nachdem er aufgehört hatte, wieder zu rauchen und schaffte es, seine körperliche Kraft wiederzuerlangen und seine Atmungsfähigkeit zu verbessern. Er hatte gerade mit seiner Mutter telefoniert. Ilan und Keren, die Kinder seiner Schwester, waren während des gesamten Telefongesprächs an ihrer Seite. Es rasselte ihn.

Dina Nachmani entschied, dass die Kinder wissen sollten, was los war. Sie sind alt genug, um zu wissen, dass, wenn ihnen einige Informationen vorenthalten werden, dies bedeutet, dass etwas wirklich Schlimmes passiert sein muss. Sie erzählte ihnen lieber alles, als sie anzulügen. Keren und Ilan verbrachten die letzten Tage bei Shay, spielten mit seinen Kindern, hingen rum und schliefen dort, um ihnen ein Gefühl der Sicherheit zu geben. Seit Yaels Verschwinden kehrten sie zu Dinas Haus zurück und begannen, einen langsamen Prozess zu durchlaufen, "aus ihren eigenen Gedanken herauszukommen". Zum ersten Mal in seinem Leben hatte Shay Nachmani das Gefühl, dass er dabei war zu verlieren. Er fragte sich in dieser Nacht: Was würde passieren, wenn Yael nicht zurückkäme?

Nachmani öffnete und schloss die Schubladen in seinem Schreibtisch. Er suchte nach seinen "Notfallzigaretten", die er aufbewahrte, nachdem sein Schwager Gidi, der ein Vorbild für ihn war, gestorben war. Er konnte sie nicht finden. Er überlegte, eine weitere Tasse Kaffee zu machen, fühlte aber, dass sein Magen zu geschwollen war. Er war wütend auf sich selbst, weil er Keren und Ilan angelogen hatte. Er versprach ihnen, dass Yael gefunden werden würde und dass nichts die gut geölte israelische Kriegsmaschine aufhalten würde. Dass "wir das technologisch fortschrittlichste, am besten ausgebildete Personal sind und dass, wenn Eshel da ist, die Emirate alles tun, um sie zu finden. Es ist nur eine Frage der Zeit. " Aber er wusste auch, dass er sich sehr irren konnte. Yael könnte für immer im Wüstensand verloren sein. Er fragte sich, ob es besser sei, alles direkt zu sagen und keine falschen Versprechungen zu machen. Aber es war zu spät. Nachmani verstand und kannte das Gefühl sehr gut. Es war nicht das erste Mal, dass er einen Soldaten verloren hatte.

Er wurde durch den Gedanken ermutigt, dass der Assyrer versuchte, Menschen nicht zu verletzen. Er versuchte diesmal, den politischen Fortschritt im Nahen Osten ohne Krieg zu führen. "Die Sandkriege", wie auf der Facebook-Seite "Sand Army" geschrieben, "führen nirgendwo hin." Dies waren die üblichen Vorgehensweisen im Laufe der Jahre, und die Ergebnisse waren immer die gleichen. Mehr Tod und mehr Blut sind nicht die Wege der Sandarmee. Also, was ist sein Weg? Warum entführten die Assyrer Yael? Vielleicht brauchte er sie? Aber warum?

Nachmani wurde durch den Gedanken ermutigt, erinnerte sich dann aber an die ständig wachsende Liste von Opfern, die die Angriffe und die virtuelle Armee der Assyrer hinterlassen hatten. Der Tanker 'Amorella' und Salah Fadi waren nur der Anfang. Er schickte eine SMS an Itay und bat ihn, ihm das Filmmaterial vom Satelliten zu schicken, der bis dahin irgendwo weit weg von Al-Ain kreiste. Aber das Versenden von 11 Fotos mit jeweils über 10 Gigabyte war keine leichte Aufgabe, und es dauerte viel zu lange.

Er sah, wie die Fotos in die Cloud hochgeladen wurden, wartete geduldig und versuchte, seine Angst zu kontrollieren. Er fühlte sich nie so verzweifelt wie jetzt. Er ging wieder in die Küchenzeile und füllte einen Einweg-Kartonbecher mit einem geladenen Löffel türkischem Kaffee und heißem Wasser. Er öffnete sein Bürofenster. Heiße, feuchte Luft bedeckte sein Gesicht und Schweißtröpfchen bildeten sich auf seiner Stirn. Er wollte nach Hause gehen, duschen und schlafen gehen. Er wusste, dass seine Frau vor langer Zeit eingeschlafen war. Sie wusste, dass er nicht mit leeren Händen nach Hause kommen würde und dass er nicht ruhen würde, bis seine Schwester gefunden wurde.

Fünfzehn Minuten nach Mitternacht klingelte sein Handy zum ersten Mal. Aharon Shaked war in der Leitung. Er fragte, ob es Neuigkeiten über Yael gäbe, und sagte ihm, er solle ihn aufwecken, falls neue Informationen hereinkämen. Nachmani dankte ihm und legte auf.

Dreißig Minuten nach Mitternacht klingelte Nachmanis Handy zum zweiten Mal. Itay Eshel war in der Leitung. "Wir könnten eine Spur haben", sagte er.

33.
2013

Zwei Monate nachdem Alexandra Dahl ein Flugzeug nach Athen bestiegen hatte, bestieg Ameer Baghdadi einen Flug nach Istanbul und von dort nach Kirkuk. Er hatte nichts in Kirkuk außer schmerzhaften Kindheitserinnerungen, Ruinen der Vergangenheit und Grabsteinen. Seine Ausrede, dorthin zu gehen, war, die Gräber seiner Mutter und Schwester zu sehen, aber tief im Inneren wusste er, dass Kirkuk eine bedeutende Rolle in seinem Leben und seiner Zukunft spielte.

Der Friedhof "Musalla" befand sich im Stadtzentrum, nicht weit von der Zitadelle Kirkuk entfernt. Der Friedhof war riesig, und die Gräber waren zufällig verstreut, ohne Planung hinter ihrer Positionierung, ohne Spuren zwischen ihnen, seltsame Mausoleen hier und da und türkisfarbene Mörtelkuppeln. Es sah sehr vernachlässigt aus. Ameer hatte keine Ahnung, wo Lamis 'Grab war. Er wusste, dass sich die neueren Gräber im nördlichen Teil des Friedhofs befanden, aber er fand auch eine Reihe alter Gräber. Die Gräber waren viel zu voll. Er versuchte, die Gräber methodisch zu scannen, entdeckte aber bald, dass die ungeplante, vorläufige Streuung der Gräber dies unmöglich machte. Trotzdem beschloss er, ihr Grab zu lokalisieren, egal was geschah.

Er schlief in einem 3-Sterne-Hotel, das in keinem westlichen Land auch nur einen einzigen Stern wert war. Das Hotel hatte ein Restaurant, das lokale Speisen servierte, und die Zimmer enthielten billige Möbel. Die Teppiche waren feucht und muffig, und das Badezimmer war voller schimmeliger Flecken an den Wänden, aber dieses Hotel lag in der Nachbarschaft, in der er aufgewachsen war, neben der Zitadelle und dem Friedhof, der zu Fuß erreichbar war. Ameer wusste, dass er nicht sehr lange in Kirkuk bleiben würde, also suchte er nicht nach etwas Würdigerem, um darin zu leben. In gewisser Weise passte der Lebensstil, den ihm das Hotel bot, sehr gut zu seiner armen Vergangenheit dort, was ihm überraschenderweise das Gefühl gab, nach Hause zurückzukehren.

An seinem dritten Tag in Kirkuk fand er das Grab. Ali und Amani konnten nicht zu viel Geld in Lamis Grabstein stecken, also wurde er aus einer Betonmischung mit großen schwarzen Buchstaben in Ölfarbe hergestellt. Ein Teil der Farbe war verblasst, und die weiße Putzdecke auf dem Grab hatte sich abzulösen begonnen. Am selben Abend lud Ameer den Grabsteinbauer ein und bat ihn, einen großen, schicken Marmorstein-Grabstein für Lamis zu bauen. Er war bereit zu zahlen, was auch immer die Kosten waren. Der Mann, der in solchen Dingen sehr erfahren war, versuchte es ihm auszureden. Ein Grabstein aus Marmorstein ist sehr teuer, und Diebe würden ihn vor dem Wochenende stehlen. "Du wirst dein Geld verschwenden", sagte er. "Es ist besser, den Beton zu renovieren." Ameer wollte seiner Mutter mindestens einmal in seinem Leben etwas geben, also bestand er auf dem Marmor und bat den Grabsteinbauer, seine Struktur zu verstärken, was es Dieben schwer machte, ihn zu nehmen, und einen weiteren ähnlichen Grabstein auf Khaleds Grab zu bauen, das bei Lamis Grab lag. "Drei Tage", sagte der Mann.

In den nächsten Tagen schlenderte Ameer durch die Stadt seiner Kindheit. Er kletterte zur Zitadelle von Kirkuk und fand den Olivenbaum, unter dem er zu studieren und zu lesen pflegte. Er besuchte die Moschee, in der er sich versteckt hatte, den Supermarkt, der noch geöffnet war und von einem von Khaleds Kindern geführt wurde, bis er schließlich in sein Elternhaus kam. Das Haus sah elend und verlassen aus. Die Wände waren voller Risse, und der Putz schälte sich von ihnen ab. Die Eingangstür war geschlossen, aber die Tür, die zum Hinterhof führte, war faul und zertrümmert.

Ameer sprang über den Zaun, ging über das trockene Unkraut und die Vegetation auf dem Boden, kam in den Hinterhof und trat dann die Tür auf. Eine Wolke aus Staub und Sägemehl umgab sein Gesicht und füllte seine Augen mit Tränen. Alles sah aus, als wäre es in der Zeit eingefroren. Erinnerungen und Visionen aus der Kindheit überschwemmten ihn und verflochten sich mit den Träumen aus seiner Jugend und seinem Erwachsenenalter, den vielen einsamen Tagen, die er in diesem Haus hatte, dem Brief seiner Mutter und der Geldkassette, den alten Möbeln, seinem Bett. Alles war genau dort, wo er es gelassen hatte, als ob niemand es jemals berührt hätte. Er begann, das Haus zu putzen und das Bett geistesabwesend zu machen. Er öffnete und schloss Schränke, staubte die Bettwäsche ab, legte sich dann auf das Bett und schlief wie ein Baby. Drei Stunden später wachte er aus einem schwachen Klingeln auf, das vom Handy in seiner Tasche kam. Er zog es heraus und sah sich die Nachricht an, die er von Alexandra erhielt: "Es stellt sich heraus..." Sie schrieb in der ersten Nachricht: "Ich bin schwanger." Sagte die zweite Nachricht, die ein paar Sekunden später kam.

Ameer Baghdadi saß auf seinem Bett, hielt sein Handy und weinte wie ein Baby. Er versuchte, Alexandras Nummer zu wählen, aber ohne Erfolg. Ihr Telefonabonnement war nicht verfügbar. Stattdessen schrieb er ihr: „Ich bin der glücklichste Mann der Welt. Ich liebe dich mehr als alles andere." Aber seine SMS wurde nicht beantwortet, weder an diesem Tag noch in den nächsten drei Tagen.

An seinem fünften Tag in Kirkuk war er darüber hinweg; er wollte, dass die Grabsteinrestaurierung abgeschlossen wurde, damit er zu seinem Leben und seiner Arbeit in Leeds zurückkehren konnte. Er wusste, dass Alexandra nächsten Monat nach England zurückkehren sollte, und von dort aus – der Himmel ist die Grenze. Ameer wusste nicht, dass Alexandra ein paar Wochen nach ihrer Landung auf Lesbos mit ihrer Freundin im Rahmen des Freiwilligenprogramms „Ärzte ohne Grenzen" nach Syrien ging. Sie ging in das riesige Flüchtlingslager "Al-Hawl" im Nordosten des Landes. Alexandra kümmerte sich um kranke und kriegsverwundete Menschen und führte Operationen an Hunderten von Syrern durch, die im Lager lebten. Sie erzählte ihm davon erst, nachdem er in Kirkuk angekommen war.

In dieses Flüchtlingslager zu gehen bedeutete, dass sich ihre Rückkehr nach England verzögerte, was für Ameer eine sehr traurige Nachricht war. Sie sagten, sie würden sich im April in London treffen. Die Sehnsucht und Sorge, die er ihr gegenüber empfand, trieb ihn in den Wahnsinn, aber er kannte Alexandra und vertraute ihr. Sie sorgte dafür, dass sie ihm mit viel Liebe beruhigende Botschaften schickte. An seinem letzten Tag in Kirkuk stand er früh auf und nahm ein Taxi zum Friedhof, um den Grabsteinbauer zu bezahlen. Lamis Grabstein war fertig und im Vergleich zu den anderen Grabsteinen um ihn herum sehr prominent.

Ameer machte ein Foto davon, und als er wieder Mobilfunkempfang hatte, schickte er das Foto an seinen Bruder und Alexandra.

Dann kehrte er ins Hotel zurück, bezahlte seine Rechnung und machte sich auf den Weg zum Flughafen. Es war an der Zeit, den Irak endgültig hinter sich zu lassen. Es war schon Abend. Der Flug von Ameer nach Istanbul verzögerte sich um 23:00 Uhr. Er hatte viele Stunden am Flughafen zu verbringen, also schaltete er seinen Laptop ein und begann zu arbeiten. Um 21:41 Uhr klingelte sein Handy. Er war aufgeregt. Es war vier Tage her, seit er das letzte Mal von Alexandra gehört hatte, und er sehnte sich danach, mit ihr zu sprechen, ihre Stimme zu hören. Die Nummer auf dem Bildschirm hatte eine Londoner Vorwahl. Antwortete er. "Hallo?"

"Ameer?"

"Ja. Wer ist es?" Fragte er, obwohl die Stimme vertraut klang. „Das ist Dr. Lucas Dahl. Alexandras Vater."

Ameer hatte Lucas ein paar Mal in London getroffen, bei Familienessen. Ameer hielt ihn für einen kriegerischen, selbstbewussten Mann, aber jetzt klang er schwach und gebrechlich. "Ja, was ist los?"

"Es geht um Alexandra. Ich habe gerade mit Suzanne gesprochen. Sie ist mit Alexandra in Syrien."

"Ja, ich weiß. Ist etwas passiert?"

Ameer wartete darauf, dass Lucas sprach. Er wusste, dass seine schwache Stimme ein Zeichen für schlechte Nachrichten war, aber er wusste nicht, was ihn erwarten würde."

„Vor zwei Tagen ist ISIS in das Flüchtlingslager eingedrungen. Sie schlachteten einige der Flüchtlinge ab und entführten internationale Freiwillige. Ameer nahmen sie Alexandra und zwei weitere Ärzte. Ich weiß nicht, was ich tun soll." Der fertige Arzt brach weinend aus.

Ameer Baghdadi saß allein im Café des Flughafens Kirkuk und schaute auf den flackernden Computerbildschirm vor ihm. Sein Handy fiel von seiner Hand auf den Boden. Genau in diesem Moment kündigte das PA-System an, dass das Boarding des Istanbul-Fluges am Gate A3 beginnen würde.

34.
2019

Zuerst sah es aus wie ein schwarzer Fleck auf den Dünen, aber Barhum und Eshel wussten, dass dies kein Felsen oder ein verlassenes Gebäude mitten im Nirgendwo war. Es war ein Fahrzeug, das hinter einer kleinen Düne am Rande der Straße E-40 westlich von Al-Ain positioniert war. Der Wüstenteil der Straße führt durch eine Zementfabrik und einen verlassenen Flughafen. Es ist in Asphalt gepflastert, endet aber abrupt und verwandelt sich in eine unbefestigte Straße, die nur für 4X4-FAHRZEUGE geeignet ist. Die unbefestigte Straße führt an vielen Dünen und flachen Sandbetten vorbei, bis sie sich mit einer asphaltierten Straße schneidet, der Fortsetzung der Straße E-95, die bis zur Grenze von Oman führt.

Der "Fleck" wurde fünf Stunden nach Yaels Verschwinden fotografiert. Unweit davon, etwa 2-2,5 Meilen entfernt, konnten sie deutlich ein anderes Fahrzeug erkennen, das am Straßenrand geparkt war. Ein Lastwagen, vielleicht ein Abschleppwagen, dessen Vorderseite nach Al-Ain zeigt. Sie vermuteten es wegen des sehr auffälligen IV-Zeichens, das auf dem dunklen Dach des Autos weiß gefärbt war. Barhum suchte nach einem Fahrzeug mit dem Schild im Filmmaterial, das zuvor in Al-Ain aufgenommen wurde, hauptsächlich dort, wo Yael vermisst wurde, aber er fand nichts.

Eshel betrachtete alle Überwachungskameras und Ampelkameras, die in der ganzen Stadt verstreut waren. Es gab so viele Daten. Er hatte keine Chance, alleine damit fertig zu werden. Sie wussten beide, dass sie, wenn sie die erste Stelle fanden, an der das Fahrzeug gesehen wurde, es viele Stunden lang und über einen weiten Bereich verfolgen konnten. Eshel suchte nach dem Besitzer einer mit römischen Nummern gekennzeichneten Fahrzeugflotte. Es dauerte eine Weile, aber schließlich fand Barhum ein paar Transportfahrzeuge auf einem Parkplatz im südlichen Teil der Stadt. Er suchte nach der Firma, die solche Fahrzeuge besaß, und stellte schnell fest, dass sie zu "Al-Hazana Transportation" gehörten. Er fand ihre Nummer und telefonierte innerhalb weniger Minuten mit dem Betriebsleiter des Unternehmens. Er sagte ihm, einer ihrer Abschleppwagen sei vor zwei Tagen verschwunden. Es wurde höchstwahrscheinlich vom Parkplatz der autorisierten Garage des Unternehmens gestohlen. Das Unternehmen meldete es der Polizei, aber es war noch nicht gefunden worden. Es war ein großer Abschleppwagen, der LKWs abschleppen kann.

Ibrahim erzählte dem Kerl, dass sie sein Fahrzeug mitten in der Wüste gefunden haben, und es ist in einen schweren Entführungsfall verwickelt, vielleicht einen Mord. Die Polizei würde das Unternehmen auf den neuesten Stand bringen, wenn sie es abholen können. Sechs Minuten später waren Ibrahim, Barhum und Eshel in einem Polizei-Jeep auf dem Weg in die Gegend. Eshel wusste, dass der schwarze Fleck nur der Ausgangspunkt ihrer Wüstensuche war, die viele Stunden, vielleicht sogar Tage dauern konnte, und während dieser Zeit konnte Yael für immer verschwinden. Jede Minute war wichtig.

***

Sie kamen gegen 40 Minuten nach Mitternacht in der Gegend an. Insgesamt fünf Fahrzeuge, 21 Polizisten und Sicherheitskräfte. Ein Team wurde vom Abschleppwagen hochgezogen, und der Rest ging dahin, wo die Luftaufnahmen den amorphen Charakter zeigten. Sie konnten von der Straße aus sehen, dass der "Fleck" eigentlich ein Quad war. Sie stiegen aus dem Jeep und begannen, die Gegend zu durchsuchen, nach Yael zu suchen, aber sie war nirgends zu finden. Ibrahim ging zum Quad, um nach identifizierenden Details zu suchen, aber das Nummernschild wurde entfernt, und es schien, als wäre es seit ein paar Tagen in der Wüste gewesen. Der Gastank war leer und die Schlüssel waren weg. Ibrahim befahl seinen Polizisten, sich gleichmäßig in alle Richtungen zu verbreiten, aber Eshel sagte, es sei eine Verschwendung ihrer Arbeitskräfte. Sie sollten versuchen, die Spuren des Quads zu finden. Viele Stunden waren seit Yaels Verschwinden vergangen, und es bestand die Möglichkeit, dass diese Spuren im Wüstensand verblasst sein könnten, aber es konnte jedem immer noch einen genaueren Weg zur Suche geben, in einem kleineren Radius, besonders im Vergleich zu Ibrahims Alternative.

***

Sie kamen gegen 40 Minuten nach Mitternacht in der Gegend an. Insgesamt fünf Fahrzeuge, 21 Polizisten und Sicherheitskräfte. Ein Team wurde vom Abschleppwagen hochgezogen, und der Rest ging dahin, wo die Luftaufnahmen den amorphen Charakter zeigten. Sie konnten von der Straße aus sehen, dass der "Fleck" eigentlich ein Quad war. Sie stiegen aus dem Jeep und begannen, die Gegend zu durchsuchen, nach Yael zu suchen, aber sie war nirgendwo zu finden. Ibrahim ging zum Quad, um nach identifizierenden Details zu suchen, aber das Nummernschild wurde entfernt, und es schien, als wäre es seit ein paar Tagen in der Wüste gewesen. Der Gastank war leer und die Schlüssel waren weg. Ibrahim befahl seinen Polizisten, sich gleichmäßig in alle Richtungen zu verbreiten, aber Eshel sagte, es sei eine Verschwendung ihrer Arbeitskräfte. Sie sollten versuchen, die Spuren des Quads zu finden. Viele Stunden waren seit Yaels Verschwinden vergangen, und es bestand die Möglichkeit, dass diese Spuren im Wüstensand verblasst sein könnten, aber es konnte jedem immer noch einen genaueren Weg zur Suche geben, in einem kleineren Radius, besonders im Vergleich zu Ibrahims Alternative.

„Wie lange würden wir brauchen, um es zu gehen?", fragte Eshel. "Es könnte mindestens acht Stunden dauern", sagte Ibrahim. "Wie wäre es mit einem Hubschrauber?"

"Ein Hubschrauber wäre bei Tageslicht nützlicher. Es ist schwer, mitten in der Nacht Dinge aus der Luft zu sehen ", antwortete Ibrahim. "Ich habe einen Polizisten geschickt, um Fingerabdrücke von den Fahrzeugen zu sammeln, aber ich glaube nicht, dass er etwas finden wird. Und sowieso wird es einige Zeit dauern, bis das Labor den Fingerabdruck von jemandem im System vergleichen kann."

Sie gingen weiter, und obwohl es unmöglich schien, fühlte Eshel sich erleichtert. Er spürte es im Inneren, er wusste, dass sie Yael finden würden. Er wusste, dass der Assyrer eine Rolle für sie spielte. Wenn er sie töten wollte, hätte er es in Israel getan oder als sie allein durch die Straße von Al-Ain ging. Aber er fuhr sie lieber mitten in die Wüste und ließ sie dort zurück. Er wollte mehr eine Nachricht senden, als er Yael schaden wollte. Aber als die Stunden vergingen und die Spuren des Quads zu verblassen begannen, begann er an diesem Gefühl zu zweifeln. Vielleicht waren sie den falschen Weg gegangen?

Um 3:00 Uhr hielt er inne und sah sich um. Etwas beunruhigte ihn. Alles war zu einfach. Ein Fahrzeug mit einer Markierung auf dem Dach, das in der Wüste verlassen wurde, ein Quad mit einem leeren Gastank... Warum wurde das Quad nicht wieder auf den Abschleppwagen geladen? Es sah inszeniert aus, um sie von ihr fernzuhalten. Aber warum? Wenn der Assyrer nicht vorhat, Yael zu verletzen, was hätte er dann von diesem Schritt? Vielleicht versucht er nur, sie aufzuhalten? Vielleicht sind sie alle Teil eines größeren Plans? Eshel drehte sich um. Sie waren über 12 Meilen von dem verlassenen Quad entfernt.

Er stieg in den Jeep, der die Suchteams begleitete, mit seinem "Hotspot" verbunden war, und ging mit all den Bildern, die er Shay Nachmani schickte, in die Cloud. Er markierte, wo sich das Quad befand, markierte erneut, wo sich der Abschleppwagen befand, und markierte zum dritten Mal, wo sie sich befanden. Erst dann erkannte er, wie fatal ihr Fehler war.

***

"Der Ort, an dem wir das Quad gefunden haben, ist nicht der Ort, an dem der Entführer es verlassen wollte", sagte Eshel.

„Woher weißt du das?", fragte Ibrahim.

"Da macht dieser Plan keinen Sinn. Warum sollte er den Abschleppwagen mitten auf der Straße anhalten, von dort aus mit dem Quad fortfahren und beide Fahrzeuge an verschiedenen Orten in der Wüste stehen lassen?"

„Was sagst du eigentlich?", fragte Barhum.

„Der Typ vom Transportunternehmen sagte, dass das Fahrzeug gerade einen Garagenservice hatte, was bedeutet, dass es noch betankt und wieder für die Fahrt vorbereitet werden musste. Wer es gestohlen hat, hat nicht daran gedacht. Sie planten, den Abschleppwagen zu nehmen, das Quad und Yael darauf zu laden, mitten in die Wüste zu gehen und sie dort zu lassen. Nur in Wirklichkeit..."

"Ihnen ging unterwegs das Benzin aus", sagte Ibrahim.

"Genau. Also luden sie das Quad aus, nahmen Yael mit und fuhren dorthin, wo sie sie abladen wollten, damit sie nicht zurückkommen konnte ", sagte Eshel.

"Sie dachten nicht daran, dass sie viel weiter waren als der Punkt, an dem sie eigentlich entladen sollten", sagte Ibrahim. "Ich nehme an, es waren zwei Leute; einer nahm Yael mit, fuhr mitten in die Wüste und merkte dann, dass er nicht zum Abschleppwagen zurückkehren konnte. Stattdessen fuhr er auf die Straße zu, die die E-40 mit der E-95 verbindet. Als er auf die Straße kam, drehte er wieder nach Norden, bis auch das Gas im Quad ausging. Dort verließ er das Quad und ging zu Fuß weiter. Er muss seinen Freund auf der Hauptstraße getroffen haben..."

"Und jemand hat sie dort abgeholt", sagte Barhum.

"Wir haben in der falschen Gegend gesucht. Yael liegt irgendwo zwischen dem Abschleppwagen und dem verlassenen Quad ", sagte Eshel.

"Wir müssen die Suche von Anfang an beginnen", bestätigte Ibrahim.

"Nur dieses Mal sollten wir vom Abschleppwagen aus starten." Eshel stieg aus dem Jeep und schrie alle Soldaten an, wieder in ihre Fahrzeuge zu steigen. Innerhalb weniger Minuten waren sie alle drinnen, und der

Konvoi machte sich auf den Weg zurück zum Abschleppwagen. Es war 3:45 Uhr, als sie dort ankamen und nach Spuren suchten. Sie brauchten nur wenige Augenblicke, um die Spuren des Quads zu finden. Ibrahim befahl seinen Polizisten, aus den Fahrzeugen auszusteigen und die Gegend auf die gleiche Weise zu durchsuchen, wie sie es gerade getan hatten.

***

Die Spuren des Quad setzten sich für 2,5 Meilen in das Herz der Wüste fort und verschwanden dann. Sand bedeckte alle Wege. Leichte Winde reichten aus, um die Spuren zu bedecken, auch wenn es sich um Spuren eines dicken, müden Fahrzeugs handelte.

Sie beschlossen, einen breiteren Radius zu suchen und den sich ausdehnenden Bereich, von dem aus die Spuren nach Süden verschwanden, mit einem Kegel zu markieren. Die Sonne ging von Osten auf. Es hatte seine Vor- und Nachteile. Der Vorteil war das Licht, das die Sonne brachte; obwohl sie genügend Taschenlampen hatten, ist nichts mit Sonnenlicht vergleichbar. Der Nachteil war die verstärkte Hitze, die es ihren bereits erschöpften Körpern körperlich viel schwerer machte.

Vor 9:00 Uhr ist das Wüstenwetter in der Regel erträglich. Nach 9:00 Uhr steigen die Temperaturen und die unerträgliche Hitze wird tödlich. Eshel wusste das und erkannte, dass, wenn Yael noch am Leben wäre, jeder Moment für ihr Überleben entscheidend sein würde. Sie gingen schnell und riefen Yaels Namen. Aber die Dünen waren leer, ohne Anzeichen einer Person oder eines Fahrzeugs.

Um 7:00 Uhr fand einer der Polizisten die Spuren des Quad wieder und sie änderten die Richtung. Sie fuhren fast 2 Meilen weiter, bis Barhum eine einzige, trockene Palme nur wenige hundert Meter von den Spuren des Quads entfernt sah. Eshel, Ibrahim und ein anderer Polizist verließen die Suchteams und rannten auf den Baum zu.

Sie kamen zehn Minuten später dazu. Neben der großen Palme, die sie von weitem gesehen hatten, standen zwei kleinere Bäume. Alle drei Bäume wuchsen auf einem felsigen Gelände oberhalb der Dünenlinie. Sie fanden Überreste eines erloschenen Lagerfeuers, einen Haufen großer Steine und abgeladene Kleidung. Essensreste und Plastikutensilien waren verstreut, und die Spuren eines Quads, das wild wurde und Zerstörung hinterließ, waren sichtbar. Es gab keine Spur von Yael.

Eshel saß auf einem der Felsen und nahm einen Schluck Wasser. Er war verzweifelt. Das Gebiet war riesig, und theoretisch könnte Yaels Körper unter seinen Füßen liegen, mit Sand bedeckt, und er würde es nie bemerken. Er fühlte, dass er an der richtigen Stelle war. Er wusste, dass sie da war. Aber wo? Ibrahim legte seine Hand auf Eshels Schulter. "Ich weiß, das ist das Letzte, was du jetzt hören willst, aber ich muss mich um einen kolossalen Terroranschlag kümmern. Yael müsste warten, auch wenn es bedeutet..." "Ich verstehe ", sagte Eshel.

Ibrahim begann, seine Männer und Ausrüstung zu sammeln. Eshel erhob sich vom Felsen und ging zurück zu seinem Herkunftsort. Er hüpfte über die Überreste des Lagerfeuers und trat leicht auf die verstreute Streu, den Felshaufen und den Kleiderhaufen. Aber im Gegensatz zu dem, was er erwartet hatte, zerstreuten sie sich nicht im Wind wie der Rest der Objekte. Sie waren verankert, als ob ein großer Stein darauf gelegt worden wäre. Er bewegte die Kleidung mit den Füßen herum. Er war schockiert von dem, was er fand. Die Hand einer kleinen Frau ragte aus dem Haufen. Eshel stürzte zu Boden und schrie: „Hier ist etwas! Hier ist jemand!"

35.
2013

Ameer Baghdadis erster Instinkt war, alles zu verlassen und ins Flüchtlingslager "Al-Hawl" in Syrien zu gehen, um Alexandra zu finden. Während er am Flughafen saß und hörte, wie sein Name durch das PA-System gerufen wurde, erkannte Ameer, dass er seine Schritte mit Zurückhaltung berechnen musste, sonst würde er sie für immer verlieren. Die Zeit war nicht auf seiner Seite. Mit jedem zusätzlichen Tag, den ISIS hatte, erhöhte Alexandra die Chancen, dass sie sie hinrichten, filmen und in den sozialen Medien veröffentlichen würde. Er musste einen strategischen Plan erstellen. Es mag ein Schuss im Dunkeln gewesen sein, aber er hatte keine andere Wahl. Alexandra war die letzte Person, die Ameer in seinem Leben hatte. Er schloss die Augen, nahm seine Habseligkeiten und ging zum Haus seiner Mutter in Kirkuk.

Als er zum Haus kam, schlief er auf dem muffigen Bett ein. Er brauchte ein paar Stunden Schlaf, damit er mit klarem Verstand denken konnte. Er wachte um 05:30 Uhr auf und begann, das Haus zu organisieren, indem er die Dienste vieler Fachleute in Anspruch nahm: einen Elektriker, einen Kommunikationsspezialisten, einen Zimmermann und einen Klempner. Er sagte ihnen, er brauche alles, um in zwei Tagen fertig zu sein, egal, was es kosten würde. Dann unternahm er einen intensiven Einkaufsbummel, kaufte Möbel, elektrische Geräte, Computer, Kommunikationssysteme mit Satellitenschüsseln und Antennen und eine Hochgeschwindigkeits-Internetinfrastruktur. Er reparierte den umliegenden Zaun und brachte einen Gärtner mit, um den Hof zu reinigen. Er verwandelte das Haus in eine Festung und kaufte Sicherheitsdienste. Er kaufte ein 4X4-FAHRZEUG, um lange Fahrten auf jedem Gelände zu machen, und stattete es mit ausgeklügelten Kommunikationssystemen, Überlebensausrüstung und einem großen, vollen Gastank aus. Ameer Baghdadi bereitete sich auf die Schlacht vor und nutzte alles, was er im Irak und in England gelernt hatte.

Sein Ziel war es, Alexandra zu retten, egal zu welchem Preis. Er setzte sich hin und plante seine Umzüge für eine ganze Woche. Er erforschte ISIS gründlich; ihre Verhaltensmuster, Organisationsstruktur, Arbeitsmethoden und Ideologie. Er legte ihre Finanzierungsquellen fest und folgte dem Geld von saudi-arabischen und katarischen Bankkonten in die Hände der Aktivisten. Er erfuhr von den Verbindungen der

Organisation in westlichen Ländern, Südostasien und Südamerika. Er erfuhr von ihren Waffenschmuggelrouten und militarisierten Lagern. Eines dieser Lager war wahrscheinlich dort, wo sie Alexandra gefangen hielten.

Tage vergingen, und kein Film über Alexandras grausamen Tod oder gar ihr Gesicht wurde veröffentlicht. Ameer nahm an, dass sie für sie wertvoll war, da sie Ärztin ist, weshalb sie nicht hingerichtet wurde. Er versuchte, nicht an die Folterungen zu denken, die sie ihr auferlegten, und ermutigte sich selbst mit der Vorstellung, dass sie noch am Leben sein müsse. Aber im Laufe der Zeit wurde ihm klar, dass er nicht länger warten konnte. Er musste sich auf den Weg machen.

Am 4. April 2013 mietete er eine kleine Wohnung auf der anderen Seite der Stadt und verlegte einen Teil der Ausrüstung dorthin. Er verdrahtete den gesamten Ort, verband ihn mit den Kommunikationsnetzwerken und installierte ein fortschrittliches Computersystem.

Am nächsten Tag stieg Ameer in seinen Armee-Jeep, den er gekauft hatte, füllte ihn für die nächsten Tage mit Nahrung, Wasser, Medikamenten und Bargeld und machte sich dann auf den Weg. Er hatte einen festen Plan und nur ein Ziel – Alexandra Dahl nach Hause zu bringen.

***

Die Straße von Kirkuk nach Erbil auf dem Highway 2 hätte eine Stunde und 15 Minuten dauern sollen, aber die Wüstenstraße war fast leer. Abgesehen von einer kleinen Polizeischranke am Fluss Zab hatte Ameer den ganzen Weg keine einzige Seele gesehen. Er schaffte es in 50 Minuten nach Erbil, füllte seinen Gastank und fuhr weiter nach Mossul. Um 05:00 Uhr betrat er die Stadt von Osten. Im Stadtzentrum, am Stadtteil Furkan, verband er sich mit der Straße 80. Er konnte die Flüchtlinge aus dem IS und die irakischen militärischen Zusammenstöße bereits am Straßenrand sehen. Die Straße war voller Fahrzeugreste und Löcher, die ein Zeugnis für Bomben und Terroranschläge waren. Mossul, die nördliche Hauptstadt des Gouvernements Ninive, der Stadt der Kurden, wurde am Ufer des Tigris gebaut. Schwarzer Rauch, der in der Luft aufstieg, war eine Erinnerung daran, dass die Schlachten immer noch tobten. Später, im Juni 2014, wurde die Stadt von ISIS erobert, ihre Häuser in Trümmern, und die Bürger jagten wie Tiere. Aber an diesem Tag sahen die Soldaten in den Polizeischranken, die über die Stadt verstreut waren, schläfrig aus, und keiner von ihnen hatte sich auch nur die Mühe gemacht, Ameers Jeep aufzuhalten.

Vor den Ruinen der antiken Stadt Ninive fuhr Ameer auf den Highway 1, der bis zur Grenze zu Syrien führt. Mossul war die letzte große Stadt auf seinem Weg, also beschloss er, am Ausgang der Stadt anzuhalten und etwas zu frühstücken.

Er ging in ein kleines Lebensmittelgeschäft im Viertel Heyy Ar Rabi, kaufte eine Flasche gesüßten Saft, Fladenbrot mit Omelett und Tahini und trank türkischen Kaffee. Dann fuhr er wieder auf dem Highway 1 in Richtung der Stadt Tal Afar. Das Klima wechselte von trocken zu halbtrocken und dann zu einem kontinentalen Klima. Die Wasserreservoirs gaben der Stadt einen europäischen Touch, was Ameer sein Zuhause in Leeds sehr vermissen ließ. Der Irak war kein Teil mehr von ihm. Er fühlte sich fremd und vermisste das heimelige Gefühl, das er hatte, als er bei Alexandra einzog. Er wusste, dass er höchstwahrscheinlich auch nie nach Hause zurückkehren würde, wenn es ihm nicht gelingen würde, sie nach Hause zu bringen. Je mehr er in Gedanken der Verzweiflung versank, desto stärker drückte er das Gaspedal. Er durchquerte die Stadt und fuhr zur Grenzautobahn, wo er nach Norden fuhr, bis er zum Schmugglertal kam – dem verlassenen syrischen Grenzübergang.

Um 11:14 Uhr stieg er von der Straße aus, schaltete sein GPS ein und fuhr auf den Feldwegen. Nach ein paar Meilen hielt er an, stieg aus seinem Jeep und nahm eine kleine 6,5-Quadrat-Zoll-Box aus seinem Kofferraum. Er begrub es im Dreck, direkt am Weg, und fuhr dann weiter zum Dorf Kahtanieh Al-Hasakah. Er ging daran vorbei und ging weiter in Richtung AlHawl. Um 15.50 Uhr hielt Ameer an einer Moschee im Stadtzentrum an, stieg aus seinem Jeep und schaute sich um. Er fürchtete die ISIS-bewaffneten Milizen. Er fürchtete die syrische Armee und die Rebellen. Aber die Stadt war voll von UN-Truppen und Vertretern aus verschiedenen Ländern. Alles in allem war es ziemlich ruhig und friedlich. Lastwagen mit Ausrüstung, die sich auf den Weg in das Flüchtlingslager im Süden machten, fuhren an ihm vorbei. Soldaten in Uniformen schlenderten durch die Straßen, die von den Bewohnern verlassen wurden, und ihre Häuser hatten Schießlöcher in den Wänden. Die Stadt, die ziemlich weit vom Epizentrum der syrischen Schlachten entfernt war, wurde unter den wachsamen Augen der Vereinigten Staaten gelassen, die es schafften, eine gewisse, wenn auch angespannte Routine des Lebens dort aufrechtzuerhalten, aber auch das wurde hin und wieder von ISIS-Angriffen durchbrochen. Ameers Ängste begannen sich zu zerstreuen, also stieg er wieder in seinen Jeep und fuhr in eines der größten Flüchtlingslager der Welt, um die stärkste terroristische Organisation zu bekämpfen und seinen Ehepartner zu retten.

36.

Das Flüchtlingslager Al-Hawl hatte die Proportionen einer mittelgroßen Stadt und enthielt hauptsächlich weiße Zelte, die in einer schraffierten Struktur angeordnet waren. Es war auf Wüstenland ausgebreitet; daher konnten sich Fahrzeuge kaum bewegen. Es hatte keine asphaltierten Straßen, und die Gänge waren mit Wasserpfützen und tiefem Schlamm bedeckt. Zwischen den vielen Zelten befanden sich Polizeistationen sowie kleine Schuppen für die Wasser- und Lebensmittelverteilung, Verwaltungsbereiche, Feldkrankenhäuser sowie zentrale männliche und weibliche Toiletten und Duschen. Es gab eine Wasserinfrastruktur und eine Stromversorgung, die nur einen kleinen Teil der Zelte erreichte. Viele der Menschen im Flüchtlingslager hatten kein Zuhause, in das sie zurückkehren konnten. Ihre Städte waren zerstört worden. Hin und wieder betraten die Terrororganisationen das Lager, um Frauen zu entführen, die Flüchtlinge zu terrorisieren und sie zu zwingen, ihre Treue zum islamischen Kalifat zu schwören.

Ameer parkte seinen Jeep neben den Verwaltungshütten. Er ging in einen und suchte nach jemandem, mit dem er sprechen konnte. Er fand einige UN- und „Ärzte ohne Grenzen" -Vertreter, zeigte ihnen Fotos von Alexandra und Suzanne und sie schickten ihn zum Hauptarztzelt im Zentrum des Lagers.

Als Ameer durch die Zelte ging, fühlte er sich vor den Nöten der Welt wie ein glücklicher Mensch. Hunderttausenden von Menschen wurde unter den wachsamen Augen der Welt ihr ganzes Leben genommen, doch sie wurden allein gelassen, um zu kämpfen. Viele von ihnen würden in diesem Lager sterben. Viele andere müssten eines Tages das Lager verlassen und versuchen, ihr Leben in einem zerstörten Land wieder aufzubauen. Was wäre ihr Schicksal? Er blieb vor einem Gebäude aus weißem Blech mit einem hellblauen Dach stehen.

Im Inneren war das Gebäude in Abschnitte unterteilt, die jeweils aus einigen Dutzend Krankenhausbetten bestanden, die durch einen Vorhang getrennt waren. Das Zentrum des Gebäudes war eine Art Notaufnahme, die Medikamente und medizinische Geräte aufbewahrte und über ein Computersystem verfügte, das die einzige Steuereinheit für das gesamte Krankenhaus war. Ameer ging dorthin.

Ein junger Mann, der eine blassblaue Uniform trug, saß hinter der Theke, die aus Munitionsbüchsen gefertigt war, und tippte auf die Tastatur des Computers. Ameer fragte den Mann auf Arabisch, in welcher Sprache er am liebsten gesprochen werde. Der junge Mann sagte, er bevorzuge Englisch, aber Arabisch ist auch in Ordnung. „Ich suche meine Frau Alexandra Dahl. Sie ist hier Ärztin, von , Ärzte ohne Grenzen '", sagte Ameer auf Englisch. "Kennst du sie?"

Der Mann sah Ameer in die Augen. "Alexandra? Du musst Ameer sein."

"Ja."

"Es tut mir sehr leid, was ihr passiert ist. Natürlich kenne ich sie. Ich bin David aus den USA. Alexandra kam mit mir aus Lesbos, um mit den Flüchtlingen hier zu arbeiten, aber ich musste nach zwei Wochen gehen und nach Jordanien gehen. Als ich zurückkam, erzählten sie mir, was passiert war. Alexandra hat mir von dir erzählt. Ich bin..."

"Weißt du, wohin sie sie gebracht haben?"

"Ameer, Alexandra lebt nicht mehr. Das ist dir doch klar, oder?"

"Weißt du, wohin sie sie gebracht haben?"

"Woher sollte ich das wissen? Niemand weiß es. Sie kommen ab und zu hierher. Nehmen Sie die Männer, um ihre Horrorfilme und Frauen als Bräute für ihre Soldaten zu filmen. Sie fahren nach Ar-Raqqa, der Hauptstadt des Kalifats, im Norden Syriens, unweit der türkischen Grenze. Niemand kann dort hineingehen, und wenn du dort hineingehst, wirst du nie gehen."

"Mit wem kann ich sonst noch darüber sprechen, was passiert ist?"

"Du kannst mit Dr. Miyoki Tukashi sprechen. Er war der einzige, der während des Angriffs anwesend war. Aber Sie müssen ein paar Stunden warten. Dr. Tukashi befindet sich mitten in der Operation." "Und Suzanne? Ist sie hier?"

"Dr. Suzanne Walker? Ja. Sie wird in Abteilung C ins Krankenhaus eingeliefert. Erst vor wenigen Tagen hat sie das Bewusstsein wiedererlangt. Wir warten darauf, dass sie sich verbessert, damit wir sie nach England zurückfliegen können. Sie ist im Bett Nummer 162."

"Danke", sagte Ameer und ging bereits auf Abschnitt C zu. "Ich bin bald wieder da. Bitte bitten Sie Dr. Tukashi, nicht zu gehen, bevor er mit mir gesprochen hat."

"Kein Problem", sagte David.

Ameer fand Suzanne mit geschlossenen Augen und blonden Haaren aus den weißen Laken liegend. Er ging hinter die Vorhänge, an ihrem Bett und streichelte ihren Kopf. Suzanne öffnete die Augen und setzte sich sofort auf. Sie umarmte ihn fest und konnte die Tränen nicht aufhalten, die über ihre Wangen liefen. Ihre Hände drückten ihn mit Gewalt, und er ließ sie ihren Schmerz abladen.

Als sie sich ein wenig beruhigte, flüsterte sie mit einer Stimme, die von Tränen erstickt war: "Es tut mir so leid."

"Du gehst nach Hause. Dir wird es gut gehen." "Es war schrecklich, was sie uns angetan haben.""

"Wir müssen jetzt nicht darüber reden", beruhigte er sie, aber sie fuhr fort. "Ich muss dir sagen, was passiert ist. Ich weiß nicht, was man dagegen tun kann, aber ich möchte, dass du weißt, was passiert ist."

"Gut."

"Sie kamen mit Militärjeeps in unser Lager. Sie fuhren rücksichtslos durch Zelte und überliefen Kinder, Älteste und alle, die ihnen im Weg standen. Einer von ihnen begann in alle Richtungen zu schießen, während ein dritter Jeep "Sklaven" und "Herrinnen", wie sie es nennen, aufnahm. Schließlich kamen sie hierher. Dr. Nilsen bat sie, den medizinischen Bereich zu verlassen. Einer von ihnen schoss ihm in den Kopf, und er starb auf der Stelle. Direkt vor meinen Augen."

Suzanne fing wieder an zu weinen, beruhigte sich aber schnell und erzählte ihm weiter, was passiert war. „Alexandra sah, was passiert war, und rannte hinaus, um sich um ihn zu kümmern. Sie umzingelten sie, fuhren wild und schossen in die Luft. Sie ignorierte sie und kümmerte sich tapfer weiter um ihn, aber Dr. Nilsen war bereits tot. Alexandra versuchte, ins Krankenhaus zurückzukehren, und dann ergriffen sie sie und nahmen sie und zwei andere Ärzte mit. Sie steckten sie in den Jeep und fuhren davon."

"Und was ist mit dir passiert? Wie bist du verletzt worden?"

"Ein Jeep fuhr weg, zwei andere blieben. Sie gingen ins Krankenhaus und begannen wahllos Patienten zu erschießen. Dann fuhren sie ins Krankenhaus. Sie fuhren wild und liefen über alles, was ihnen im Weg stand; Betten, Operationssäle, Notaufnahmen. Eines der Fahrzeuge, das von unserem Vorratslager angehalten und unsere gesamte Ausrüstung verladen wurde. Als ich versuchte, ihn aufzuhalten, zerquetschte er drei meiner Rippen mit seinem Gewehrschaft. Ich verlor für ein paar Sekunden das Bewusstsein, und als ich wieder aufwachte, war ich nackt, und er lag auf mir. Er hat mich vergewaltigt, Ameer." Sie brach wieder weinend aus und konnte sich nicht zurückhalten. "Ich habe versucht, ihn abzustoßen, aber ich litt unter enormen Schmerzen. Meine Brust brannte, ich konnte kaum atmen. Ich konnte nicht schreien. Ich hatte das Gefühl, ich würde sterben. Ich wollte sterben. Ich wollte so sehr sterben."

"Suzanne."

"Was danach passiert ist, kann ich mich nicht erinnern. Als ich wieder aufwachte, war es nach der Operation. Eine der gebrochenen Rippen hatte meine Leber und mein Zwerchfell durchstochen. Ich lag über zwei Wochen im Koma. Ich kann mir nicht einmal vorstellen, was Alexandra durchgemacht hat. Es tut mir leid. Ich halte es nicht mehr aus. Ich möchte diesen Ort verlassen."

"Suzanne, du wirst hier rauskommen, sobald du gut genug bist, um zu fliegen. Und ich... ich werde sie zurückbringen. Wenn sie noch lebt, bringe ich sie zurück. Ich verspreche es dir." Genau in diesem Moment kam ein dünner, großer Japaner herein. Er schüttelte Ameer die Hand und sagte: „Ich bin Dr. Miyoki Tukashi. Ich verstehe, dass du Ameer bist. Wie kann ich Ihnen helfen, Sir?"

***

Dr. Tukashi erzählte Ameer alles, was er über ISIS-Aktivitäten in der Gegend wusste. Tukashi wurde ebenfalls entführt und nach Ar-Raqqah gebracht, um sich um die verwundeten Soldaten des IS zu kümmern, die später freigelassen werden sollten. Ar-Raqqa war das Verwaltungszentrum der Organisation. Ihre Anführer wohnten dort. Dort nahmen und hielten sie die Gefangenen aus westlichen Ländern, bis eine Menge Geld für ihre Freilassung freigekauft wurde. Frankreich zahlte der Organisation über 40 Millionen Dollar für die Freilassung ihrer französischen Gefangenen. Die USA und Großbritannien weigerten sich, dieses Spiel zu spielen, was die Wahrscheinlichkeit erhöhte, dass ihre Gefangenen getötet wurden. Aber da Alexandra finnische Staatsbürgerin war, bestand die Möglichkeit, dass die finnische Regierung Lösegeld für ihre Freilassung zahlen würde. In der Zwischenzeit hält ISIS sie gefangen und nutzt wahrscheinlich ihre Fähigkeiten als Ärztin. Das Problem ist, dass Alexandra schwanger ist und bald eine Belastung für sie werden könnte.

Tukashi kartierte die Stadt Ar-Raqqah so gut er sich erinnern konnte. Hauptsitz, Banken, Computersysteme, Munitionslager, Wohnsitz europäischer Freiwilliger und Haftbereiche. Alles, woran er sich erinnern konnte, beschrieb er so gut er konnte. Suzanne beschrieb die Gesichter und Namen der Angreifer. Ameer schrieb jedes Detail auf und platzierte es als Teil seines Plans auf seinem Laptop. Er hatte alle Informationen, die er brauchte, und war bereit, sich den Angreifern zu stellen. Als er sich von Dr. Tukashi und Suzanne verabschiedete, kam einer der Vertreter der UN-Streitkräfte vorbei und fragte, ob er in irgendeiner Weise helfen könne.

"Ich brauche nichts", sagte Ameer. "Nur ein Ort, um meinen Kopf für die Nacht zu legen und etwas zu essen."

"Wir können uns darum kümmern", sagte der Mann, und innerhalb von zwanzig Minuten lag Ameer bereits auf einem Feldbett in einem der weißen Zelte. Er legte sich mit weit geöffneten Augen hin, starrte auf die Spitze des Zeltes und machte letzte Berechnungen. Er hatte Angst, aber er ließ sich von der Angst nicht lähmen. Er erinnerte sich an das irakische Gefängnis, er erinnerte sich daran, geschworen zu haben, dass er nie wieder Gewalt anwenden würde, und er war entschlossen, Erfolg zu haben. Aber der Krieg bringt viel Unsicherheit mit sich, und Ameer wusste, dass er, um erfolgreich zu sein, viel mehr als Talent und einen guten Plan brauchen würde. Er würde eine unbegrenzte Menge an Glück brauchen. Mit diesem Gedanken schloss er die Augen und schlief ein.

37.
2019

Der neue Assuan-Staudamm, besser bekannt als der hohe Assuan-Staudamm (Sad Al Aali), erstreckte sich über 2 Meilen zwischen beiden Ufern des Nils. Der Damm ist 364 Fuß hoch und 282.517 Kubikfuß Wasser können ihn in einer Sekunde passieren. Es verfügt über ein Wasserkraftwerk mit 12 Turbinen, die durch die Kraft des Wassers aktiviert werden, das durch es fließt und den Nil hinunter fließt, Ägyptens wichtigste Süßwasserader. Die Stromproduktion des Staudamms beträgt 15 % des gesamten ägyptischen Stromverbrauchs, daher ist sein Beitrag für den Strom- und Wassersektor am wertvollsten. Jeder Ägypter, der Zeuge dieser herausragenden Struktur wurde, muss viel Respekt dafür empfunden haben.

Jamal Rahim war einer der wenigen, die den riesigen Damm beaufsichtigen durften. Er liebte seinen Arbeitsplatz und war sehr stolz darauf. Er saß während der Nachtschicht im Operationssaal und schaute auf das Bedienfeld, das Informationen über die Stromabgabe der Turbinen lieferte. Er überprüfte den Drehzahlmesser und den Druck im Wasserdurchflussventil. Der Damm hatte einen Fluss von 86.100 Quadratfuß pro Sekunde, genau wie geplant. Dann tauchte er noch einmal in den Thriller-Roman ein, den er gerade las. Seine Beine ruhten auf dem leeren Stuhl vor ihm, und die Tasse türkischen Kaffees erfüllte den Raum mit einem verführerischen Aroma. Er nahm den Becher alle paar Sekunden näher an seine Nase und seine Lippen. Der gesüßte Kaffee war sehr angenehm, und Jamal bewegte zufrieden seine Lippen.

Der Streit mit seiner Frau, der seine Stimmung heute Nachmittag verdorben hatte, war fast vergessen. Im Gegensatz zu ihm hatte Soheir das Gefühl, dass sie ihre Fähigkeiten an ihrem Arbeitsplatz nicht voll ausschöpfte und wollte bei einer Versicherungsgesellschaft arbeiten. Er lehnte ab. Das Paar hatte drei kleine Kinder, und wenn Soheir einen Vollzeitjob anfing, mussten sie ein Kindermädchen einstellen, das sie sich nicht leisten konnten. Aber Soheir fühlte sich erstickt. Die vielen Stunden, die sie zu Hause mit ihren Kindern verbrachte, zermürbten sie. Sie war eine liberale freie Frau, ein Mädchen, das in einem gebildeten Haus aufwuchs. Ihr Vater war Forscher an der Assuan-Universität. Jamal lernte sie während seines Ingenieurstudiums an der Universität kennen. Sie brauchten lange, um sich zu verlieben. Er war gerade aus einer langen Beziehung heraus, und Soheir hatte einen Freund, der Jura studierte und auf fast erbärmliche Weise sehr eifersüchtig war. Sie verbrachten viel Zeit miteinander, als Soheirs Freund für die harten Abschlussprüfungen des dritten Jahres studierte. Sie hatten ein sehr einfaches und reibungsloses Gespräch und stellten fest, dass sie viele Dinge gemeinsam hatten. Sie sagte ihm, sie habe Angst, mit ihrem wütenden, konservativen Freund Schluss zu machen – der leicht gewalttätig werden könnte. Er versprach, sie zu beschützen, und so war es. An dem Abend, an dem sie sich von ihrem Freund trennte, flüchtete sie in Jamals Wohnung. Am nächsten Tag war beiden klar, dass sie zusammen sein sollten, und jetzt, sieben Jahre später, waren sie verheiratet und hatten drei Kinder und viel finanziellen Druck. Und jetzt wollte sie ihren Job aufgeben. Jamal hielt das für sehr verantwortungslos von ihr, aber Soheir dachte, der Job, der gerade eröffnet worden war, sei eine einmalige Gelegenheit und beschloss, sich zu bewerben. Er war wütend, gab aber wie immer am Ende auf. Er war jetzt tief in seinem Buch, in einer anderen Welt, weit weg vom Stress seiner Realität.

Er bemerkte die kleine, aber dauerhafte Veränderung des Wasserflusses durch den Damm nicht; 1.059 Kubikfuß pro Sekunde wurden jede Minute hinzugefügt. Der Wasserdurchfluss lag nun bei 317.832 Kubikfuß pro Sekunde Wasser, immer noch weit von der maximalen Wasserdurchflusskapazität entfernt, aber nur, wenn er gleichmäßig auf die 12 Turbinen aufgeteilt wurde, was nicht der Fall war.

Als die rote Warnleuchte über dem Bedienfeld der Turbine Nummer 7 zu blinken begann, war es bereits zu spät. Die Wassermenge, die durch die Turbine strömte, betrug fast 31.783 Kubikfuß pro Sekunde, was 3.531 Kubikfuß über dem zulässigen Niveau lag. Die übliche Leistung der Turbine betrug etwa 175 Megawatt, aber jetzt lag sie näher bei 182. Jamal hatte keine Ahnung, warum er es nicht bemerkte, als die Leistung 1.765 Kubikfuß pro Sekunde über dem Normalwert lag. Das System sollte ihn warnen, wenn so etwas passiert. Er hatte auch keine Ahnung, was einen so starken Wasserfluss verursacht haben könnte. Die Wahrscheinlichkeit einer Panne im Damm war sehr gering, da er täglich gewartet wurde. Wie auch immer, der Fehler passierte nur in einer Turbine, also war es definitiv nichts Ernstes.

Jamal drückte in einer solchen Situation den Notfallknopf wie von ihm gefordert und schickte eine Warnung an alle, die für das System verantwortlich waren. Dann wandte er sich an die Steuerplatine, um den Wasserhahn abzuschalten, um den Durchfluss zu regulieren. Er war in allen Verfahren geschult und wusste, dass er, selbst wenn der Wasserdruck signifikant anstieg und die Turbine gefährdete, in der Lage sein würde, den Wasserhahn zu öffnen, der überschüssiges Wasser in den Umgehungskanal entleerte, der westlich des Damms verläuft. In einem echten Notfall könnte man den Übergangspool hinter dem Damm leeren, indem man das Wasser durch den Bogen bewegt, der das Betonhauptgebäude umgibt. Es war ein bekannter Bohrer. Er kannte jeden Schritt davon sehr gut. Aber dieses Mal funktionierte etwas nicht. Der Wasserhahn der Turbine Nummer 7 weigerte sich zu schließen, und der Wasserfluss nahm allmählich zu und gefährdete die Turbine und ihre Entwässerungszelle. Der Rotationsrhythmus der Turbine nahm zu und mit ihm der Druck, der durch die Kraft der Rotation aufgebaut wird.

Er hatte zwei weitere Schritte, die helfen könnten, die Situation zu lösen. Die erste – alle Hähne aller 12 Turbinen öffnen und den Wasserdruck von Turbine Nummer 7 nehmen. Er versuchte das, zuerst über den Steuercomputer und dann manuell, mit den Notgriffen, aber das System reagierte nicht. Der zweite Schritt bestand darin, die Rotation der Turbine mechanisch anzuhalten. Jede der Turbinen hatte einen hydraulischen Mechanismus, der die Rotation stoppen sollte, wenn sie außer Kontrolle geriet. Er versuchte, die Notbremse einzuschalten, aber sie reagierte auch nicht. Die Situation verschlechterte sich schnell. Drei Arbeiter stürmten ins Büro. Jamal begann, Befehle in den Raum zu feuern. Zwei von ihnen liefen auf den gewölbten Damm zu, um zu versuchen, den äußeren Hydraulikmechanismus zu betätigen, der die beiden Teile befestigen und den Wasserfluss zu den Haupthähnen stoppen würde. Der dritte sprang auf den Notfallmechanismus zu und versuchte, einen Teil des Wassers in den Umgehungskanal des Damms zu entleeren. Er drückte den Knopf immer wieder. Der Strom funktionierte, aber der Mechanismus reagierte nicht.

Jamal drückte immer wieder den Hahnabschaltknopf, aber nichts passierte. Schweiß begann auf seine Stirn zu tropfen. Er sah, wie sich der DREHZAHLMESSER dem roten Bereich näherte. Der Damm begann verblasste Geräusche zu machen. Er sprang wieder auf den Computer zu und ging alle Daten durch. Alles sah normal aus und trotzdem funktionierte nichts wie erwartet. Das Telefon klingelte. Der große Boss, der Manager des Damms, war in der Leitung. Jamal sprach noch nie mit ihm, aber jetzt fluchte er Jamal in drei verschiedenen Sprachen an. Als er sich beruhigte, fragte er, was zum Teufel gerade passiert sei. Jamal versuchte zu antworten, begann aber zu stottern. Alles ging so schnell, und es verschlechterte sich immer weiter. Er versuchte es zu erklären und verlangte, eine Warnung für die Stadt Assuan auszusenden. Wenn der Damm bricht, würde die Überschwemmung viele schlafende Menschen in ihren Häusern wegfegen. Der Chef fluchte weiter. Schließlich erhob Jamal seine Stimme. "Ich habe keine Zeit für dich. Tun Sie, was Ihnen gesagt wird. Sende jetzt eine Warnung aus. Wir versuchen alles. Ich werde dich auf dem Laufenden halten."

Er legte auf und verließ den Raum schnell, ohne zu glauben, dass er seine Stimme so hart erhoben hatte. Er ging nicht davon aus, dass sein Chef wusste, dass die Explosion unvermeidlich war und suchte bereits nach Schuldigen. Er wusste, dass der Schaden kolossal sein würde, und er war seit seinem ersten Tag in dieser Rolle darauf vorbereitet. Er wusste, dass der Damm und die Sicherheitssysteme alt waren und dass das Computersystem 30 Jahre alt und veraltet war. Eine Katastrophe im Assuan-Staudamm musste passieren, und es war nur ein Wunder, dass es noch nicht passiert war.

***

Jamal rannte mit all seiner Energie in die Turbinenhalle. Alle 12 Turbinen, die in einer Linie im Zementboden versenkt wurden, machten einen hochvolumigen monotonen Klang. Jede Turbine hatte einen 15-Fuß-Radius eines runden Metallnetzes um sie herum und eine Metalltreppe, die zu ihrem unteren Teil führte. Jede Turbine hatte auch eine eigene Schalttafel und einen Schaltschrank, der außerhalb ihres zementierten Radius positioniert war. Jamal lief schnell an den Turbinen 8 – 12 vorbei. Als er schließlich zur Turbine Nummer 7 kam, hörte er sie viel lauter brüllen als die anderen Turbinen. Die Zahnräder pfiffen, und alle Warnleuchten in seiner Schalttafel leuchteten rot.

Er ging zur Notbremse der Turbine und untersuchte sie. Die Sicherheitshinweise der Bremse erlaubten es nur, sie zu aktivieren, wenn der Drehzahlmesser nicht über 120 Umdrehungen war. Der DREHZAHLMESSER der Turbine zeigte knapp über 135 Umdrehungen pro Minute. Jamal wusste, dass er nicht viel Zeit hatte, und er musste sich entscheiden, ob er die Notbremse aktivieren oder aufgeben und um ein Wunder beten sollte. Er versuchte in seinem Kopf Risiken vs. Erfolgschancen zu kalkulieren. Er überlegte, was passieren würde, wenn er die Turbine weiterdrehen ließe. Die Zerstörung der Turbine und der gesamten Struktur könnte kolossal sein. Andererseits kann das Aktivieren der Bremse zu einer schnellen Erwärmung der beweglichen Teile in der Turbine und sogar zu einer Explosion führen. Beide Optionen schienen schrecklich. Der DREHZAHLMESSER stabilisierte sich bei 137, und dann begann auch die Temperaturmesserwarnleuchte zu flackern.

Plötzlich war alles klar. Jamal sah in seiner Vorstellung, was passieren würde. Es gab keine Möglichkeit, die rebellische Turbine aufzuhalten, sie war im Begriff zu brechen. Selbst wenn alle Wasserhähne schließen würden, wäre es immer noch zu spät. Es würde zu lange dauern, bis sich die Zahnradbewegung verlangsamt, und bis dahin wäre die Temperatur des Metalls zu hoch, was die Biegung der zentralen Achse im elektrischen Generator und den Bruch der anderen Teile verursachen würde, die wie Kugeln in alle Richtungen schießen würden. Es war zu spät. Es gab keine Möglichkeit, eine Katastrophe zu vermeiden.

Jamal rannte zum Ausgang. Er holte sein Handy heraus und rief Soheir an. Es war 2:00 Uhr morgens. Seine Frau schlief fest. Ihre beiden älteren Kinder schliefen in ihrem Zimmer, und das Baby, das erst vor sieben Monaten zur Familie kam, schlief wahrscheinlich neben ihrem Bett. Er wusste, dass sie aus dem Ring aufwachen und anfangen würde zu weinen. Aber er hatte keine andere Wahl. Er drückte die Wahltaste, aber es gab keinen Ton. Im Zementkörper des Dammes gab es keine Aufnahme. Er musste raus.

Jamal rannte so schnell er konnte, während das Heulen der Sirene plötzlich die gesamte Turbinenhalle füllte. Er geriet in Panik, aber es ließ ihn nur schneller rennen. Er drängte sich, die Metalltreppe hinaufzugehen, während er sich selbst verfluchte, weil er seine Fitness vernachlässigte. Als er jünger war, rannte er nachts, aber jetzt hatte er einen feinen Bauch, der in die Ränder seiner Hose eindrang. Er atmete schwer und spürte ein stechendes Gefühl in seiner Brust. Er wusste, dass er nicht aufhören sollte, egal was, aber er hatte keine Macht mehr. Er stand gebeugt oben auf der Treppe und schaute auf seinen Handybildschirm, der einen teilweisen Empfang zeigte. Er wählte noch einmal ihre Nummer. Soheir nahm nicht ab. Er wählte erneut, aber diesmal rief er das Festnetz ihres Hauses an. Soheir hob den achten Ring auf. "Wer ist es?", fragte sie.

"Soheir!", schnaufte er am Telefon.

"Jamal? Was ist passiert? Geht es dir gut?" Sie klang überrascht.

"Nimm die Kinder jetzt, stecke sie in ein Auto und fahre so schnell du kannst auf dem Highway 75 nach Osten. So weit wie möglich vom Fluss weg."

"Warum?"

"Keine Zeit. Geht jetzt, sofort! Eine Katastrophe steht bevor." Das Haus von Jamal und Soheir befand sich in der Abbas Farid Street, direkt am Fluss. Ein schönes Viertel mitten in der Stadt. Jamal und Soheir waren jeden Tag dankbar für ihr Glück. Aber jetzt könnte ihr Haus zu einer Todesfalle werden. Wenn der Damm platzte, galoppierte eine 164-Fuß-Welle den Fluss hinunter und spülte die Stadt weg. "Was ist mit dir? Wo werden wir dich treffen?", flüsterte sie ins Telefon, während sie sich auf den Weg zum Kinderzimmer machte und sie aus dem Bett zog.

"Ich rufe dich an, wenn das alles vorbei ist."

"Sehr gut", sagte sie. Jamal schaffte es in die oberste Etage und ging auf die Straße, die die Spitze des Damms überquerte. Dann hörte er eine massive Explosion aus dem Inneren des Gebäudes. Jamal schloss die Metalltür, die er gerade sanft verließ, stand daneben und schaute auf den Fluss hinunter. Innerhalb einer Sekunde wurde die Tür mit großer Kraft nach außen gestoßen und schlug kräftig auf sein Gesicht und seinen Körper, wobei sein Schädel zerquetscht wurde. Eine halbe Sekunde später verschlang eine Flamme, wo Jamal stand und sich 100 Fuß in der Luft erhob. Geräusche des Zusammenbruchs hallten wider, als eine gigantische Welle des Wassers des Nils aus dem Riss im Damm herausbrach und sich schnell auf den alten Damm, den Luxor-Aswan-Staudamm, zubewegte. Das war der untere Damm der beiden und die letzte Verteidigungsmauer der Stadt Assuan, die flussabwärts lag und nicht wusste, was sie in wenigen Augenblicken treffen würde.

38.

Yael lag auf dem Bett im Krankenhaus "Ventura" in der 138. Straße in Al-Ain. Sie befand sich in einem induzierten Koma, wurde beatmet und an ein Überwachungssystem angeschlossen. Sie erhielt eine große Menge an Flüssigkeiten durch eine Infusion und ihre Gehirnwellen wurden alle paar Stunden gescannt. Sie lag 13 Stunden lang so da, und dann entschieden die Ärzte, dass es Zeit war, sie aufzuwecken. Sie trennten das Anästhetikum, das in ihrer IV lief, und warteten darauf, dass sie ihre Augen öffnete.

Yaels Zustand war hart. Als sie gefunden wurde, war ihre Körpertemperatur 111 Grad Fahrenheit. Sie war in unmittelbarer Gefahr, zu dehydrieren, aber sie lebte noch. Ihr Puls war sehr schwach, aber sie konnten ihn immer noch spüren, wenn sie ihre Finger auf ihren Hals und ihre Handgelenke legten. Yael war bewusstlos unter einem Haufen geworfener Stoffe. Eshel war so erleichtert, als er sie fand. Die größte Sorge, die er hatte, war, dass Yael irreparable Hirnschäden hatte. Sie erhielt die erste Infusion, als sie in den Krankenwagen gebracht wurde, der dort auf sie wartete, und zwei weitere Infusionen im Krankenhaus. Ihr Körper wurde von der Klimaanlage und dann in einem lauwarmen Bad gekühlt, aber ihre Körperwärme war immer noch 104 Grad. Eshel berichtete das Ganze Shay Nachmani und Aharon Shaked und versprach, sie über neue Entwicklungen in ihrer Situation auf dem Laufenden zu halten. Aber 13 Stunden waren vergangen, und es gab immer noch keine Besserung. Sie sollte inzwischen aufwachen, aber sie lag immer noch im Koma. Ihre Atmung war schwach und ihr Puls schnell und schwach. Das gesamte Team war erschöpft und die Zeit lief ab. Als sie Yael verloren, hatten sie nur noch drei Tage Zeit, um das Ziel des „Jüngsten Gerichts" zu finden. Zweieinhalb Tage waren bereits vergangen, jetzt hatten sie nur noch 16 Stunden, und Yael war immer noch bewusstlos.

"Du musst sie jetzt aufwecken, auch wenn es bedeutet, ihr Riechsalze und Steroide zu geben", sagte Eshel. "Ich muss wissen, ob es ihr gut geht und ob sie etwas herausgefunden hat."

"Wenn sie einen Hirnschaden hat, könnte sich ihre Situation verschlechtern", sagte einer der Ärzte.

„Wir haben keine andere Wahl. Ich übernehme die volle Verantwortung dafür ", antwortete Eshel und spürte, wie sein Atem schwerer wurde.

Der Arzt verließ den Raum und kehrte einige Augenblicke später mit einer großen Spritze zurück. Er injizierte die Substanz in den Infusionsbeutel.

Ibrahim betrat den Raum. Alle drei Männer standen über ihrem Bett und warteten darauf, dass sie ihre Augen öffnete, aber sie blieben geschlossen.

"Die Assyrer griffen Assuan an", sagte Ibrahim.

"Was?" Eshel wandte seinen Blick von Yael ab und untersuchte den Mann, der auf der anderen Seite des Krankenhausbettes stand.

"Es ist vor drei Stunden passiert. Der Angriff erfolgte auf die Entwässerungsventile des Wassers. Sie wurden geöffnet und konnten nicht geschlossen werden, wodurch der Wasserfluss des Damms von 353.146 Kubikfuß pro Sekunde auf 423.776 Kubikfuß pro Sekunde anstieg. Einer der Generatoren wurde getrennt, wurde aus seinem Platz gerissen und fiel auseinander. Die Ägypter öffneten ein weiteres Ventil, um den Wasserdruck zu senken, und erst jetzt haben sie es geschafft, einen Teil des Flusses zu bremsen, aber der Schaden am Damm ist schrecklich. Viele Gebiete am Nil wurden überflutet. Ganze Dörfer wurden im Strom weggefegt, und viele landwirtschaftliche Felder wurden zerstört."

„Gibt es Verletzte oder Verletzte?", fragte Eshel. "Wir haben die Zahlen noch nicht."

"Und woher weißt du, dass dies die" Sandarmee "ist?"

"Das Verfahren war das übliche, sie haben die volle Verantwortung für den Angriff übernommen." Ibrahim sah gebeugter aus als je zuvor. Er schlief sehr lange nicht und rauchte viel zu viele Zigaretten. Sein Gesicht war trocken und sein Haar unordentlich. Verzweifelt hängte er die Arme an die Seiten. "Ich weiß nicht, wie wir weitermachen können; das ist viel größer als unsere Fähigkeiten", sagte er.

"Ich habe mit Shaked gesprochen. Sie sind vorbereitet. Im Falle eines Angriffs wird das gesamte System für ein paar Stunden heruntergefahren, selbst wenn es sich um Wasser oder Strom handelt."

"Sechzehn Stunden bis zum 'Tag des Jüngsten Gerichts' und wir haben immer noch keine Ahnung", sagte Ibrahim und sah den Arzt schweigend im Raum stehen. "Gib uns eine Minute, um unter vier Augen zu sprechen." Der Arzt nickte mit dem Kopf und verließ den Raum.

„Gibt es Neuigkeiten von Ihrem Luftverteidigungssystem?", fragte Eshel. "Das ist der Grund, warum ich ihn gebeten habe, den Raum zu verlassen. Wir haben alle mit dem System verbundenen Raketen getrennt, was bedeutet..." "...Sie haben keine Luftverteidigung oder Reaktion auf einen möglichen Angriff ", beendete Eshel seinen Satz.

"Wir sind völlig exponiert." Ibrahim seufzte und setzte sich auf die Ledersofa im Zimmer.

"Es tut mir leid zu hören", sagte Eshel. Plötzlich hörten sie ein vages Geräusch, wie ein rostiges Flüstern. Sie standen über Yaels Bett. Ihre Augen waren offen und ein leises Flüstern, das sie kaum hören konnten, kam aus ihrem Mund. Eshel legte sein Ohr neben ihre Lippen.

"Bring mich hier raus", flüsterte sie auf Hebräisch. "Wie fühlst du dich?", fragte er.

"Ich muss sofort hier raus."

"Du brauchst Zeit, um dich zu erholen", flüsterte er zurück.

"Ich weiß, was das Ziel des" Jüngsten Gerichts "ist", sagte sie mit gebrochener Stimme. Ibrahim kam näher, obwohl er kein Wort verstand. Sie sah ihn aus dem Augenwinkel und wechselte zu Englisch.

"Sie werden den Burj Khalifa in Dubai zerstören."

Beide Männer sahen sich verwundert an und legten ihre Ohren näher an Yaels Lippen, wobei sich ihre Köpfe fast berührten.

„Pretty Sand Clod ist ein Wortspiel über den Burj Khalifa. Das ist das Ziel. Wir müssen jetzt gehen."

39.
2013

Es war 4:00 Uhr morgens, als Ameer Baghdadi im Feldbett im Lager Al-Hawl aufwachte. Er hörte die Geräusche von Frühaufstehern von außerhalb des Krankenhauszeltes. Er trug seinen Mantel, ging auf die Toilette und wusch sein Gesicht im eiskalten Wasser. Nachdem er sich erfrischt hatte, goss er eine Tasse heißen Minztee ein und aß eines der Sandwiches, die er aus dem Irak mitgebracht hatte. Er wollte gerade das Zelt verlassen, sah sich aber Dr. Tukashi gegenüber.

„Wir haben zwei gefangene Ärzte in Ar-Raqqah. Ich flehe dich an, bitte versuche, sie zurückzubringen, auch nur ein Foto oder irgendeine Art von Dokumentation für ihre Familien."

"Ich kann nichts versprechen, weißt du..."

"Versuchen Sie, Ihre Suche im" modernen "Krankenhaus zu beginnen. Dort haben sie mich zuerst hingebracht. Dorthin bringen sie ihre Vorgesetzten."

"Danke." Sie umarmten sich. Der Arzt eskortierte Ameer zum Jeep und klopfte zweimal auf dessen Dach, als Ameer ihn startete und davonfuhr.

Die Stadt Al-Hawl war ruhig und dunkel. Er überquerte die Hauptstraße und stieg auf die Straße aus, die in die Stadt 'Al-Hasaka' führte. Er fuhr eine Stunde, bis er ins Stadtzentrum kam und hielt an einer Tankstelle am Stadtrand an. Er bezahlte für einen vollen Tank, da er wusste, dass der Kraftstoff in dieser Station mit Wasser verdünnt wurde und früher als erwartet ausgehen wird. Er stritt nicht über die Überbepreisung des Treibstoffs. Er wusste, dass der Besitzer der Station eine Vereinbarung mit ISIS hatte, und er zahlte ihnen eine Provision. Ameer Baghdadi stand jetzt unter der Gerichtsbarkeit einer terroristischen Organisation, und jeder, der ihn sah, berichtete höchstwahrscheinlich davon. Als er mit dem Betanken seines Autos fertig war, fragte er nach dem schnellsten Weg nach Ar-Raqqa. Der Tankstellenmitarbeiter sagte, dass die Fahrt durch die M4 und dann über den Highway 6 nach Süden schneller, aber länger ist. Die Ausfahrt auf der Nebenstraße nach Süden, direkt in die Stadt, ist ein kürzerer Weg, aber aufgrund der Straßenverhältnisse dauert es länger. Es besteht die Möglichkeit, dass Ameer auf die syrische Armee, die türkische Armee oder die ISIS-Barrikaden trifft. Aber Ameer wollte, dass seine Ankunft in der Stadt bekannt wurde. Er wollte angehalten werden und direkt zu den Leitern der Organisation gebracht werden, also entschied er sich für die zweite Option. Er stieg in den Jeep, startete ihn und ging in Richtung Highway 7, und von dort aus nahm er die Nebenstraßen, eine 5-stündige Fahrt nach Ar-Raqqah. Die Sonne war bereits aufgegangen, und der gesamte Bereich war beleuchtet. Die Wüstenlandschaft verwandelte sich in eine landwirtschaftliche, mit grünen Feldern, die regelmäßig vom Euphrat bewässert wurden. Er fuhr ungestört, bis er den Eingang der Stadt erreichte. Er kam an einer Polizeibarrikade an und wurde angehalten.

Die Polizisten, die an der Barrikade standen, versuchten ihn daran zu hindern, in die Stadt zu gehen. Wenn du reinkommst, wird dein Schicksal in den Händen von ISIS liegen, sagten sie. Ameer Baghdadi nickte, schloss sein Fenster und fuhr in die Stadt. Ar-Raqqa war eine Stadt in Trümmern. Jedes Haus wurde in der einen oder anderen Form getroffen; einigen fehlte eine Mauer, während andere völlig in Trümmern lagen. Überall waren Autoüberreste verstreut; die Straße hatte offene Gruben voller trübem Wasser, über denen Schwärme von Moskitos flogen. Das Leben in der Stadt wurde aus den Spuren seiner Vergangenheit gemacht, und doch schien es als unabhängiger Bezirk zu laufen.

Das „moderne" Krankenhaus befand sich in einer Nachbarschaft, die fast vollständig abgerissen wurde. Es war das einzige Gebäude, das noch stand, ein altes Zementgebäude, das in verblasstem Gelb gefärbt war. Das Gebäude hatte einen arabischen Stil mit Ornamenten und Bögen. Es sah eher wie ein Hotel als wie ein Krankenhaus aus.

Ameer parkte seinen Jeep in der nächsten Straße, zog ein weißes Jellabiya mit einem schwarzen Hemd darauf an und ging hinein. Auf den ersten Blick schien das Krankenhaus verlassen zu sein, aber als er an der Rezeption vorbeiging, kam ein bewaffneter junger Mann auf ihn zu und fragte ihn, wonach er suche. "Hast du irgendwelche westlichen Ärzte?" Fragte er.

"Geh weg", sagte der junge Mann.

"Ich suche nach dieser Frau." Ameer zog sein Handy heraus und zeigte ihm ein Bild von Alexandra. Der junge Mann blinzelte nicht einmal. "Hast du sie gesehen?" Der Arm des Kerls, der die Waffe hielt, bewegte sich ängstlich. "Diese Frau ist mit mir verheiratet. Der muslimische Kodex besagt, dass man niemandes Frau nimmt. Sie trägt mein Kind. Ich will sie zurück."

"Was machst du dann in diesem Krankenhaus?" "Sie ist Ärztin." "

"Es gibt hier keine westlichen Ärzte. Aber hör mir jetzt zu, es ist am besten, du gehst dorthin zurück, wo du hergekommen bist, bevor es zu spät ist." Der Typ sah unruhig aus.

„Wo bewahren sie sie auf?", fragte Ameer und versuchte, nicht verzweifelt zu klingen.

"Tu dir selbst einen Gefallen und verschwinde von hier." Der Typ drehte sich um, ging weg und signalisierte mit seiner Hand, dass Ameer gehen sollte. Ameer sah sich um. Die Glastür war etwa 13 Fuß breit und 6,5 Fuß hoch. Er untersuchte es langsam, berührte es leicht und spielte mit dem automatischen Sensor, der es öffnete und schloss. Er maß die Entfernung von der Tür zur Rezeption und hielt die Augen auf den bewaffneten Kerl gerichtet, der sich in ein Nebenzimmer setzte. Er nickte mit dem Kopf, um sich zu verabschieden, verließ das Krankenhaus und stieg in seinen Jeep. Er zog sein Handy heraus und schickte Lucas Dahl eine Nachricht: Ich bin in Ar-Raqqah und versuche, Alexandra zu retten. In ein paar Tagen oder vielleicht Wochen wird sie die Qamischli-Grenze zur Türkei überqueren. Du solltest dorthin gehen. Bitten Sie die Grenzpolizei, sich bei Ihnen zu melden, wenn sie überquert. Etwas westliches Geld könnte dabei helfen. Warten Sie auf der türkischen Seite in der Stadt Nusaybin auf sie. Gehe jeden Tag zur Grenze, um zu sehen, ob sie überquert wurde. Ich werde mein Bestes geben, um in Kontakt zu bleiben, aber machen Sie keinen Fehler – hier ist es schlecht. Seien Sie geduldig. Ameer.

Er startete sein Auto, schnallte sich an und legte eine Tasche voller Kleidung auf seine Brust. Er legte das Auto in den ersten Gang, überprüfte, ob die Straße frei war, drückte das Gaspedal den ganzen Weg und fuhr direkt in die Türen des Krankenhauses. Der Jeep zerschmetterte die Glastüren, fuhr mit großer Geschwindigkeit durch die Rezeption, drang in die Wand hinter ihm ein und hielt in der Waschküche des Krankenhauses an – was zu massiver Zerstörung führte. Ameer stellte den Jeep rückwärts und fuhr zurück in die Empfangshalle. Er wandte sich einem der inneren Abschnitte zu und fuhr in das Krankenhaus hinein, wobei er eine Spur der Zerstörung hinterließ. Schließlich drehte er sich um und fuhr zum Ausgang. Der junge Mann stand ihm erneut gegenüber. Er lud seine Waffe und zielte auf Ameer's Körper, aber als er erkannte, dass der Jeep ihn überfahren wollte, sprang er zur Seite und landete in einem Schutthaufen von der ehemaligen Rezeption. Obwohl Ameer all diese Aufregung verursacht hatte, kam niemand außer dem jungen Soldaten, der auf dem Boden lag, auf ihn zu.

Ameer blieb stehen und öffnete das Fenster. »Wo ist sie?«, sagte er. Der Typ hat nichts gesagt. Ameer legte den Wagen in den ersten Gang und fuhr auf ihn zu. Er hielt ein paar Zentimeter vor seinem Kopf an, setzte dann das Auto in den Rückwärtsgang und drückte das Gaspedal. Glasschnipsel trafen den Kerl ins Gesicht, schlugen ihn schwer und verursachten sofort starke Blutungen. Ameer hielt wieder an, fünf Fuß vom Soldaten entfernt, und setzte das Auto wieder in den ersten Gang. "Wo ist sie?!"

"Sie könnte tot sein, sie könnte bei den anderen sein und darauf warten, erlöst zu werden."

"Wohin soll ich gehen?" "Versuchen Sie es mit dem Fort." "Wo ist es?"

"Nördlich der Stadt, bei den Rohöltanks."

"Gib mir dein Handy." Der Typ gab ihm sein Handy. Ameer schloss das Fenster und fuhr schnell davon. Er konnte vom Seitenspiegel aus eine kleine Gruppe von Frauen sehen, die auf die Rezeption zu liefen. Einer von ihnen beugte sich über den Kerl, um ihm zu helfen. Er lächelte ein leichtes Lächeln.

Er durchquerte die Stadt erneut, stieg auf den Highway 6 und ging nach Norden in Richtung der großen Rohöltanks von Ar-Raqqah. Er erkannte den Ort in einer Sekunde. Auf einem alten Zementgebäude flatterte eine schwarze Fahne mit der arabischen Schrift des islamischen Staates. Ameer hielt seinen Jeep an, nahm seinen Laptop und sein Handy und ging zu Fuß zum „Fort".

Die Festung bestand aus zwei quadratischen Blöcken aus vier Gebäuden, die zusammen die Zahl 8 bildeten. Hinter dem quadratischen Block befanden sich zwei weitere Gebäude und zwischen ihnen ein Parkplatz, auf dem Jeeps, Armeelastwagen und einige misshandelte bewaffnete Fahrzeuge geparkt waren. Ameer passierte die beiden quadratischen Blöcke von Norden, untersuchte den Parkplatz und betrat das höchste der beiden Bürogebäude, ein fünfstöckiges Gebäude. Ein paar bewaffnete Soldaten standen am Eingang, und ein paar Wächter und Scharfschützen patrouillierten auf dem Dach des zweiten Gebäudes. Er kam näher, ging schnell, ging an den beiden Soldaten vorbei, die ihn völlig ignorierten und ihr Gespräch beim Rauchen und Lachen fortsetzten. Er betrat das Gebäude und blieb an der Rezeption stehen. Er fragte den Soldaten dort: "Mit wem spreche ich über die Sicherheitsverletzung Ihrer Bankkonten?"

Seine Frage klang so aus dem Zusammenhang gerissen, dass der Soldat nicht herausfinden konnte, ob er auf Ameer springen und ihn auf den Boden stecken oder den Führer der Organisation anrufen und ihn über die bevorstehende Katastrophe informieren sollte. "Setz dich", antwortete er und wählte eine vierstellige Nummer. Ameer setzte sich auf eine Holzbank an der Wand, legte seine Tasche auf seinen Schoß und wartete. Eine halbe Stunde verging, dann eine weitere Stunde. Er stand auf und näherte sich wieder dem jungen Soldaten, aber ihm wurde gerade gesagt, er solle sich hinsetzen. Eine weitere Stunde verging, und dann eine weitere. Er bekam Hunger und Durst und musste auf die Toilette. Er fragte, immer noch sitzend, wo die Toiletten seien. Der Soldat antwortete nicht. Er stand auf und ging zur Tür, aber die Wache, die dort stand, ließ ihn nicht gehen.

"Ich muss pinkeln", sagte Ameer und versuchte, durchsetzungsfähig auszusehen. "Setzen Sie sich. Du wirst später pinkeln." Ameer rührte sich nicht.

"Ich muss sofort pinkeln – oder ich gehe."

"Du gehst nirgendwohin." Der Soldat schien jetzt bedrohlicher zu sein.

Ameer dachte über verschiedene Wege nach, um aus dieser Situation herauszukommen. Der Plan funktionierte nicht wie erwartet und sein Leben könnte in Gefahr sein. Außerdem, wenn Alexandra noch am Leben wäre, könnte dies sie in Gefahr bringen und ihr das Leben kosten. Ameer drehte sich zur Bank um, aber anstatt darauf zu sitzen, blieb er an einer Wand stehen, öffnete den Reißverschluss seiner Hose und pinkelte in der Mitte der Lobby auf den Boden. Beide Soldaten luden ihre Waffen und richteten sie auf ihn. Der Soldat hinter der Theke stand auf und schrie: "Was machst du?" Aber Ameer sagte kein Wort. Er schloss die Augen und entlud alle Flüssigkeiten, die sich in seiner Blase angesammelt hatten, zum Entsetzen der Soldaten im Raum. Dann zog er seine Hose zurück und setzte sich leise auf die Bank. "Du willst mich erschießen, Arschloch?", murmelte er einen der Soldaten an, ohne ihn auch nur anzusehen. "In drei Stunden wird ein Viertel deines Geldes, das auf einer Bank auf den Seychellen ist, weg sein, und du willst Machtspiele mit mir spielen? Ruf jetzt deinen Kommandanten an, bevor ich es bereue, hierher gekommen zu sein, um dir zu helfen."

Der Soldat griff zum Telefon und klingelte erneut. "Warte", sagte er, nachdem er aufgelegt hatte. Eine weitere Stunde war vergangen, und die Halle begann nach Urin zu stinken. Schließlich kam ein Armeefahrzeug auf dem Parkplatz an, gefolgt von zwei weiteren, und eine Gruppe von Offizieren betrat das Bürogebäude. Ihr Anführer war ein Mann, der um die 50 Jahre alt zu sein schien, mit einem schwarzen Bart, der weiß geworden war und eine gesprenkelte Uniform trug. Er war sehr breit und wirkte sehr fit und stark. Er war 5'6 und sein Atem roch nach Cannabis.

Er lächelte Ameer mit einem breiten Lächeln an. Ameer stand auf und ging zu ihm hinüber, wurde aber von einem seiner Leibwächter angehalten. Er sagte mit einem halben Lächeln: "Weißt du, wer ich bin?"

"Nein."

"Du hast in mein Haus gepinkelt, auf den Boden. Das ist eine beabsichtigte Beleidigung zu meinen Ehren. Aber es war zuerst eine Beleidigung deiner Ehre. Nur Hunde pinkeln auf den Boden."

"Ich hatte fünf Stunden lang darum gebeten, auf die Toilette zu gehen. Das ist eine Beleidigung meiner Ehre."

"Niemand hat versucht, dich zu beleidigen. Du befindest dich in einer hochrangigen Sicherheitseinrichtung. Wir können dich nicht frei herumlaufen lassen. Ich kenne dich nicht, du bist alleine hier reingekommen und hast meine Soldaten bedroht. Ich bin ein vielbeschäftigter Mann. Ich habe nicht die Zeit, jeden zu sehen, der hierher kommt, wann immer ihm danach ist."

"Es tut mir leid. Ich hatte keine andere Möglichkeit, dich zu kontaktieren. Sie sind nicht gerade ein privates Unternehmen mit Büros und Briefkästen. Ich bin Ameer Baghdadi. Ich komme aus Kirkuk hierher. Ich bin Araber, Muslim, Iraker, und ich habe sehr wichtige Informationen für Sie."

„Mein Name ist Mouhammad Raze, Abu-Nizri. Ich komme aus Chamchamal, in der Nähe von Kirkuk, und du hast zehn Minuten, um mich zu überzeugen, warum ich deinen Kopf und deinen Körper intakt lassen sollte."

40.

Mouhammad Raze saß am Blechtisch. Das Büro war unordentlich und vernachlässigt: Regale voller Ordner, Munitionskisten, ein alter Computer, zerrissene Netze, die die Fenster bedeckten, und die Stoffe auf den Stuhlkissen waren zerrissen und schmutzig. Ameer Baghdadi saß über dem Tisch. Er bat Raze, allein mit ihm zu sprechen, aber Abu-Nizri ignorierte ihn, und zwei Soldaten gingen mit ihnen ins Büro. Ameer öffnete seine Tasche und zog seinen Laptop heraus. Er schloss es mit einem schwachen Signal an ein Satellitentelefon an und suchte nach einem Netzwerk, mit dem er sich verbinden konnte, konnte aber keines finden. "Ich muss mich mit deinem kybernetischen Netzwerk verbinden", sagte er.

"Das wird nicht passieren."

"Ich denke, du solltest die Daten sehen, die ich habe. Es wird Ihre Wahrnehmung der Geld- und Bankensicherheit des Unternehmens verändern."

"Du könntest in unser Finanzsystem einbrechen – warum sollte ich dir vertrauen?"

"Ich könnte das auch von meinem Haus aus tun. Das Netzwerk ist das gleiche." "Was brauchst du?""

"Das Netzwerkkabel von Ihrem Computer, damit ich es mit meinem verbinden kann."

"Gut, aber..."

"Ja, natürlich, du wirst mich töten, wenn..." Ameer nahm das Netzwerkkabel vom Computer, legte es auf die Tischkante und schloss es an seinen Laptop an. Ameer's Laptop wurde sofort hochgefahren, aber ein Popup-Fenster, in dem nach einem Passwort gefragt wurde, erschien. „Passwort?", fragte Ameer, stand auf und stellte sich in die Ferne, damit er nicht sah, was Raze tippte. "Keine Sorge. Dieser Laptop wird hier bleiben, ich brauche ihn nicht.", sagte er. Raze tippte das Passwort ein, und Ameer setzte sich und begann zu arbeiten.

Er tippte ein paar Passwörter ein, öffnete eines der Programme und drehte den Bildschirm zu Abu-Nizri. "Das ist dein Geld in den Banken von Österreich, den Seychellen und der Schweiz", sagte er. „Das dort übermittelte Geld stammt aus verschiedenen Quellen. Frankreich zum

Beispiel übertrug 23 Millionen Dollar für die Freilassung von zwei französischen Staatsbürgern. Spanien übertrug 11 Millionen Dollar für die Freilassung eines Journalisten. Jeder weiß, dass der wirtschaftliche Motor und das Bewusstsein der Organisation darin besteht, Menschen zu entführen und sie für große Geldbeträge zu erpressen."

"Stimmt."

„Die Banken auf den Seychellen halten das Geld Ihrer Gas- und Rohölverkäufe. Ich bin mir nicht sicher, wer es für dich verkauft, aber du hast dich dort sehr gut verkauft. Einhundertvierundfünfzig Millionen Dollar allein aus diesem Jahr, nicht schlecht für eine Organisation Ihrer Größenordnung. Du könntest wahrscheinlich Waffen erwerben und Löhne zahlen. Ich wette, einige von euch sind ziemlich reich."

"Was ist das Endergebnis?"

"Geldtransfers gehen direkt von Banken auf der ganzen Welt in zwei Hauptbanken; eine in Saudi-Arabien und die andere in Katar. Ein weiterer Kanal für Geldtransfers erfolgt über Syrien nach China und zu den Banken in der Türkei und im Irak. Meine Untersuchung sagt mir, dass wir mehr oder weniger über 630 Millionen Dollar pro Jahr sprechen. Ich gehe davon aus, dass dies nur ein Teil des gesamten überwiesenen Betrags ist, aber das ist der Teil, über den ich mit Ihnen sprechen möchte."

"Du hast drei Minuten."

"Dieses Geld wird für immer von deinen Konten verschwunden sein, wenn du mir erneut drohst. Also schlage ich vor, dass du mich entweder tötest oder die Klappe hältst und zuhörst." Mouhammad Raze war von Ameers unerwarteter Reaktion überrascht. Er sah seine Soldaten an, die an den Ecken des Raumes standen und sich nicht bewegten. Schließlich gab er auf und bat sie, den Raum zu verlassen und die Tür hinter sich zu schließen.

Ameer zeigte auf die Überweisungen in den verschiedenen Konten und auf ein kleines rotes Textfeld mit ständig aktualisierten Ziffern.

"Vor ein paar Wochen habe ich einen Köder auf eines deiner Bankkonten gelegt. Wie erwartet, hat jemand den Köder gefunden. Im Inneren des "Köders" befand sich eine kleine Datei, die den Weg Ihres Geldes zwischen den Online-Bankkonten verfolgte. Es stellt sich heraus, dass ein Teil der Route durch einen Staat namens Virginia in den Vereinigten Staaten führt. Weißt du, was in Virginia ist?"

"Eine Menge Dinge, nehme ich an." "Langley."

"Du fängst an, mir auf die Nerven zu gehen."

"Die CIA. Einundzwanzig Ihrer Bankkonten gehen durch die Computersysteme der CIA. Fünf weitere Kontoübertragungen gehen über die Aufklärungseinheit 8200 in Tel Aviv. Jeder Dollar, den Sie überweisen, wird von den Israelis und Amerikanern überwacht und überwacht."

"Und warum sollte es mich kümmern, wenn ich am Ende das ganze Geld ohne Probleme bekomme?"

„Da in naher Zukunft alle diese Bankkonten gelöscht werden und Ihr Geld weg ist. Um das Geld zu sammeln, musste man die Organisation erhalten, die man als politischen Apparat aufgebaut hatte. Um einen direkten Angriff auf Ihren Apparat zu vermeiden, setzen Sie alle Ihre finanziellen Ressourcen außerhalb des geografischen Bereichs Ihrer Tätigkeit ein. Das hat dich extrem verwundbar gemacht. Sie sind jetzt völlig abhängig von der Freundlichkeit der Länder, die Ihr Geld halten. Aber wenn diese Länder in Betracht ziehen müssten, Sie zu unterstützen, anstatt gegen die Amerikaner und Israelis vorzugehen, werden sie wahrscheinlich auf Sie verzichten. Und genau das sehen Sie hier. Alle Länder, die Ihr Geld halten, gaben Ihre Kontodaten an die Amerikaner weiter. So überwachen sie dich. Wenn du den Krieg erklärst, werden deine Konten in einer Sekunde geleert. Ihr Terrorismus, so widerlich und einschüchternd er auch sein mag, ist sehr klein und lokal. Aber Krieg ist eine ganz andere Geschichte. Die Europäer und Amerikaner warten nur auf den richtigen Moment, um dich zum Schweigen zu bringen."

"Und du? Warum erzählst du mir das alles?" "Ich bin bereit, dir zu helfen.""

„Warum sollten wir Ihre Hilfe brauchen? Wir haben unsere eigenen Hacker." "Drei Gründe. Der erste – Ihre Hacker sind ziemlich wertlos, wenn sie es nicht selbst gesehen haben. Die zweite – die Lösungen, die ich Ihnen anbieten kann, kann sonst niemand. Und die dritte – wenn Sie mir nicht geben, worum ich bitte, wird eine automatische Warnung an die Amerikaner gesendet, und bevor Sie es bemerken, werden alle Ihre Bankkonten geleert und gelöscht."

Mouhammad Raze bewegte sich langsam in seinem Stuhl. Er mochte es nicht, bedroht zu werden, besonders nicht in seinem persönlichen Bereich. Raze stand dem Leiter und Gründer der Organisation sehr nahe, und er erreichte keinen so hohen Rang, weil er eine friedliche, vernünftige Person war. Er mochte immer Gewalt und war sehr anfällig für Kämpfe. Er benutzte sadistische Maßnahmen, um alle um ihn herum einzuschüchtern und sich die Leiter hinaufzutreiben. Aber seine Position in der Organisation und sein fortgeschrittenes Alter hatten seine instinktive Reaktion ein wenig gestrafft. Er konnte es sich nicht mehr leisten, aufbrausend und ungeduldig zu sein. Also saß er eine lange Minute schweigend da und sah Ameer direkt in die Augen. Schließlich sagte er: „Also, was ist Ihr Preis? Was willst du von uns?"

"Zwei Dinge. Ich möchte, dass 10 Millionen Dollar direkt auf mein privates Bankkonto in den Emiraten überwiesen werden, was für Sie ein Pfennig ist, wenn man bedenkt, dass ich Ihnen Hunderte von Millionen Dollar einspare."

"Und was ist die zweite Sache?"

"Ich will meine Frau zurück und die Freilassung von zwei weiteren Ärzten, die du in Al-Hawl entführt hast." Noch eine ohrenbetäubende Stille. Raze wusste, dass er Ameer dazu bringen konnte, seine Züge zu machen, ohne den Preis dafür zu zahlen. Niemand konnte den Folterungen standhalten, zu denen diese Organisation fähig war. Und da ist die Frau, sie ist die Achillesferse des irakischen Hackers. Aber es bestand auch die Möglichkeit, dass das, was er sagte, wahr war, und die Organisation einen finanziellen Verlust erleiden würde, der sie von innen heraus brechen könnte. Großes Problem.

Raze brach die Stille mit einem Lächeln und sagte: "Lass deine Sachen hier und folge mir." Er stand auf und Ameer folgte ihm. Raze öffnete die Tür des Büros, ging hinaus und signalisierte den beiden Soldaten, die draußen standen, ein kleines, fast ungefilztes Signal. Ameer bemerkte nichts. Er ging an den Soldaten vorbei und bekam plötzlich einen Schlag von einem Gewehrstock eines Soldaten direkt ins Gesicht. Alles um ihn herum drehte sich, und er versuchte sein Bestes, um stehen zu bleiben. Aber diesmal folgte ein zweiter Schlag auf seinen Nacken. Ameer spürte, wie sich einer seiner Halswirbel bewegte, und dann wurde alles schwarz und er brach zusammen.

41.
2019

Die Zeit lief ab, ebenso wie die Geduld und das Urteilsvermögen aller, die Tag und Nacht auf der Suche nach dem Assyrer arbeiteten. Der dritte Stock des Polizeigebäudes sah aus wie ein Schlachtfeld. Ibrahim sah sich hilflos um und wusste nicht, ob er ein Briefing im Operationssaal einberufen oder aufgeben und alles von selbst entfalten lassen sollte. Als er das Ziel des Assyrers, den Burj Khalifa, kannte, fühlte er sich schrecklich. Er wusste, dass er derjenige war, der dafür verantwortlich war, einen Plan zu entwickeln, um es zu schützen, aber sein Kopf war leer. Das Letzte, was er wollte, war, in den nationalen Nachrichten den apokalyptischen Anblick von 2723 Fuß hohen Gebäuden zu sehen, die auf die Stadt um sie herum einstürzten und Häuser, Straßen und Menschen zerstörten, wie am 11. September.

Er betrat sein Büro, schloss die Tür, rauchte seine Mond-Zigaretten und wartete auf etwas, das ihn wieder zur Besinnung brachte. Er fühlte sich verloren. Er wünschte sich fast, der Angriff würde bereits stattfinden und alles wäre erledigt.

Die Tür öffnete sich und einer der neueren Polizisten, Ismail, betrat das Büro. Er war 28 Jahre alt, sah aber genauso verbogen und müde aus wie Ibrahim, obwohl er fast 30 Jahre jünger war. Ibrahim sah dem jungen Polizisten in die Augen. Er schien begierig darauf zu sein, ihm etwas zu sagen. "Wie geht es Ihrer Frau?" Fragte Ibrahim. "Wie erträgt sie es, dich in den letzten drei Tagen nicht gesehen zu haben?"

Der junge Polizist sah überrascht aus. Er diskutierte, ob er die Frage beantworten oder nur seine Ergebnisse melden sollte, aber aus Höflichkeit lächelte er und antwortete leise: „Es geht ihr gut. Das Baby treibt sie in den Wahnsinn, aber sie versteht die Situation. Auf der anderen Seite siehst du schrecklich aus."

"Danke. Ja. Ich fange an zu denken, dass es keinen "Assyrer" gibt und jemand spielt nur mit uns, um uns von der Realität abzulenken."

"Welcher ist das?" Ismail saß auf dem Stuhl gegenüber von Ibrahim. "Ich würde viel Geld bezahlen, um das zu wissen", seufzte er. "Es ist eigentlich nicht so weit hergeholt, wie du weißt."

„Was meinst du damit?", fragte Ibrahim.

"Nabil Barhum hat in den letzten Stunden vor dem Computer gesessen und eine Liste aller Unterstützer und" Soldaten "der Sandarmee herausgezogen. Im Moment fand er nur leere Avatare, Facebook-Seiten mit nichts darauf und virtuelle Charaktere ohne echte Personen dahinter. Eine Armee von Bots. Mit Ausnahme von Verrückten aus der ganzen Welt, die ihre Unterstützung gezeigt und Freundschaftsanfragen gesendet hatten, scheint es, dass die meisten Anhänger der Assyrer im wirklichen Leben nicht wirklich existieren."

"Das sind gute Neuigkeiten", sagte Ibrahim.

"Ich glaube nicht", sagte Ismail, der plötzlich viel kleiner aussah, als er tatsächlich war.

"Warum?"

„Weil uns jemand in die Irre führt. Es sieht so aus, als ob die virtuelle Welt nur eine Plattform ist, die die gefährlichen Angriffe im wirklichen Leben fördern soll. Hasen zu jagen, die uns nirgendwohin führen. Wir müssen alle Hintergrundgeräusche ignorieren und uns ausschließlich auf den Assyrer konzentrieren. Das heißt, wir müssen wieder an den Anfang gehen und jede seiner Bewegungen zurückverfolgen."

"Wir waren dort, an seinem Ausgangspunkt. Wir haben nichts gefunden. Das einzige, was wir im Moment haben, ist Barhum, das von Yael angegebene Ziel – der Burj und all das digitale Material, das wir gesammelt haben. Darüber hinaus fahren wir nirgendwohin mit voller Geschwindigkeit."

"Wir haben noch eine weitere wichtige Sache." "Was?" Etwas veränderte sich in Ibrahims Gesicht.

"Wir haben den Kerl, der Yael entführt hat. Er ist im Verhörraum."

Ibrahim sprang aus seinem Stuhl und ließ seine Zigarette fallen. "Komm." Er brüllte Ismail an. "Unterrichte mich auf dem Weg dorthin."

**

Yael Lavie saß auf ihrem Krankenhausbett. Ihr ging es körperlich gut, bis auf die Erschöpfung. Sie war dehydriert, aber nachdem sie viele Stunden lang eine Infusion und Elektrolyte bekommen und gut gegessen hatte, fühlte sie sich stark genug, um aufzustehen und zu gehen. Sie wusste, dass die Zeit knapp wurde, und sie war bereit, die Wüstensaga hinter sich zu lassen. Während sie bewusstlos lag, dachte sie, sie könnte der Schlüssel zu allem sein, was um sie herum passiert. Warum haben sie sie entführt und nicht Eshel? Warum ließen sie sie am Leben, und warum, wenn sie sich bereits entschieden hatten, sie am Leben zu erhalten, dachten sie nicht, dass sie in der Wüste sterben könnte?

War ihre Entführung nur eine Drohung? Es ist offensichtlich, dass die Assyrer kein Problem damit hatten, Menschen zu töten. Die Angriffe der Sandarmee hatten Opfer. Und wenn ja, was war ihre Rolle? Was wird von ihr erwartet? Bisher schien jede Bewegung, die sie unternahm, genau zur Agenda der Assyrer zu passen. Sie waren tief drin, aber es fühlte sich immer noch so an, als würden sie hinterherhinken. Sie stand auf und bemerkte, dass ihre Beine ein wenig zitterten. Sie ging auf die Toilette und zog ihr Krankenhaushemd aus. Sie fragte sich, ob sie genug getan hatte, und vielleicht sollte sie zu ihren Kindern zurückkehren, die von ihrem Vater verwaist waren, bevor sie auch ihre Mutter verlieren. Sie öffnete ihren Koffer, steckte ihr Kleid hinein, zog eine Hose und ein Hemd aus und zog ihren BH an, als Eshel hereinkam und sie nackt sah.

Er floh sofort nach draußen, damit sie sich alleine anziehen konnte. "Ich rufe dich an, wenn ich fertig bin", sagte sie in einem ungezogenen Ton. Er stand vor der Tür und wartete, während unkontrollierbarer Schweiß über seine Stirn wackelte. Sie rief ihn an, als sie mit dem Anziehen fertig war.

"Bist du sicher, dass du jetzt bereit bist, nach Dubai zu fahren?" Fragte er. "Wenn ich nicht gehe, wird mir das für den Rest meines Lebens leid tun."

"Aber nach dem, was passiert ist..."

"Ich muss wissen, was er von mir will. Wenn wir das nicht zu Ende bringen,

Ich werde immer mit dem Gefühl leben, dass mich jemand verfolgt. Ich kenne mich selbst." Yael organisierte ihre Sachen. Sie fühlte sich immer noch schwach, stachelte sich aber an, weiterzumachen. Sie wird versuchen, sich auf dem Weg dorthin auszuruhen, aber jetzt muss sie arbeiten. Sie schloss ihren Koffer. Eshel gab ihr Handy, das er im Müll zerstört fand, zurück zu ihr und holte dann ein neues Handy heraus. "Es ist einsatzbereit", sagte er. "Ich habe alles darauf übertragen."

Yael umarmte ihn warm und spürte eine Vibration in seiner Hand. Das Handy. Aharon Shaked war in der Leitung.

"Wie geht es ihr?" Sie hörte Shakeds Stimme.

"Ihr geht es gut. Ich bin bei ihr. Wir bereiten uns auf die Abreise nach Dubai vor.

Irgendwelche Neuigkeiten?"

"Ja. Wir haben herausgefunden, was alle unsere Computer zum Einsturz gebracht hat. Eine kleine Komponente wurde unter Yotam Shneours Schreibtisch gepflanzt. Es gab einen kleinen elektrischen Impuls, der die gesamte Rechen-, Steuerungs- und Gebäudesysteme störte. Wir mussten das gesamte System neu starten, Schäden kontrollieren und Datendateien wiederherstellen. Wir waren fast 9 Stunden am Boden."

"Wer hat die Komponente ins Büro gebracht?" Fragte Yael flüsternd und Eshel wiederholte ihre Frage.

"Wir sind uns nicht sicher. Es könnte jemand aus der ISA sein, ein Doppelagent oder jemand, der hier eingebrochen ist. Aber diese Organisation – die Sandarmee - hat Fähigkeiten, die wir nicht kannten."

"Also, wie gehst du damit um?"

„Wir haben einige Dinge an die Cyber-Verteidigungsabteilung geschickt und unser Sicherheitsbewusstsein geschärft. Aber es gibt im Moment ein paar heiße Zonen, und wir nutzen alle Humanressourcen, die wir haben. Wir müssen vielleicht improvisieren. Und ja, ihr spielt auch eine wichtige Rolle bei der Lösung dieser Geschichte. In gewisser Weise brauchen wir euch, um dort erfolgreich zu sein, damit wir hier erfolgreich sein können."

Eshel sah Yael an und sagte: „Wir werden alles in unserer Macht Stehende tun, um das zu knacken, aber es sieht auch auf unserer Seite nicht allzu vielversprechend aus."

"Okay. Pass auf dich auf ", sagte Shaked und legte auf. "Hast du ein Fahrzeug? Wir müssen jetzt nach Ibrahim."

"Ja, auf dem Parkplatz", sagte Eshel und schwenkte einen Schlüsselanhänger an seinem Finger.

"Komm schon. Gehen wir." Yael ging an ihm vorbei, verließ den Raum und ignorierte völlig, dass der Arzt auf sie zukam.

***

"Wie hast du ihn gefunden?" Ibrahim fragte Ismail, als sie sich auf den Weg zum Verhörraum im unteren Stockwerk des Polizeigebäudes machten.

"Durch die Überwachungskamera von 'Al-Hazana Transportation', der Firma, von der er den Abschleppwagen gestohlen hat. Es stellte sich heraus, dass der Dieb die Überwachungskameras in der Garage zur Seite drehte, so dass sie ihn nicht filmen konnten, aber er schaffte es nicht, sie auszuschalten. Einer Kamera gelang es, das Nummernschild eines Privatautos zu filmen, das während des Einbruchs wegfuhr. Wir fanden seinen Besitzer und verhörten ihn. Es stellt sich heraus, dass der

Einbrecher Beduine ist, ein Bewohner von Al-Haeer, dem Bruder des Autobesitzers. Wir haben ihn vor drei Stunden in Al-Ain ausfindig gemacht und hierher gebracht. Er gab zu, dass er Yael entführt hat."

Sie standen vor der Schwermetalltür, und Ibrahim spähte durch das Einwegfenster hinein. Im Raum saß ein großer Mann, der in seinen Dreißigern aussah und eine weiße Jellabiya trug. Er hatte einen dicken Bart und eine Keffiyeh auf dem Kopf. Seine Hände waren in einer eisernen Kette an die Wand gebunden, aber Ibrahim dachte, ein so großer Mann könnte die Kette leicht von der Wand reißen und als gefährliche Waffe benutzen. Er nahm einen Metallklub mit und sagte zu Ismail: "Ich werde versuchen, einige Informationen aus ihm herauszuholen."

„Bist du sicher, dass du es so machen willst?", fragte Ismail. Er wusste, was passieren würde. Er wusste auch, dass es keinen Sinn machte, Ibrahim davon abzuhalten. Er brauchte Antworten für seine Vorgesetzten. Das Schicksal des Mannes im Verhörraum war besiegelt. "Ja", sagte Ibrahim und öffnete die Tür des Verhörraums.

Ismail bewegte den Kopf ein wenig und ging weg.

***

Suliman Kh'aladi saß im Verhörraum und wartete auf seinen Vernehmungsbeamten. Er war auf jede Frage vorbereitet, die ihm gestellt werden würde, obwohl er nicht glaubte, dass er so schnell erwischt werden würde. Er dachte, er könnte sich ein paar Tage lang verstecken, aber sein Plan ging schief, als er ohne Benzin in dem Lastwagen stecken blieb, den er mitten in der Wüste gestohlen hatte. Er hatte keine Angst vor der Wüste. Er wuchs in der Wüste auf und konnte sich zurechtfinden. Er kam innerhalb weniger Stunden zu einer Kamelfarm in der Umgebung und rief seine Familie an, um ihn abzuholen. Er wusste, dass eine beträchtliche Menge Geld auf seinem Bankkonto in Katar auf ihn wartete, also plante er, sich dort zu verstecken, bis das Ganze vergessen war. Er fuhr zu seinem Haus und fing an, seine Sachen zu packen, als die Al-Ain-Polizei in sein Haus einbrach und ihn verhaftete. Und jetzt war er im Verhörraum. Er wird ihnen sagen, dass er gebeten wurde, eine betrunkene Dame an einen bestimmten Ort in der Wüste zu bringen. Er stellte keine Fragen, nahm einfach das Geld und tat, was von ihm erwartet wurde. Er dachte, die Bullen könnten ihn für ein paar Tage festhalten, aber dann würden sie ihn gehen lassen.

Aber das erste, was durch die Tür kam, war ein Metallklub, gefolgt von einem Mann, der genauso groß war wie er, obwohl er älter war und eine Polizistenuniform trug. Der Mann lächelte, aber sein Gesichtsausdruck war temperamentvoll.

"Ich werde dir ein paar Fragen stellen, und du sollst sie alle beantworten. Wenn du lügst, kannst du deine lebenswichtigen Organe zum Abschied küssen. Ich schlage vor, Sie tun, was ich sage «, sagte der Polizist.

Suliman sah ihn ehrfürchtig an und begann zu kichern. Innerhalb einer halben Sekunde flog der Metallschläger in die Luft und schlug mit Gewalt auf den Eisentisch. Er zog in letzter Sekunde seine Hand heraus, und der Schläger hinterließ eine kleine Beule in dem massiven Tisch. Ein eiserner Funke flog und schwebte für eine Sekunde in der Luft.

"Was willst du wissen?", fragte er in einem Ton, der als erniedrigend hätte wahrgenommen werden können.

"Alles. Wer hat dich geschickt? Gehörst du zur Sandarmee? Warum hast du die Frau entführt? Warum hast du sie mitten in der Wüste am Leben gelassen? Und wie bist du mit den Assyrern verbunden?" Sulimans Gesichtsausdruck änderte sich sofort. Er erkannte, dass er mitten in etwas war, das viel größer war als er. "Ich denke, es gibt einen Missverstehen ", sagte er.

"Das denke ich auch", sagte Ibrahim. "Ich denke, du merkst immer noch nicht, wie tief du in diesem Schlamassel steckst. Also fängst du besser an zu reden."

"Ich habe nichts zu sagen." Der Club ging wieder in die Luft und traf diesmal Sulimans Kopf. Seine Augen wurden schwarz und der Schmerz begann in seinem Kopf zu pochen. Blut strömte hinter seinen Ohren und befleckte sein Hemd.

"Hör zu, Herr Suliman", sagte Ibrahim. "Ich habe keine Zeit, mit dir zu verhandeln. Ich stehe vor einem Terroranschlag und brauche gestern Antworten. Ich plane, alles in meiner Macht Stehende zu tun, um sie zu bekommen! Vertrau mir, ich hatte hier größere und stärkere Leute als du, die am Ende alles verschüttet haben."

Suliman sprang auf die Füße und sah für einen Moment genauso bedrohlich aus wie Ibrahim. "Ich habe dir nichts zu sagen. Tu, was du willst." Der Schläger flog wieder in die Luft und landete mit solcher Kraft auf Sulimans Hand, dass er drei seiner Finger zerquetschte. Suliman schrie vor Schmerz und versuchte, nach seiner Hand zu greifen, aber sie war an die Wand gebunden.

"Was ist los mit dir? Bist du sauer?«, schrie er.

Der Club flog wieder in die Luft und wollte Sulimans Knie treffen, aber er schaffte es kurz zuvor zu schreien: „Gut. Gut. Ich werde reden."

"Es ist immer die gleiche Geschichte", sagte Ibrahim. "Jetzt rede. Ich höre zu."

"Da war ein Typ, er war sehr krank. Ich glaube, er war Palästinenser. Mein Bruder stellte ihn für unser Geschäft ein." "Als was?"

"Er war ein Fahrer. Er brachte Touristen aus der Stadt zu unserem touristischen Zeltcampingplatz und zurück in die Stadt."

"Hat er dich zur Sandarmee rekrutiert?"

"Ich weiß nicht, was die" Sandarmee "ist. Er fragte mich, ob ich für viel Geld kleine Aufgaben erledigen wolle, die fast illegal seien. Ich sagte ja. Am Anfang gab er mir Geld, um Computer und WLAN-NETZWERKE zu kaufen. Dann habe ich ein Auto und ein Quad für ihn gestohlen. Schließlich gab er mir einen Umschlag mit den Details einer israelischen Touristin und sagte, ich sollte sie entführen, wenn sie in die Emirate käme und sie in die Wüste werfen würde. Er verlangte, dass ich dafür sorge, dass sie am Leben blieb. Er bot eine Menge Geld an und sagte, die Hälfte davon würde sofort auf meinem Bankkonto erscheinen und die zweite Hälfte würde ich nach Abschluss der Aufgabe bekommen. Es klang vernünftig, also sagte ich ja."

"Erinnerst du dich an den Namen des Mannes?"

„Salah Fadi. Aber soweit ich weiß, ist er bereits tot." "Woher weißt du das?""

"Ich habe ein paar Mal versucht, ihn zu kontaktieren. Es ging ihm damals wirklich schlecht, also nehme ich an, dass er bestanden hat."

"Und wie hast du die Frau gefunden?"

„Ich habe alle Flüge verfolgt, die von Israel aus gelandet sind. Es gibt nicht so viele. Als sie kam, erkannte ich sie sofort. Ich wollte sie am Flughafen entführen, aber sie wurde von ein paar Polizisten begleitet. Also habe ich es damals nicht getan. Ich wusste, wo sie wohnte, also wartete ich auf den richtigen Zeitpunkt. Schließlich, als sie allein war, bekam ich sie und erledigte die Aufgabe."

"Und das Geld? Hast du's kapiert?" "Ja."

Ibrahim sah Sulimans zerschlagenes Gesicht an und stand dann auf und öffnete die Metalltür. Er hörte Sulimans Stimme hinter sich. "Nur noch eine Sache", sagte er. Ibrahim ging zurück und stellte sich vor ihn.

"Was?"

"Sag niemandem, dass du diese Informationen von mir bekommen hast."
Warum? ", fragte Ibrahim mit mangelndem Interesse.

"Weil der Palästinenser mir gesagt hat, dass, wenn es rauskommt, das das Ende unseres gesamten Stammes sein wird."

"Und du glaubst ihm?" "Ja."

"Warum? Du wirkst nicht wie jemand, der Angst vor Konfrontationen hat."

"Ich habe keine Angst vor Konfrontationen. Ich habe Angst vor Blutrache." "Wessen Blutrache?"

"Schau, einen israelischen Polizisten zu entführen und sie in die Wüste zu werfen, ist ein schweres Verbrechen, das mich für ein paar Jahre ins Gefängnis bringen könnte, also war das Geld allein nicht genug, um mir zuzustimmen."

"Er hat dich erpresst..."

"Das kannst du sagen. Er überzeugte mich, dass er, wenn ich es nicht tun würde, unserem Nachbarstamm Informationen geben und ihnen sagen würde, dass wir für den Tod der Tochter des Scheichs verantwortlich sind. Ein junges Mädchen, das meinen Bruder heiraten sollte, aber ermordet wurde, weil sie die Familie entehrt hatte, weil sie eine Affäre mit dem Palästinenser hatte."

"Sprichst du von Lubna Al-Naihan?" "Ja. Kennst du die Geschichte?"

"Ja, und plötzlich merke ich, wie weit wir sind..." "Von wem? Wovon?"

"Vom Gewinnen!"

***

Ibrahim kehrte ins Büro zurück, sein Hemd war mit Blut befleckt. Er fand dort Yael und Itay. Sie gingen in den Besprechungsraum. „Also, was hast du von dem Kerl gelernt, der mich entführt hat?", fragte Yael.

"Nicht viel. Salah Fadi, der Palästinenser aus Jenin, rekrutierte ihn und bezahlte ihn. Er hat ihn auch in die Blutrache der Al-Naihan-Familie gemischt."

"Lubnas Mord? Die Tochter von Zakariya's Bruder?"

"Alles hat mit allem zu tun – ich sage es dir. Seine Pläne sind wie die Arme des Oktopus. Wir sind gerade an der Spitze des Eisbergs."

„Hat er dir gesagt, warum er mich entführt hat?", fragte Yael.

"Er sagte, es sei ein Befehl, den er mit Geld und einer Drohung verstand", sagte Ibrahim und setzte sich auf einen der Stühle.

"Das bedeutet, dass alles, was Barhum sagte, richtig war", sagte Eshel. "Salah Fadi und Yaels Entführer wurden auch von den Assyrern rekrutiert. Jeder an einem anderen Ort. Fadi half Barhum, die Grenzen zu überschreiten und gegen Ende seines Lebens zur Sho 'afat-Wohnung zu gelangen. Aber es scheint, dass er auf dem Weg gestorben ist. Sollen wir Barhum noch einmal zu all dem befragen?

"Ich glaube nicht. Barhum wurde genau wie sie rekrutiert, er kennt den Rest nicht. Wir müssen uns jetzt auf das nächste Ziel konzentrieren und so schnell wie möglich nach Dubai kommen ", sagte Yael. "Wir müssen ein Team von Ermittlern dazu bringen, dort zu arbeiten, bevor wir ankommen. Wo ist Barhum?" „Er ist bei Ismail, in der Computerabteilung ", sagte Ibrahim.

"Ich möchte mit ihm sprechen, und dann werden wir entscheiden, ob er mit uns kommen soll oder nicht."

42.
2013

Als Ameer Baghdadi aufwachte, wurde ihm klar, dass er auf einem Armeebett lag. Er versuchte, seine Hände zu bewegen, aber sie waren an die Ränder des Bettes gebunden. Der fensterlose Zementraum war leer, bis auf eine Stange, die einen Infusionsbeutel trug, der mit seinem linken Arm verbunden war. Er war nackt und sein Körper war mit Stresswunden, Schweiß und Schmutz bedeckt. Er hatte keine Ahnung, wie lange er dort gelegen hatte. Stunden? Tage? Wochen? Vielleicht sogar Monate? Er versuchte zu schreien, aber es kam kein Geräusch heraus. Er versuchte, seinen Körper und seine Beine zu bewegen, gab aber schnell auf und lag einfach mit offenen Augen da und starrte in den dunklen Raum. Er wusste nicht, wie spät es war. Er war kalt, hungrig und durstig. Er beschloss, sich zu entspannen, und dabei füllte sich sein Geist mit Gedanken.

Er wusste, wenn Mouhammad Raze ihn tot sehen wollte, wäre er es inzwischen gewesen. Also, warum hat er ihn nicht getötet? Es könnte ein paar Gründe geben. Der erste Grund könnte gewesen sein, dass Raze glaubt, dass Baghdadis Deal der Organisation zugute kommen könnte, und er verhandelte um den Preis. Er könnte Ameer dazu bringen, die fortgeschrittenen Cyber-Aktionen durchzuführen, wenn er ihn foltert, erschöpft oder seine Schwäche – seine Frau – verletzt. Aber wenn das der Fall war, warum beschloss er, Ameer so lange bewusstlos zu halten? Vielleicht wollte er seinen Hintergrund überprüfen, bevor er ihm Zugang zu den versteckten Konten der Organisation gab?

Der zweite Grund könnte gewesen sein, Ameer an die Briten zu erlösen. Vielleicht war Raze nicht an Ameers Diensten interessiert, sondern zog es vor, für ihn mit den Briten zu verhandeln. Ameer ist nur eine weitere Möglichkeit für die Organisation, Geld zu verdienen. Das könnte der Grund sein, warum er ihn am Leben hielt, aber unter schlechten Bedingungen.

Der dritte Grund könnte gewesen sein, dass Raze Ameers Forderungen auf die Leiter der Organisation schickte. Aber bis er eine Antwort von seinen Vorgesetzten erhält, konnte Raze ihnen nicht zeigen, dass er schwach und leicht zu erpressen war. Ameer hatte es geschafft, tief in die Organisation einzudringen und sich mit einem ihrer Führungskräfte zu treffen. Das an sich war eine große Bedrohung für die Organisation, etwas, das sich Raze nicht leisten konnte. Er muss ihnen gesagt haben, dass sie seine Tasche, seinen Laptop und seinen Jeep durchsuchen sollen. Vielleicht sogar Alexandra verhören. Diese Prozesse dauern eine Weile, und es war besser, Ameer war sich dessen nicht bewusst, weshalb sie ihn am Leben hielten, aber in einem schlechten Zustand. Ameer schloss die Augen und versuchte erneut zu schlafen. Er wachte erst auf, als er Stimmen hörte, die in seinem Zimmer, direkt an seinem Ohr, immer lauter wurden.

Als er die Augen öffnete, brannte der Raum vor intensivem Sonnenlicht. Die Hitze war unerträglich und ließ ihn am ganzen Körper schwitzen, Schweiß, der in das weiße Laken mit braunen Flecken eindrang, die seinen Körper bedeckten. Ein junger Mann in Uniform beugte sich über ihn und wechselte seinen Infusionsbeutel. Ameer versuchte zu reden, aber alles, was herauskam, waren bedeutungslose Murmeln. Der Mann untersuchte ihn, legte eine Hand auf seine Stirn und schrie dann aus dem Raum: "Er ist aufgewacht." Ein paar Augenblicke später betrat ein anderer Mann in einem weißen Gewand, um die 50, den Raum. Ameer dachte, er sei Iraker, wie er, wegen der Art, wie er sprach, oder vielleicht alawitischer Syrer. Sein Kopf war voller Erinnerungen aus dem Gefängnis in Bagdad. Er versuchte zu flüstern und schaffte es, auf Arabisch zu murmeln, indem er ihm sanft aus der Kehle stieß: "Wo bin ich?"

Der Arzt setzte sich neben ihn und nahm seine Temperatur und seinen Puls. Er legte seine Hand auf Ameers Nacken, was pochende Schmerzen durch seinen Körper schickte. Ameer stöhnte leise. Dann wurde ihm klar, dass sein Kopf mit einem dicken Stoffstreifen am Bett befestigt war. "Du hast dich fast erholt. In ein paar Tagen wirst du aufstehen und gehen können."

"Wo bin ich?" Flüsterte Ameer erneut.

"Du bist in unserem Krankenhaus. Du hast dir ein paar Wirbel im Nacken gebrochen und bist fast erstickt. Ich musste dich operieren. Du bist ein sehr glücklicher Kerl. Eine Nackenoperation ist eine komplizierte, komplexe Sache, aber Sie haben einen starken, gesunden Körper. Jemand anderes wäre wahrscheinlich daran gestorben."

"Warum hat er mich am Leben erhalten? Ich meine, es braucht Ressourcen, Geld, Medizin..."

"Das musst du ihn fragen." "Ist er hier?"

"Wenn er beschließt, aufzutauchen, wirst du es als Erster erfahren. Jetzt ruhen Sie sich aus. Ich werde dich morgen früh wiedersehen."

Ameer versuchte sich zu bewegen und noch etwas zu sagen, aber ihm war bereits eine Narkose injiziert worden und er schlief wieder ein. Er wusste nicht, wie lange er schlief, bis er seine Augen wieder öffnete. Der Raum war derselbe, aber er saß jetzt auf einem Holz-Metall-Stuhl. Sein Kopf klopfte und sein Nacken brannte vor Schmerzen, aber er war nüchtern und schaffte es, sich in seinem Stuhl zu bewegen und sogar zu sprechen. Ein Arzt, eine Krankenschwester und ein Soldat in Uniform saßen im Raum. Ameer war nicht gefesselt, sein Körper war schlampig gekleidet mit den Kleidern, mit denen er kam. Ameer erinnerte sich nicht, wie lange es her war, seit er dort angekommen war.

"Du siehst toll aus. Komm schon, versuch aufzustehen", sagte der Arzt. Ameer versuchte, auf die Beine zu kommen, fiel aber jedes Mal auf den Stuhl zurück. Schließlich half ihm die Krankenschwester, auf die Beine zu kommen, und er schaffte es, ein paar Schritte zu gehen. "Großartig", sagte der Arzt. "Nun, lass uns dich vor deinem erwarteten Treffen mit dem Chef zum Duschen und Essen bringen."

Zwei Stunden später saß Ameer in demselben Büro, in dem er sich mit Mouhammad Raze getroffen hatte, als er nach Ar-Raqqah kam. Und genau wie damals wartete er viele Minuten, bis Raze hereinkam und sich vor ihn setzte.

"Wir werden jetzt ein bisschen anders verhandeln", sagte Raze, als er sich setzte.

„Warum hast du mich nicht getötet?", fragte Ameer.

"Ich kann dir versichern, dass ich deinen Verlust nicht betrauert hätte, wenn du gestorben wärst. Aber du lebst, und ich kann deine Fähigkeiten voll ausnutzen, was genau das ist, was ich beabsichtige zu tun. Sie sind ein Risiko für meine Organisation. Die Tatsache, dass Sie es geschafft haben, den Geldweg meiner Organisation zu verfolgen, zeigt mir, dass wir eine Schwäche haben, die jemand gegen uns finden und nutzen könnte. Das kann ich mir nicht leisten."

"Ich habe dir angeboten, dir zu helfen. Meine Bedingungen haben sich nicht geändert. Warum war es dir so wichtig, mich zu verletzen?"

"Ich kenne dich nicht. Du bist in eines unserer am besten bewachten Hauptquartiere gegangen und hast mich bedroht. Wir sind keine humanitäre Organisation. Wenn uns jemand bedroht – schaffen wir ihn aus dem Weg. Ich musste überprüfen, wer du bist, dein Laptop und dein Jeep. Wir können jetzt weitermachen."

"Was ist mit meiner Frau?" "Wir werden dazu kommen." "

"Lebt sie?" "Wir werden dazu kommen."

"Es wird meine Entscheidung, dir zu helfen, dramatisch beeinflussen." "Wir haben andere Teammitglieder..."

„… der die Infiltrationen in Ihren Konten nicht erkannt hat und sie höchstwahrscheinlich auch nicht beheben kann. Das ist der Grund, warum ich noch lebe, oder?" Ameer berührte seinen Hals leicht. Es war immer noch sehr schmerzhaft.

"Ja, aber deine Zeit läuft ab."

"Ich muss wissen, ob du uns am Ende freilassen wirst. Ansonsten sterbe ich lieber."

"Ich habe sehr effektive Möglichkeiten, dich kostenlos arbeiten zu lassen."

"Ich bin mir sicher, dass du das tust, aber das ist Cyber, über das wir sprechen. Der Schmerz wird mich aus dem Fokus bringen, lässt mich nicht klar denken und erhöht meine Chancen, große Fehler zu machen. Es liegt an dir zu überlegen, ob du das tun willst."

"Wie willst du es machen?"

„Alexandra überquert die Grenze zur Türkei und steigt in ein Flugzeug nach London. Dann sitzen wir zusammen in dem Labor, das ich in Kirkuk gebaut habe. Dort kümmere ich mich um all deine finanziellen Probleme."

"Und was ist mit den zehn Millionen? Es ist ein sehr hoher Preis ", fragte Raze. "Wie viel brauchen wir, um den Deal abzuschließen?"

"Zwei Millionen Dollar." Es war ein Schuss im Dunkeln, aber Mouhammad Raze stimmte zu. "Aber es gibt noch eine Sache, die ich will."

„Was?", fragte Raze.

"Du hast zwei Ärzte, die du aus dem 'Al-Hawl' -Flüchtlingslager entführt hast. Ich bringe sie im Jeep zurück in den Irak. Wir werden das im Austausch für die acht Millionen Dollar tun, die ich gerade abgezinst habe."

"Wir haben nur einen. Der andere ist vor ein paar Wochen an Tuberkulose gestorben."

"Gut. Lassen Sie den anderen Arzt frei."

"Abgemacht." Raze gab Ameer nicht die Hand. Er hasste sich für diesen

Deal, wusste aber, dass er keine andere Wahl hatte. In den letzten Jahren hat er gelernt, dass es besser ist, an einer Front zu verlieren, damit er an einer größeren, bedeutungsvolleren Front gewinnen kann. Er verließ den Raum und ging zum Schießstand im Keller. Er lud seine Waffe und schoss drei Magazine auf das Pappziel, das dadurch zerriss und zerbröckelte. Dann speiste er mit seinem Stellvertreter im Speisesaal, und um 14:45 Uhr lag er mit einer seiner Geliebten im Bett, einer jungen kurdischen Dame, die er aus einem Dorf in der Gegend entführt hatte.

Am nächsten Tag um 17:00 Uhr stieg Ameer in seinen Jeep und fuhr alleine nach Qamischli, wo er an der türkischen Grenze auf Alexandra wartete. Er wusste nicht, ob sie ankommen würde, er wusste nicht, ob Raze sein Versprechen halten würde. Er hatte keinen Computer, kein Handy oder ein anderes Kommunikationsgerät. Nur er, sein Jeep und die Hoffnung, dass seine Frau noch am Leben war.

43.

Die syrisch-türkische Grenze zwischen der syrischen Stadt Qamischli und der türkischen Stadt Nusaybin war still und vernachlässigt. Die Passage, die nach Ausbruch des Bürgerkriegs aus Angst vor Massenstürmen geschlossen wurde, stand hinter Zementmauern und schweren Eisentoren. Es gab nur eine Passage von Syrien in die Türkei, und sie war leer von Fahrzeugen. Ein türkischer Angestellter stand im Fenster eines Gebäudes aus den 50er Jahren, und ein paar Soldaten bewachten den Durchgang mit geladenen Waffen. Ameer wartete im Jeep auf der syrischen Seite der Grenze, sehr bewusst, dass er unter ständiger Beobachtung der Grenzschutzbeamten stand.

Schließlich stellte er den Motor ab, stieg aus seinem Jeep und ruhte sich auf der Motorhaube aus. Sein Körper schmerzte immer noch. Eine halbe Stunde später kam ein weißes Toyota-Fahrzeug mit irakischen Nummernschildern an. Ameer verspannte sich. Das Fahrzeug hielt am Tor an und einer der Soldaten näherte sich ihm. Das Fahrerfenster öffnete sich. Ameer ging darauf zu, aber einer der Soldaten signalisierte mit seiner Waffe, dass er anhalten und warten sollte. Ameer blieb stehen und hob die Hände, um sich zu ergeben. Der Soldat ließ seine Augen nicht von ihm ab. Eine Hand kam aus dem Fenster des Fahrers und gab dem Grenzpolizisten ein paar Dokumente. Der Polizist las sie, zog ein kleines Walkie-Talkie heraus und sprach hinein. Nach einem leichten Kopfnicken fuhr der Toyota weiter. Das eiserne Tor öffnete sich, gefolgt von zwei weiteren Barrieren, und die türkischen Soldaten auf der anderen Seite der Grenze näherten sich dem Fahrzeug mit gezogenen Waffen. Ameer stand auf Zehenspitzen, konnte aber nicht wirklich sehen, was vor sich ging.

Ein zweites Fahrzeug, ein grüner Renault, machte sich von türkischer Seite auf den Weg zur Grenze und hielt vor der Einfahrt zum Terminal. Die Tür des Toyota öffnete sich und der Fahrer kam in normaler Kleidung heraus. Er ging um das Fahrzeug herum und öffnete die hintere Beifahrertür. Alexandra und ein junger Mann, von dem Ameer annahm, dass er der zweite Arzt war, dem er Dr. Tukashi zur Rettung versprochen hatte, kamen heraus. Er sprang auf die Kapuze, um einen besseren Blick zu erhaschen. Alexandra sah sich verzweifelt um. Sie wirkte sehr dünn, aber in gutem Zustand. Sie ging allein, ohne Hilfe. Ameer schrie: "Alexandra!" Zuerst schien sie ihn nicht hören zu können, aber nach dem dritten Schrei drehte sie den Kopf, und er sah ihr Gesicht, das geschwollen war. Sie bemerkte ihn und winkte, schrie aber nicht zurück.

Der Fahrer nahm ihre Hand und bewegte sie zum Angestellten. Er gab ihm ihre Dokumente, und nur eine Minute später passierten Alexandra und der zweite Arzt die Grenze.

Ein Mann kam aus dem grünen Renault. Er war im Vergleich zu anderen um ihn herum sehr groß, mindestens 1,80 m groß, schlank und doch muskulös. Er wartete auf Alexandra, gab ihr die Autoschlüssel und wartete, bis sie in das Fahrzeug einstieg. Er erzählte ihr etwas, und Ameer konnte sehen, dass sie zuhörte und mit dem Kopf nickte. Beide Ärzte stiegen in das Fahrzeug, schlossen die Türen und Alexandra fuhr weg. Der junge Mann, der mit dem Renault kam, überquerte die Grenze zu Fuß und stieg in den weißen Toyota ein. Als er an Ameer vorbeifuhr, hielt er an, der Fahrer öffnete das Fenster und sagte zu Ameer: „Unser Teil des Deals ist erledigt. Wir sehen uns in Kirkuk ", und fuhr davon. Ameer wartete noch ein paar Sekunden und stieg dann in den Jeep. Er wusste, dass er Alexandra nicht kontaktieren konnte, bis der Deal abgeschlossen war. Die Organisation konnte sie immer noch lokalisieren und töten. Jetzt war es Zeit für Ameer, seinen Teil des Deals zu erfüllen. Er konnte den Irak nicht verlassen und nach England zurückkehren, bevor seine Arbeit getan war. Ameer wusste sehr gut, was kommen würde und hatte sich im Voraus darauf vorbereitet. Er wusste, dass an seinem Jeep ein Überwachungsgerät angebracht war. Sein Laptop, sein Satelliten-Handy und sein normales Handy wurden ihm weggenommen, und alles, was er noch hatte, war ein GPS-Gerät, das ihn mitnahm. Er startete seinen Jeep und fuhr schnell auf dem Highway 6 nach Osten, in Richtung der irakischen Grenze.

Nach einer Autostunde wandte er sich nach Süden nach Tel Hamees, passierte es und fuhr weiter zur Kreuzung von Al-Hawl. Er fuhr direkt zum Grenzzaun, wo er auf dem Weg nach Syrien die Holzkiste versteckte. Er fuhr drei Stunden lang herum, bis er die Stelle fand, an der er die Kiste versteckte, seinen Jeep herüberzog und die Kiste aus ihrem Versteck holte. Er öffnete die Box und holte einen Laptop, ein Satelliten-Handy, einen kleinen Akku und ein normales Handy heraus. Er hatte nicht viel Zeit. Es war fast Nacht, und er wusste, dass die Leute von Mouhammad Raze in Kirkuk auf ihn warteten. Er schaltete sein Handy ein und wählte Lucas 'Nummer. Alexandra hob nach zwei Ringen ab: "Ameer?" Ihre Stimme klang scharf, zielstrebig und nüchtern.

"Geht es dir gut?"

"Mir geht es gut. Dad kam, um mich von der Grenze abzuholen. Wir sind in Istanbul. Wir fliegen in fünf Stunden nach London."

"Großartig. Wir sehen uns in London. Ich verspreche es." "Ich weiß. Wann kommst du zurück?"

"Es wird einige Zeit dauern, Alexandra, aber ich werde es schaffen. Es gibt ein paar Dinge, um die ich mich kümmern muss, damit wir etwas Ruhe haben."

"Ich verstehe. Ameer, ich liebe dich."

"Ich liebe dich, mein Mädchen. Ich komme bald zurück und wir werden heiraten." Stille.

"Ameer."

"Ja?"

"Ich habe das Baby verloren. Es tut mir so leid." Er konnte die Risse in ihrer Stimme hören. "Ich weiß nicht, ob ich wieder schwanger werden kann."

Beide schwiegen ein paar Minuten, und dann sagte er: „Keine Sorge, es wird alles gut. Ich verspreche es." Er legte auf, bevor sie antworten konnte. Er war sich nicht sicher, was er fühlte: Wut, Rachebedürfnis? Aber an wem soll man sich rächen?

Nichts davon spielte jetzt eine Rolle. Seine Zeit war begrenzt, und er hatte einige Dinge zu erledigen, bevor er nach London zurückkehrte. Er öffnete seinen Laptop und schickte eine Nachricht, die er zuvor für einen der CIA-Senioren vorbereitet hatte. Die Nachricht, die Codes und Karten enthielt, enthielt eine detaillierte Route der Geldtransfers vom nordsyrischen Zweig des ISIS. Die Karten enthielten Anweisungen zum Hauptsitz der Organisation, den Büros von Mouhammad Raze, und den Code, der ein Überwachungsgerät aktiviert, das im WLAN-Netzwerk auf dem Laptop von Ameer installiert ist, demjenigen, der im Büro von Raze zurückgelassen wurde und mit dem Netzwerkkabel verbunden war. Der Bezugspunkt würde es den Amerikanern ermöglichen, die Bankkonten der Organisation zu infiltrieren, um zu bestätigen, dass es sich um die richtigen handelt, und das Gebäude der Organisation mit einem Marschflugkörper des Raketenschiffs zu zerstören, das im Golf von Iskenderun an der syrischen Küste vor Anker liegt. Ameer drückte auf "Senden" und schickte die Mail, die auch versteckte Spyware-Software enthielt. Die Spyware würde innerhalb weniger Minuten identifiziert werden, aber die Zeit zwischen dem Öffnen und der Zerstörung ermöglicht es ihm, einen weiteren Schritt zu unternehmen, bevor er nach Kirkuk weiterfährt.

Ameer wartete drei weitere Minuten, bis sich ein Fenster auf seinem

Desktop öffnete, das bestätigte, dass die Spyware begonnen hatte zu arbeiten. Innerhalb weniger Sekunden infiltrierte Ameer das ISIS-Bankkonto in Katar, tippte das Passwort ein, das Mouhammad Raze in seinen Computer eingegeben hatte, als sie in seinem Büro waren, und griff über das Benutzerkonto des CIA-Seniors in Langley darauf zu. Er übertrug 8 Millionen Dollar auf fünfzig separate Privatbankkonten, die er in zwanzig verschiedenen Ländern eröffnet hatte, während er sich auf Alexandras Rettungsaktion vorbereitete. Sobald er fertig war, schaltete er seinen Laptop aus, nahm alle Batterien aus allen Geräten und vergrub die Kiste wieder in die Erde. Es dauerte nur drei Minuten, bis er wieder in seinem Jeep in Richtung Grenze fuhr.

Die Marschflugkörper trafen das ISIS-Hauptquartier 35 Minuten nachdem Ameer die Stadt Tal Afar passiert hatte. Das Gebäude stürzte ein und begrub 47 IS-Soldaten. Mouhammad Raze war während des Angriffs nicht im Gebäude. Er war in der Zelle einer Französin, die er aus dem Flüchtlingslager entführt hatte. Er hörte die laute Explosion, als er seine Hose hochzog und den Gürtel enger zog. Als er sich umdrehte, um zuzusehen, wie das Gebäude einstürzte, hob die Französin den Metallstuhl auf, der in jedem Raum aufgestellt war, und schlug ihm damit immer wieder auf den Kopf, bis er zusammenbrach. Raze starb, bevor er sein ganzes Lebenswerk auseinanderfallen sehen konnte.

Um 23:15 Uhr betrat Ameer Baghdadi sein Haus in der Ali Pasha Street in Kirkuk. Drei Soldaten und ein IS-Senior warteten dort auf ihn. Mouhammad Raze war nicht da, und ein paar Wochen vergingen, bevor Ameer erfuhr, dass er getötet wurde. Ameer dachte unschuldig, dass es die amerikanischen Raketen waren, die ihn töteten. Er fand nie heraus, dass seine Vorliebe für die Damen sein Leben beendete.

44.

Die Wohnung in der Ali Pasha Street sah von außen wie jede andere Wohnung auf der Straße aus. Der Putz an den Außenwänden bröckelte, und elektrische Kabel und Klimaanlagenmotoren waren über die gesamte Vorderseite verteilt. Aber das Innere der Wohnung war anders als jede andere Wohnung um sie herum. Computerbildschirme flackerten aus jedem Zimmer, das gesamte Wohnzimmer war mit Strom- und Netzwerkkabeln verkabelt, Mobiltelefone, Spannungsaggregate und Batterien waren unter einer Reihe von Tischen verstreut. Die Wohnung sah aus wie ein Cyber-Einheitsbunker einer der fortschrittlichsten Spionageagenturen der Welt. Niemand, der die Wohnung betrat, außer Ameer, hatte eine Ahnung, dass dies alles nur für kometische Zwecke gemacht war.

Ameer ging in die Küchenzeile und machte sich eine Tasse Kaffee. Er wusste, dass eine lange Nacht vor ihm lag. Er bot den anderen nichts an; sie saßen nur da und warteten. Der ISIS-Kommandeur aus dem Zweig Mossul sollte in den nächsten Stunden eintreffen, um nach Ameer zu sehen und seine nächsten Schritte zu genehmigen. Ameer hatte nicht die Absicht, die Organisation zu verletzen oder zu täuschen, besonders nicht jetzt, wenn dies bedeutet, ihn und Alexandra in Gefahr zu bringen. Er plante, zu tun, was er versprach, unabhängig von den Ergebnissen.

Um 03:00 Uhr kam Imad Maran in der Wohnung an. Maran war ein bescheidener, ruhiger Mensch – das komplette Gegenteil von Mouhammad Raze. Maran kam zur Arbeit. Er war praktisch, verstand Ameers Ziel und Ideen und hatte ähnlich wie er eine technologische Ausbildung. Er saß vor dem Computer, an Ameers Seite, und schrieb seine Notizen und Fragen. Seinen Soldaten wurde befohlen, ihn gleichzeitig zu schützen und zu dienen. Sie machten Kaffee und Essen für beide, während sie ein wachsames Auge auf die Straße hatten, um sicherzustellen, dass ihre Arbeit nicht bedroht wurde. Der amerikanische Angriff auf das ArRaqqah-Hauptquartier hatte alle ängstlich gemacht. Alle, außer Maran, der ruhig und konzentriert war.

Ameer zeigte Maran, wie die Amerikaner und Israelis die Finanznetzwerke der Organisation infiltriert hatten. Er zeigte ihm die Spyware, die gepflanzt worden war, und wie ihr Geld in die internationalen Reserven gelangte. Schließlich entlarvte Ameer den CIA-Agenten, der 8 Millionen Dollar von seinem Konto abgezogen und auf verschiedene Konten weltweit überwiesen hatte. Das war der

Angriff, vor dem er Mouhammad Raze gewarnt hatte, als er nach Ar-Raqqah kam, und ein paar weitere ähnliche Angriffe waren in naher Zukunft zu erwarten. „Was schlägst du vor, was wir als nächstes tun?", fragte Maran.

„Ihre Konten sind offengelegt. Ich schlage vor, dass Sie anfangen, wie die Amerikaner zu arbeiten; lassen Sie Ihre Konten in Saudi-Arabien und Katar offen, aber beginnen Sie, kleine Beträge, ein paar hunderttausend Dollar pro Zeit, auf neue separate Konten zu überweisen, die Sie bei fünf Banken in den Emiraten oder der Schweiz eröffnen müssen. Ich bezweifle, dass die Amerikaner etwas mit Schweizer Bankkonten machen könnten, und die Emirate sind Verbündete der Amerikaner, sie werden die Banken dort nicht angreifen."

"Aber sie haben es in Saudi-Arabien getan."

"Es ist nicht dasselbe. Ja, die Saudis sind Verbündete der Amerikaner, aber sie sind auch ihre geschäftlichen Konkurrenten. Die Amerikaner vertrauen ihnen nicht mehr so wie früher."

"Wie viel Zeit haben wir?"

„Jede Stunde, die vergeht, erhöht die Wahrscheinlichkeit, dass Ihre Konten geleert werden, und die Kanäle, über die das Geld zu ihnen fließt, werden blockiert und auf amerikanische Konten umgeleitet. Mit anderen Worten – Sie haben keine Zeit mehr."

"Okay. Lass es uns tun."

"Ich werde die Geldroute bauen; du wirst die Konten eröffnen. Alle Passwörter, Codes und Kontonummern liegen in Ihren Händen. Wenn wir fertig sind, werde ich gehen und hier rausgehen, du wirst hier bleiben und dieses Labor zerstören, damit ich nicht die Möglichkeit habe, dein Geld zu überwachen oder deine Kontonummern und Passwörter wiederherzustellen." "Lass uns das machen.""

In den nächsten fünf Stunden arbeiteten Ameer Baghdadi und Imad Maran Schulter an Schulter, bis ihre Mission abgeschlossen war. Die neuen Bankkonten, die sie in den Emiraten eröffnet hatten, füllten sich mit Geld. Als sie fertig waren, nahm Ameer Baghdadi seine Sachen, verließ die Wohnung und ließ alle digitalen Geräte, die er besaß, hinter sich. Er ließ seinen Jeep auf der Straße stehen und ging zu Fuß.

Es war neun Uhr morgens, als er an dem Friedhof vorbeikam, auf dem Lamis begraben war, dann an der Zitadelle von Kirkuk und schließlich zu seinem Haus kam. Er kam herein und saß am Computer, um einen Flug nach London zu kaufen. Er öffnete eine Flug-Website und entdeckte dann etwas, das ihn erstaunte. Er brauchte ein paar Sekunden, um zu verdauen, was er sah. Er ging auf ein paar andere Websites und startete dann seinen Computer neu. Die Erkenntnis traf ihn hart. Wo auch immer er nachgesehen hat, das Datum war der 4. Oktober 2013. Nur fünf Tage waren vergangen, seit er Kirkuk verlassen hatte, um seine Frau zu retten. Er war nur zwei Tage im Ar-Raqqah-Hauptquartier.

Langsam wurde ihm klar, dass er nie verletzt wurde oder eine Operation an ihm durchgeführt wurde. Es war alles eine Lüge. Der Arzt war kein richtiger Arzt, und das Krankenhaus war nur eine Haftzelle. Hat ISIS ihn getäuscht? Könnte es sein, dass ISIS die Oberhand hatte? Ameer hatte keine Ahnung, aber eines war klar – er musste aus dem Irak fliehen, bevor es zu spät war. Er reinigte das Haus von allem, was ein Werbegeschenk für seinen Beruf sein könnte. Er machte eine kleine Tasche mit dem Handy, das er aus England mitgebracht hatte, seinem Laptop, ein paar Kleidern, einem Reisepass und einer Brieftasche. Er rief ein Taxi, um ihn von der Granada-Brücke zu nehmen, die den Khasa-Fluss überquert, und verließ sein Haus zu Fuß, nachdem er das Haus abgeschlossen hatte.

Er ging schnell zur Brücke und sah sich die ganze Zeit um, um zu sehen, ob er verfolgt wurde, aber es gab keine verdächtigen Bewegungen. Mittags stieg er ins Taxi. Er gab dem Taxifahrer 200 Dollar und versprach ihm zusätzliche 100, wenn er ihn so schnell wie möglich zum internationalen Flughafen Bagdad bringen würde. Der Fahrer nickte zustimmend und fuhr zum Flughafen, wobei er unterwegs gegen alle Verkehrsregeln verstieß.

Um 16:06 Uhr hielt das Taxi am Abflugterminal am Flughafen Bagdad. Ameer zahlte dem Fahrer weitere 200 Dollar und stieg aus dem Taxi. Er ging zu drei verschiedenen Schreibtischen der Fluggesellschaft und suchte nach einem Abflug. Es war ihm egal, wohin der Flug flog. Er fand einen Flug nach Zürich in zwei Stunden und einen Flug nach Istanbul in fünf Stunden. Ameer bat den Sachbearbeiter, einen Anschlussflug von Zürich oder Istanbul nach London zu finden. Der Zwischenstopp in Istanbul dauerte drei Stunden, in Zürich nur eine Stunde. Er kaufte ein Ticket nach Zürich und bezahlte einen Anschlussflug nach London. Es war übertertuert, aber es war ihm egal. Er wollte nur so schnell wie möglich den Irak verlassen, weg von der Organisation, von allem, was er zurückgelassen hat, aus dem Nahen Osten.

Er hat alle Sicherheitskontrollen bestanden und wurde nicht am Passschalter angehalten. Alles war normal. Als er zum Duty-Free-

Einkaufsbereich kam, war er erschöpft. Er ging in die Toilette und wusch sein Gesicht in der Spüle. Ein irakischer Geschäftsmann, der ihn sah, murmelte lächelnd: „Auch beim Fliegen wird man nervös. Keine Sorge, sie lassen keine Flugzeuge mehr vom Himmel fallen." Er klopfte Ameer auf die Schulter und stieg aus. Ameer fühlte sich krank. Er ging in eine Toilettenkammer und übergab sich. Er hatte Angst, Alexandra anzurufen; falls jemand seine Anrufe überwachte. Wenn er in London ankommt, wirft er sein altes Handy weg und trennt sich von der Handyfirma. Er wird ein neues Handy und Sim kaufen. Er wird alles von vorne beginnen. Glücklicherweise verfügte er über das Wissen und die Werkzeuge, um dies zu tun.

Ameer ging in ein Café und bestellte ein Sandwich, eine Flasche Wasser und einen Latte. Als er seine Brieftasche zum Bezahlen herausholte, spürte er eine Vibration aus der Tasche, in der sich sein Handy befand. Er zog es heraus. Es gab eine Nachricht von einer nicht erkannten Nummer auf dem Bildschirm. Es enthielt nur vier Worte: Einen schönen Flug. Was Ameer am meisten störte, war der Name des Absenders: Imad Maran.

Sie wissen alles, sagte er sich. Er spürte, wie sein Blutdruck anstieg. Er schrieb zurück: *Warum hast du versucht, mich davon zu überzeugen, dass ich drei Wochen lang bewusstlos war?*

Drei Minuten vergingen, bis er eine SMS zurückbekam: *So konnten wir feststellen, ob Sie uns anlügen. Wenn das, was du gesagt hast, wahr wäre, wären deine Handlungen nicht relevant gewesen, unsere Bankkonten wären zu diesem Zeitpunkt geleert worden. Aber du hast weitergemacht, als hätte sich nichts geändert. Du wusstest, dass niemand unsere Bankkonten leeren würde. Warum haben Sie dann zugestimmt, Ihr gesamtes Geld in die Emirate zu überweisen?*

Warum hast du mich am Leben erhalten? Ameer konnte nicht begreifen, welcher ernsten Gefahr er sich gegenübersah.

Da du unsere Konten nachverfolgen konntest, bedeutete dies, dass die Amerikaner dies auch tun konnten. Das können wir uns nicht leisten. Dein Rat war gut und die Arbeit, die du für uns geleistet hast, war effizienter als jeder andere Experte aus dem Westen.

Und was nun? Ist mein Leben in Gefahr?

Im Moment nicht. Stellen Sie nur sicher, dass Sie nie wieder Ihre Nase in unser Geschäft stecken.

Ameer schaltete sein Telefon aus. Er setzte sich und aß sein Sandwich. Die Ankündigung, dass sich das Boarding-Gate zu seinem Flug geöffnet hatte, wurde gehört. Er stand auf und lächelte zum ersten Mal seit einiger Zeit mit einem breiten Lächeln.

***

Im Juni 2014, als ISIS Mosul eroberte und das islamische Kalifat erklärte, beendete Ameer Baghdadi die Planung seiner Operation. Er nutzte das Geld, das er von der Organisation nahm, um ein riesiges Cyber-Unternehmen zu gründen. Er kaufte Büros und Wohnungen in England und anderen Teilen der Welt. Er rekrutierte ein Team von Programmierern, baute Labore und machte sich ein Imperium. Im Jahr 2015 gründete er die Organisation, die den „Sandkriegen des Nahen Ostens", wie er sie nannte, ein Ende setzen sollte. Eine Organisation, die geschworen hat, eine mächtige, moderne, gebildete, kriegsfreie, armutsfreie und hungerfreie arabische Nation zu gründen. Eines war sicher – wenn er dies ermöglichen wollte, müsste er die alte Ordnung zerstören.

***

Im Jahr 2019, sechs Jahre nach dem Verlassen des Irak, stieg Ameer Baghdadi in ein Flugzeug zurück in den Nahen Osten. Er verließ Alexandra, die inzwischen Ärztin und Dozentin an der Universität war, und in ihrem zweiten Schwangerschaftsmonat; und ihren zweijährigen Sohn Luna zurück in Leeds. Er hatte einen gut organisierten, gut strukturierten Plan und eine Armee von Kriegern, die er "die Sandarmee" nannte. Als er in das Flugzeug stieg, wusste Ameer Baghdadi, Maihan Khareb, dass er dabei war, die Welt zu verändern.

45.
2019

Nabil Barhum schaute tief in die beiden Computerbildschirme vor ihm. Auf einem Bildschirm folgte er der Sand Army in verschiedenen sozialen Netzwerken. Auf dem anderen Bildschirm hatte er Bankkontolisten und IP-Adressen. Als Yael mit Itay Eshel und Ibrahim hereinkam, stand er auf und näherte sich ihr. "Es ist schön, dich zu sehen. Geht es dir gut?«, fragte er.

"Mir geht es sehr gut. Ich verstehe, dass ich Ihnen dafür danken muss."
"Ich denke, ich schulde dir auch für alles, was passiert ist, also sind wir gleichberechtigt. Du schuldest mir nichts."

„Hast du etwas Neues gefunden?", fragte Itay Eshel.

"Ja, ich habe einige Informationen, die helfen könnten." Barhum zeigte auf einen der Bildschirme.

„Am letzten Tag kann ich ein Muster von Anmeldungen auf der Webseite und Facebook-Seite der Sand Army erkennen. Es ist eine feste Anzahl von Anmeldungen. Bots."

"Aber das sind alte Nachrichten", sagte Yael.

"Bis auf eine Sache. Ich begann, die IP-Adressen all dieser gefälschten Bots zu untersuchen und stellte fest, dass es eine Verbindung zwischen allen gab. Sie haben alle eine Quelle, was bedeutet, dass sie alle von derselben IP-Adresse stammen. Wer auch immer die Aktivitäten der Bots steuert, tut es von hier aus, von den Emiraten aus. Aus Dubai, um genau zu sein."

„Dubai ist ein großer Ort. Weißt du genau, wo er ist?"

"Ja. In Sheikh Mohammed Bin Rashid Boulevard."
"Was ist in dieser Straße?", fragte Eshel.

"Der Burj Khalifa", sagte Ibrahim. „Hübscher Sandklumpen", fügte Yael hinzu.

"Er muss ein Büro im Turm haben, und keiner der Leute, die dort arbeiten, ist sich seiner Absichten bewusst", sagte Ibrahim.

"Können Sie den Besitzer dieses Kontos identifizieren?" Fragte Yael.

"Ich arbeite daran. Gib mir ein paar Minuten." Er saß vor dem

Computer und begann frenetisch Codezeilen zu tippen. Sein Zugang wurde immer wieder verweigert, aber nach einigen Versuchen gelang es ihm, das Konto und die IP-Adresse, die er in Dubai gefunden hatte, zu infiltrieren. "Ich habe seinen Namen", sagte er. Alle schwiegen auf einmal. "Das ist der Mann, den wir suchen. Das ist der Assyrer."

Yael näherte sich dem Bildschirm und las den dort geschriebenen Namen. "Maihan Khareb."

„Kannst du überprüfen, ob es sich um eine tatsächliche Person handelt, die eine Wohnung oder ein Büro im Burj mietet?", fragte Eshel.

"Ja", sagte Barhum. "Ich kann einbrechen, um es herauszufinden, aber wäre es nicht viel einfacher, wenn Ibrahim die Rezeption des Turms anrufen und sie fragen würde?"

"Nein", sagte Ibrahim. "Ich bin mir nicht sicher, ob ich will, dass er weiß, dass wir ihm auf den Fersen sind."

"Gut", sagte Barhum und tippte sehr schnell weiter. Innerhalb weniger Minuten hielt er inne und las, was er fand. "Maihan Khareb mietet eine Wohnung im 71. Stock und ein Büro im 112. Stock." Barhum beendete seinen Satz nicht, und der zweite Bildschirm wurde zu einer Stoppuhr, die 24 Stunden zurückzählte.

"Er weiß es", sagte Yael.

„Wie konnte er das wissen?", fragte Eshel.

"Er ist ein Hacker. Er erkannte, dass wir ihm auf den Fersen waren, sobald Barhum in sein Konto eingebrochen war. Wir haben 24 Stunden, um den Terroranschlag zu stoppen ", sagte Ibrahim.

"Das klingt für mich nach einem Haufen Bullshit", sagte Yael. "Wenn er angreifen wollte, hätte er es jetzt getan."

„Was ist dann seine Geschichte?", fragte Barhum.

"Ich weiß es nicht. Ich schätze, er will etwas von uns. Wir sind, wie Sie bereits wissen, Teil seines Plans. Das ist der Grund, warum er uns den ganzen Weg hierher gebracht hat, das ist der Grund, warum er mich am Leben gehalten hat, das ist der Grund, warum er dafür gesorgt hat, dass wir wussten, dass er im Burj Khalifa in Dubai war. Er will, dass wir dorthin gehen ", sagte Yael.

"Und was hast du vor?"

"Ich habe vor, ihm genau das zu geben, was er will.„ Was meinst du damit? ", fragte Ibrahim.

"Ich meine, in den Privatjet deines Prinzen zu steigen und so schnell wie möglich nach Dubai zu fliegen", sagte Yael. "Und bis wir dort ankommen, möchte ich alles wissen, was es über Maihan Khareb zu wissen gibt. Woher er kommt, wo er ist und was zum Teufel er von uns will."

Teil B

1.
2019

Das Flugzeug Gulfstream G-700 landete reibungslos auf der Luftwaffenbasis „Minhad" in Dubai. Die Basis war ziemlich weit vom Burj entfernt, aber Ibrahim entschied, dass es besser wäre, dort zu landen, um die unvermeidlichen Verzögerungen zu vermeiden, die am geschäftigen internationalen Flughafen der Stadt auftreten. Die Zeit war 07:30 Uhr. Ein verdecktes Polizeiauto brachte sie auf der Autobahn E-66 direkt in die Innenstadt. Der hohe Burj Khalifa Turm war in der Skyline der Stadt gut sichtbar. Sie konnten es von dem Moment an sehen, als sie das Militärterminal verließen.

Der Turm war 2716 Fuß hoch und hatte 163 Geschichten. Es wurde nach Khalifa Bin Zayed Al Nahyan benannt. Seit dem Bau des Gebäudes im Jahr 2010 hielt es den Rekord des höchsten Gebäudes der Welt. Der Burj Khalifa war ein touristischer und geschäftlicher Favorit. Auch Terroristen, die ihre Spuren hinterlassen wollten, fanden Gefallen daran. Es hatte Hotelzimmer, Büros von Riesenunternehmen, Banken und Wohnapartments. An seiner Basis standen ein Park, Cafés und Geschäfte.

Yael versuchte zu erraten, was Kharebs Hauptziel war. Wollte er das Gebäude zum Einsturz bringen? Um Schaden anzurichten, genau wie er es am Assuan-Staudamm getan hat? In Israel? In den Öltankerdocks? Plant er, das Leben von Tausenden von Menschen zu verletzen, oder ist es nur eine Ablenkung von dem echten Angriff, der kilometerweit von dort stattfinden wird?

Als sie sich dem Gebäude näherten, konnte Yael sehen, dass die Emirate bereit waren, es mit allen möglichen Mitteln zu schützen. Hunderte von Polizisten patrouillierten in der Gegend, auch Hunde und Reiter. Touristen durften es nicht betreten, und Polizei- und Militärhubschrauber umkreisten es am Himmel. Raketenbatterien wurden an wichtigen Stellen rund um das Gebäude platziert, und Journalisten aus der ganzen Welt umschwärmten den Ort und deckten das gesamte Fiasko ab. Das ist großartige PR für den Assyrer, dachte Yael. Niemand wird ihn danach vergessen. Aber Yael erinnerte sich auch, dass sie diejenige war, die sagte, der Burj Khalifa sei das Ziel der Sandarmee, und wenn sich herausstellte, dass sie falsch lag, wäre sie die Schuldige. Ein Teil von ihr wollte herausfinden, dass sie sich geirrt hatte, damit sie nach Hause zurückkehren konnte. Aber das war im Moment nicht möglich. Die

Gegend um den Burj Khalifa war chaotisch, und sie rasten im Jeep direkt ins Zentrum von allem. Die Zerstörung, die beim Einsturz der Twin Towers in New York zu sehen war, konnte hier repliziert werden und symbolisierte das Scheitern des finanziellen Wohlstands und des Fortschritts in der arabischen Welt.

Yael sah sich die lange Liste der Bewohner und Arbeiter des gigantischen Turms an. Es gab Vertreter vieler Unternehmen, lokaler und internationaler Bankfilialen, High-Tech-Unternehmen, Anwaltskanzleien, Regierungsbüros, Publizisten, Investmentbüros und Versicherungsgesellschaften. Sie fragte sich, ob der Assyrer den Turm jemals persönlich besucht hatte. Vielleicht war er genau jetzt da?

Eshel sagte zu ihr, als würde er ihre Gedanken lesen: „Du weißt, dass er hier ist, oder?" "Wie kommst du darauf?" Fragte sie, ohne den Blick vom Turm zu nehmen, der sich am Fenster des Jeeps spiegelte. Es sah immer größer aus, je näher sie ihm kamen.

„Intuition. Ich habe nur das Gefühl, dass er im Turm auf uns wartet." Barhum sah Eshel an und lächelte.

"Worüber lächelst du?" Fragte ihn Yael. Itay und sie sprachen auf Hebräisch, und es kam ihnen nie in den Sinn, dass Barhum verstehen könnte, wovon sie sprachen.

"Ich glaube nicht, dass er da ist", sagte Barhum auf Englisch. "Es macht keinen Sinn. Er weiß, dass alle auf dem Weg dorthin sind. Warum sollte er da sitzen und auf sie warten? Er kann jeden Angriff aus der Ferne ausführen; das hat er bereits bewiesen."

"Er hat recht", sagte Eshel zu Yael.

"Es spielt keine Rolle. Wir haben keine Möglichkeit, alle Daten zu analysieren, die dieser Turm erzeugt. Der Assyrer versteckt sich am verkehrsreichsten und exponiertesten Ort, wo es am schwierigsten ist, ihn zu finden ", sagte sie.

"Wir haben auch keine Ahnung, wie er aussieht; er könnte mit uns im Aufzug sein, und wir würden es nicht wissen", sagte Eshel und sah Barhum an.

"Oder noch schlimmer", sagte Yael, "wegen dieser ganzen Kette von Ereignissen hatten wir keine Zeit, eine Strategie zu entwickeln, um ihn zu jagen. Das ist der Grund, warum er derjenige ist, der alle Züge macht, und nicht wir. Er war uns immer einen Schritt voraus."

„Also, was schlägst du vor?", fragte Ibrahim, der dem Gespräch zuhörte.

"Es gibt nicht viel, was wir jetzt tun können. Wir müssen nur weiter sein Spiel spielen und versuchen, Schadenskontrolle zu betreiben. Ich schätze, das Chaos, das du hier geschaffen hast, würde seine Pläne ein wenig stören. Wenn dies vorbei ist, werden wir herausfinden, was als nächstes zu tun ist. Er wird am Ende aufgehalten werden. Die Frage ist nur, wie viel Schaden er bis dahin anrichten wird."

Ibrahim betrachtete schweigend und nachdenklich das Chaos um ihn herum für einen Moment und sagte dann: „Ich hoffe wirklich, dass wir in der Lage sein werden, all diese lokalen Angriffe einzudämmen, so groß sie auch sein mögen. Aber der Assyrer spricht von einem neuen Nahen Osten, und das scheint mir kein Plan zu sein, der heute enden wird."

"Es klingt eher nach einem Plan, der heute beginnt", flüsterte Yael.

Sie saßen schweigend da. Nur das Geräusch des Jeeps, der in Richtung Burj raste, war zu hören. Ibrahim brach das Schweigen: „Ich habe für uns ein Hauptquartier im 45. Stock im Kontrollraum des Turms eingerichtet. Dort können wir einen aktualisierten Bericht über die Situation erhalten."

"Im 45. Stock? Das Kommunikationssystem des Turms befindet sich im 157. Stockwerk. Ich muss dorthin, wenn ihr maximale Kontrolle haben wollt", sagte Barhum. Seine Stimme klang angespannt und praktisch.

„Wir haben keine Genehmigung, dorthin zu gehen, aber wir stehen möglicherweise in Kontakt mit den Menschen, die dort arbeiten", sagte Ibrahim.

„Gibt es Computerzugang?", fragte Barhum.

"Da ist alles, was du brauchst", sagte Ibrahim, ohne ihn anzusehen.

„Haben Sie die Wohnung im 71. Stock und das Büro im 112. Stock überprüft? Ist einer der Polizisten da reingegangen?«, fragte Yael.

"Noch nicht, sie warten auf meine Ankunft. Niemand weiß, dass wir ihn noch im Visier haben, und das ist gut so. Es wird ihm ein Gefühl der Anonymität geben, das es ihm ermöglicht, weiter zu arbeiten. Ich glaube nicht, dass wir noch eine Chance haben werden, ihn zu fangen, wenn er rennt."

"Haben wir etwas über Maihan Khareb herausgefunden?"

"Nicht viel, und um die Wahrheit zu sagen, bezweifle ich, dass wir das tun werden. Maihan Khareb klingt nicht nach einem Namen, sondern eher nach einem Spitznamen. Ich fürchte, der Assyrer benutzt einen Spitznamen, um seine wahre Identität zu verbergen."

"Wenn du in einem Land ankommst und eine Wohnung mietest, musst du Dokumente vorlegen; einen Reisepass, ein Bankkonto mit deinem Namen", sagte Eshel.

„Laut Aufzeichnungen, die wir gefunden haben, wurden alle Inserate im Namen von Maihan Khareb erstellt. Ein in Basra geborener irakischer Staatsbürger, der den größten Teil seines Erwachsenenlebens in Kirkuk verbrachte. Er ist vor sechs Monaten in den Emiraten angekommen. Es gibt keine Details zur Kreditkartennutzung, mit Ausnahme der Mietzahlungen für die Wohnung und das Büro im Burj. Wenn Maihan Khareb wirklich existiert, hat er das Gebäude nie verlassen. Von hier aus gründete er höchstwahrscheinlich die Sandarmee, von hier aus überwachte er alle seine Angriffe, und dies ist der Ort, den er zerstören wird ", sagte Barhum.

Ibrahim schaute aus dem Fenster. Er fühlte sich besiegt. Yael schaute auf sein müde Gesicht und bemitleidete ihn. Sie sagte: „Ibrahim, wir werden alles tun, um ihn aufzuhalten. Ich verspreche es dir."

Ibrahim blickte nicht auf sie zurück.

***

Es war 8:30 Uhr, als der Jeep auf dem Parkplatz des Turms parkte. Alle vier sprangen heraus und folgten einem jungen Polizisten zur Lobby und von dort zu einem der 57 Aufzüge im Gebäude. Sie drängten sich in den Aufzug, der sie schnell in den 45. Stock brachte. Yael spürte einen leichten Druckanstieg in ihren Ohren und schloss die Augen. Der Turm war voller Menschen, und überall im Gebäude waren Schreie der Polizisten zu hören.

Das Hauptquartier im 45. Stock war überfüllt. Ibrahim ging schnell zum Büro, gefolgt von Yael, Barhum und Eshel hinten. Eshel starrte den Hacker weiter an, der vor ihm ging. War Barhum ein Teil des größeren Plans der Assyrer? Wusste er, wie alles von Anfang an aussehen würde, oder hat er erst kürzlich den kolossalen Schaden verstanden, den er angerichtet hat, und versucht nun unschuldig und ehrlich, ihnen zu helfen, den Terroristen zu stoppen, der den Frieden in der Region bedroht? Er legte seine Hand auf Barhums Schulter und zog ihn leicht zurück.

"Ich hoffe wirklich", sagte Eshel in einem sanften Ton, "dass du, wenn der Moment der Wahrheit kommt, dich auf der richtigen Seite wiederfindest."

"Ich glaube, ich habe es mehr als einmal bewiesen", sagte Barhum und drehte sich um, um wegzugehen, aber Eshel legte seine Hand wieder auf seine Schulter. Barhum blieb stehen.

„Das Schicksal vieler Menschen liegt auf meinen Schultern. Ich kann dich nicht frei herumlaufen lassen, wenn irgendetwas, was du tust oder sagst, mich glauben lässt, dass du mein Land riskierst, verstanden?" Barhum nickte.

***

Sie saßen in dem kleinen Besprechungsraum mit drei anderen leitenden Polizeibeamten und schlossen die Tür. Barhum wurde draußen gelassen. Ibrahim gab den Befehl, das Gebäude zu verbarrikadieren; niemand sollte ein- oder ausgehen. Wenn der Assyrer noch im Gebäude wäre, wären die Chancen, dass er angegriffen würde, gering. Er verhält sich nicht wie ein Selbstmordattentäter, sondern wie jemand mit langfristigen Plänen.

Er teilte sie in drei Teams auf. Ein Team war für die zentrale Sicherheit des Gebäudes und der Anwesenden verantwortlich. Dieses Team wird vom Hauptquartier im 45. Stock aus agieren und er wird es befehligen. Sie werden bereit sein, bei Bedarf den Strom des Gebäudes abzuschalten, um Online-Angriffe zu verhindern. Barhum wird rekrutiert, um die Signale aus dem Gebäude zu scannen und weiterhin nach Khareb zu suchen.

Das zweite Team wird von Ismail, Ibrahims Stellvertreter, geleitet und macht sich auf den Weg in die Wohnung im 71. Stock. Das Team besteht aus fünf Polizisten der geheimen Emirate-Polizei. Yael würde sich ihnen anschließen. Sie werden in die Wohnung einbrechen, sie durchsuchen und jede Bedrohung neutralisieren, die sie finden.

Das dritte Team wird von Hamed, einem örtlichen Polizeibeamten, geleitet. Sie werden mit Eshel ins Büro im 112. Stock gehen. Sie hatten weniger als zwei Stunden, bevor die Stoppuhr 00:00:00 zeigt und der Angriff des Assyrers beginnt. Aber drei Minuten bevor Ibrahim sein Briefing beenden wollte, stürmte eine junge Offizierin in den Raum. Ihre Stirn glänzte vor Schweiß. "Commander", sagte sie leise, "wir haben ein Problem."

„Wie dringend ist es?", fragte Ibrahim.

"Sehr dringend", antwortete sie. "Der Angriff der Sandarmee hat bereits begonnen."

2.

Das Hauptquartier war voller Computerbildschirme. Die Menschen rannten in alle Richtungen, alle mit dem gleichen Ausdruck von Wut und Staunen. Weltweite Medien übertrugen, was geschah. Die Daten auf den Computerbildschirmen ändern sich ständig. Alles geschah zur gleichen Zeit; endlose Cyberangriffe auf Einrichtungen auf der ganzen Welt, insbesondere im Nahen Osten.

Zwei Staudämme in der Türkei, Atatürk und Keban, verloren ihre Deckelsteuerungen, und Milliarden Kubikfuß Wasser flossen in den Euphrat und zogen in die Überschwemmungsgebiete in Syrien und in die Südtürkei.

Die Luftabwehrraketensysteme in Syrien und im Irak feuerten ohne ersichtlichen Grund Raketen ab. Der Luftraum über diesen Ländern wurde aus Angst vor Raketen, die Passagierflugzeuge treffen, geschlossen. Das Grenzterminal im Suezkanal in Ägypten stürzte ein und der Kanal war für jedes Segelschiff komplett gesperrt. Die Ölkräne in Saudi-Arabien wurden „wild", die meeresregulierenden Staudämme in den Niederlanden stürzten willkürlich auf und ab, und auch das MOSE-System für die Staudämme von Venedig, das Überschwemmungen verhindern sollte, brach zusammen. Roboter griffen Gemeinden und Banken, Ölterminals und Tankstellen an, was zum Zusammenbruch vieler Tankstellen im Libanon und im Iran führte. Die Überwachungssysteme der internationalen Flughäfen im Nahen Osten von Basra, Bagdad, Mosul und Amman verloren die Kontrolle. Die Flughäfen wurden geschlossen und Flugzeuge durften nicht landen. In Israel wurden Militärstandorte, die Elektrizitätsgesellschaft und das Gebäude der Zentralregierung angegriffen, zusammen mit zwei Hauptmedienkanälen und allen Geldautomaten einer Bank. Kanada, Australien, Belgien und Marokko erlebten ähnliche Angriffe. Das war das erste Mal, dass die ganze Welt einen so erheblichen Schaden in einem so breiten und umfassenden Ausmaß erlebte.

Yael, Eshel, Ibrahim und Barhum schauten auf die Bildschirme, die sich mit Informationen und Daten füllten, ohne etwas zu tun. Sie fühlten sich verloren im Meer von Daten, die sich in den letzten Sekunden angesammelt hatten. Die Emirate hatten auch damit begonnen, den Schaden in ihrem Land zu bewerten. Die Cyber-Abteilung des Landes lieferte sofortige Informationen über Tausende von Angriffen. Wasser und Strom liefen nicht mehr überall, die Ampelsysteme wurden angegriffen und die Überwachungs- und Überwachungssysteme des Zuges wurden abgeschaltet. Tausende von Passagieren saßen auf der Straße fest. Der Dubai International Airport, einer der größten und wichtigsten Flughäfen der Welt, wurde aufgrund von Angriffen auf seine Kontrolltürme abwechselnd eröffnet und geschlossen.

Überall herrschte Chaos. Cyberdefense-Programmierer versuchten nebensächlich, immer mehr Angriffe zu stoppen. Sie standen hilflos dem gegenüber, was sich wie das Ende der Welt und eine schnelle Rückkehr in die Steinzeit anfühlte. Nabil Barhum berührte Ibrahims Schulter. "Bring mich in den Serverraum. Ich kann dir helfen."

"Ich habe jetzt keine zusätzlichen Computer. Lass meine Leute ihre Arbeit machen." "Es gibt einen Weg, es zu stoppen. Wir müssen herausfinden, wo die Quelle liegt

dieser Angriffe. Ich nehme an, es ist irgendwo in den Emiraten, vielleicht sogar innerhalb des Burj. Wenn ich es identifizieren könnte, könnte ich es blockieren, wenn auch nur für eine kurze Zeit. Es wird Ihnen Zeit geben, Ihre nächsten Schritte zu organisieren."

„Wir müssen sofort ins Büro und in die Wohnung; der Assyrer könnte noch da sein. Wir könnten ihn physisch aufhalten ", sagte Eshel.

"Ich bin mir nicht sicher", sagte Barhum. "Dies könnte alles ein automatisierter Umzug sein, der von den Computern orchestriert wird."

Ibrahim bekam eine SMS auf sein Handy, die er gründlich las und dann berichtete: „Es ist Zakariya von Jebel Hafit. Sie haben die Kontrolle über das Raketenabwehrsystem verloren und mussten den Strom in der gesamten Basis abschalten. Das bedeutet, dass wir jetzt vollständig Angriffen ausgesetzt sind."

"Nabil, bleib hier und tu, was du kannst. Wir gehen zu seiner Wohnung und seinem Büro ", sagte Eshel.

"Es ist sinnlos", sagte Barhum.

„Was meinst du damit?", fragte Ibrahim.

"Es ist sinnlos. Ich kenne Ihr Cyberabwehrsystem nicht, und es hat wirklich keinen Sinn, dass ich einen Computer von jemandem nehme, der einen effizienteren Job machen könnte als ich. Dieser Krieg richtet sich gegen eine ganze Armee von Robotern – es ist nur ein Tropfen auf den heißen Stein. Verschwenden Sie nicht Ihre Energie."

"Aber erst vor einer Sekunde...", begann Eshel zu sagen.

"Vor einer Sekunde habe ich gesagt, dass du zur Quelle gehen musst. Um das zu tun, brauche ich Zugang zum Serverraum des Gebäudes. Nur von dort aus kann ich herausfinden, woher der Angriff kommt, und dann könnte ich versuchen, euch zu zeigen, wie man ihn aufhalten kann. Ohne sie sind meine Chancen, dir zu helfen, gering."

Alle drei schwiegen lange. Es war offensichtlich, dass Barhums Forderungen inakzeptabel waren. Sie waren hilflos gegen ihn, gegen den Angriff und hatten keine Ahnung, wie sie es von dort aus nehmen sollten. Yael sagte: „Ibrahim, ich glaube nicht, dass wir eine andere Wahl haben. Bring ihn mit einem deiner Programmierer in den Serverraum. Itay und ich werden in die Wohnung und ins Büro gehen und sehen, was da drin ist. Wir haben keine Zeit. Wir müssen uns jetzt entscheiden. Wer weiß, was er sonst noch aus seinem Ärmel ziehen wird?"

"Komm mit mir", sagte Ibrahim und nahm Barhum bei den Händen. "Aber ein kleiner Fehler, und ich werde dir in den Kopf schießen, ist das klar?" "Es ist harte Arbeit unter diesen Bedingungen", sagte Barhum bitter

sondern folgte Ibrahim.

Eshel stürmte den Aufzug mit zwei von Ibrahims Männern und Hamed. "Wir gehen ins Büro im 112. Stock."

"Ich gehe mit Ismail in die Wohnung", sagte Yael. Ismail signalisierte zwei seiner Männer, sich ihnen anzuschließen.

"Es gibt keinen Empfang im Aufzug, so dass wir von Zeit zu Zeit unsere Verbindung verlieren könnten. Wie auch immer, tun Sie nichts ohne meine Erlaubnis! Ich will, dass alles, was passiert, durch mich hindurchgeht", befahl Ibrahim und rannte davon.

***

Am Ende des Flurs, im 57. Stock, führten Schwermetalltüren mit vielen digitalen Sicherheitsdurchgangscodes in den Serverraum des gigantischen Gebäudes. Sicherheitsleute standen am Eingang, und der Mann, der Ibrahim und Barhum begleitete, tippte den Geheimcode in den Programmierer, wischte seine Karte und legte seinen Finger auf den Fingerabdruckleser. Die riesige Tür rutschte zur Seite, und ein eisiger Windstoß kam aus dem Serverraum, der vollgepackt war mit Computermodulen und verschiedenfarbigen LED-Leuchten. Ibrahim und der Programmierer kamen zuerst herein. Barhum krabbelte hinterher und scannte den Raum mit seinen Augen.

"Du darfst dich keinen Zentimeter bewegen, ohne es mir zu sagen. Ist das klar?«, spottete Ibrahim.

„Ich brauche einen Ort, an dem ich mich mit allen Servern verbinden und sie scannen kann, die der Assyrer verwendet. Er braucht viel „Raum und Kraft"– so können wir es nennen. Wenn die Angriffe aus diesem Gebäude kommen, müssen einige der Roboterbefehle durch die Server in diesem Raum gehen."

"Ich bin mir nicht sicher, ob ich verstehe, was du sagst, aber deshalb haben wir Ziad hier. Er wird dich aufhalten, wenn du etwas Problematisches tust", sagte Ibrahim.

Barhum ignorierte ihn. Er saß vor einem Terminal und schloss seinen Laptop an, während er leise murmelte: „Ich tue alles, was ich kann, um ihm zu helfen, und er bedroht mich immer wieder. Ich hätte genauso gut in meiner Haftzelle schweigen und ihre Welt zusammenbrechen lassen können. Ich wollte das von Anfang an tun." Ibrahim hörte ihn und sagte nichts. Barhum begann, Codezeilen einzugeben und nach den Systemeinbruchstellen des Assyrers zu suchen. Er erkannte schnell, dass das Array des Angriffs so breit war, dass er sich mit dem Computer verbinden musste, der die Quelle aller Befehle war, und ihn stoppen musste. Er folgte den Codezeilen, die die digitalen Roboter aktivierten, und erstellte einen Entwurf für seine Handlungen. Es hat ein paar Sekunden gedauert, aber am Ende haben Zaid und er eine definitive Schlussfolgerung gezogen. Der Assyrer nutzte Satellitenkommunikation, und um die Dinge noch weiter zu verschärfen, tat er es von außerhalb des Gebäudes.

"In den Zimmern, die er im Burj Khalifa gemietet hat, gibt es nur Kommunikationsgeräte. Der Kern der Angriffe liegt irgendwo anders in Dubai, und das ist ein Problem."

„Warum ist das ein Problem?", fragte Ibrahim.

"Weil wir diesen Ort finden und dann dorthin fahren müssen, um ihn aufzuhalten. Es braucht Zeit ", antwortete Zaid.

"Es gibt einen anderen Weg", sagte Barhum. „Was ist?", fragte Ibrahim.

"Um alle Computernetzwerke in den Emiraten für ein paar Stunden zu trennen. Stoppt das ganze Land ", antwortete Barhum, ohne Ibrahim in die Augen zu sehen. „Sie müssen sich fragen, welche dieser Optionen in Ihrem Land enden und einen höheren Preis zahlen wird. Beide Optionen sind ziemlich schlecht. Und es bedeutet auch, dass Sie die Israelis oder Amerikaner bitten müssen, die Kontrolle über die Mediensatelliten zu übernehmen, wie wir es in Al-Ain getan haben."

Ibrahim wollte gerade antworten, als plötzlich eine Explosion zu hören war. Die Lichter gingen aus, bis das Notlicht zu funktionieren begann und alle Systeme im Serverraum danach wieder zum Leben erweckt wurden. „Was war das?", fragte Ibrahim und rief Yael an.

"Ich habe keine Ahnung, aber es war sicher nichts Gutes", antwortete Ziad. Yael hob nach dem dritten Klingeln ab und schrie ins Telefon:

„Ibrahim! Wir haben ein sehr ernstes Problem!"

***

Itay Eshel und sein Team waren auf dem Weg zum Büro des Assyrers im 112. Stock. Sie stiegen in den Aufzug, erkannten aber, dass er sie nur in den 50. Stock bringen würde, wo sie den Aufzug wechseln mussten. Sie erreichten die Lobby der 50. Etage, konnten aber die Aufzüge, die die 112. Etage erreichten, nicht finden. Sie mussten die Lobby mit den Aufzügen finden, die die höheren Etagen erreichen. Drei Minuten später fanden sie es und machten sich auf den Weg nach oben.

Als sie den 78. Stock passierten, begann der Aufzug langsamer zu werden. Im 85. Stock hörten sie ein lautes Kreischen aus den Ecken des Aufzugs, das gleich danach anhielt und heftig zitterte. Das Licht flackerte und der Alarm ertönte. Eshel zog sein Handy heraus, aber wie erwartet gab es keinen Empfang. Er drückte den Notfallknopf und dann den Knopf im 112. Stock. Der Aufzug bewegte sich ein paar Meter nach oben, hielt dann an und machte wieder ein lautes Kreischen.

»Alle zusammen, setzt euch!«, befahl Eshel. „Gibt es einen Notausgang?", fragte Hamed.

"Ich sehe keinen. Es gibt eine Öffnung in der Decke, aber sie ist verschraubt, und wir haben keine Notfallausrüstung."

"Wir können die Bolzen schießen", bot einer der Soldaten an.

"Es könnte die Kabel des Aufzugs zerreißen. Ich will dieses Risiko nicht eingehen."

Sie saßen hilflos auf der Etage des Aufzugs. Plötzlich hörten sie eine laute Explosion und der Aufzug kippte in einem bedrohlichen Winkel auf die Seite. Jeder im Aufzug schoss in die Luft und fiel auf den Boden. Verdrehte Metallgeräusche waren zu hören, und eine kleine, klaffende Öffnung erschien in der Decke. Die Kabel des Aufzugs waren jetzt gut sichtbar.

"Halt dich fest", schrie Eshel. Alle Lichter gingen auf einmal aus, und ein kleines Notlicht schaltete sich ein. Eshel versuchte, Empfang zu bekommen, damit er eine Nachricht an Yael oder Ibrahim senden konnte, aber sein Telefon war tot. Er wusste, dass eine Warnung wegen seines festsitzenden Teams sie schließlich erreichen würde, aber er fragte sich, ob es bis dahin nicht zu spät sein würde und der Aufzug in den Schacht fallen würde. Zum zweiten Mal in seinem Leben fühlte sich Itay Eshel hilflos. Zu seinem Leidwesen konnte er sich nur auf die Etage des Aufzugs setzen und warten.

***

Yael stieg im 71. Stock aus dem Aufzug. Sie suchte nach der Wohnung des Assyrers, ohne zu wissen, wer auf sie warten könnte oder welche "Überraschungen" sie dort finden könnte. Sie schaute auf den Bildschirm, der alle Stockwerke zeigte, in denen sich die Aufzüge befanden, und sah Eshels Aufzug im 50. Stock stehen. Sie fragte sich, warum er nicht in den 112. Stock ging. Sie versuchte, ihn anzurufen, ging aber sofort zu seiner Voicemail. Sie wusste, dass es keine Rezeption im Aufzug gab, also geriet sie nicht in Panik, sondern bat Ismail, sich mit der Lobby in Verbindung zu setzen und nach Informationen darüber zu fragen, was mit ihrem Aufzug passiert war. "Sie haben den Aufzug gewechselt", erklärte Ismail, "ihr Aufzug erreicht nicht den 112. Stock."

Yael dankte ihm und ging in Richtung Wohnung 7124, die an Maihan Khareb vermietet war. Sie stand vor der Tür und sah sich um. Der Flur war leer, als wären alle anderen Bewohner dem Terror der Assyrer entkommen. Aus der Wohnung kam kein Geräusch. Ismail und sein Team zogen ihre Waffen und warteten. Sie klopfte an die Tür, aber von innen war kein Geräusch zu hören. Sie tat es erneut, vermied es aber, ihr Ohr an die Tür zu legen. Sie wollte heute nicht sterben. Sie gab Ismail ein Kopfsignal. Ismail zog eine Magnetkarte heraus und wollte sie gerade in den Kartenleser der Tür stecken, aber dann gingen die Lichter aus und es gab keinen Strom. Das Notlicht schaltete sich ein, aber der Kartenleser funktionierte nicht mehr. Es gab keine andere Möglichkeit, in die Wohnung zu gelangen, als einzubrechen.

Yael rief an der Rezeption an. Eine angespannte weibliche Stimme war auf der anderen Seite. Yael fragte sie auf Englisch: „Was ist passiert? Warum ist der Strom abgestürzt?"

Die Rezeptionistin sagte ihr auf Englisch mit arabischem Akzent: „Ich bin mir nicht sicher, was passiert ist, aber der Strom im gesamten Gebäude ist abgestürzt, und außer den Notfallsystemen funktioniert im Moment nichts. Wir versuchen, die Generatoren zu aktivieren, aber es wird einige Minuten dauern, bis alle Systeme wieder funktionieren können."

Yael wusste, dass dies die Tat des Assyrers war. Sie fragte: „Was ist mit dem Aufzug, der in den 112. Stock fährt? Hat es es dorthin geschafft?"

"Ich habe keine Möglichkeit, es zu überprüfen", antwortete die Empfangsdame, "das Überwachungssystem des Aufzugs ist abgestürzt, und wir können keine Warnungen sehen. Vielleicht haben sie es geschafft, oder sie stecken fest. Ich werde dich auf dem Laufenden halten, sobald ich es weiß."

Yael bedankte sich und legte auf. Sie rief Eshel immer wieder an und ging direkt zur Voicemail. Sie wusste, dass etwas Schlimmes passiert war, war sich aber nicht sicher, ob sie die Treppe zum 112. Stock hinaufgehen oder zuerst in die Wohnung einbrechen sollte. Es könnte ein paar Gründe geben, warum Eshel nicht an sein Telefon ging. Aber es gab wirklich nichts, was sie dagegen tun konnte, also wäre die richtige Entscheidung, mit ihrem Plan weiterzumachen. Sie trat zurück, signalisierte Ismail mit dem Kopf, und die beiden Polizisten, die sie begleiteten, standen vor der Tür und traten gleichzeitig gegen sie. Die Tür löste sich von ihrem Rahmen und schoss nach hinten.

Was sie sahen, war so normal, dass es beunruhigend war. Die Wohnung war organisiert, gereinigt und verlassen. Es sah so aus, als würde niemand darin leben. Es gab keine Kleidung, kein Essen im Kühlschrank, die Waschbecken waren leer und das Bett war aufgeräumt. Es gab keine Beweise, die für Yael von Nutzen sein könnten. Sie stand in der Mitte des Wohnzimmers und sah sich verzweifelt um. Das Klingeln des Telefons ließ sie ihre Gelassenheit wiedererlangen. Es war die Rezeptionistin aus der Lobby. "Es gibt ein Problem. Der Notstromgenerator hat begonnen zu arbeiten, und wir haben eine Warnung wegen einer ernsthaften Fehlfunktion im Aufzug des anderen Teams erhalten. Stellt sich heraus, dass eine Notbremse aktiviert wurde. Das Seil zog den Aufzug weiter hoch, aber die Reibung führte dazu, dass sich die Schienen erwärmten und eine der Bremsen trennten. Der Aufzug verließ die Gleise, der Motor, der ihn hochzog, kippte ihn auf die Seite und klemmte ihn in die Gleise zwischen dem 88. und 89. Stock. Das Ziehen ließ die Aufzugskabine aufbrechen, zumindest scheint es so zu sein, und der Strom wurde abgeschaltet."

"Der Strom wurde vor oder nach der Unterbrechungsstörung gestoppt?"

"Es ist noch nicht klar. Ein Team wurde geschickt, um zu versuchen, die Menschen zu retten, die darin stecken."

„Was machst du in einer solchen Situation? Besteht die Gefahr, dass der Aufzug in den Schacht fällt?"

"Ich weiß es nicht", sagte die Empfangsdame. "Nach dem, was ich gesammelt habe, könnte der Winkel, in dem sich der Aufzug befindet, dazu führen, dass eines der Kabel reißt, und dann, ja, besteht die Möglichkeit, dass der Aufzug in den Schacht fällt."

"Danke", sagte Yael. Sie legte auf und rief sofort Ibrahim an. "Wir haben ein Problem", sagte sie. "Ein ernstes Problem." Dann hörte sie Ismails Stimme aus dem Duschraum: „Yael! Ich glaube, ich habe etwas gefunden."

***

Ibrahim schwieg eine lange Minute. Er versuchte zu verstehen, worauf er sich zuerst konzentrieren sollte. Der Assyrer besiegte eines seiner Teams, während das andere Team in einer verlassenen Wohnung in einer anderen Sackgasse war. Sie werden lange brauchen, um über die Nottreppe zum Büro der Assyrer zu gelangen, und dort finden sie vielleicht sowieso nichts, um den Angriff zu stoppen. Was Barhum vorgeschlagen hatte, schien jetzt die beste Option zu sein, aber er hatte das Gefühl, ihm nicht vertrauen zu können. Was ist, wenn Barhum an all dem beteiligt ist?

Er hörte Ismails Stimme im Hintergrund und fragte Yael, was er in der Wohnung gefunden habe. "Er fand Codebücher, ähnlich denen, die wir in der Wohnung in Al-Ain gefunden haben", antwortete sie.

"Etwas, das einige seiner nächsten Schritte enthüllen könnte?"

"Ich weiß es nicht wirklich. Vielleicht können wir es Barhum geben. Er ist der einzige, den ich mir vorstellen kann, der uns eine sofortige Lösung geben könnte. Was passiert mit den Computern? Irgendwelche Neuigkeiten?"

"Ich lasse dich gleich mit Barhum sprechen. Die Jungs im Aufzug stecken immer noch fest. Ein Team geht die Treppe hinauf in den 89. Stock. Es wird noch eine Weile dauern, bis sie dort ankommen." Es war für einen Moment still, und dann hörte Yael Barhums Stimme. "Schalten Sie die Kamera ein, ich möchte wissen, was in den Codebüchern steht." Yael schaltete die Kamera ein.

"Wo hast du das gefunden?" Fragte Yael Ismail.

"Es war mit Nylon umwickelt und klemmte sich im Toilettentank.

Der Toilettentank ist der perfekte Ort, um Dinge zu verstecken."

Yael machte Fotos von einigen der Seiten, während sie durch das Codebuch des Assyrers scrollte. Auf der sechsten Seite unterbrach Barhum sie und bat sie, sich zu konzentrieren. "Das ist es, wonach ich gesucht habe", sagte er. "Ich beginne zu verstehen, wie er arbeitet. Er nutzt die Rechenleistung der Server in diesem Gebäude, steuert sie aber von einer anderen Basis, irgendwo in Dubai, vielleicht sogar von seinem Büro in diesem Gebäude aus. Er tippt die Bestellungen in eine Skip-Software, die sie weltweit versendet. Die Software verwendet ein Netzwerk von Satelliten."

„Was bedeutet das?", fragte Ibrahim.

"Es bedeutet, dass wir die Kontrolle über die Mediensysteme des Landes übernehmen müssen. Ohne sie werden wir ihn nicht aufhalten können. Das bedeutet, dass wir das gesamte staatliche Kontrollsystem in den Emiraten für einige Augenblicke abschalten müssen. Das ganze System." Ibrahim sah Barhum direkt in die Augen und sagte: "Es besteht fast keine Chance, dass das jemand gutheißt."

"Ich denke auch, dass niemand diesem Schritt zustimmen wird", sagte Barhum. "Es ist verloren."

"Es muss einen anderen Weg geben", sagte Ibrahim. Über der Serverraumtür schaltete sich plötzlich eine Warnleuchte ein. Die Temperatur im Raum betrug 88 Grad Fahrenheit, und sie stieg immer wieder schnell an. Wenn der Strom nicht im gesamten Verteidigungssystem des Gebäudes erneuert wird, könnte die sich ansammelnde Wärme im Serverraum ein Feuer auslösen, und alle Daten wären weg.

"Es gibt einen anderen Weg", sagte Barhum. „Was ist?", fragte Ibrahim.

"Ein fremdes Land." Barhum saß auf einem Stuhl vor dem Serverraum.

„Was meinst du damit?", fragte Yael, die das gesamte Gespräch am Telefon hörte.

"Israel und die Vereinigten Staaten haben alle Werkzeuge, um hier in die Systeme einzubrechen und die Ordnung wiederherzustellen. Beide Länder haben die besten Satellitensteuerungssysteme der Welt, wie wir bereits gesehen haben. Wenn du einen von ihnen es tun lässt, könnten wir diese Saga in wenigen Augenblicken beenden. Aber während dieser Zeit werden alle Daten diesem Land ausgesetzt sein, also bin ich mir nicht so sicher, ob Sie es sich leisten können, das auch zu tun."

"Das wird auch niemand billigen", sagte Ibrahim.

"Niemand muss es wissen", hörten sie Yaels Stimme durch das Telefon sagen.

„Was meinst du damit?", fragte Ibrahim.

"Ich kann Shay, meinen Bruder, kontaktieren. Er ist fähig und hat die Werkzeuge, um es zu tun. Wir werden den Assyrer blockieren, den Angriff stoppen und sofort danach die Kontrolle in deine Hände zurückholen. Shay ist eine ehrliche Person, und ich gebe dir mein Wort, dass nichts durchsickern würde."

"Lass mich nachsehen", sagte Ibrahim und legte auf. Er saß vor Barhum und betrachtete das ganze Durcheinander um ihn herum. Dann stand er auf, ging weg und wählte eine Nummer. Er murmelte ein paar Worte in sein Handy, lange, komplexe Sätze auf Arabisch, und wartete dann leise auf eine Antwort. Der Sprecher auf der anderen Leitung antwortete nicht.

***

Yael ging auf den Flur, um Itay Eshel erneut anzurufen, aber ohne Erfolg. Dann wählte sie Shay Nachmani.

"Ich brauche deine Hilfe."

"Ich höre zu", sagte Nachmani und ging in die Ecke der Cybersicherheitszentrale. Dutzende von Menschen hatten den Raum um ihn herum überfüllt und versucht, mit den vielen Cyberangriffen im Land fertig zu werden. Das gesamte Personal war mit Infrastruktursystemen wie den Zügen, einer großen Telefongesellschaft und zwei Hauptmedienkanälen beschäftigt, die ihre Websites verloren hatten. Obwohl sich alles wie außer Kontrolle geraten anfühlte, war Nachmani ruhig und konzentriert. Er leitete das Hauptquartier mutig, priorisierte die Verteidigungsmaßnahmen und gab den Befehl, Infrastruktursysteme mit hohem Angriffsrisiko zu trennen, noch bevor die Angriffe stattgefunden hatten. Nachmani blühte in schwierigen Zeiten auf – das war der Grund, warum er so gut in seinem Job war.

„Nabil Barhum behauptet, er habe die Quelle der kybernetischen Angriffe gefunden und könne alles beenden und die Angriffe stoppen. Die Sache ist, dass es verlangt, die Kontrolle über die zentralen Kommunikationssysteme des Landes zu übernehmen und Barhum die Kontrolle über sie zu geben."

"Also soll Ibrahim es ihm geben. Es ist ihr Land."

"Ibrahim wird es offensichtlich nicht zulassen. Ich nehme an, er erhält Befehle von jemandem mit einem höheren Rang. Aber Barhum sagte mir, dass wir und die Amerikaner die Fähigkeit haben, von außen in dieses

System einzubrechen. Stimmt das?"

„Wie viele Leute hören uns gerade zu?" "Nur ich" ", Yael saß auf einem Holzhocker.

"Die Antwort ist ja. Wir schaffen das. Aber Sie verstehen, dass dies eine unbefugte feindliche Kontrolle über die Infrastruktur eines anderen souveränen Landes ist. Das ist buchstäblich Kriegserklärung. Es ist inakzeptabel, solche Dinge zwischen alliierten Ländern zu tun. Es hat umfassende politische Implikationen, die von den höchsten Regierungsebenen entschieden werden müssen. Ich meine, das ist richtiger Terrorismus, nicht wahr?"

"Ich glaube nicht. Wir wollen dem Land nicht schaden, im Gegenteil, wir wollen helfen."

"Haben Sie eine Garantie, dass Barhum nicht plant, den Emiraten Schaden zuzufügen?"

"Ich kümmere mich um Barhum. Wir müssen den Angriff stoppen; er könnte sich zu Angriffen auf Raketenbasen im gesamten Nahen Osten und zum Abschuss von Raketen auf Länder verschlechtern. Das könnte einen Weltkrieg auslösen."

"Ich werde mit Shaked sprechen. Wenn wir es ohne seine Zustimmung tun, könnte ich für viele Jahre im Gefängnis landen."

"Gut. Halten Sie mich auf dem Laufenden." Yael legte auf, aber ihr Telefon klingelte fast sofort wieder. Es war die Empfangsdame der Lobby.

"Yael? Wurdest du darüber informiert, was im verklemmten Aufzug passiert ist?", fragte sie.

"Nein."

"Etwas fing an, seine Elektromotoren zu bewegen. Die Türen öffneten und schlossen sich immer wieder, und der Aufzug zitterte heftig. Unsere Teams haben Angst, dass die Kabel reißen und der Aufzug herunterfällt, wenn er nicht stoppt. Wir suchen nach einem Weg, die Kontrolle darüber zu übernehmen und die darin eingeschlossenen Menschen von der Decke zu retten, aber wenn es so weitergeht, wird niemand in der Lage sein, sich ihm zu nähern. Es riskiert unsere Teams."

"Kannst du nicht den Aufzug und seine Motoren vom Strom trennen?" Wir können, aber das Trennen der Stromversorgung bedeutet, die Bremsen zu trennen, was den Sturz beschleunigen, die Lichter trennen und die Luftzufuhr zum Aufzug trennen könnte. Dein Team könnte innerhalb weniger Minuten ersticken. Wir versuchen, uns darum zu kümmern, aber es ist ein weiteres Ereignis in einer langen Reihe von Fehlfunktionen, die wir gerade im Gebäude haben."

"In diesem Aufzug sind Leute. Sie könnten sterben. Das sollte deine erste Priorität sein ", antwortete Yael scharf.

"Ich weiß. Es tut mir leid."

"Nur noch eine Sache", sagte Yael. "Wie überwachen Sie alle internen Systeme des Gebäudes, wenn Sie keine Kontrolle über die Elektro- und Kommunikationssysteme haben?"

„Um Einbrüche zu vermeiden, ist unser internes System nicht von den Hauptsystemen abhängig, die auch von außen gesteuert werden. Sie sind nicht mit der wichtigsten Internetinfrastruktur verbunden, sondern befinden sich in einem geschlossenen Computersystem."

"Ich verstehe. Danke ", sagte Yael und legte auf. Sie schaute auf ihre Uhr, drehte sich dann zu Ismail um und sagte zu ihm: „Ich gehe in den 89. Stock. Ich möchte sehen, was mit Itay und dem anderen Team los ist. Von dort aus gehe ich in den 112. Stock. Ich möchte sehen, was in seinem Büro passiert. Wo ist die Treppe?"

„Du planst, 41 Stockwerke zu Fuß zu erklimmen?", fragte Ismail. "Ja. Niemand sonst würde dorthin gelangen, wenn ich es nicht täte."

"Wenn wir das nicht tun. Folge mir."

"Danke", sagte sie und rannte ihm nach, während sie Ibrahims Nummer wählte.

***

Aharon Shaked saß mit seinem Stellvertreter in seinem geschlossenen Büro und versuchte, einen strategischen Plan zu entwickeln, um den anhaltenden Angriff auf verschiedene Orte in Israel zu stoppen, als Shay Nachmani ohne anzuklopfen in den Raum kam. Shaked schien das nicht zu stören. Er hasste Schmeicheleien seiner Arbeiter und wollte ständig über das Geschehen informiert werden.

Aber Shay Nachmani kam zu einer anderen Sache. Er erzählte seinem Kommandanten die mögliche Lösung der Situation, die Yael ihm gerade am Telefon mitgeteilt hatte. Shaked schwieg, schloss dann den Laptop, der auf die Knie gelegt wurde, und sagte:

"Und was denkst du darüber?"

"Zum Glück für mich musst du diese Entscheidung treffen. Aber wenn du mich fragst, würde ich das Risiko eingehen."

"Willst du, dass ich versuche, mit Ibrahim oder Leuten mit einem höheren Rang als ihm zu sprechen?"

„Wir beide wissen, wie diese Systeme funktionieren, besonders in der monarchischen arabischen Welt. Das ist keine Präventionsstrategie, das ist der Zugang zu allen inneren Systemen des Landes. Ich bezweifle, dass sie es genehmigen werden. Es wird ihrer Ehre schaden. Außerdem denke ich, dass es für sie einfacher sein wird, es zu "verdauen", als auf ihre Zustimmung zu warten, wenn wir es tun, ohne es sie wissen zu lassen, und sie werden es erst rückwirkend erfahren." "Ich stimme zu ", sagte Shaked. "Aber ich denke, es ist ein Risiko, das wir nicht eingehen können. Wir brauchen die Emirates auf unserer Seite. Wenn dies enthüllt würde, könnten sie die Beziehungen zu uns abbrechen, was unsere Chancen auf den Psychopathen dramatisch zu stoppen."

"Was für ein Dilemma...", sagte Shakeds Stellvertreter.

"Es ist ein ziemliches Dilemma", sagte Shaked. "Ich muss darüber nachdenken. Vielleicht mit dem Premierminister sprechen. Geben Sie mir ein paar Augenblicke und ich lasse Sie wissen, was wir entscheiden."

"Sehr gut", sagte Nachmani und verließ den Raum.

Er stand noch ein paar Sekunden außerhalb des Raumes und ging dann in den Aufzug hinunter in sein Bürogeschoss. Er signalisierte zwei Arbeitern mit den Fingern und sagte ihnen zielgerichtet und leise: „Sie müssen mir die Einbruchstellen von Dubais Cyber-Infrastruktur finden. Ich brauche Codes, eine Plankarte und Fahrpläne. Aber vor allem musst du sehr diskret sein. Niemand sollte davon erfahren, ist das klar? Das ist eine Frage von Leben und Tod."

Beide nickten zustimmend.

"Mach es von meinem Büro aus", fügte er hinzu und beobachtete, wie sie dorthin gingen. Er ging in die Küchenzeile, drückte den Knopf am Wasserkocher und gab eineinhalb Löffel Nescafe in einen Einwegbecher. Er goss das kochende Wasser ein, fügte Milch hinzu und setzte sich an den runden Esstisch. Er schaute auf sein Handy, war sich aber nicht sicher, was er dort zu sehen erwartete.

***

"Wir versuchen alles", sagte Ibrahim. Er hielt sein Handy fest, während er die Treppe hinaufging. Er hörte Yael auf der anderen Seite des Anrufs schwer atmen. "Es klingt, als würdest du rennen. Ist etwas passiert?"

„Ismail und ich sind zu Fuß auf dem Weg zu seinem Büro. Ich warte im

89. Stock auf dich und wir entscheiden, wie es weitergeht. Wo ist Barhum?" Yael war fit, aber die Treppe hinaufzugehen hatte sie erschöpft und ließ ihre Sätze fragmentiert klingen.

"Er ist bei einem meiner Programmierer."

„Hast du eine Antwort für mich?", fragte Yael. Sie hörten beide auf. Sie hörte, wie er sein Handy direkt an den Mund legte und flüsterte:

„Yael, versetzen Sie sich für einen Moment in meine Lage, würden Sie die Kontrolle über Ihr Land einem anderen Land überlassen, auch wenn Sie mit diesem Land in Frieden sind? Würden Sie den Amerikanern Fernsteuerung über Ihre Systeme geben? Zugang zu all Ihren Krankenhäusern, Wasseranlagen, Militäreinrichtungen, Nukleareinrichtungen?"

"Ich weiß es nicht", sagte Yael. "Ich verstehe, was du sagst, aber es geht nicht nur um dich."

"Ich weiß nicht, wie wir dazu gekommen sind, aber wir haben es getan. Der Plan der Assyrer war perfekt. Er hat uns viel „Staub" gefüttert, wie wir hier sagen. Aber..."

"Ich muss in sein Büro. Das ist unsere einzige Chance..."

"Angenommen, er hat etwas hinterlassen, das wir nützlich finden können", sagte Ibrahim und legte auf. Ein paar Sekunden später klingelte Yaels Telefon erneut. Es war Shay Nachmani, der anrief.

***

Als Aharon Shaked in die Kaffeeecke ging, wo Shay Nachmani auf ihn wartete, war Nachmani bereits mit seinem Kaffee fertig. Shaked war keine sehr große Person, im Gegenteil, er war 5'4, völlig kahl und mit einem kleinen Bauch, der zart über seinem Gürtel saß. Seine blauen Augen waren klein, aber durchdringend und reflektierten viel Weisheit, vermischt mit Verzweiflung und Trauer.

Nur ein kurzer Blick genügte Shay Nachmani, um zu verstehen, dass er nicht bekommen würde, was er verlangte.

„Hast du mit dem Chef gesprochen?", fragte Nachmani.

"Das musste ich nicht. Wir wissen beide, dass er es nie zugelassen hätte."
"Also, was ist die Richtlinie?"

Nach langem Schweigen sagte Shaked: "Jeder wird tun, was er tun muss."

"Er ist uns zehn Schritte voraus. Ich kann nicht alles auf meinen Schultern haben.""Und du erwartest, dass ich die Verantwortung dafür übernehme? Unter-

stehen, was du von mir verlangst?" Shaked stand von seinem Stuhl auf und sah zu Nachmani hinunter. "Du und ich sind nicht in der gleichen Position. Der Preis, den ich zahlen werde..."

"Und was ist mit dem Preis, den Itay Eshel zahlen wird?"

"Wenn dies Ihre Antwort ist, denke ich, dass Sie nicht richtig verstehen, wo Sie in diesem System stehen. In diesem Fall schlage ich vor, dass Sie sich auf die Befehle konzentrieren, die Sie erhalten, und nicht unabhängig denken."

"Ich entschuldige mich", sagte Nachmani.

"So kenne ich dich nicht. Ich dachte, du gehst besser mit Stress um." Shay Nachmani hob beide Hände zur Kapitulation.

„Wenn Sie denken, dass Sie der Wertschätzung würdig sind, die Ihnen gegeben wird, tun Sie, was getan werden muss, und stehen Sie dahinter. Aber wenn du mich wieder vor ein solches Dilemma stellst, sorge ich dafür, dass du ersetzt wirst." Nachmani war wütend, aber er wusste, dass Shaked Recht hatte. Er stand von seinem Stuhl auf und wollte gerade die Küchenzeile verlassen, als sich seine beiden Arbeiter ihm näherten.

"Wir haben, was du brauchst", sagte einer und gab ihm einen kleinen USB-Stick. Nachmani nahm es und steckte es in seine Tasche. So viel Kraft in so einem kleinen Gerät, das gerade in seine Tasche geworfen wurde. Für einen Moment fühlte er sich wie der Stellvertreter Gottes. Er ging in sein Büro, schloss die Tür und rief Yael an.

***

"Ich habe alles, was du brauchst. Ich gebe Ihnen drei Minuten, aber diese drei Minuten könnten viele Leben ruinieren und die Beziehungen zwischen den Emiraten und Israel beenden. Du musst mir versprechen, dass dies unter deiner Kontrolle ist."

Yael schwieg. Sie erkannte plötzlich, was auf ihren Schultern lag. Sie stand vor der Tür, die zum Flur des 89. Stockwerks führte, und legte ihre Hand sanft auf den Griff. Ismail stand hinter ihr und wartete. "Ist alles in Ordnung?" Fragte er. Sie nickte mit dem Kopf und öffnete die Tür.

"Yael?" Sagte Nachmani.

"Ja, ich bin bei dir. Ich brauche einen Moment. Weiß Shaked davon?" "Shaked ist aus dem Bild."

"Lass mich zu dir zurückkommen", sagte sie und legte das Telefon auf.

Sie rannte auf den weit geöffneten Aufzugsschacht zu. Zwei Eisenstangen stützten die Stahltüren und ließen sie offen. Ein Team von fünf Technikern arbeitete am Aufbau eines Stützsystems und verlegte Kabel zum Einschieben in den Schacht. Yael kam näher, hielt sich an einem Kabel fest und schaute nach unten. Was sie sah, war entsetzlich.

Die große Aufzugzelle wurde mit drei Metallseilen zwischen Himmel und Erde aufgehängt. Zwei Ecken waren außerhalb der Gleise; die anderen beiden Ecken wurden von den Bremsen innerhalb der Gleise erfasst und erlaubten dem Aufzug nicht, sich zu bewegen. Die Elektromotoren stöhnten, als würde man sie abwechselnd ein- und ausschalten. Das gesamte Gerät zitterte und vibrierte und verlor langsam den Halt an den Kabeln. Es war jedem klar, dass sich der Aufzug von den Kabeln lösen und in den breiten Schacht fallen würde, wenn nicht etwas Dramatisches getan würde. Das bedeutete, dass jeder im Aufzug sterben würde. "Was hast du vor?" Yael fragte einen Mann in der Rettung

team.

"Wir bereiten einen Weg vor, wie wir nach unten rutschen können, aber wenn es nicht aufhört, haben wir keine Möglichkeit, an der Decke des Aufzugs zu landen und die Menschen im Inneren zu retten."

"Ich sehe, dass die Türen jetzt offen sind, was bedeutet, dass Luft in den Aufzug kommt. Kannst du den Strom nicht ausschalten?"

"Ja, aber sobald wir den Strom ausgeschaltet haben, haben wir 2-3 Minuten Zeit, um sie zu retten, bevor die Bremsen gelöst werden. Wir wollen eine geeignete Struktur aufbauen, die es drei von uns ermöglicht, zusammen nach unten zu rutschen und mindestens drei von ihnen gleichzeitig nach oben zu nehmen."

„Wie lange wird es dauern?", fragte Yael. "Ein paar Minuten."

Yael ging hin und her und wusste nicht, was sie tun sollte. Sie wollte weiter die Treppe hinaufgehen, aber sie wollte auch auf Ibrahim warten. Schließlich schickte sie eine Nachricht an Shay: Schicke alles an mein Handy. Wenn ich mich entscheide, es zu benutzen, wird es eine Entscheidung für einen Moment sein. Zwei Minuten später hatte sie eine Benachrichtigung über eine E-Mail in ihrer sicheren Post. Ibrahim erschien schließlich keuchend und ging schnell auf sie zu. Sie stand da, die einzige Frau in einer Männerwelt, und hielt die einzige Lösung für dieses Chaos in der Hand. Eine Lösung, die ohne Genehmigung verwendet werden könnte, könnte einen endlosen Preis bedeuten, den sie zahlen müsste.

***

"Du musst mich mit Barhum verbinden", sagte Yael. "Jetzt." "Was willst du von ihm?"

"Ich möchte, dass er den Strom ausschaltet, wenn ich es ihm sage. Ich werde runterrutschen, sobald er das tut, um die Leute im Aufzug zu retten." "Warum Barhum?"" Ibrahim sah skeptisch aus.

"Er ist der Einzige, dem ich jetzt vertraue. Ich kenne die anderen Leute nicht, was ist, wenn einer von ihnen Maihan Khareb ist?"

"Bist du sicher, dass du weißt, was du tust?"

"Das hoffe ich wirklich", sagte Yael. "Aber ich habe keine Wahl. Wenn wir jetzt nichts tun, werden Eshel und die Leute im Aufzug mit ihm sterben. Ich kann es nicht auf meinem Gewissen haben. Ruf ihn an." Ibrahim holte sein Handy heraus und wählte. "Und was ist mit seinem Büro?"

"Sobald wir diese Aufzugssache gelöst haben, werden wir dorthin gehen, um zu sehen", sagte Yael. "Du kannst Ismail in der Zwischenzeit dorthin schicken."

***

Ein paar Sekunden später war Barhum auf der anderen Leitung. Yael stieg in einen Gurt und verriegelte die beiden Karabiner in ihren Querringen. Sie steckte das Gleitseil in den ersten Ring und das Sicherungsseil in den zweiten Ring.

"Bist du sicher, dass du das tun willst?" Fragte Ibrahim.

"Wenn ich jetzt nicht untergehe, wird es zu spät sein. Die Vorbereitungen des Rettungsteams dauern zu lange. Ich brauche einen Retter, der vor mir hergeht und die Einbruchsausrüstung mitnimmt. Gib mir das Telefon. Ich möchte mit ihm sprechen." Ibrahim gab ihr das Telefon. "Barhum?"

"Ja", antwortete er.

"Ich brauche deine Hilfe. Ich gehe in den Schacht des Aufzugs, um Eshel und sein Team zu retten. Du musst zur Steuerung des Aufzugs gehen und die Stromversorgung abschalten, wenn ich dir sage, dass du es tun sollst. Es ist sehr wichtig, dass Sie es genau dann tun, wenn ich es Ihnen sage, und nicht eine Sekunde vorher – jede Sekunde zählt."

"Gut", sagte Barhum. Yael konnte ihn am Computer tippen hören. Yael sagte einem der Mitglieder des Rettungsteams, sie sollten in den Schacht des Aufzugs steigen und in Richtung des stark zitternden Aufzugs hinuntergehen. Sie stand hinter ihm, als er herunterrutschte, bereit, ihm hinterher zu rutschen. "Bist du bereit?" Fragte sie Barhum. "Ja", antwortete er, "aber du solltest es wissen, ich habe keine Ahnung, wie das System reagieren wird, nachdem ich in es eingebrochen bin. Ich weiß nicht, welche Fallen die Assyrer dort aufgestellt haben." Alle standen um Yael herum und beobachteten, wie sie im Schacht des Aufzugs kniete, ihre Fackel auf den Retter anzündete, der bereits herunterrutschte, und schrie in das Telefon: "Jetzt."

Eine Sekunde verging, zwei weitere und dann drei weitere, und dann hörte alles auf einmal auf. Der Strom ging aus und mit ihm der Motor, die Lichter und die Belüftung. Ein dünner Pfiff kam aus dem Aufzugschacht, und sie konnte die Stimme des emiratischen Programmierers Ibrahim hören, als Barhum aus dem Telefon kam und sagte: „Was auch immer du tust, tu es schnell. Durch das Ausschalten wurde das Kühlsystem des Serverraums heruntergefahren und es wird nun neu gestartet. Die Temperatur ist bereits sehr hoch und könnte einen Brand verursachen."

„Bereiten Sie ein Feuerwehrteam vor, falls dies der Fall sein sollte", rief Ibrahim ins Telefon, aber in diesem Moment wurde das gesamte System wiederhergestellt und der Motor des Aufzugs begann wieder zu arbeiten. Die Seile streckten sich so stark, dass zwei von ihnen vollständig von der Decke des Aufzugs abrissen und mit großer Kraft in die Höhe schossen. Yael sah ein massives Metallkabel, das sich biegte und durch den Retter unter ihr flog und seinen Körper in zwei Teile schnitt. Das zweite Kabel traf sie fast, aber sie schaffte es in letzter Sekunde zurück in den Treppenraum zu klettern. Der Retter wurde tot über dem Aufzug aufgehängt, der wieder zu quietschen und zu rasseln begann, als ob er dabei wäre, von den Bremsen abzureißen und 80 Stockwerke abzuschießen.

"Barhum!!" Schrie Yael. "Was ist passiert?"

"Ich habe die Kontrolle verloren", schrie er zurück. "Sie haben das System übernommen. Ich kann das nicht aufhalten." Yael drehte sich um und schrie: „Ibrahim. Ich habe die Codes. Ich gebe sie Barhum. Wir müssen dem jetzt ein Ende setzen!"

"Auf keinen Fall in der Hölle", sagte er. "Gib mir mein Handy zurück."

„Ibrahim! Wir haben keine Wahl; wir werden alles verlieren. Wir müssen die Kontrolle über die Systeme erlangen. Ich billige Barhums Handlungen." Sie zog ihr Handy heraus und las Barhum die Codezeilen vor, die Shay ihr geschickt hatte.

"Yael, du musst das stoppen." Er zog seine Waffe heraus und stellte sich vor sie. "Du kannst einem Vertreter einer terroristischen

Organisation nicht die Schlüssel für mein ganzes Land geben." Sie las weiter. Er lud seine Waffe. Sie blieb stehen. "Willst du mich wirklich erschießen?"

fragte sie. Er sagte nichts. "Wenn du mich erschießen willst, tu es jetzt. Wenn nicht, solltest du ihnen helfen, die Gurte zu reparieren, damit sie nach unten rutschen können." Plötzlich klingelte ihr Telefon. Eine israelische Nummer.

Aharon Shaked war in der Leitung. „Yael, ich sehe, du hast über unsere Satelliten einen Zugangspunkt zur Infrastruktur der Emirate eröffnet. Wer hat dir die Erlaubnis dazu gegeben?" Yael ignorierte ihn und las den Code weiter. "Yael", schrie Shaked zum Telefon. Sie hörte Ibrahim schreien:

"Yael, zwinge mich nicht, dir ins Bein zu schießen. Legen Sie das Handy jetzt weg." Yael las Barhum immer wieder die letzte Codezeile vor. Der Anruf mit Shaked legte auf. Sie wusste, dass er sich auf den Weg zu Shays Büro machte, und er würde höchstwahrscheinlich heute Abend in einer Haftzelle verbringen. Sie wusste auch, dass sie, wenn sie nach Israel zurückkehrt, höchstwahrscheinlich für das, was sie getan hat, vor Gericht gehen würde, und sie bezweifelte auch, dass Ibrahim sie die Emirate verlassen lassen würde, bevor er all den Schaden gemessen hatte, den sie verursacht hatte. Alles ruhte jetzt auf dem Erfolg ihres Schrittes. Sie wartete noch eine halbe Minute, die sich wie für immer anfühlte, und dann hörte alles auf einmal auf. Die Arbeit des Motors, das Quietschen der Bremsen, der Blitz des Notlichts und das brüllende Geräusch der Generatoren. Alles verstummte. Ibrahim nahm seine Waffe herunter. Yael versuchte, mit Barhum zu sprechen, der bis vor einer Sekunde mit ihr telefonierte, aber keine Antwort bekam.

Noch ein paar Sekunden vergingen, und dann hörten sie die Stimmen der Menschen, die im Aufzug gefangen waren. "Schnell", sagte Yael. "Lass uns hinuntergehen, um sie zu holen." Zwei Retter sprangen auf den Schacht zu, aber dann war eine laute Explosion zu hören, und die beiden Kabel, die noch den Aufzug hielten, rissen sofort auseinander. Die Bremsen, die den Metallkasten des Aufzugs an den Schienen hielten, begannen sich langsam zu bewegen, und der Aufzug rutschte nach unten und beschleunigte immer mehr. Es fiel aus den Gleisen und begann frei zu fallen. Nach ein paar Sekunden hörten sie eine ohrenbetäubende Explosion aus dem Schacht, und eine riesige Flamme schoss auf und verschlang alles auf ihrem Weg.

Yael brach auf dem Flurteppich zusammen, zurückgedrängt von den Echos der Explosion. Das Telefon flog ihr aus den Händen und krachte gegen eine Wand. Als sie einige Sekunden später wieder die Augen öffnete, sah sie auch Ibrahim und Ismail auf dem Teppich liegen. Sie kroch auf Ibrahim zu. Er war schockiert, aber bei vollem Bewusstsein. Ismail wurde verwundet, Blut sprudelte aus seiner Stirn und sein Blick war leer.

Sie setzte sich neben ihn und hielt das Blut davon ab, mit ihren Händen zu sprudeln. Langsam dämmerte es ihr: Sie hatte Itay Eshel verloren, ihren Kommandanten, ihren Freund, den, der an sie glaubte, der ihr half, nach Gidis Tod ins Leben zurückzukehren. Sie schuldete ihm ihr Leben, und jetzt war er gestorben. Sie stand auf, packte Ibrahim mit der Hand und sagte: „Komm! Wir sind noch nicht fertig. Wir müssen ihn immer noch fangen." Ibrahim stand auf, stützte sich auf die Wand und hinkte ihr ins Treppenhaus nach. Er nahm Ismails Telefon in die Hand, als er humpelte und wählte. Sie hörte ihn auf Arabisch sprechen und konnte nicht verstehen, was er sagte. Erst nach einigen Minuten, als sie schon 12 Stockwerke höher waren, legte er auf und sagte: „Vielleicht haben wir es geschafft. Der Angriff der Sandarmee hat aufgehört. Jetzt müssen wir den Assyrer jagen."

3.

Shay Nachmani saß in seinem Büro, als Aharon Shaked die Tür öffnete, hereinkam und sich auf seinen Tisch setzte. Sie schwiegen beide und absorbierten die schreckliche Realität von Itay Eshels Tod. Shay stand auf und umarmte Shaked. Sie fühlten sich wie Eltern, denen gerade gesagt worden war, dass ihr Sohn gestorben war. Das war für beide zu schwer zu handhaben.

„Was ist mit Yael?", fragte Shaked.

"Ich glaube, sie hat es noch nicht vollständig verstanden." "Sie hatten eine besondere Verbindung", sagte Shaked.

"Ja. Er war für sie da, nachdem Gidi gestorben war. Er war derjenige, der sie in der ISA geführt hat, derjenige, der sie ausgebildet hat."

"Sie wird Zeit haben, die Stücke abzuholen, wenn sie zurückkehrt."

"Wir beide wissen, dass das nicht wahr ist. Sie wird direkt bei einer großen Untersuchung und allen möglichen Anklagen landen. All das wird auf meinen und ihren Schultern liegen. Die Geschwister, die einen direkten Befehl ignorierten und aus eigenem Antrieb dagegen arbeiteten. Wer weiß, vielleicht beschuldigen sie uns sogar des Verrats."

"Du hättest vielleicht das Leben von Tausenden retten können. Wir haben den Angriff gestoppt, was positiv ist. Wenn wir es schaffen, diesen Kerl zu jagen, könnten wir aus diesem ganzen Schlamassel herauskommen. Es ist ein Make-or-Break-Moment." Shaked stand auf und ging auf die Tür zu. "Ich möchte, dass du weißt, dass ich für dich da bin und die Verantwortung mit dir trage, auch wenn du denkst, dass ich alles in meiner Macht Stehende tun werde, um meinen eigenen Arsch zu retten. Wir wissen beide, dass, wenn ich hinter dir stehe, der Preis, den wir zusammen zahlen werden, deutlich geringer sein wird."

"Und was erwartest du von mir im Verhör?"

"Ich erwarte, dass du die Wahrheit sagst."

Sie schüttelten sich die Hand und Shaked verließ das Büro. Shay Nachmani setzte sich auf seinen Stuhl und schaute auf sein Handy. Er wusste, dass ein Text von Yael jeden Moment erscheinen würde, also wartete er geduldig. Ein paar Sekunden später kam eine SMS, aber sie war von Keren, Yaels Tochter. Geht es Mama gut? Fragte sie. Nachmani las die Nachricht wiederholt und antwortete schließlich: Deine Mutter hat die Welt gerettet. Sie ist mehr als in Ordnung.

***

Die 112. Etage wurde komplett aufgegeben. Yael war ganz verschwitzt, als sie in den Flur kamen. Es war heiß und stickig, da die Klimaanlagen nicht funktionierten. Sie scannten schnell die Umgebung, und Ibrahim zog seine Waffe heraus. "Es tut mir leid wegen Itay", flüsterte er.

"Wir werden später Zeit haben, uns damit zu befassen", sagte sie, konnte aber kaum die Tränen halten, die ihre Augen füllten. Sie gingen langsam und versuchten, keinen Lärm zu machen. Die Bürotüren waren geschlossen, und es schien sehr ruhig zu sein. Sie blieben vor der Tür stehen und klopften leicht an. Es gab keine Antwort. „Hast du einen Schlüssel, oder müssen wir für eine Sekunde in die Lobby rennen, um ihn zu bekommen?", fragte Yael. Sie tauschten ein Lächeln aus und Ibrahim zog den Hauptschlüssel heraus.

Ein leiser Signalton ertönte aus dem elektronischen Schloss, nachdem Ibrahim den Schlüssel hineingesteckt hatte. Sie hörten ein Klicken, und das Licht drehte sich von rot auf grün. Ibrahim öffnete nur ein wenig die Tür und wartete, aber nichts passierte. Yael kam näher und öffnete die Tür vollständig. Das Büro war leer, nur mit Sonnenlicht beleuchtet, und genau wie Kharebs Wohnung war es auch sauber und organisiert. Ibrahim steckte seine Waffe wieder in das Halfter und ging im Büro umher. Yael folgte ihm.

Das Büro war schlecht eingerichtet, ganz anders als das ausgefallene Dekor des Gebäudes. Das Büro enthielt einen kleinen Sperrholztisch mit einem alten Computer darauf, einen Bürostuhl aus Kunststoff, zwei Gästestühle, einen Metallschubladenschrank, ein Papierfach mit einigen Papieren auf dem Tisch und einen leeren Mülleimer. Der Panoramablick aus den Bürofenstern von Dubais künstlichen Inseln und Luxusgebäuden war atemberaubend. Alles stand im völligen Gegensatz zu der Tragödie, die sich gerade in dem riesigen Gebäude entfaltet hatte.

Sie öffneten den Schubladenschrank und scannten ihn nach Papieren, die er vielleicht zurückgelassen hatte, aber da war nichts. Yael schaltete den Computer ein und setzte sich davor. Sie öffnete und schloss die Dateien darauf und versuchte, nach Hinweisen auf Aktivitäten zu suchen, die darauf durchgeführt wurden, aber es war wertlos. Der Computer schien gereinigt zu sein und hinterließ keine Spuren wertvoller Informationen. "Wir brauchen Barhum, um durch diesen Computer zu schauen", sagte sie. "Vielleicht könnte er wertvolle Informationen darüber finden, die relevant sein könnten."

"Ich werde ihn bitten, hierher zu kommen."

"Es wird wahrscheinlich einige Zeit dauern. Ich gehe davon aus, dass die Aufzüge noch nicht funktionieren." Ibrahim schaute auf sein Handy und klingelte. "Meine Batterie ist im Begriff zu sterben. Wie geht es dir?"

"Ich habe noch ein bisschen übrig", antwortete sie und überprüfte den Papierkorb des Computers.

"Es ist Ibrahim", sagte er zielstrebig zu der Person auf der anderen Seite. "Wie geht es Ismail? Ich verstehe. Vielen Dank." Ibrahim sah Yael an und nickte. "Ich brauche Barhum. Kannst du ihn mit ins Büro im 112. Stock nehmen?"

Ibrahims Augenbrauen wurden vor Erstaunen hochgezogen. "Wie bitte?" Er schrie ans Telefon. "Was meinst du mit weg?" Yael drehte überrascht den Kopf vom Computer zu Ibrahim. "Hast du das Gebäude versiegelt? Worauf zum Teufel wartest du dann?" Sein Telefon schaltete sich aus.

Ibrahim schwor, warf das Telefon auf den Teppich und befahl Yael: "Gib mir dein Telefon."

"Was ist passiert?", fragte sie, während sie ihm ihr Handy gab. "Barhum ist weg."

"Wie?"

"Er entkam während des Chaos und sperrte sie vor dem Serverraum ein. Als sie endlich wieder einbrechen konnten, war er weg. Sie sahen sich im gesamten Stockwerk um, gingen die Treppe hinunter bis zur Lobby, aber niemand sah ihn."

"Und der Parkplatz?"

"Es ist verschlossen. Er kann da nicht raus."

"Sicherheitskameras?"

"Sie schauen gerade durch, aber sie haben noch nichts gefunden."

"Das kann nicht sein. Das bedeutet, dass Barhum noch im Gebäude ist. Wir müssen nur in seine Fußstapfen treten, seit er den Raum verlassen hat. Es gibt Kameras auf jeder Etage, also ist es ihm nicht möglich, von uns wegzukommen."

"Das ist es, was sie tun, aber er scheint einfach verschwunden zu sein." Ibrahim wählte erneut dieselbe Nummer, diesmal von Yaels Telefon aus, und schaltete die Freispracheinrichtung ein. Aber bevor er etwas sagen konnte, sagte die Stimme auf der anderen Seite: „Ibrahim, wir haben ein großes Problem. Ein wirklich großes Problem."

"Du meinst etwas anderes als Barhums Verschwinden?"

"Ich meine viel ernster als Barhums Verschwinden." Yael begann, den Raum zu scannen.

"Jemand nutzte Ihre Einbruchstellen, um das Gebäude zu übernehmen, gelangte zu den Datenbanken der Banken im Gebäude und leerte sie. Das gesamte Geld wurde über israelische Satelliten auf Hunderte von Bankkonten der "Sand Army" -Social-Media-Unterstützer überwiesen. Wir sprechen von Dutzenden von Milliarden Dollar. Ibrahim, es bedeutet, dass Hunderte von Unternehmen im Nahen Osten zusammenbrechen werden. Das ist eine riesige Katastrophe."

Ibrahim und Yael tauschten Blicke aus. Yael hob ein paar Seiten aus einer Schublade im Schreibtisch auf. Ihr Mund öffnete sich erstaunt und sie konnte sich kaum bewegen.

„Yael?", fragte Ibrahim. "Hast du gehört, was er gesagt hat?"

Yael antwortete nicht. Sie blätterte die Seite um, damit Ibrahim sie auch sehen konnte. Er war schockiert von dem, was er sah. Er streckte sich, wurde rot und sah aus, als würde er in Ohnmacht fallen. Die Seite enthielt eine Kopie eines irakischen Passes von Maihan Khareb. Alle seine Angaben waren genau dort, seine Passnummer, das Ausstellungsdatum, die irakische Staatsbürgerschaft und ein Foto. Der Typ auf dem Bild war jünger als der Typ, den sie kannten, aber er war immer noch unverkennbar. Das Foto auf dem Passbild war ohne Zweifel das Gesicht von Nabil Barhum.

4.

"Er ist es", sagte Ibrahim. "Und er ist immer noch hier."

"Er hat all diese Informationen aus einem bestimmten Grund hier gelassen. Er wollte, dass wir wissen, dass er es ist."

„Aber warum sollte er sich bloßstellen wollen? Er könnte in den Irak zurückkehren und anonym bleiben."

"Er will, dass wir ihn jagen", sagte Yael. „Warum?", fragte Ibrahim.

"Ich weiß es nicht. Aber ich bin sicher, dass Nabil Barhum oder Maihan Khareb oder der Assyrer oder wie auch immer er sich nennt, nicht mehr einer dieser Charaktere ist."

"Du meinst, er hat seine Identität wieder geändert?"

"Ich muss mir das Sicherheitsmaterial ansehen. Ich habe das Gefühl, dass er es geschafft hat, sich unter unser Radar zu schleichen."

"Wir müssen dafür zurück zum Hauptquartier gehen, also stellen wir sicher, dass wir hier nichts anderes zu suchen haben, bevor wir wieder hinuntergehen. Ich klettere nicht wieder 80 Stockwerke hoch."

Yael lächelte und sagte: "Ich habe nicht vor, hier etwas zu hinterlassen." Sie zeigte auf den Computer: "Das kommt auch mit uns."

***

Dreiundzwanzig Minuten später saßen Yael und Ibrahim im Hauptquartier im 45. Stock. Ein Team von sechs Personen scannte das gesamte Sicherheitsmaterial des Gebäudes von dem Moment an, als Barhum aus dem Hauptquartier entkam. Er war sehr sichtbar und ging auf die Badezimmer zu, die aus Bescheidenheit nicht gefilmt wurden, aber er kam dort nie heraus.

"Wenn er in die Badezimmer gegangen ist und nie herausgekommen ist, muss er immer noch da sein oder einen Weg gefunden haben, zu entkommen. Ich werde nachsehen ", sagte Yael. Ibrahim schloss sich ihr an, und sie gingen schnell zu den Badezimmern am Ende des Flurs. Ibrahim überprüfte, dass niemand drinnen war, und ließ Yael herein. Sie schauten sich alle Fächer an und suchten nach Öffnungen in den Wänden, Schränken und Lüftungskanälen. Aber keiner hatte Risse oder Löcher. Yael ging zurück zum Flur und schaute zu den Wänden. Wenn Barhum nicht durch das Badezimmer entkommen konnte, hätte er vielleicht eine Öffnung in der Wand gefunden. Sie scannten alles, einschließlich der Sicherungskästen, Geräteschränke und Wartungsräume. Sie schauten, ob jemand die Überwachungskameras manipuliert oder die Kontrolle über sie übernommen hatte, aber nichts schien ungewöhnlich.

"Es kann nicht sein, dass er einfach vom Erdboden verschwunden ist", sagte Ibrahim.

"Ich stimme zu", sagte Yael. Sie war erschöpft und wollte nach Israel zurückkehren, um für das, was sie getan hatte, vor Gericht gestellt zu werden. Sie hatte das Gefühl, als hätte sie enorm versagt. Barhum war ihrem Gewahrsam entkommen und hatte sie benutzt, um große Unternehmen auszurauben. Das war von Anfang an sein Plan. Das Telefon in ihrer Tasche klingelte wieder, es war Shay Nachmani.

"Geht es dir gut?"

"In Anbetracht der Umstände, ja", antwortete sie. "Wir durchsuchen das Gebäude, aber ich glaube nicht, dass Barhum hier ist. Ich versuche nur zu verstehen, wie er vor unserer Nase entkommen konnte."

"Das habe ich nicht gemeint", sagte Shay. "Sprichst du von Itay?"

"Ich spreche von allem, was gerade um den Burj herum passiert." Yael war überrascht. Sie hatte keine Ahnung, was draußen vor sich ging.

"Wovon redest du?", fragte sie.

"Der Assyrer hat in den sozialen Medien gepostet, dass er das ganze Geld aller Kriegsunterstützer im Nahen Osten geleert und es Friedensunterstützern gegeben hat."

"Das weiß ich."

„Seitdem sind Tausende in den Burj gekommen; Menschen, die sofort ihr gesamtes Vermögen verloren haben, Vertreter von Unternehmen, die kurz vor dem Bankrott stehen, Millionäre, Tycoons und ihre Familien. Es gibt Luftaufnahmen von der ganzen Sache. Sie sagen, dass es dort etwa 10.000 Menschen gibt, und viele weitere kommen. Pass auf dich auf, falls sie einbrechen. Du und Ibrahim könntet ihr Ziel sein."

"Ich fahre heute nach Hause. Ich habe keine Macht mehr. Ich bin bereit, vor Gericht zu gehen, egal was das Ergebnis ist. Ich will nur wieder nach Hause zu meinen Kindern."

"Und was ist mit Barhum?"

"Seien wir ehrlich. Er hat mich geschlagen. Er hat uns alle geschlagen.

Aber er erfüllte sich seinen Traum. Er stürzte "die alte Welt" des Nahen Ostens ab und baute eine neue. Wir sind nur Zahnräder in seiner Maschine, der Sandarmee."

„So etwas wie ‚die Sandarmee' gibt es nicht. Es ist Fiktion. Das ist eine Armee aus einem Mann und tausend Robotern, die zusammenarbeiten. Der Mann ist ein Genie."

"Ich muss auflegen. Ich muss hier ein paar Dinge zu Ende bringen. Ich werde versuchen, seinen Fluchtweg zu finden. Wenn ich es nicht kann, werde ich mich um Itays Körper kümmern und heute mit ihm nach Hause fliegen."

"Gut. Pass auf dich auf, für mich."

"Was ist mit dir? Shaked hat nichts darüber gesagt, was du getan hast?"

"Wir werden verhört, wenn du zurückkommst. Wenn Israel und die Emirate aufeinandertreffen, könnte das sowohl meine als auch Shakeds Positionen kosten. Ich hoffe, es wird alles gut."

"Ich liebe dich, Shay. Danke, dass du immer noch an mich glaubst. Ich brauche das." Sie legte auf, ohne auf seine Antwort zu warten, und stand allein im Flur. Sie begann zu laufen, bemerkte aber, dass sie auf die Badezimmer statt auf das Hauptquartier zuging. Sie schaute auf den Eingang zum Badezimmerflur. Etwas störte sie, aber sie war sich nicht sicher, was es war.

Sie schaute auf die Wände und dann auf die Türpfosten. "Stimmt etwas nicht?" Sie hörte Ibrahims Stimme hinter sich. Sie stand schweigend auf und schaute in den Badezimmerflur. Wie konnte Barhum entkommen? Sie schaute an die Decke, suchte nach versteckten Löchern, und dann hielten ihre Augen inne und schauten auf das Eingangsschild zum Badezimmer. Die Herrentoilette. Eine Silhouette eines schwarzen Mannes auf weißem Hintergrund. Es dämmerte ihr sofort; sie suchten an der falschen Stelle. "Er ist nicht auf der Herrentoilette, er ist auf der Damentoilette!"

Ibrahim und Yael rannten auf die Damentoilette zu. Sie brachen darin ein. Das Badezimmer war leer und die Leuchtstofflampen ließen die weiße Keramik hell leuchten. Sie gingen von einem Toilettenabteil zum nächsten: das erste Abteil, das zweite Abteil und das dritte. "Ich habe es gefunden!" Sagte Ibrahim plötzlich. Er hielt einen Haufen Stoffe in den Händen und breitete sie auf dem Boden aus. "Das waren Barhums Kleider. Er hat sich umgezogen ", sagte Ibrahim. "Aber warum? Und warum haben wir ihn nicht in der Überwachungskamera mit den neuen Kleidern gesehen?"

"Schau dir an, wo du bist. Die Damentoilette. Er kam hierher, um sich in ein Kleid oder eine Burka umzuziehen. Wir haben ihn nicht gesehen, weil wir nach einem Mann gesucht haben. Wir müssen nach einer Frau suchen ", sagte Yael und ging aus dem Badezimmer.

„Wo gehst du hin?", fragte Ibrahim.

"Ich glaube, ich weiß genau, welches Kleid er trug."

"Welches Kleid? Wovon redest du?«, schrie Ibrahim hinter ihr.

"Mein Kleid. Den, den ich auf dem Al-Ain-Markt gekauft habe."

***

Drei Minuten später entdeckte Yael, dass ihre Annahme richtig war. Ihr bescheidenes schwarzes Kleid vom Al-Ain-Markt war nicht in ihrer Tasche. Sie schaute sich das Sicherheitsmaterial noch einmal an und identifizierte "sie" innerhalb von Augenblicken. Das Filmmaterial von der Kamera, die die Lobby des Eingangs des Gebäudes filmte, zeigte Barhum, wie er den Treppenraum verließ, die Lobby überquerte und aus den gigantischen Glastüren ging. Er kam direkt an den Sicherheitsleuten vorbei, die damit beschäftigt waren, die Menge aus dem Gebäude fernzuhalten.

Yael rannte die Treppe hinunter, Ibrahim folgte ihr und versteckte seine Waffe in seiner Hose. Sie betraten die Lobby, gerade als die Menschenmenge hereinströmte. Die Wüstenhitze auf den Straßen draußen war intensiv. Sie versuchten, sich auf den Weg zu den Türen zu machen, aber der Mob schob sie immer wieder in die entgegengesetzte Richtung zurück. Es dauerte einige Minuten, bis sie es endlich auf die Straße schafften. Es gab keine Anzeichen von Barhum. Er war weg. Er muss das Kleid ausgezogen und andere Kleider angezogen haben, die er im Voraus vorbereitet hatte.

Sie standen auf dem Bürgersteig und schauten sich um. Sie hatten keine Ahnung, wie es weitergehen sollte, eine weitere Sackgasse. Yael war die erste, die brach. Sie ging zurück ins Gebäude und ging zur Treppe, als sie eine Hand auf ihrer Schulter spürte. Sie drehte sich um und sah einen Mann, der in seinen 50ern zu sein schien. Er war 5'9, hatte schwarze Haare, rötliche Haut und lächelte ein strahlendes Lächeln. Ibrahim sah den Mann und sprang auf ihn zu. Der Mann stand da, ergab sich, seine Hände zur Seite seines Körpers, sah sie an und wartete. "Wer bist du? Was willst du?" Muttered Ibrahim. Der Mann ließ Yael nicht aus den Augen.

"Gib ihm einen Moment", sagte Yael. "Was brauchst du?"

"Ich brauche nichts", sagte der Mann. "Aber ich kann dir helfen." "Helfen Sie uns mit was?"

"Maihan Khareb? Du wirst ihn nie finden. Ich weiß, wer er ist, und ich kann dir helfen, ihn zu erreichen.

„Woher kennst du ihn?", fragte Yael.

"Ich bin Ali. Ich lebe in Katar. Ich bin der Bruder des Assyrers."

"Und warum erzählst du uns das alles? Warum bist du bereit, ihn uns zu übergeben?" Ibrahim lockerte seinen Griff auf den Mann. Ali sah schließlich Ibrahim immer noch lächelnd an.

"Ich übergebe ihn nicht an dich. Ich bringe dich zu ihm, weil er mich darum gebeten hat."

5.

Sie saßen an einem runden Holztisch in einem Café am Ufer des Persischen Golfs. Ali, Ibrahim und Yael. Ibrahim hatte ihm bereits mit all seinen wertlosen Drohungen gedroht, obwohl es offensichtlich war, dass Ali nichts mit den Angriffen zu tun hatte, und er war ihre einzige Verbindung zu den Assyrern, sehr zu ihrer Bestürzung. Yael und Ibrahim hätten ignorieren können, was Ali sagte, aber sie erkannten, dass er die einzige Chance war, ihn zu fangen.

Ali erzählte ihnen von Maihan Khareb. Dass er in Basra geboren wurde und sah, wie sein Vater durch einen Terroranschlag getötet wurde. Dass er nach dem Tod seines Vaters für seine Familie sorgen musste. Er erzählte ihnen, dass sein älterer Bruder gehängt wurde und seine Mutter bei dem amerikanischen Bombenangriff ums Leben kam. Er erzählte ihnen, wie genial Maihan ist, wie er es geschafft hat, sein Leben nach all den schrecklichen Dingen, die er erlebt hatte, neu zu gestalten. Er erzählte ihnen von Alexandra und seinem Kampf gegen die Terrororganisationen, die jahrzehntelang das Leben von Menschen im Nahen Osten zerstörten. Er erzählte ihnen, wie Maihan beschloss, sein Talent und sein Vermögen zu nutzen, um die Geschichte umzudrehen und den Geldfluss zu stoppen, der diese Armeen, Diktaturen und terroristischen Gruppen aufrechterhält.

Er sagte ihnen, die Sandarmee sei eine Ein-Mann-Armee – der Assyrer und seine unzähligen Roboter. Er erzählte ihnen, dass der Angriff auf Israel nur dazu diente, Yael in die Geschichte hineinzuziehen. Der Assyrer brauchte sie nicht, aber er brauchte ihren Bruder und sein Team von Cyber-Experten. Er brauchte die amerikanischen und israelischen Satelliten, um in das System einzubrechen. Yael war sein Köder. Alles war geplant. Seine Ein-Mann-Armee schaffte es, alle zu Fall zu bringen. Der Assyrer war Barhum, der auch Maihan Khareb war. Die Wohnung in Ost-Jerusalem gehörte ihm, ebenso die Wohnungen in Al-Ain und Dubai, die Büros und die Computer. Er rekrutierte den Beduinen, der Yael entführt hatte. Er inszenierte alle Veranstaltungen im Burj. Alles war bis zum Abschlag geplant. Alles, außer Yaels Kleid und Eshels Tod. Maihan hatte nie geplant, dass er sterben würde, aber weil Ibrahim darauf bestand, die Codes nicht zu geben, dauerte es länger, und der Aufzug konnte die Last nicht mehr tragen. Eshels Leben war der Preis für Ibrahims Sturheit. Barhum hatte nicht vor, sich als Frau zu verkleiden, er rechnete mit dem Chaos, das der Mob geschaffen hatte, um die Sicherheitskräfte abzulenken und ihm zu erlauben, sich herauszuschleichen. Aber Yaels Kleid erhöhte seine Chancen zu entkommen, ohne gesehen zu werden. Und gerade jetzt, während sie sich seine Lebensgeschichte anhören, hat Barhum bereits das Land verlassen.

„Warum hat er dich geschickt, um uns das alles zu erzählen?", fragte Yael. "Du musst ihm diese Frage stellen."

"Wo ist er jetzt?" Fragte Ibrahim.

"Er ist auf dem Weg nach Kirkuk, nördlich des Irak." "Ich kann nicht in den Irak gehen. Ich bin Israeli."

"Ibrahim könnte dir eine emiratische Identität mit Pässen und allen Dokumenten verschaffen, die du vielleicht brauchst."

"Wie kannst du garantieren, dass er in Kirkuk auf uns wartet? Wie können wir wissen, dass uns nichts passieren wird?", fragte Ibrahim und bewegte sich unbehaglich in seinem Stuhl. Er hatte das Gefühl, wieder die Kontrolle über die Situation zu verlieren.

"Wenn du dich entscheidest, in den Irak zu gehen, werde ich dir Maihans wahre Identität geben. Ich werde dir seine Adresse und die Namen seiner Verwandten geben. Du wirst alles über ihn wissen. Ich warte hier, und du könntest deine Freiheit gegen mein Leben eintauschen."

"Wenn wir gehen, kommst du mit uns", sagte Ibrahim.

Ibrahim und Yael sahen sich an. Die Aufregung all der Menschen, die ihr Vermögen verloren hatten, war im Hintergrund laut zu hören. Die internationalen Fernsehbildschirme strahlten den immensen Schaden aus, den der Angriff der Sandarmee weltweit hinterlassen hatte. Yael fühlte sich verloren. Sie sah Ali an und sagte: "Ich muss darüber nachdenken." Ali nickte, trank seinen Kaffee aus, warf einen Dirham-Schein auf den Tisch und stand auf.

"Sehr gut", sagte er. "Ich werde dich morgen früh kontaktieren." Dann ging er und verschwand in der Menge.

***

Das Hotel Yael schlief in dieser Nacht nur wenige Gehminuten vom internationalen Flughafen entfernt. Sie wusste, dass sie jeden Moment in ein Flugzeug nach Israel steigen konnte. Sie hatte das Gefühl, dass sie das tun musste. Wenn dies eine andere Zeit wäre, hätte sie sich an Dubais goldenen Stränden sonnen, an einer Margarita nippen und die strahlende Sonne genießen können. Keren würde an ihrer Seite sein und nach Bräunungsöl riechen, während Ilan zwischen allen Touristenattraktionen herumlaufen würde. Aber sie wusste, dass sie Itay Eshels Leiche zum Begräbnis nach Israel zurückbringen musste. Sein Körper befand sich in der Leichenhalle des Krankenhauses in der Nähe des Flughafens und wartete auf alle Dokumente, die seine Rückkehr nach Israel genehmigten.

Das Zimmer war einfach, aber mit Blick auf Dubais Skyline, Strände und Türme. Yael schaute aus dem Fenster und dachte an nichts. Sie stand viele Minuten lang so und starrte auf die Straße unter ihr. Alles sah klein und in Lichtjahren Entfernung von ihr aus. Sie fühlte die Trauer, aber sie war auch sehr ruhig, als wäre sie schon eine Weile nicht mehr gewesen. Sie wollte ihre Kinder und ihre Mutter umarmen. Sie wollte mit Itay Eshel sprechen, wusste aber, dass sie stattdessen mit seiner Frau sprechen musste.

Der Telefonklingel weckte sie aus ihrem träumenden Zustand. Sie ging zu ihrem Telefon und sah, dass es in den letzten 20 Minuten bereits dreimal geklingelt hatte. Die ersten beiden Anrufe kamen von Ibrahim. Wahrscheinlich wollte er sie über ihren Flug nach Israel und Itay Eshels Körperdokumente auf dem Laufenden halten. Jetzt rief Shay Nachmani an.

Sie nahm das Telefon in die Hand, aber es war nicht die Stimme ihres Bruders auf der anderen Leitung, sondern ihre Tochter Keren.

"Mama."

"Hey Süße. Wie geht es dir?" Sie hatte plötzlich das Gefühl, mit ihr sprechen zu können. Sie wusste, dass sie das Leben ihrer Familie riskiert hatte. Sie wusste, dass die Schritte, die sie unternahm, Shays Position und fast ihr Leben kosten würden. Sie wusste, dass sie Recht haben würde, egal was Keren sagen würde. Sie wusste auch, dass sie sich diesem Gespräch nicht länger entziehen konnte, aber sie dachte, sie könnte es verschieben, bis sie nach Israel zurückkehrte. Vielleicht war es besser, diesen Anruf aus der Ferne zu tätigen.

"Mir geht es gut. Wie geht es dir? Ich habe gehört, dass Itay getötet wurde." Sie konnte die Reife in ihrer Stimme hören. Sie war kein kleines Kind mehr. Seit Gidi getötet wurde, hatte sich Keren immens verändert. Sie wuchs so schnell auf, während Ilan so lange wie möglich an seiner Kindheit festhielt. Ilan war immer noch unschuldig, aber Yael wusste, dass er alles verstand und wusste.

"Ich kann es kaum erwarten, nach Hause zu kommen. Ich bin erschöpft." Sagte Yael und versuchte, nicht so kaputt zu klingen. Sie wollte nicht, dass Keren hörte, wie schwach sie war. Aber Keren sagte zu ihrer

Überraschung mit zielgerichteter und ruhiger Stimme, ohne zu zögern: "Hast du ihn erwischt?"

"Wer?"

"Der Assyrer", sagte Keren.

"Nein. Hast du die Nachricht nicht gehört? Er entkam. Er ist jetzt im Irak."

"Und...", sagte Keren. "Und was?"

"Wie willst du ihn fangen?" Yael konnte ihre Mutter im Hintergrund in Keren's Ohren flüstern hören: „Keren! Genug davon. Sie sind fertig. Deine Mutter kommt nach Hause."

"Großmutter hat recht, Keren. Ich denke, es ist Zeit, dass ich nach Hause gehe. Ich kann das nicht mehr tun. Diesmal hat er gewonnen."

"Mama..."

"Was?" Yael saß auf dem Bett.

"Du musst ihn fangen. Für dich, für Itay, für uns alle."

"Keren!" Shays Stimme war gebrochen. "Lass deine Mutter in Ruhe, sie hatte genug getan." Dann änderte sich etwas in Kerens Tonfall. Sie sprach mit Dina und Shay, aber es war offensichtlich, dass sie direkt mit Yael sprach.

"Nein! Es ist an der Zeit, dass jemand diesen Kerl jagt. Wir können solche Menschen nicht frei in der Welt herumlaufen lassen. Nicht der Terrorist, der Dad getötet hat, nicht der Assyrer, der Itay Eshels Familie zerstört und seine Kinder zu Waisen gemacht hat. Das ist der Job von dir und Mama, und es ist an der Zeit, dass du ihn ausschaltest, bevor ein anderes Kind seinen Vater verlieren muss. Es ist nicht richtig, und es muss jetzt enden."

Nach einer langen Stille nahm Shay das Telefon und sagte nur zwei Worte: "Es tut mir leid." Yael hielt das Telefon und schaute auf das Foto ihres Bruders, das neben seiner Nummer war.

"Sie hat recht", sagte Yael. "Wir müssen das beenden." "Yael...", sagte Shay.

"Lass mich mit Ilan sprechen", sagte sie und wartete geduldig. Sie hörte die Stimme ihres Sohnes nach ein paar Sekunden. Sie wusste nie wirklich, ob er sich alles um ihn herum bewusst war oder alles unterdrückte und unter den Teppich kehrte, und eines Tages könnte alles explodieren.

"Hey Mama", sagte der Junge. "Hey du. Wie geht es dir?" "Mir geht es gut."

"Ilan, ich muss dir etwas sagen, okay?"

"Ja, ich weiß, dass Itay gestorben ist, und du tust alles, um den Kerl zu fangen, der es getan hat."

"Ich werde ein paar zusätzliche Tage hier bleiben müssen, bevor ich zurückkehre. Geht es dir gut?"

"Yael", hörte sie die Stimme ihrer Mutter. "Wenn du jetzt nicht zurückkommst, gehe ich."

"Ich habe eine Verantwortung...", begann sie zu sagen.

"Du hast Kinder. Was ist mit Ihren Verantwortlichkeiten ihnen gegenüber?" "Mama ", hörte sie wieder Ilans Stimme, "Es ist in Ordnung. Uns geht es noch ein paar Tage gut. Schnapp ihn dir. Für uns alle."

Yael war schockiert. Sie war sich nicht sicher, was sie zurück sagen sollte. "Mama? Hast du gehört?" Es war Keren, der jetzt sprach: „Wir stehen hinter dir, Mama. Schnapp ihn dir ", sagte sie.

Sie stand vom Bett auf und flüsterte in ihr Telefon: "Gut."

Sie legte auf, ohne sich zu verabschieden, und rief sofort Ibrahim an.

"Ich dachte, du wärst gegangen, du bist nicht ans Telefon gegangen", sagte er. "Nein. Ich bin immer noch hier."

"Alles ist bereit. Ich habe dir ein Flugticket besorgt und alle Dokumente für Itays Leiche sind fertig."

"Danke. Du bist großartig."

"Ich schulde dir viel. Das werde ich nicht vergessen." "Danke, Ibrahim.""

"Gibt es noch etwas, was du brauchst, bevor wir uns verabschieden?", fragte er.

"Ja", sagte sie. "Du musst mir einen Ausweis, einen Reisepass und einen Flug nach Kirkuk besorgen. Ich werde den Assyrer sehen."

Ibrahim sagte kein Wort. Sie konnte ihn auf der anderen Seite des Telefons atmen hören.

"Gut", sagte er, "aber du solltest etwas wissen." "Was?"

"Wenn du ihn sehen willst, komme ich mit dir."

Teil C

1.

Der Grenzbeamte sah das Paar vor sich an. Die Frau, Layla Keadan, und ihr Ehemann, Adnan, sahen aus wie viele andere Paare, die an diesem Tag auf dem Kirkuk International Airport landeten. Doch etwas an diesem Paar ließ ihn sich unwohl fühlen. Vielleicht war es der helle Teint der Frau oder wie unterschiedlich sie voneinander waren; die Frau war klein und gebrechlich, während der Mann mit lauter Stimme groß war. Ihr Altersunterschied war ebenfalls sehr sichtbar, obwohl die Geburtsdaten ihrer Pässe dies nicht widerspiegelten. Es war der erste Besuch des Paares im Irak. Sie kamen mit einem Direktflug von Dubai an.

Aber der kleine Flughafen war überfüllt, und obwohl etwas in seinem Bauch ihm sagte, dass mit diesem Paar etwas nicht stimmte, erschienen sie nicht, als wären sie eine Bedrohung für sein Land. Er bat die Frau, ihren Schleier zu entfernen, und sie stimmte zu, trotz des durchdringenden Blicks ihres Mannes. Er untersuchte sie und bedankte sich für ihre Mitarbeit. "Wie lange wirst du im Irak bleiben?", fragte er.

"Etwa vier Tage", sagte der Mann und sein Schnurrbart bewegte sich ungeschickt. „Was planst du während deines Aufenthalts in Kirkuk zu tun?", fragte er die Frau. Der Mann antwortete erneut anstelle von ihr.

"Wir kamen, um jemanden zu treffen, einen Freund, der die Emirate besuchte und uns einlud."

Er zeigte auf die beiden leeren Zeilen im offiziellen Einreisedokument und sagte der Frau: "Schreiben Sie hier den Namen und die Adresse des Ortes, an dem Sie während Ihres Besuchs übernachten werden." Wieder ignorierte der Mann, was er fragte, nahm den Stift und das Papier und füllte die Details aus. Während er das tat, wandte sich der Angestellte an die Frau und fragte sie: „Wo hast du dein Kleid gekauft? Ich suche ein ähnliches Kleid für meine Frau." Der Mann und die Frau tauschten Blicke aus.

"Es ist vom Al-Ain-Tourismusmarkt. Ein Geschäft namens 'Al Jamira Center'", sagte die Frau. "Ich liebe es, dort einzukaufen. Es befindet sich in der Zayed Bin Sultan Street, im nördlichen Teil der Oase." Ihre Stimme war leise, aber zuversichtlich, und obwohl es dem Angestellten schwer fiel, ihren Akzent zu setzen, waren seine Ängste verschwunden. Er unterschrieb ihre Pässe und ließ sie rein. Sie bewegten sich schnell, ohne zurückzublicken, hielten am Förderband Nummer 2 an und warteten auf ihr Gepäck. Sieben Minuten später waren sie außerhalb des Flughafens und standen in der Hitze der Kirkuk-Wüste. Es war spät am Abend, aber die Straßen rauchten immer noch von der Hitze. Sie standen auf dem Bürgersteig und warteten, bis ein weißer, verprügelter Peugeot 206 auf sie zukam. Ali setzte sich auf den Fahrersitz und sagte ihnen, sie sollten hineinspringen. Adnan warf seinen Koffer in den Kofferraum, der sich mit einem Quietschen öffnete, und Layla nahm ihre Handtasche in das Auto. Sie saß auf dem Beifahrersitz und ihr Mann saß hinten.

"Wie war dein Flug?", fragte er sie.

"Geh", antwortete Ibrahim. "Wir haben nicht viel Zeit. Ich möchte Barhum sehen."

"Es tut mir leid, aber du wirst ihn heute nicht sehen. Er wird dich morgen früh in der Zitadelle von Kirkuk treffen und dich von dort abholen. Wir fahren jetzt zu deinem Hotel. Ich hoffe, du hast ein Zimmer reserviert, weil Kirkuk in dieser Zeit sehr beschäftigt ist."

Yael sah Ibrahim an und sagte: „Du kannst nichts tun.

Wir müssen tun, was er sagt, wenn wir ihn treffen wollen."

"Seine Gastfreundschaft geht nicht Hand in Hand mit arabischen Manieren", murmelte Ibrahim. Ali drehte sich auf den Rücksitz und sagte zu Ibrahim:

"Dieser Zorn ist wertlos. Sie können jederzeit umkehren und nach Dubai zurückkehren. Der Assyrer hat dich eingeladen, du bist seine Gäste, und er wird dich mit Respekt behandeln. Sie haben gemeinsame Interessen, weshalb Sie hier sind. Und wie auch immer, ich bin nur der Zusteller, du musst auf ihn warten." Ibrahim schwieg.

Sie fuhren eine halbe Stunde, bis sie das 'Alsaraf Hotel' im Stadtzentrum erreichten. Sie traten ein und reservierten ein Zimmer für beide.

Yael wusste, dass es verdächtig aussehen würde, wenn sie in verschiedenen Räumen schliefen. Ali bezahlte das Zimmer als Geste ihres Gastgebers und sagte dem Angestellten, er solle sie wie Könige behandeln. Ali sagte ihnen, dass er morgen um 09:00 Uhr zurückkommen würde, um sie abzuholen.

Yael und Ibrahim gingen auf ihr Zimmer. Es war klein und stickig, und die Klimaanlage konnte es kaum kalt halten. Es gab ein Doppelbett und ein kleines klappbares Kinderbett. Ibrahim meldete sich freiwillig, um darin zu schlafen, und entschuldigte sich bei Yael für die Bedingungen und den Mangel an Privatsphäre. Yael lächelte. Sie fühlte sich nicht bedroht, im Gegenteil, sie war froh, dass Ibrahim bei ihr war. Sie vertraute Ali nicht und wusste nicht, welche anderen Schritte der Assyrer plante. Sie war hungrig und schlug vor, dass sie zum Essen hinuntergehen sollten. Sie gingen in ein Restaurant und aßen, bis sie satt waren. Der Leiter von Dubais Anti-Terror-Service sah jetzt aus wie ein süßer Teddybär, mit einem frechen Lächeln und Augen, die Freundlichkeit widerspiegeln.

Er erzählte ihr von seiner Familie, seiner Frau und seinen Kindern, wie er zu einer so hohen Position kam. Er fügte hinzu, dass es offensichtlich war, dass er Yael diese Aufgabe nicht alleine hätte erledigen lassen können. "Ich möchte unbedingt wissen, was er von uns will."

"Ich auch", sagte Yael. "Aber das ist sein Feld, in dem wir spielen. Er kann mit uns machen, was er will."

"Einschließlich uns zu töten."

"Er hätte uns in den Emiraten töten können, wenn er gewollt hätte. Dort hatte er auch die Oberhand. Er hat eine Rolle für uns zu spielen. Du hast gehört, was Ali gesagt hat. Er glaubt, dass wir ähnliche Interessen haben, und das ist alles, was wirklich zählt."

„Warum bist du dann hier?", fragte Ibrahim.

"Ich wollte der erste Israeli im Irak sein", lächelte Yael. "Und jetzt im Ernst."

„Dieser Mann hat die besten Spionageagenturen der Welt ausgeschaltet. Er hat im gesamten Nahen Osten Schaden angerichtet, und ich glaube nicht, dass er vorhat, aufzuhören, zumindest nicht, bis die "Sandkriege" des Nahen Ostens aufhören. Ich möchte ihn treffen, sehen, was er sonst noch vorhat, versuchen, ihn aufzuhalten, oder sehen, wie unsere Interessen miteinander verflochten sind. Wenn wir ihn nicht bekämpfen können, sollten wir uns ihm vielleicht anschließen. Ich denke, das ist es, was er will."

"Ich verstehe, und ich bin bei dir. Aber zuerst müssen wir verstehen, was er von uns will." Ibrahim kaute auf etwas Fladenbrot mit Hummus. "Ich liebe den Irak", sagte er. "Aber das ist mein erstes Mal in Kirkuk." "Wie gefällt dir die Stadt bisher?" " Yael blinzelte und sah sich um.

"Die traurige Wahrheit ist, dass es nur eine weitere lahme, stinkende Stadt im Nahen Osten ist, die abgerissen und wieder aufgebaut werden muss."

2.

Am nächsten Morgen um 09:00 Uhr wartete der Peugeot an den Hoteltoren auf sie. Yael und Ibrahim stiegen ein und fuhren zehn Minuten lang zur Zitadelle von Kirkuk. Ali parkte das Auto und zeigte auf ein altes, langgestrecktes Gebäude mit Schießlöchern für Bogenschützen und einer Wand mit 65 Fuß hohen Türmen. "Er ist da", sagte er, "beim Olivenbaum."

Yael stieg aus dem Auto, Ibrahim zögerte noch ein paar Sekunden. "Wenn er dich töten wollte, hätte er es getan, als du gelandet bist", lächelte Ali.

"Ich denke, wir haben keine andere Wahl", sagte Ibrahim und sah Yael an, die auf die Zitadelle zuging. Er war der Außenseiter in der Situation. Er war unbewaffnet und kannte niemanden, der ihm im Irak helfen konnte. Hätte er sich an die Regierung gewandt, wäre Yaels Einreise verweigert worden. Sie war ein wichtiges Element in seinem Plan, den Mann zu jagen, der ihn vor all seinen Untergebenen und Kollegen gedemütigt hatte. Er sah Ali in die Augen und versuchte, Antworten auf die vielen Fragen zu finden, die ihn störten. Treten sie wieder in die Falle der Assyrer? Er wusste es nicht. Aber etwas an Alis Ruhe und Yaels Vertrauen beruhigte ihn, und er stieg aus dem Auto und folgte ihr.

"Ich warte hier auf dich", hörte er Alis Stimme. Die Fenster des Autos schlossen sich, so dass Ali die kaum kalte Temperatur, die von der angeschlagenen Klimaanlage ausging, halten konnte. Ibrahim ging schneller, um mit Yael Schritt zu halten.

Sie betraten die Zitadelle und wandten sich dem Olivenbaum zu. Der breite Baum blühte und seine Blumen bedeckten die Mitte der Zitadelle. Dort, bei seinem Koffer, sahen sie Nabil Barhum sitzen und auf sie warten. Die drei waren die einzigen dort. Barhum war unbewaffnet und sein Handy war tief in seiner Tasche. Er sah müde, aber zuversichtlich aus. Er lud sie ein, sich an seine Seite zu setzen.

"Gib mir einen Grund, dich jetzt nicht zu ersticken", sagte Ibrahim wütend.

"Ibrahim!" Yael legte ihre Hand auf die Brust des Anti-Terror-Chefs, um zu verhindern, dass er sich Barhum näherte. Sie verstand seine Wut. Die letzten Tage waren für alle anstrengend. Sie wusste, dass er Itays Tod für ein persönliches Versagen hielt, und er war wütend über die Situation, in die Barhum ihn gebracht hatte. Sie wusste, dass sie ihn zurückhalten musste. "Du musst dich beherrschen", murmelte sie in seine Richtung. "Sonst wird diese ganze Sache umsonst gewesen sein." Sie wandte sich an den Assyrer und lächelte zurückhaltend. Als er seine Hand ausstreckte, um sie zu schütteln, nahm sie keiner von ihnen.

"Ich nehme an, ihr seid hergekommen, um zumindest einen Teil des Geldes zu bekommen, das ich von euch genommen habe."

"Also, das war es, was das am Ende für dich war? Ein Raubüberfall?"

„Nicht irgendein Raubüberfall, ein Raubüberfall, der das Gesicht des Nahen Ostens verändern würde. Kriege kosten viel Geld. Dieses Geld kommt aus der Ölindustrie, Waffengeschäften und dem Drogenhandel. Das gesamte Geld wird in den Banken der VAE aufbewahrt und unter der Nase westlicher Länder an terroristische Organisationen überwiesen. Europa oder die Vereinigten Staaten werden keine Rettung bringen. Es wird nur kommen, wenn es uns gelingt, das Geld zu stoppen, das diese Kriege finanziert. Woher würden sie das Geld bekommen, um Munition zu kaufen? Raketen? Panzer? Solange die Kriege andauern, wird niemand sein Geld zurückbekommen. Und Handlungen wie das, was Sie gerade erlebt haben, sind nur der Anfang davon."

„Deine Selbstgerechtigkeit ist ärgerlich. Sei nicht so arrogant..." Yael fühlte sich ein wenig entmutigt, als sie diese Worte sagte. Etwas in Barhums oder den assyrischen Augen veränderte sich. Sein Gesichtsausdruck war verzeihend, und er sagte:

"Ich habe meine ganze Familie an deine Sandkriege verloren. Mein Vater, meine Mutter, mein Stiefvater, mein Bruder und meine Schwestern. Ali ist der einzige, den ich noch habe. Beinahe hätte ich meine Frau, die Mutter meiner Kinder, verloren. Unsere Städte, die Landschaft meiner Kindheit... ", sagte er und zeigte auf die Stadt Kirkuk,"...waren fast zerstört. Immer wieder. Hunderte von Jahren des Blutvergießens. Es ist Zeit, das zu stoppen."

„Das Geld, das Sie uns genommen haben, ist das Geld, das es den Wüstenstädten ermöglichte, zu gedeihen, neue moderne Städte zu bauen, Armut und Hunger zu bekämpfen, den hier lebenden Nationen Bildung, Tourismus, Kultur und Wohlstand zu bieten. Kuwait, Bahrain, Dubai, Oman und Saudi-Arabien haben alle bedeutende Schritte in Richtung Zukunft unternommen, bis Sie gekommen sind und alle ihre Banken geleert haben ", sagte Ibrahim. Er blieb stehen, während Yael sich in die Nähe des Assyrers setzte.

„Im Jahr 2013 habe ich einige Vorgesetzte von ISIS getroffen. Ich überzeugte sie, dass das ganze Geld, das die Organisation am Laufen hielt, unter den wachsamen Augen der Amerikaner und Israelis lag. Ich sagte ihnen, dass jederzeit jemand den Korken auf ihren Bankkonten schließen und sie mittellos lassen könnte. Ich überzeugte sie, ihr gesamtes Geld auf versteckte Bankkonten in den Emiraten zu überweisen. Ich baute einen geheimen Kanal auf, der es ihnen ermöglichen würde, unentdeckt Geld an die Zentralbanken zu überweisen, die alle an einem Ort in den Emiraten betrieben wurden."

"Der Burj Khalifa", sagte Yael.

„Man kann mit Sicherheit sagen, dass ISIS heute finanziell nicht mehr existiert. Das bedeutet jedoch nicht, dass sie fertig sind. Ich glaube, dass sie viel mehr Ressourcen auf der ganzen Welt verteilt haben. Aber dieser Schlag ist hart für sie."

"Es gibt auch Tausende von fleißigen, unschuldigen Menschen, die ihr ganzes Geld wegen deiner Handlungen verloren haben. Die Banken des Landes müssten das Defizit ausgleichen. Der Schaden ist kolossal ", sagte Ibrahim, obwohl sein Ton verzeihender klang.

"Die Banken würden wieder aufgefüllt, keine Sorge. Aber das Geld müsste in die Hände der Bürger gehen und nicht immer mehr Kriege finanzieren. Was auch immer gestohlen wurde, würde in die rechtmäßigen Hände zurückgegeben werden, und du könntest ein Teil davon sein... wenn du willst."

"Du hast so viele Menschen getötet, du bist genauso ein Terrorist wie der Rest von ihnen", klang Ibrahim wieder wütend.

"Und du? Wie viele Menschen hast du getötet? Und in wessen Namen? Der einzige Unterschied zwischen uns ist, dass es nicht mein Ziel ist, Menschen zu töten."

"Sag das allen Opfern in Assuan."

"Der Assuan-Fall hatte nichts mit mir zu tun. Es hatte mit der Korruption und Vernachlässigung derjenigen zu tun, die es in den letzten Jahrzehnten betrieben haben. Wenn der Assuan-Staudamm verantwortungsvoll betrieben worden wäre, wäre nichts davon passiert. Die Menschen, die den Preis zahlten, zahlten ihn wegen jahrelanger Vetternwirtschaft und mangelnder Fürsorge für die Bürger. Es kann nicht mehr ignoriert werden."

„Warum hast du uns hierher gebracht?", fragte Yael.

"Zunächst einmal hatten wir nie eine richtige Einführung", sagte der Assyrer. "Zweitens wollte ich Ihnen zeigen, wo Ihr Geld ist, und drittens, damit Sie sich meinem Kreuzzug zur Veränderung des Nahen Ostens anschließen können, da wir ähnliche Interessen haben."

„Was lässt dich glauben, dass wir ähnliche Interessen haben?", fragte Yael. "Wir kämpfen alle gegen den gleichen Feind."

***

Der Assyrer blickte hinter die Mauern auf die Stadt, die ihm die Unschuld seiner Kindheit nahm. "Ich liebe diesen Ort. Ich bin hier aufgewachsen und habe die meiste Zeit meiner Jugend hier verbracht. Mein Name ist Ameer, der jüngste Sohn von Lamis und Mahdi. Mein Vater wurde vor meinen Augen von einer Bombe in einer Moschee getötet. Meine Mutter wurde zusammen mit ihrem zweiten Ehemann durch den amerikanischen Bombenanschlag in Mossul getötet. Mein Bruder Rashad wurde wegen Verrats gehängt, weil er Saddams Armee entkommen war. Meine Frau wurde vom IS entführt und überlebte kaum. Ich habe den ultimativen Preis bezahlt, und heute habe ich die Fähigkeit, andere daran zu hindern, die gleichen Katastrophen zu erleben."

"Du hast gesagt, du willst uns das Geld zeigen", sagte Ibrahim. "Wo ist es?"

"Ich bringe dich dazu, wie ich es versprochen habe."

"...denn im Moment verschwendest du meine Zeit mit Katastrophen. Ich habe ein Land zu rehabilitieren, nach all dem Schaden, den du angerichtet hast." Ibrahim hatte genug. Er war dort, nur weil Yael beschlossen hatte, in den Irak zu gehen. Er wollte sie beschützen, aber er wusste, dass aus dem Treffen mit Barhum nichts herauskommen würde. Er wollte mit Barhum in Handschellen auf dem Rücksitz des weißen Peugeot seines Bruders in die Emirate zurückkehren. Er hatte einen Plan, den Yael kannte und dem er zustimmte, und er weigerte sich, dieses Spiel so langsam zu spielen, wie der Assyrer es wollte. Er wollte damit fertig sein. Aber er verstand, dass er, wenn er zumindest einen Teil des Geldes zurückgeben wollte, tief durchatmen und es Schritt für Schritt tun musste.

Ameer ignorierte Ibrahims Kommentare und ging zum Rand der Zitadelle. Sie folgten ihm, bis sie die ganze Stadt unter sich sehen konnten. Er hüpfte an die Wand und gab Yael eine helfende Hand, damit sie hochklettern konnte. Ibrahim kletterte zuletzt hinauf.

„Dies ist die viertgrößte Stadt im Irak. Es gibt fast eine Million Einwohner. Es wurde immer wieder von den irakischen Sunniten erobert, dann von den Kurden, dann von den Amerikanern, ISIS, Kurden und schließlich von der irakischen Armee. Hunderttausend Bürger entkamen ihm erst vor zwei Jahren, und viele Häuser wurden angezündet und zerstört. Wer weiß, wie viele Waisen zurückgelassen wurden? Wie viele starben an Hunger? Wichtig war nur, dass das Öl weiterlaufen würde, wie Blut in den Adern dieses Landes. Ohne sie ist alles zum Scheitern verurteilt. Es war einmal, dieses Land hatte zwei fließende Flüsse, jetzt ist es nur noch Abwasser. Ihr habt, genau wie der Rest der Welt, keine Ahnung, was hier vor sich geht. Anstelle des Khasa-Flusses fließt hier ein blutiger Fluss. Du bist wohlhabend und satt. Du hast eine mächtige Armee und Verteidigungssysteme. Wenn jemand kommt, um dich zu belästigen, verfolgst du ihn bis zu seinem Tod."

"Mächtige Rede", sagte Ibrahim.

"Halt die Klappe und hör dem Ende zu!" Das war das erste Mal, dass der Assyrer seine Stimme erhob.

Ibrahim, wie aus einem Traum erwacht, sagte vorsichtig: „Es tut mir leid."
"Tausend Jahre Kriege und tausend weitere kommen. Es hat keinen Sinn, über Frieden zu sprechen, Krieg liegt in der DNA dieses Ortes. Jeder hasst jeden hier. Das Wettrüsten ist endlos und treibt die Finanzsysteme weltweit an. Jeder mischt sich ein, bis das Öl ausgeht. Dann stehen sie auf und gehen und hinterlassen Ruinen und Trümmer. Inmitten all des Chaos werden Kinder, Frauen und unterdrückte Menschen verlassen. Das muss geändert werden. Für mich, für sie, für dich. Ich habe den Weg und die Mittel, um es zu tun, wie Sie bereits gesehen haben."

"Du wirst den Zapfhahn auf ihr Guthaben schließen?", fragte Yael.

"Ich werde die Art und Weise ändern, wie diese Welt läuft. Ich werde die korrupten und gewalttätigen Regierungen finanziell ersticken. Ich werde sie davon abhalten, sich zu bewaffnen. Ich werde ihre Armeen schwächen und zulassen, dass eine neue Kraft aufsteigt. Und heute, wenn du willst, zeige ich dir, wie es passieren wird."

"Ich bin bei dir", sagte Yael. "Ibrahim?"

„Ich habe nicht allzu viele Möglichkeiten, oder?", sagte Ibrahim und wollte gerade vom Ausguck herunterklettern, als der Assyrer ihn blockierte. "Dies ist die Zeit, um zu entscheiden, ob du mit uns kommst oder hier bleibst", sagte er.

Nach einer langen Stille sagte Ibrahim zu dem Assyrer: „Gut. Ich komme mit dir."

Sie kletterten von der Wand herunter und gingen gemeinsam zum Peugeot, wo Ali auf sie wartete. Sie stiegen ins Auto und fuhren zu einem Privathaus in der Nähe. Das Haus sah gut geschützt aus, umgeben von einem Zaun und hohen dornigen Büschen. Es gab ein hölzernes Eingangstor mit zwei bewaffneten Wachen. Ameer tippte einen langen Code auf die Kunststofftastatur am Türpfosten und das Tor öffnete sich. Sie betraten den Garten und das Haus; das Innere sah vertraut aus, mit Dutzenden von Computerbildschirmen und Servern. Es waren keine Menschen drinnen, nur die elektronischen Geräte und das globale statistische Daten-Screening an einer Wand.

„Was ist das für ein Ort?", fragte Yael und versuchte zu verbergen, wie aufgeregt sie war.

„Mein gesamtes System wird von hier aus verwaltet. Hier beginnen alle Angriffe auf Häfen, Dämme und Computer. Von hier aus leiten wir das ganze Geld, rekrutieren Unterstützer und arbeiten mit den Medien zusammen. Wir haben die Macht einer ganzen Armee, die alles andere als ein Mann ist – ich."

Der Assyrer saß auf dem Federbett aus Metall und Holz, das laut nach dem Gefühl seines schlanken Körpers quietschte. „Das ist mein Elternhaus. Hier bin ich aufgewachsen ", sagte Ameer und tätschelte die Matratze. "Dieser Ort ist hier, um mich daran zu erinnern, wofür ich hier bin, wenn ich manchmal aufgeben möchte. Meine Mutter nannte mich "Maihan", einen Anführer. Aber ich wusste nie, wie man eine Führungskraft ist. Ich brauchte Jahre, um meine innere Stärke zu finden, meine Kraft, mich zu verändern und eine wahre Bedeutung zu haben. Ich habe nie jemanden geführt. Aber nachdem mein High-Tech-Unternehmen so stark gewachsen war und Hunderte von Menschen unter mir gearbeitet hatten, wurde mir klar, dass ich meine Fähigkeiten woanders entwickeln musste. Und heute hat sich eine Armee von Robotern zur mächtigsten Armee mit Millionen von Anhängern weltweit entwickelt. Ich habe etwas Hohlem einen Sinn gegeben, etwas, das zwischen deine Finger fällt – Sand." Ibrahim saß beim Assyrer am Rand des Bettes.

"Ameer. In der alten Welt gibt es viele „Krankheiten". Aber es gibt auch Zweck, Glauben und Werte. Diese Werte sind vielleicht nicht Ihre Werte, aber sie existieren. Viele Menschen sind bereit, für diese Werte zu kämpfen. Was du tust, ist auch Terrorismus, selbst wenn du versuchst, dich davon zu überzeugen, dass es nicht so ist."

„Die Menschen werden von ihren Ängsten kontrolliert. Angst vor der korrupten Regierung, Angst vor Terrorismus, Angst vor Gott, Angst vor

Armut und Hunger. Sieh dich um. Der Tod regiert alles. Anstatt zu gedeihen, gibt es nur noch mehr Blutvergießen. Ich könnte mich irren. Es könnte sehr gut sein, dass mein Weg nicht der richtige ist. Aber ich versuche nicht, mehr Angst zu erzeugen, ich versuche, den Menschen Hoffnung zu geben. Ich bin ein Mann des Friedens. Wenn ich falsch liege, würden nur die mächtigen Kapitalisten verletzt werden. Wenn ich recht habe, könnten die Kämpfe enden, und vielleicht wird aus all diesem Schmerz die Hoffnung aufblühen. Lohnt es sich nicht? Wenigstens einen Versuch?"

Alle drei saßen schweigend da, und nur das Summen der Computerlüfter war im Hintergrund zu hören. Ameer erhob sich vom Bett und ging auf die alte Küchenzeile zu. Er kochte etwas Wasser, füllte eine Tasse türkischen Kaffee mit Kardamom, goss Wasser hinein und mischte es langsam, feierlich. Schließlich legte er den Löffel auf den Tisch und drehte sich zu Ibrahim und Yael um. „Es ist kein eindimensionales Foto. Mit jedem Schritt, den du mit mir machst, wirst du mehr von der traurigen Realität sehen, in der wir leben, und die alternative Lösung, die ich vorschlage. Du hast es hierher geschafft. Jetzt kannst du entscheiden, ob du mit mir weitermachst oder in deine sicheren Häfen zurückkehrst." Der Assyrer nahm einen Schluck von seinem Kaffee und stellte ihn an einen der Computer. "Yael, du hast deinen Mann bei einem Selbstmordattentat verloren. Du kennst diese Dinge sehr gut."

Yael konnte kein Wort sagen. Sie wusste, dass es möglich war, dass der Assyrer alles über sie wusste, aber sie war immer noch überrascht, wie sehr der Satz, den er gerade gesagt hatte, sie verblüffte. Sie schluckte ihren Speichel und sagte: „Gut. Ich komme mit. Ich bin bereit zuzuhören." " Weißt du nur, ich kann nicht garantieren, dass du lebend da rauskommst ", sagte die Assyrerin zu ihr.

„Wohin bringst du uns?", fragte Ibrahim. "Du wirst es erst wissen, wenn du dort ankommst."

3.

Es war 19:00 Uhr, und die Sonne hatte begonnen, hinter dem Horizont zu verschwinden. Die staubige Luft hatte sich in gelb-rötliche Farben verwandelt, und die Luftfeuchtigkeit stieg an. Yael stand in der Gasse, in der Barhums Haus stand, und blinzelte und schaute in die Sonne. Es war ruhig. Alles brannte in der sengenden Hitze. Es schien, als wäre die Zeit stehengeblieben.

Sie zog ihre Schuhe aus und stand barfuß auf der heißen Straße und genoss die letzten Minuten des Sonnenlichts. Sie wusste, dass sie im Begriff war, auf eine lange, gefährliche Reise zu gehen. Ihr Körper sehnte sich danach, ihre Kinder und ihre Mutter zu umarmen, aber sie wusste, dass sie in diesem Moment an dem einzigen Ort war, an dem sie sein musste. Sie hörte Ibrahim und Ameer hinter sich reden und drehte sich um.

Ali wartete auf dem hinteren Parkplatz in einem großen, braunen Jeep, der mit Kommunikationsantennen, Wassertanks, Kraftstoff und Lebensmittelboxen ausgestattet war. Der Jeep sah ganz anders aus als die anderen Autos auf der Straße, und Yael dachte, er würde auffallen, wenn sie ihn die Straßen hinunter fuhren. Sie hatte das Bedürfnis, ihr Gesicht in ihrem Hijab, einer israelischen Frau allein im Irak, zu verstecken, aber dann bemerkte sie die getönten Fenster des Jeeps. Sie öffnete die Hintertür hinter dem Fahrer, warf ihre Tasche hinein, kletterte hinein und wartete auf Ameer und Ibrahim. "Geht es dir gut?" Fragte Ali sie vom Fahrersitz aus.

"Ich habe Angst", sagte sie.

„Die Tür ist offen. Du kannst gehen ", antwortete er.

Wohin gehen wir?", fragte sie ihn, aber in diesem Moment öffneten sich die Türen. Ameer und Ibrahim stiegen in den Wagen. Ibrahim saß auf dem Beifahrersitz neben Ali. Ameer saß neben Yael.

"Wir haben eine lange Fahrt vor uns. Du kannst schlafen, ich habe ein paar Decken mitgebracht. Ich wecke dich, wenn wir da sind."

"Ich bleibe lieber wach."

Ali startete das Auto, legte es in den ersten Gang und fuhr los. Sie überquerten ein paar Straßen und kamen dann in der offenen Wüste an. Yael schaffte es, das letzte Schild am Straßenrand zu fangen, das im schwachen Licht sichtbar war. Auf dem Schild standen zwei große bekannte Städte im Irak – Irbil und Mosul. Sie fuhren nach Norden und dann nach Westen in das Land der Kurden. Es war dunkel, und abgesehen von einem Zwischenstopp zum Auftanken fuhr Ali nonstop, bis sie von der Hauptstraße auf eine unbefestigte Straße abbiegten. Ali fuhr mit hoher Geschwindigkeit und hinterließ eine Staubwolke, die das Mondlicht reflektierte.

Nach zwei Stunden Fahrt auf dem Dreck kam der Jeep wieder an einer asphaltierten Straße an. Es war völlig dunkel. Selbst wenn sie an Häusern und Städten vorbeikamen, war das einzige sichtbare Licht vom Auto. Die Städte hatten keine Macht, die Straßen oder die Häuser zu beleuchten. Sie hatte keine Ahnung, wo sie waren oder wohin sie gingen. Sie wusste, dass sie dem Assyrer ausgeliefert waren. Wenn sie hier vermisst wird, werden ihre Kinder vielleicht nie herausfinden, was mit ihr passiert ist. Sie versuchte zu sehen, ob ihr Handy funktionierte, aber es gab kein Signal.

Eine halbe Stunde später nahm der Jeep eine scharfe Wendung in eine verlassene Stadt, in der es ebenfalls keinen Strom gab. Sie fuhren weiter, bis sie plötzlich ein helles Licht am Horizont sahen. Zuerst dachte Yael, es sei der Sonnenaufgang, aber da es erst 4:30 Uhr morgens war, zu früh für den Sonnenaufgang, war es unmöglich. Außerdem sah das Licht künstlich aus. Sie fuhren weiter, bis sie eine rot-weiße Barriere mit zwei Wachleuten in hellen Uniformen und blassblauen Baskenmützen erreichten. UN-Soldaten. Ein kleines Schild auf Arabisch und Englisch sagte ihnen, dass sie sich im „Al-Hawl-Flüchtlingslager" befanden. Yael setzte sich auf. Die Erkenntnis traf sie fast sofort – sie war in Syrien.

***

Die Sonne ging über dem Flüchtlingslager auf. Was sie sahen, verblüffte sie; Tausende von Zelten verteilten sich in der Wüste, soweit das Auge blicken konnte. Zehntausende von Flüchtlingen standen Schlange, um Essen zu holen, Kinder gingen zu den Schulzentren, Zelte wurden als Geschäfte genutzt und Zelte wurden als Krankenhaus genutzt. Eine Stadt, vergessen und verlassen, mit langen Schlangen der Verzweiflung. Menschen, die aus ihren Häusern und Leben gerissen wurden, Menschen, die alles verloren und zwecklose Leben gelebt hatten. Lebt weit entfernt von dem, was menschliches Leben sein sollte.

Der Jeep hielt auf einem kleinen Parkplatz an und Yael sprang heraus. Sie ging zwischen den Zelten spazieren und spähte hinein. In einem Zelt sah sie eine alte Dame, die in Wolldecken gewickelt war. Ihre Zähne waren fast verschwunden, bis auf einen schwarzen Zahn an der Vorderseite ihres Kiefers. Sie hatte keine Vitalität in den Augen. An der Wand der

Zelte waren Bilder von Kindern. Die Frau starrte auf Yaels Silhouette und bat um etwas auf Arabisch. Yael konnte nicht verstehen, was sie sagte, also ging sie ins Zelt, um besser zu hören. Sobald sie das Zelt betrat, wurde sie von einem schrecklichen Gestank eingehüllt. Je näher sie der Dame kam, desto schlimmer wurde es. Sie lag im Bett in einem Pool mit ihrem eigenen Kot. Als Yael nahe genug war, fragte sie die Dame, was sie wolle. "Wasser", antwortete die Frau. Yael gab ihr die Wasserflasche, die sie aus Kirkuk mitgebracht hatte, sie war nur halb voll, aber die Dame trank sie begeistert. „Kümmert sich jemand um dich?", fragte Yael, während sie ihren Kopf streichelte. "Nein", sagte die Dame, "ich bin allein." "Ich bringe dich jetzt zum Duschen", sagte Yael. "Das ist eine sehr schlechte Idee", sagte Ibrahim, der hinter ihr herging und über sie wachte.

"Komm, hilf mir", sagte Yael und ignorierte, was er sagte. Sie legte ihre Hand unter die Brust der Dame und half ihr in eine sitzende Position. „Warum tust du das?", fragte Ibrahim. "Also wirst du dich besser fühlen? Damit du dein Gewissen reinigen kannst? In ein paar Stunden,

du wirst in deinem Haus sein und du wirst diese Dame vergessen."

"Ich mache das, weil diese Dame jetzt Hilfe braucht, und ich bin jetzt hier."

"Jeder hier braucht Hilfe. Darum geht es in diesem Flüchtlingslager und in jedem anderen Flüchtlingslager im Nahen Osten."

"Wirst du mir helfen?"

Ibrahim atmete wütend aus, beschloss aber schließlich, der Frau zu helfen und sie zu den Duschen zu tragen, wo Freiwillige von Menschenrechtsorganisationen sie mitnahmen. Yael folgte ihm und half den Freiwilligen, den Körper der alten Dame zu waschen und sie zu füttern. Der Assyrer stieg aus dem Jeep und betrachtete sie aus der Ferne. Er wollte sie den enormen Schock der schrecklichen Realität dieses schrecklichen Flüchtlingslagers auffangen lassen. Als er sah, wie sie aus den Duschen zurückkehrten, gab er ihnen ein Zeichen, ihm zum Hauptkrankenhauszelt zu folgen.

Dr. Miyoki Tukashi empfing sie am Eingang des Zeltes. Er umarmte Ameer. Tukashi war gerade nach Jahren der Abwesenheit ins Lager zurückgekehrt. Er kehrte zu seiner Familie nach Japan zurück, konnte aber nicht in der anmaßenden Routine eines Landes bleiben, das so von dieser Realität getrennt war. Er verabschiedete sich von seiner Frau und kehrte nach Syrien zurück, dem einzigen Ort, an dem er sein Potenzial wirklich entfalten konnte. Nur hier störte ihn sein Gewissen nicht.

Alle fünf saßen in Tukashis Büro. Tukashi erzählte ihnen, dass er in der Vergangenheit das Ichilov-Krankenhaus in Tel Aviv besucht hatte. Er traf israelische und emiratische Ärzte, die kamen und das Flüchtlingslager verließen. Er fragte nach Alexandras Wohlergehen und bedankte sich erst am Ende bei Ameer Baghdadi für alles, was er in letzter Zeit geschickt hatte. Ibrahims Gesicht wandte sich verwundert vom Boden zu Tukashi, sobald er das hörte.

"Sie fragen sich wahrscheinlich, ob das etwas mit den Ereignissen in Dubai zu tun hat", sagte Ameer zu Ibrahim. "Ich hoffe es wirklich nicht", antwortete Ibrahim.

"Komm. Lass mich dir etwas zeigen." Sie standen auf und gingen zur Rückseite der Zelte, zum Lagerbereich. Vor dem Zelt standen dreißig Container. Die Türen der Container standen offen, und viele Männer liefen herum und leerten die Container in die Lagerräume. "Hier gibt es alles, was sie brauchen. Medizin, Bandagen, tragbare Operationssäle, Generatoren, Lebensmittel, Kraftstofftanks, Decken, Betten, Koch- und Backgeräte, Kleidung und Schuhe, alles, was man sich vorstellen kann, könnte Leben retten."

„Das ist unser Geld?", fragte Ibrahim.

"Ja", antwortete Ameer. "Ein Teil davon ist Ihr Geld, und ein Teil gehört den Terrororganisationen, die Ihre Banken benutzen. Ich habe es hier und in drei anderen ähnlichen Flüchtlingslagern in der Türkei, Jordanien und im Libanon investiert. Es gibt viel Korruption im Umgang mit den Flüchtlingslagern. Niemandem kann vertraut werden; Dinge, die von der UNO geschickt werden, werden gestohlen und auf dem Schwarzmarkt verkauft. All das Geld, das gespendet wird, verschwindet. Das Geld, das ich mitgebracht habe, wird nur für den Kauf von Ausrüstung verwendet. Niemand außer Ali und mir kann es anfassen."

„Die Hälfte der Welt hungert. Glaubst du, du kannst Kriege lösen, indem du den Reichen Geld stiehlst und es den Armen gibst? Bist du ein moderner Robin Hood? Wir leben im 21. Jahrhundert. Wenn alle deine Unterstützer merken, dass es ihre Banken sind, die du ausraubst, werden sie nach dir suchen."

"Du verfehlst den Punkt, Ibrahim", sagte der Assyrer. "Ich will nicht Geld aus euren Ländern stehlen, und ich will nicht die Welt vor Hunger, Kriegen und Krankheiten retten. Ich will nur die dummen Kriege in dieser Region der Welt beenden. Das Geld fließt nicht in meine Tasche, es wird die Bürger retten, Infrastruktur aufbauen und in Gesundheit und Bildung statt in Kriege, Munition und Waffen investiert werden."

„Jede Person hier würde ihr Leben für ihre ethnische Zugehörigkeit, Religion oder ihren Stamm opfern. Diese Kriege werden niemals enden. Die Länder spiegeln einfach ihre Bürger wider." Ibrahim sah verzweifelt aus.

"Vielleicht. Aber Kriege kosten, wie ich schon sagte, Geld. Ich meine, all diesen Ländern dieses Geld zu verweigern, bis diese Rüstungswettläufe und Sandkriege enden."

„Ohne Geld würden Sklaven kostenlos arbeiten. Wenn Öl nicht in Dollar verkauft wird, würde es im Austausch für Panzer, Flugzeuge und Bomben verkauft werden. So funktioniert das nicht. Wie lange glaubst du, dass du in der Lage wärst, die Banken der Länder zu leeren?"

"Solange es nötig ist", sagte der Assyrer und ging zum Krankenhauszelt. "Aber ich stimme zu, Ibrahim. Ich werde diesen Krieg nicht allein gewinnen können, deshalb brauche ich dich."

"Es wird nicht passieren. Niemand wird sich dir anschließen ", sagte Ibrahim und folgte ihm. Yael blieb noch ein paar zusätzliche Momente, um sich das Lebenswerk des Assyrers anzusehen, und wandte sich dann dem Krankenhauszelt zu.

Bevor sie das Zelt betraten, blieb der Assyrer stehen und sah Ibrahim direkt in die Augen: „Es ist passiert. Es passiert gerade jetzt, und es wird in der Zukunft passieren. Die einzige Frage ist, auf welcher Seite der Geschichte man stehen möchte."

„Angenommen, wir stimmen zu, was genau brauchen Sie von uns?", fragte Yael.

"Was ich von Anfang an von dir brauchte. Die Einbruchsrouten zu allen Banken von Ländern, die den Terrorismus unterstützen. Ich verspreche Ihnen, dass es innerhalb eines Jahres keine terroristischen Organisationen mehr im Nahen Osten geben wird." Er drehte sich um und ging auf den Jeep zu.

„Wo gehen wir jetzt hin?", fragte Yael.

"Wir gehen nach Ar-Raqqa, um zu sehen, was von ISIS übrig ist. Ich möchte dir den Tsunami zeigen, der dich treffen wird, es sei denn, du hilfst mir, ihn zu stoppen. Dann fahren wir zur türkischen Grenze, wo wir uns verabschieden. Du wirst die Grenze überqueren, und ich gehe zurück in den Irak."

„Bringst du uns nach Hause?", fragte Ibrahim.

"Ja. Schließlich hast du einen Ort, an den du zurückkehren kannst."

4.

Die Fahrt vom Flüchtlingslager Al-Hawl in die Stadt Ar-Raqqa sollte einige Stunden dauern. Ali fuhr wieder, Ameer setzte sich neben ihn und Ibrahim saß auf dem Rücksitz hinter dem Fahrer. Yael starrte aus dem Fenster und beobachtete die wechselnde Landschaft. Keiner von ihnen sagte während der gesamten Fahrt ein Wort. Ameer wusste, dass sie alles verstehen mussten, was sie gerade gesehen hatten. Es dauerte viele Jahre, bis er aus seinem Koma erwachte.

Ibrahims Gesicht wirkte düster und bedrohlich. "Du musst mit uns kommen", sagte er zu dem Assyrer.

„Warum?", fragte Ameer Baghdadi.

"Weil es besser für dich ist, dich zu stellen und eine internationale Menschenjagd zu vermeiden, die mit deinem Tod enden könnte. Ich glaube, du hast eine Familie."

"Mach dir keine Sorgen um mich. Bisher funktioniert mein Plan wie eine Schweizer Uhr. Selbst wenn du dich entscheidest, dich mir nicht anzuschließen, habe ich immer noch viele Schritte im Ärmel..." Der Assyrer beendete seinen Satz nicht, als Ibrahim Ali ansprang. Er erwürgte ihn mit einer Hand, und mit der anderen Hand bewegte er das Lenkrad des Jeeps, der mit 50 Meilen pro Stunde fuhr und nun an den Straßenrand fuhr.

"Ibrahim", schrie Yael. "Was machst du?!"

Ibrahim ignorierte sie. Ali rang mit ihm, und Ameer versuchte, von seinem Sitz zu springen und auch mit ihm zu ringen, aber er war immer noch durch seinen Sicherheitsgurt eingeschränkt und konnte sich nicht bewegen. Er versuchte, den Sicherheitsgurt zu entriegeln, aber der Jeep, der jetzt auf großen Felsen und Büschen fuhr, klapperte so sehr, dass er es nicht tun konnte. Ali schrie und erstickte und versuchte, sich aus Ibrahims Griff zu befreien, aber Ibrahim war viel größer als er. Er hörte auf, das Gaspedal zu betätigen, konnte aber die Bremsen nicht erreichen. Der Jeep fuhr weiterhin sehr schnell. Alis Atem wurde langsam schwächer und er verlor das Bewusstsein, aber selbst dann ließ Ibrahim seinen Hals nicht los.

„Ibrahim! Lass ihn los ", schrie Ameer. Yael sprang auf Ibrahim auf und versuchte, seine Hände von Ali zu nehmen, aber Ibrahim war viel stärker als sie und stieß sie ab. "Halt dich da raus", schrie er sie an. Ameer Baghdadi zog ein kleines Messer heraus und richtete es auf Ibrahim, aber genau in diesem Moment prallte der Jeep gegen einen riesigen Felsen, der den Jeep auf die

Seite drehte, und er begann unkontrolliert zu rollen. Alle im Jeep prallten ineinander und in ihr Gepäck und ihre Habseligkeiten, die überall im Auto abprallten. Ameer verlor den Griff seines Messers, das zwischen den Sitzen fiel und verschwand.

Als der Jeep schließlich auf seiner Seite anhielt, war Ali Baghdadi tot. Sein Kopf war zwischen der schweren Jeep-Tür und dem Boden gefangen, sein Schädel war zertrümmert und seine Augen hatten einen gefrorenen Blick. Ameer versuchte, ihn freizulassen, aber ohne Erfolg. Ibrahim lag auf Alis Leiche und ein Blutnieselregen tropfte von seinem Kopf herab. Eine seiner Rippen war gebrochen, und er spuckte Blut und gurgelte, aber immer noch bei vollem Bewusstsein, als er versuchte, sich aus dem Jeep zu befreien. Ameer versuchte, Ibrahim zur Seite zu schieben, aber er wurde verletzt. Sein Bein war gebrochen und zwischen dem Sitz und dem Boden des Jeeps eingeklemmt. Yael war immer noch mit dem Sicherheitsgurt angeschnallt, der ihren Nacken drückte und sie würgte. Sie kämpfte darum, sich selbst zu befreien, damit sie den anderen helfen konnte, herauszukommen. Sie war völlig geschockt und hörte sich in Richtung des betäubten Ibrahim schreien: „Was hast du getan?! Bist du verrückt? Warum hast du ihn getötet?!"

Ibrahim antwortete nicht. Vielleicht hat er sie nicht gehört. Der Motor war sehr laut und die Reifen des Jeeps drehten sich immer noch schnell. Ameer wandte sich dem Armaturenbrett zu und drehte die Autoschlüssel um. Alles verstummte auf einmal. Er versuchte, zu seinem Sitz zurückzukehren, fühlte aber schreckliche Schmerzen. Er schrie. Yael schaffte es schließlich, sich vom Sicherheitsgurt zu lösen und begann auf Ibrahims Brust zu hämmern. "Warum hast du es getan? Du hast uns alle fast umgebracht!"

Ibrahim sah sie an und versuchte, aus dem Jeep zu steigen, aber sie lag auf ihm und schlug ihn mit Gewalt, ohne zu wissen, dass jeder Schlag seinen Zustand verschlechterte und ihn dem Tod näher brachte. Sie kam schließlich zur Besinnung, zerbrach mit ihrem Tritt das Fenster und stieg aus dem Jeep. Sie holte tief Luft und schrie aus voller Lunge. Dann kehrte sie zum Jeep zurück und versuchte, Ibrahim an den Beinen herauszuziehen. Er war zu schwer und bewegte sich kaum. "Antworte mir! Warum hast du das getan?"

"Ich habe es dir gesagt", sagte er schließlich. "Die Ordnung muss wiederhergestellt werden." Yael roch plötzlich einen starken Benzinduft. "Es gibt ein Leck aus der Kraftstoffleitung", sagte Ameer. "Der Motor ist aus und die Wahrscheinlichkeit einer Flamme ist gering, aber du musst mir helfen, hier rauszukommen."

Seine Hand begann sich im Jeep zu fühlen. Wo ist sein Messer hin? Er diskutierte, ob dies die Zeit sei, Ibrahim zu töten oder sich von dort zu befreien und den Jeep mit allen, die noch darin waren, zu verbrennen. Er beschloss, dass er, wenn er das Messer finden würde, Ibrahim damit töten und dann versuchen würde, herauszukommen. Er schaute auf sein eingeklemmtes Bein. Dies war eine unmögliche Situation; er müsste einen Teil des Autos in der Nähe seines Beins absägen, um sich selbst zu befreien. Es gab keine Chance, das zu tun. Er dachte daran, sein eigenes Bein zu sägen, damit er aussteigen konnte. Aber sie waren in Syrien, weit weg von Ar-Raqqa, es kam keine Rettung, und er würde verbluten. Das ist das Ende. Ob er es schafft, auszusteigen oder nicht, der Jeep ist der Ort, an dem er sterben würde.

Yael stieg aus dem Jeep, ging zum Kofferraum und versuchte, ihn zu öffnen. "Ameer, gibt es hier drin etwas, mit dem ich dich rausholen kann?" Er antwortete nicht. Ibrahim lag ein paar Meter entfernt und atmete schwer. Ameer kroch zum Schaltknüppel und fing an, ihn zu treffen. Der Stock verbog sich und Ameer rasselte, um ihn zu brechen.

"Was machst du da?", gurgelte Ibrahim. Er versuchte sich zu bewegen, aber ein scharfer Schmerz breitete sich über seine Brust aus. Blut spritzte aus seinem Mund, während er sprach. Ameer fuhr fort, den Schaltknüppel zu klappern, bis er in seinen Händen zerbrach.

"Warum hast du ihn getötet?", flüsterte er Ibrahim zu.

"Ich habe gerade meinen Job gemacht", sagte Ibrahim und sah Ameer hilflos an. "Yael?" Er versuchte, sie mit seiner verbleibenden Kraft anzurufen, als Ameer ihm näher kam und sich auf seinen Körper legte. Seine Stimme erstickte und er fühlte, dass er erstickte. Seine Schreie verwandelten sich in Flüstern. Ameer schleuderte den Eisenstab, den er gerade herausgezogen hatte, und steckte ihn mit voller Kraft in Ibrahims rechtes Auge. Der Stock zerquetschte sein Auge und drang in seinen Schädel und sein Gehirn ein. Ibrahim starb, ohne ein Geräusch zu machen.

Für einen Moment war Ameer glücklich. Er hatte das Gefühl, den Tod seines Bruders gerächt zu haben. Aber dann erkannte er den Preis, den er für seine Rache bezahlte. Sein Femurknochen, der herausragte, riss die Hauptarterie seines Beines, und Blut spritzte über das ganze Dach des umgedrehten Jeeps. Er versuchte, das Blut mit seinen Händen zu stoppen, wusste aber, dass er nichts tun konnte, um es zu stoppen. Sein Schicksal war besiegelt. "Yael!" Er schrie. "Ich brauche dich."

Yael kam gelaufen. Sie hielt die beiden Taschen, die sie im Kofferraum gefunden hatte. Sie suchte nach Werkzeugen, um Ibrahim und Ameer überall zu retten. Sie erkannte, dass es zu spät war. Ibrahim war tot. Ein Eisenstab steckte in seinem Auge, sein Mund war offen und er atmete nicht. Ameer Baghdadi blutete wütend aus seinem Bein. Sie wollte ein Tourniquet um sein Bein legen, aber er hielt sie auf. Dann, plötzlich, hatte sie Angst. Wenn er Ibrahim tötete, konnte er sie auch töten. Sie wich zurück und zog sich zurück. Der Gedanke, dass er sie als Geschenk für ISIS nach Ar-Raqqah bringen könnte, kam ihr plötzlich in den Sinn. Hat Ibrahim ihr Leben gerettet?

"Ich weiß, was du denkst", sagte der Assyrer. "Aber ich werde sterben. Ich habe nicht mehr viel Zeit. Ich möchte dich um einen Gefallen bitten."

"Ich werde nicht dein Nachfolger sein, wenn du das denkst." "Ich weiß, dass du das nicht tun wirst." "

"Was brauchst du, Ameer?"

„Chesterford Gardens Street, Hampstead, London, England. Ihr Name ist Alexandra Dahl. Sie finden sie auch unter dem Namen Baghdadi. Wir haben zwei Kinder. Sag ihr, was passiert ist, damit sie weiß, dass ich tot bin und nicht auf mich wartet." Er atmete zwischen den Sätzen schwer.

"Ameer Baghdadi? Ihr richtiger Name ist Ameer Baghdadi?"

Er nickte leicht und schloss die Augen. Yael starrte ihn lange an, ohne etwas zu sagen. Sie ließ ihn langsam sterben, bis sich seine Brust nicht mehr bewegte. Dann trat sie zurück und betrachtete die schreckliche Szene aus der Ferne. Die drei Männer lagen tot im Jeep. Sie war allein, eine Israeli in Syrien. Wohin würde sie gehen? Die Rückkehr nach Al-Hawl war unmöglich, es war zu weit und sie konnte auf dem Weg erwischt werden. Allein weiter nach Ar-Raqqa? Zu gefährlich. Sie zog ihr Handy heraus, aber es war nicht mit einem lokalen Mobilfunknetz verbunden. Sie stieg wieder in den Jeep und probierte das Handy von Ali und Ameer aus, aber keiner von ihnen hatte Empfang. Es gab keine Möglichkeit, dass Ameer ohne Mobilfunkempfang ins Feld gehen würde. Wahrscheinlich bereitete er etwas vor, dachte sie.

Sie ging zurück zum Kofferraum und holte alles heraus, konnte aber nichts finden, was ihr helfen konnte. Sie wurde schließlich vom Durst überwältigt. Sie nahm einen der Wassertanks, die von außen am Jeep befestigt waren, schwang ihn in die Luft und nippte daran. Da sah sie es; einen schwarzen rechteckigen Fleck, der einen Schatten an den Seiten des Wassertanks erzeugte, wenn er vor der untergehenden Sonne gehalten wurde. Im Tank ist etwas. Sie schraubte den Deckel ab, schaute hinein und sah eine Nylontasche darin. Sie zog es heraus. In der Tasche befand sich Ameer Baghdadis Satellitentelefon. Das gleiche Telefon, mit dem er das erste Mal nach Syrien gefahren war, um nach Alexandra Dahl zu suchen.

***

Dr. Tukashi hatte gerade eine 12-Stunden-Schicht im Krankenhauszelt beendet. Es war 19:00 Uhr, als er sich auf einen kurzen vierstündigen Schlaf vorbereitete, dem eine weitere lange Schicht folgen sollte. Es gab zu wenige Ärzte, um sich um alle gesundheitlichen Probleme im Lager zu kümmern, und obwohl er hart arbeitete, stieg die Zahl der Toten weiter an, während ihr Durchschnittsalter weiter abnahm.

Er wollte gerade ins Duschzelt steigen, als eine Krankenschwester ihn zum Feldtelefon auf dem improvisierten Empfangstisch des Krankenhauszeltes rief. Er rannte schnell, um ans Telefon zu gehen. Am anderen Ende hörte er eine unbekannte Stimme, die sich als Yaels Bruder vorstellte. "Es gab einen Unfall", sagte er. „Drei Tote, einer schwer verletzt. Ihr Jeep fuhr auf dem Weg nach Ar-Raqqah, etwa 80 Meilen von der Ausfahrt des Al-Hasakah-Platzes zum Highway 7, in südwestlicher Richtung, kurz vor der Kreuzung zur M4 in nördlicher Richtung. Tukashi fragte ihn, woher er das alles wisse. Der Mann an der Leitung erzählte ihm, dass Yael ihn über ein Satellitentelefon kontaktiert hatte, und sie schafften es, sie mitten in der syrischen Wüste zu lokalisieren. Aber sie ist allein und verletzt, und er wusste nicht, wie lange sie dort überleben würde. In ein paar Stunden wird es dunkel und die Temperatur wird sinken. Tukashi muss jetzt mit einem UN-Rettungsjeep und einem Erste-Hilfe-Kasten dorthin. Yael erwähnte ausdrücklich seinen Namen.

Tukashi weigerte sich zu glauben, was er gerade gehört hatte. "Ich möchte, dass du unsere Anrufe verbindest", sagte er zu dem Mann, der ungeduldig klang.

"Warte", sagte der Mann, und die Leitung schwieg für ein paar Augenblicke. Tukashi erkannte schnell, was das bedeutete; er würde nicht in der Lage sein, zu seiner Nachtschicht zu kommen. Menschen werden sterben. Aber er hatte keine andere Wahl. Einer der größten Philanthropen des Flüchtlingslagers befand sich in diesem Jeep. Wenn Ameer Baghdadi starb, musste er schnell dorthin gelangen und sicherstellen, dass das Geld immer noch von seinem Konto auf das Konto des Krankenhauses überwiesen wurde.

"Dr. Tukashi?" Yaels Stimme war am Telefon zu hören. "Was ist passiert?", sagte er.

"Es ist eine lange Geschichte. Ich brauche dich." "Wie geht es allen?"

"Alle sind tot. Mir geht es gut, aber ich muss gerettet werden, und du bist der Einzige, der sich frei hierher bewegen und mich an die türkische Grenze bringen kann."

"Hat Ameers Ausrüstung überlebt?"

"Einiges davon. Ich weiß nicht genau, was du brauchst, du musst hierher kommen und dich selbst überzeugen."

Es herrschte eine lange Stille, in der Shay Nachmani und Yael auf Tukashis Antwort warteten. Schließlich sagte er: „Ich komme. Warte."

"Danke", sagte sie, aber er hatte bereits aufgelegt.

***

Vier Stunden später kamen Dr. Tukashi und ein weiterer Freiwilliger, der den UN-Jeep fuhr, am Tatort an. Yael war nicht da. Sie stiegen aus dem Jeep und begannen, die Baustelle zu durchkämmen. Tukashi ging zu dem umgedrehten Jeep und steckte seinen Kopf hinein. Was er sah, war entsetzlich, selbst für einen Arzt, der schon alles gesehen hatte. Er beschloss, sich nicht um die Leichen im Jeep zu kümmern. Er würde den Jeep in Brand setzen, wenn er fertig war, aber zuerst muss er Yael finden. Sie schauten überall nach und riefen ihren Namen, aber ohne Erfolg. Eine Minute war vergangen, gefolgt von einer weiteren. Bald, nachdem eine halbe Stunde vergangen war, wollten sie aufgeben, als sie sie hinter einem riesigen Felsbrocken liegen fanden.

Yael schien in gutem Zustand zu sein, aber an Unterkühlung zu leiden. Sie hielt das Satellitentelefon fest, das keinen Akku mehr hatte. Er weckte sie auf, steckte eine Infusion in ihren Arm und bedeckte sie mit einer Decke. Sie trugen sie zusammen zu dem Jeep, in den sie gekommen waren. Dann nahmen sie alles, was sie konnten, von Ameers kaputtem Jeep: elektronische Ausrüstung, einen Laptop und Mobiltelefone. Schließlich, als sie sicher waren, dass sie sich alles Wertvolle geschnappt hatten, löste Dr. Tukashi den Treibstoff aus, der in den Jeep sickerte. Die Flamme wuchs schnell und verwandelte den Jeep innerhalb einer Sekunde in eine brennende Fackel.

Sie stiegen in ihren Jeep und fuhren schnell davon. Sie bogen nach Norden auf die Autobahn 712 ab, die sie in die Stadt Kobanî und zum Grenzübergang zwischen Syrien und der Türkei führte. Um 05:00 Uhr morgens überquerte Yael die Grenze mit einem emiratischen Pass, der den Namen Layla Keadan trug. Auf der anderen Seite der Grenze wartete ein gepanzertes Auto mit dem Symbol der US-Botschaft auf sie. Sie stieg ins Auto und verschwand am Morgen. Tukashi verweilte noch eine

Minute, stieg dann in seinen Jeep und fuhr davon.

Als er im Flüchtlingslager ankam, schloss er Laptop und Handy an den Strom und drückte den Einschaltknopf. Ein kleines Popup-Fenster erschien und fragte nach einem Passwort. Dr. Tukashi lächelte und sah sich um, um sicherzustellen, dass niemand ihn beobachtete. Dann tippte er mit einem gesicherten Finger die Buchstaben: 'A L E X A N D R A 2010. "Ein Passwort, das so einfach und doch so komplex war. Niemand hätte es als den Schlüssel zur Öffnung des immensen Lebenswerks einer Ein-Mann-Armee erahnen können, die den gesamten Nahen Osten verändern würde. Die "Sandarmee" der Assyrer.

5.
Epilog 2020

Die Chesterford Gardens Street in London war wunderschön. Das grüne, üppige Viertel war das komplette Gegenteil der Wüstenlandschaft, an die sich Yael in den letzten Wochen gewöhnt hatte. Sie hielt das Taxi an der Ecke Frognal Lane an und ging, bis sie die Mitte erreichte. Die roten Backsteinhäuser, ausgefallenen Gärten und alten Gassenbäume faszinierten sie. Sie wandte sich einem Haus zu, das eine weiße Holztür mit bunten Glasmalereien unter einem Bogen aus roten Ziegeln hatte. Sie stieg fünf Stufen hinauf und klopfte an die Tür. Es war zehn Uhr morgens an einem Dienstag. Die Kinder sollten in der Schule sein und die Mieterin sollte sich auf den Weg zur Arbeit im „Royal Free Hospital" machen. Aber heute war ein besonderer Tag, also blieb sie voller Vorfreude zu Hause.

Die Tür öffnete sich, und die beiden Frauen, die sich vor diesem Treffen noch nie gesehen hatten, umarmten sich herzlich. Alexandra Dahl lud Yael ein, sich mit ihr in die Küche zu setzen. Ein starker Geruch von Kaffee füllte Yaels Nasenlöcher. Sie bemerkte ein Familienfoto an der Wand mit Alexandra, Ameer und ihren beiden Kindern.

„Mein Vater hat dieses Foto am letzten Geburtstag unseres jüngsten Sohnes gemacht.„ Wann war das? ", fragte Yael.

"Es scheint so lange her zu sein."

Sie saßen da, zwei Witwen, die ihre Ehemänner durch Kriege verloren hatten, die nicht ihre eigenen waren. Jede mit ihrem eigenen Kummer, jede mit ihren eigenen Erinnerungen. Sie sprachen über Verlust, das Fehlen einer Vaterfigur im Leben ihrer Kinder und das dringende Bedürfnis, von vorne zu beginnen. Sie waren beide dort, im Flüchtlingslager Al-Hawl, sie haben beide aus erster Hand gesehen, was für eine schreckliche Katastrophe es ist, sie haben beide die schrecklichen Gerüche absorbiert. Sie verließen beide die Unterkunft und zahlten einen hohen Preis.

Die Zeit verging schnell. Alexandra erzählte Yael ihre Geschichte und die Geschichte ihres Mannes, Ameer Baghdadi, und Yael erzählte ihr von Gidi, der Selbstmordbombe und dem darauf folgenden Trauma. Sie sprachen über Ameers Lebenswerk, die Sandarmee und den fast mystischen Charakter, den er sich selbst geschaffen hatte.

Und dort, weit genug entfernt von allem, was sie verloren hatten, schworen sie, dass dies das letzte Mal sein würde. Keiner von ihnen würde jemals in den Krieg zurückkehren. Jetzt war es ihre Zeit zu leben.

Über den Autor

Maor Kohn

Maor Kohn ist Schriftstellerin, Dramatikerin, Musikerin und Drehbuchautorin und eine der drei Schöpferinnen der mit dem Emmy ausgezeichneten Fernsehserie „Teheran" aus dem Jahr 2021. Er promovierte in Geographie und Umwelt und ist Herausgeber und Inhaber der wissenschaftlichen Website Economarks.com.

Als Schriftsteller: Maor hatte mehrere Bücher in verschiedenen Bereichen veröffentlicht, darunter akademische und philosophische Bücher und Thriller, die sich mit umstrittenen Gebieten in den verborgenen und weniger bekannten Landschaften und historischen Stätten des Nahen Ostens befassten.

Als Musiker: Kohn ist Komponist und Songwriter, der an vielen Ensembles beteiligt war. Er veröffentlichte mehrere Alben. Kohn komponierte die Musik für 3 Musicals und 2 Filme.

Theater: Maor Kohn hat 3 Musicals geschrieben (Geschichte, Texte und Musik): "The Desert Daughter" (2022), "Solitude of Adam" (2013) Eine Rockoper, die 2013 produziert und aufgeführt wurde. "Echoes of War" Ein Musical über den Holocaust, das zwischen 1991 und 1993 in verschiedenen Theatern aufgeführt wurde. Sein kurzes Stück: „Der rote Knopf".